Solveig Krüger wurde in Wittenberg geboren. Sie bekam mit zehn Jahren von ihrem Vater ein Tagebuch geschenkt, seitdem wurde das Schreiben für sie zum wichtigen Ritual. Später entstanden neben den Tagebüchern Reiseberichte und Kurzgeschichten.

Nach dem Abschluss eines Studiums war sie in der EDV als Programmiererin, später als wissenschaftliche Mitarbeiterin in einer Produktionsfirma tätig.

Sie wohnt in Kemberg und widmet sich seit einiger Zeit im Ruhestand dem Schreiben.

Die Erzählung über einen Vermissten in der Familie und Erlebnisse auf Reisen in ihr Lieblingsland Frankreich waren Anregungen für die Geschichte ‚Annes Versprechen'.

Zur Erinnerung an einen wundervollen Menschen.

-Paulchen-

Bibliografische Informationen der Deutschen Nationalbibliothek:
Die Deutsche Nationalbibliothek verzeichnet diese Publikation in
der Deutschen Nationalbibliografie, detaillierte bibliografische
Daten sind im Internet über dnb.dnb.de abrufbar.

Umschlagfoto: © Gudrun Pindur
Herstellung und Verlag: BoD - Books on Demand, Norderstedt

ISBN: 978-3-7562-1678-9

Solveig Krüger

Annes
Versprechen

Roman

1

Seine Augen folgen meinen Bewegungen.

„Was schreibst du?"

Ich hebe den Kopf und antworte: „Erinnerungen an dich!"

Wieder unterhalte ich mich mit Franks Bild auf meinem Schreibtisch.

Bei unserem letzten Gespräch bat er mich: „Versprich mir, nach meinem Vater zu suchen, wenn ich dazu nicht mehr in der Lage bin."

„Was macht dich so sicher, dass er noch lebt?", wollte ich wissen.

„Erinnerst du dich an den alten Mann, der vor einigen Jahren am Nachbarhaus stand? Wir kamen beide gerade von einem Spaziergang und ich fragte ihn, ob wir helfen können.

Er schaute mir nicht in die Augen.

Sein Freund Otto Binder habe hier gewohnt, jetzt stehe dort ein fremder Name."

„Ich weiß, an dem Abend hast du alle Fotoalben durchgeblättert, um die Gesichtszüge mit Jugendbildern deines Vaters zu vergleichen. Deine Mutter war kurz vorher gestorben. Sie hätte dir gesagt, dass du dich irrst."

Frank hatte mich mit traurigen Augen angesehen, seine Haut schimmerte gelblich, das Gesicht war geschwollen. In diesem Moment schien das Leben endgültig aus ihm zu entweichen.

Ich erschrak und klingelte nach der Schwester. Auf dem Weg nach Hause rannen Tränen über meine Wangen, meine Beine versagten ihren Dienst, Stimmen tobten in meinem Kopf.

Ich ließ mich auf den Autositz fallen und versuchte zu starten. Ruckartig bewegte sich das Auto vorwärts. Die Straße verschwamm vor meinen Augen. Neben mir tauchte eine große Parklücke auf, in die ich mit letzter Kraft einfahren konnte.

Hilflos blieb ich stehen. Ein Mann klopfte an die Scheibe, ich wollte sie öffnen, fand aber den Drücker nicht. Mit zitternden Händen gelang es mir endlich, der Mann beugte sich zu mir. „Geht es Ihnen nicht gut? Sie sehen aus, als würden Sie verfolgt." Ich starrte ihn an.

„Sie stehen in meiner Ausfahrt."

Mein Kopf fing wieder an zu arbeiten.

Hatte ich tatsächlich das Auto gestartet und war ein Stück gefahren? Ich stammelte eine Entschuldigung und fuhr los.

An diesem Abend war Frank ins Koma gefallen. Mein Weg führte mich täglich auf die Intensivstation der Klinik. Ich hielt seine Hand, streichelte ihn, erzählte aus meinem Alltag, machte Pläne für unsere Zukunft und hoffte trotz seines Schweigens, dass er mich hört. Nach fünf Wochen verließen ihn die Kräfte. Meine Welt brach zusammen. Ich fühlte mich mit 45 Jahren zu jung, um allein gelassen zu werden.

Lange Zeit war ich nicht in der Lage, Franks Suche fortzuführen. Traurigkeit wandelte sich in Resignation, ich wurde gleichgültig, was konnte mir noch passieren?

Beim Blick auf Franks Foto denke ich wieder an das Versprechen. Ich werde endlich seinen letzten Wunsch erfüllen. Ist sein Vater am Ende des Zweiten Weltkrieges mit einem U-Boot untergegangen oder hatte er an einem anderen Ort ein neues Leben begonnen?

Warum hat Werner Gorda am Ende des Krieges den Weg nach Hause nicht eingeschlagen? Seine Frau und sein Sohn wünschten sich eine Antwort.

Ehemalige U-Boot-Soldaten könnten Auskunft geben. Aber wer wird schon 90 Jahre? Einen seiner damaligen Kameraden zu finden, wäre wie eine Nadel im Heuhaufen zu entdecken. Blutjunge Burschen taten damals in den ‚Stählernen Särgen' auf See ihren Dienst. Sie befolgten Befehle in einer dunklen Zeit.

Aber ich hatte es Frank versprochen. Und so räume ich seinen Aktenschrank aus und hocke anschließend auf dem Wohnzimmerteppich zwischen losen Papieren und Mappen.

In einem Ordner sind vergilbte Blätter, Briefe und Informationen einiger Marine-Archive abgeheftet. Die Sammlung ergänze ich mit Schriftstücken, die zu dem U-Boot-Thema gehören. Hier Ordnung zu schaffen, würde mich das ganze Wochenende beschäftigen. Mühsam befreie ich mich aus der unbequemen Lage. Meine Beine schmerzen. Die Sehnsucht nach Frank überfällt mich plötzlich. Mein Hals wird eng, Tränen trüben meinen Blick. Den endgültigen Abschied kann meine Seele auch heute noch nicht akzeptieren. Die Welt um mich wird dunkel. Ich zwinge mich zu alltäglichen Gedanken, und mache ein paar Übungen für die Beine, damit der Motor wieder in Gang kommt. Die Dunkelheit verschwindet, ich atme auf.

Ich versuche zu verstehen, beginne im Internet die Seiten der Marine-Archive aufzurufen, deren Angaben ich mit den Schriftstücken vergleiche. Umfangreiche Daten geben Aufschluss über die Einsätze der U-Boot-Flotte. Namen der Crew, Daten zur Technik und sonstige Fakten kann ich über jedes Boot nachlesen.

Im Laufe der nächsten Woche telefoniere ich mit einer netten Mitarbeiterin des historischen Marinearchivs und erkläre ihr mein Anliegen.

„Ich werde Ihre Anfrage bearbeiten. Sie geben mir alle bekannten Daten des Vermissten und melden sich nächste Woche wieder. Vielleicht kann ich Ihnen helfen."

Kann sie nicht, wie sich bei dem späteren Gespräch herausstellt. Der Hinweis auf die Gedenkstätte Laboe ist für mich nichts Neues. Frank und ich erlebten ein Jahr vor seinem Tod einen unserer schönsten Urlaube am Timmendorfer Strand.

Zu unseren Ausflugszielen gehörte auch das Ehrenmal der gefallenen Marinesoldaten in Laboe. Wir saßen am Frühstückstisch im Hotel, Franks Blick war auf mich gerichtet. „Bist du damit einverstanden, dass wir an zwei Tagen Laboe besuchen? Einmal möchte ich die Gedenkstätte und das U-Boot besichtigen und am nächsten Tag nach Möltenort fahren. Dort könnten wir schauen, ob wir den Namen meines Vaters entdecken."

„Ich habe Bilder von den Riesentafeln gesehen. Die willst du alle durchsuchen?"

„Nein, nicht alle, sie sind nach U-Boot-Nummern geordnet. Für uns sind die Boote U-579 und U-1008 von Interesse."

Wir haben die Tafeln mit kleiner, enger Schrift studiert, den Namen ‚Werner Gorda' entdeckten wir nicht.

Abends tummelte ich mich im Meer, während Frank mit einem Buch über U-Boote im Zweiten Weltkrieg im Strandkorb saß. Die Erinnerung an diese Tage hat sich tief in mein Gedächtnis eingeprägt.

Diese Geschichte lässt mich nicht mehr los, ich recherchiere und tauche ein in das Leben eines mir vollkommen fremden Menschen. Dabei robbe ich nicht mehr auf dem Fußboden umher, sondern sitze bequem an meinem Arbeitsplatz und genieße die Ruhe.

Ich blättere noch einmal meinen zusammengestellten Ordner durch, der Brief eines Kameraden fällt mir auf. Er schrieb ihn an meine Schwiegermutter.

Das Papier ist vergilbt, marode Knicke zeigen, dass er oft gelesen wurde. Er ist in Sütterlin verfasst.

Meine Schwiegermutter erzählte mir einmal von einem Brief, den sie lange bei sich getragen hat. Ich sehe sie vor mir. Sie zieht immer wieder ein Schreiben aus ihrer Kittelschürze, liest darin und weint. Nach dem Zustand zu urteilen, ist es genau dieser Brief. Wenn ich doch wenigstens die Buchstaben entziffern könnte. Der Brief wurde 1947 geschrieben, jetzt haben wir 2013. Er ist 66 Jahre alt und Evelin hat ihn intensiv genutzt. Kein Wunder, dass ich Schwierigkeiten habe, ihn zu entziffern. Plötzlich sitzt mein Opa neben mir. Wir blicken beide in ein Märchenbuch aus uralten Zeiten. Er grinst und sagt: „So so, ich soll einem großen Mädchen aus der dritten Klasse vorlesen, weil es diese Selbstverständlichkeit nicht beherrscht?"

„Opa, du bist gemein, das haben wir nicht gelernt!", ich schluchzte und mir kamen die Tränen.

„Ich werde dir das Lesen und Schreiben der alten deutschen Schrift beibringen", bestimmte er.

Auf diese Weise habe ich mir ein paar Vorkenntnisse angeeignet. Es hilft nicht viel. Die handschriftlichen Buchstaben sind unordentlich aneinandergereiht und verblasst. Mit viel Mühe erschließt sich mir der Inhalt. Werner Gorda wurde erst ein paar Wochen vor dem Unglück auf das U-579 abkommandiert. Er gehörte nicht zur Stammbesatzung. Ist er daher nirgendwo in den Listen des Marinearchivs zu finden?

Erneut durchforste ich die Schriftstücke und Briefe, die ich herausgefischt habe. Kann ich darin versteckte Hinweise und neue Erkenntnisse finden? Der Brief an meine Schwiegermutter beschäftigt mich. Der ehemalige Kamerad nennt die beiden U-Boote nicht beim Namen, die in den letzten Tagen des Krieges eine Rolle für ihn und die anderen Marinesoldaten spielten. Er befand sich Nachforschungen meines Mannes zufolge auf dem U-1008. Gustav Buhlmann erzählt in seinem Brief das Schicksal der beiden Boote vom 03. Mai 1945 bis 05. Mai 1945.

22.09.1947

Hochverehrte Frau Gorda!

Endlich bin ich aus der Gefangenschaft entlassen. Ungeachtet dessen will ich sofort Ihren sehnlichsten Wunsch erfüllen und Genaueres über Ihren Mann schreiben.

Ja, ehrenwerte Frau Gorda, wir waren eng befreundet. Ich war Funker an Bord und wir hatten die gleiche Wache. Werner suchte mich

*oft im Funkraum auf und wir unterhielten uns privat. Ich regelte die
Post und brachte ihm die Briefe aus der Heimat.*

*Was wir Anfang Mai erfuhren, war unglaublich. Am dritten Mai
1945 gab es den Befehl, auf U-Fahrt zu gehen, es war kurz vor Schluss.*

*Ihr Mann wurde drei Wochen vorher auf ein anderes Boot abkom-
mandiert. Ich erfuhr nichts über den Grund des Wechsels. Durch Zufall
trafen wir Werner im Hörupp-Haff wieder. Dort sagte er mir, dass er
und seine Kameraden mit uns nach Norwegen gehen.*

*Die schreckliche Fahrt begann. Auf der Höhe von Aarhus bekamen
wir Fliegerbeschuss. Wir wehrten uns, wobei es mehrere Verletzte gab.
Das Boot Ihres Mannes versuchte zu tauchen, das bemerkte der Pilot des
englischen Bombers sofort. Die Maschine wendete sich von uns ab und
bewarf das tauchende Boot mit seiner gefährlichen Fracht. Von da an
fehlte jede Spur von ihm.*

*Wir waren erneut im Visier des Feindes, bewegten uns auf Tiefe und
kamen mit dem Schrecken davon.*

*Unter Wasser versuchten wir, auf dem Funkweg eine Verbindung
mit unseren Kameraden herzustellen. Wir hatten keinen Erfolg.*

*An eine Weiterfahrt war nicht mehr zu denken, wir stiegen aus und
kamen mit Mühe an Land. Die Suche nach den anderen Kameraden blieb
erfolglos.*

*Liebe Frau Gorda, ich erfuhr bis heute nichts über Werner. Das
Schicksal der restlichen Crew ist mir auch nicht bekannt.*

*Ich bedaure aufs Tiefste den Verlust Ihres lieben Mannes, der mir
jeder Zeit an Bord ein guter Kamerad war.*

*Ich versichere Ihnen hiermit, dass alle meine Aussagen, die ich Ihnen
machte, der Wahrheit entsprechen.*

Mit freundlichem Gruß verbleibt
Gustav Buhlmann

Dieser Mann versichert, wahrheitsgemäß auszusagen, ich verstehe es nicht. Liegt es an der Denkweise der damaligen Zeit und
Buhlmann hat es nur so dahin geschrieben? Mein Versuch, Gustav Buhlmann zu finden, ist erfolglos. Im Brief schreibt er das

Datum ohne Ortsangabe. Sein Name steht in keinem Telefonbuch. Somit bleibt mir sein Heimatort verborgen.

Das Telefon schreckt mich aus meinen Gedanken.

„Hallo Mama, wie geht es dir?"

„Danke gut, Erik, ich bin mitten in der Recherche wegen deines Großvaters. Wirklich weiter komme ich im Moment nicht. Ich habe mit der Sortierung der vorhandenen Unterlagen begonnen. Die Hoffnung, darin Anregungen zu finden, gebe ich auf. Ich muss einen anderen Weg einschlagen, um neue Möglichkeiten zu nutzen."

„Du wirst es schon schaffen! Deine Ergebnisse sind auch für Céline und mich sehr wichtig und es war ein inniger Wunsch von unserem Papa. Ich habe die Befürchtung, es ist zu spät, es gibt keine Zeitzeugen mehr."

Eriks angedeuteter Vorwurf ist berechtigt, aber meine Gemütsverfassung ist die Kehrseite.

„Ich war bisher nicht bereit, diese Aufgabe zu meistern. Reicht dir diese Antwort?"

Nein, sie reicht nicht. Es herrscht Schweigen am anderen Ende der Leitung.

Ich versuche Erik zu erklären, wie schwer es mir fällt, Franks Suche allein fortzusetzen.

„Ich war nach dem Tod deines Vaters am Ende meiner Kräfte. Das weißt du! Durch die Recherche werde ich erneut mit den traurigen Gefühlen konfrontiert, deshalb benötigte ich Abstand. Erst jetzt habe ich den Mut gefunden, seinen Wunsch zu erfüllen."

„Es ist mir klar, was du durchgemacht hast, es sollte kein Vorwurf sein. Ich würde dir gerne helfen, aber es ist kein Katzensprung zwischen Dessau und Düsseldorf und mein Job fordert alles von mir. Ich finde ohnehin, dass wir uns viel zu selten sehen."

„Es ist im Leben nicht alles perfekt. Du hast die Chance genutzt und einen guten Job in Nordrhein-Westfalen angenommen. Die berufliche Entwicklung ist für junge Menschen auf jeden Fall wichtig."

„Danke Mama, ich habe mir nach Papas Tod Sorgen um dich gemacht."

„Ich weiß, aber ich komme allein zurecht. Kinder gehen aus dem Haus, wenn die Zeit dazu reif ist. Nur im Idealfall bleiben sie in der Nähe."

Wir unterhalten uns noch eine Weile über Eriks Familie, vor allem möchte ich über die kleine Lotta alles erfahren. Beim Abschied versprechen wir uns, die gegenseitigen Besuche nicht nur auf Ostern und Weihnachten zu beschränken.

2

Nach dem frühen Tod meines Mannes empfand ich Traurigkeit und Stille. Die Wünsche an das Leben lösten sich im Nichts auf. Schlaflos und unkonzentriert verbrachte ich meine Tage und Nächte. In dieser Zeit drängte sich ein Mann in mein Leben, voller Energie, freundlich und charmant. Seine Firma führte ein neues Abrechnungssystem in unserer Dienststelle ein.

„Wir verbringen unsere Arbeitszeit die nächsten Tage miteinander. Mein Name ist Michael Morin, kurz Michael."

Wir gaben uns die Hand, er fixierte mich mit neugieriger Miene.

„Anne Gorda", antwortete ich und hielt seinem Blick stand.

Ich ließ mich von ihm zum Essen einladen. An diesem Abend teilte ich seine Aufmerksamkeit mit zwei jungen Mädchen am Nachbartisch. Warum störte mich das? Ich war doch nur zum Essen eingeladen.

Sein Charme schlich sich mit der Zeit in meine Gefühle. Später glaubte ich, durch ihn Trost zu finden. Weit gefehlt, ein Schmetterling kann nicht der Mann sein, der meine Seele rettet.

Wir trafen uns in Hotels, danach hörte und sah ich nichts mehr von ihm. Er schwieg viele Tage, manchmal sogar Wochen. Ich habe schnell verstanden, dass dieser Mann in meinem Leben nichts zu suchen hat. Eine kurze Mail beendete die Affäre. Ich schob ihn in eine Schublade und hoffe, sie nie wieder öffnen zu müssen.

Nach diesem Erlebnis mit Michael, nur eine von mehreren Frauen zu sein, bin ich von Männern als Lebensbegleiter geheilt. Und doch fühle ich den Stachel, wenn ich an ihn denke.

Meine neue Bekanntschaft mit Sebastian kam mir nach dem Desaster mit Michael gelegen. Wir lernten uns in der Straßenbahn kennen. Er sprach mich an und fragte, wo das Bauhaus sei. Wir kamen ins Gespräch und er lud mich zum Kaffee ein. Da ich mich an diesem Nachmittag einsam fühlte, willigte ich ein und schlug das Teehäuschen im Stadtpark vor.

„Mein Name ist Sebastian Sandemann und ich komme aus Frankfurt an der Oder", sagte er.

Wir saßen im Restaurant, unterhielten uns, tauschten unsere Handynummern aus und tranken mit Kaffee Brüderschaft. Es war ein hoffnungsvoller Gedanke. Vielleicht könnte ich durch diese neue Bekanntschaft ein wenig Abwechslung erfahren. Ich wollte meine Tage nicht in Verzweiflung und Einsamkeit verbringen und wie ein Teenie Michael nachheulen.

„Darf ich dich gelegentlich anrufen?", unterbrach er meine Gedanken. Ich nickte und gab ihm zu verstehen, dass ich nach Hause muss. Wir verabschiedeten uns.

Eine Woche später fuhr ich dienstlich nach Leipzig. Am Abend vorher fragte er: „Wie lange wird dein Meeting dauern?"

„Ich fahre 15:00 Uhr wieder nach Hause."

„Treffen wir uns? Es wäre schön, wenn ich dich wiedersehen könnte."

Also trafen wir uns in einem kleinen Restaurant in Leipzig. Die Gespräche drehten sich um Job und Familie. Er erzählte von seiner großen Verwandtschaft und ich hielt mich im Hintergrund.

Am Ende überlegte ich, ob ich diesem Mann eine Chance geben sollte. Ich kam zu keinem Ergebnis und fuhr nach Hause.

Seit dieser Zeit ruft Sebastian jeden Abend an.

„Wie schön wäre eine Zukunft zu zweit", sagt er regelmäßig. Seine Wünsche nehmen mir die Luft zum Atmen, ich bin zu einem festen Verhältnis noch nicht bereit. Aber ich kann ihn von meiner Abneigung zu ständiger Nähe nicht überzeugen.

Nach endlosen Diskussionen einigten wir uns, nicht sofort aufzugeben. Er hofft, mich eines Tages als seine Partnerin zu gewinnen.

Sebastian hörte nicht auf, mir unentwegt Vorschläge zu unterbreiten, uns in seiner oder meiner Wohnung zu treffen. Ich machte ihm klar, dass mein Zuhause nach der kurzen Zeit nicht infrage kam.

„Lass uns etwas Zeit, um uns besser kennenzulernen", bat ich. Um nicht ein endgültiges ‚Nein' zu riskieren, akzeptierte er meinen Wunsch. Für den Anfang war er zufrieden, dass ich ihm nicht den Laufpass gab.

„Ich würde mich freuen, wenn du dich entschließen könntest, zu mir zu kommen. Ich kann dir Frankfurt zeigen. Ein Ausflug über die Grenze ist interessant. Kennst du Frankfurt?", versuchte er mich zu überzeugen. Ich war unsicher und überspielte sein Angebot mit einer albernen Frage: „Meinst du das am Main oder das an der Oder?"

Ärgerlich antwortete er: „Du weißt, welche Stadt ich meine. Nur eine der beiden Städte hat eine Grenze!"

Mit seinem Humor scheint es nicht weit her zu sein.

Sollte ich die Einladung eines mir im Grunde fremden Mannes annehmen? Welcher Teufel mich auch ritt, die Neugierde hatte mir längst die Entscheidung abgenommen. Sebastian in seinem persönlichen Umfeld besser kennenzulernen, war meine Ausrede. Der Gedanke fegte meine Skrupel beiseite.

Er attackierte mich mit versteckten Bemerkungen, wie: „Hattet ihr eine offene Beziehung, du und dein Mann?"

Ein anderes Mal fragte er, ob wir oft Sex gehabt hätten. Ich antwortete: „Bei uns lief alles normal."

Von Michael erzählte ich nichts.

Mir ging es nicht um Sex. Ich glaubte an diese Aussage, aber sie entsprach nicht ganz der Wahrheit. Meine eigene Inkonsequenz machte mich wütend.

Die unmittelbare Vergangenheit und die damit verbundene Affäre geisterten durch meinen Kopf. Ich sah Michael vor mir und ärgerte mich über meine immer noch kribbelnden Gefühle. Für ihn hatte die körperliche Liebe auf jeden Fall Vorrang. In seinen Augen sind Frauen nur Objekte der Begierde. Es würde nie eine gemeinsame Zukunft für uns geben. Ich wusste es und das tat weh!

Die Erinnerung an eine erotische Zeit, ohne auf ein Miteinander hoffen zu können, war trotz der geschlossenen Schublade in meinen Gedanken präsent.

Nun war ich kurz davor, mich mit einem anderen Mann in ein neues Abenteuer zu stürzen.

War ich mit allen Sinnen bereit? Die Art und Weise unserer langen Telefongespräche signalisierten Sebastians Verlangen, die Zweisamkeit bis zur Endkonsequenz auszuprobieren.

Letztlich siegte auch bei mir die Neugier, ich fuhr zu ihm.

Während der Fahrt packten mich Skrupel, die ich verscheuchte. Schließlich konnte ich jederzeit wieder gehen.

Sebastian empfing mich mit Kerzenschein, gutem Essen und was dann folgte, war perfekt.

Das Telefon klingelt, ich sehe auf dem Display Sebastians Nummer. Ich starre das Mobilteil an. Meine Gefühle sind durcheinander. In diesem Moment bin ich nicht bereit, mit ihm zu reden.

Die Entscheidung ist gefallen, das Klingeln verstummt. Der Anrufbeantworter blinkt und er spricht eine Nachricht auf die Mailbox. Meine innere Stimme meldet sich.

Es ist nicht fair, ihn warten zu lassen. Also nimm das Telefon zur Hand und rufe zurück.

Er meldet sich genervt: „Ich dachte, du bist nicht zu Hause, deshalb habe ich auf den unpersönlichen Apparat gesprochen."

„Glaubst du, ich sitze ständig am Telefon und warte auf einen Anruf von Monsieur Sebastian?"

„Anne, sei nicht bissig!", höre ich seine traurige Antwort.

„Was hast du auf dem Herzen?", frage ich in einem friedlichen Ton.

„Ich möchte deine Stimme hören, ist das nicht üblich, wenn Liebe im Spiel ist?"

Ich weiß nicht, ob ich Sebastian liebe. Ich schweige.

Er drängt mich, unsere Erlebnisse der besonderen Art zu wiederholen. Ich höre ihm zu, in meinem Kopf hallen seine Worte wie ein Echo zurück und hinterlassen eine Mischung aus schlechtem Gewissen und Unbehagen. Wie soll ich auf seinen Wunsch reagieren? Ich habe doch erlebt, dass er Michael in Sachen Erotik in nichts nachsteht. Warum kann ich für ihn nicht das Gleiche empfinden, wie für Michael? Doch Sebastian fehlt die Ausstrahlung, in mir die nötigen Gefühle zu erwecken. Es geht um Sex, ohne meine Seele zu berühren. Das reicht mir nicht. Ich habe kein gutes Gefühl bei diesem Mann.

„Warum schweigst du?", höre ich ihn fragen.

„Meine Probleme vor deinem Anruf beschäftigen mich."

Es ist eine Lüge, ich habe doch gerade mein Empfinden zu Sebastian analysiert. Das kann ich ihm nicht offenbaren, also schwenke ich um und sage: „Den Brief eines Kameraden meines Schwiegervaters habe ich zum x-ten Mal studiert. Mich lässt der Verdacht nicht los, dass die Aussagen Widersprüche enthalten."

Sebastian kennt mein Vorhaben. Für ihn war es klar, dass er sich in die Details einmischt, aber ich habe es ihm strengstens untersagt. Anfangs gab es Diskussionen, bis er mein ‚Nein' akzeptierte.

Ich verfolge diese Geschichte allein, für mich ist sie ein intimer Teil der Lebensgeschichte meines Mannes und meiner Schwiegermutter. Ich möchte nicht, dass ein Fremder in den privaten Dingen herumwühlt. Schmerzliche Erinnerungen bewegen mein Gemüt. Wie verzweifelt war Frank, wenn er mit seiner Recherche nicht weiterkam und nach Antworten suchte.

Die Ergebnisse meiner Nachforschungen kann Sebastian wissen, den Weg dorthin gehe ich allein.

Bereitwillig erzähle ich.

„Es gibt einen Bericht des Kommandanten des U-Bootes 1008. Er beschreibt den Werdegang der beiden Boote U-1008 und U-579 in den letzten Tagen des Krieges. Sie wurden kurz vor dem Ende dieser sinnlosen Zeit als Nachrichtenboote mit mehreren Funkstellen ausgerüstet. Als sogenannte ‚Gewitterboote' traten sie ihren Weg nach Norwegen an.

Admiral Dönitz befahl allen fahrbaren Booten, nach der Feindbesetzung Deutschlands, den U-Boot-Krieg von Norwegen aus fortzuführen. Der Wahnsinn kostete in den letzten Tagen vielen jungen Männern das Leben. Im Nazi-Deutschland herrschte der Irrglaube, durch diese Aktion eine bedingungslose Kapitulation zu verhindern."

Ich höre Sebastians schweren Atem, er folgt ohne Kommentar meinem Bericht, deshalb nehme ich die Schilderung wieder auf.

„An verschiedenen Orten, wie Kiel und Flensburg, wurden spezielle Installationen an und in den Booten vorgenommen. Zusätzliches Funkpersonal kam an Bord und zum Schluss nahm ausgesuchtes Fachpersonal die Montage der Funkgeräte vor.

Am 05.05.1945 erhielten die U-Boote 1008 und 579 den Befehl, eine bestimmte Linie zu passieren, um nach Norwegen auszulaufen. Englische Liberator-Bomber griffen beide Boote 16:40 Uhr nordöstlich der Insel Hjelm in Höhe Aarhus an.

Die englischen Piloten beobachteten, dass U-579 nach mehreren Treffern auseinanderbrach und sank. Die Flieger sichteten einen riesengroßen Ölteppich, Wrackteile und lebende Menschen.

So wurde es später berichtet."

Mir läuft ein Schauer über den Rücken, ich greife nach meiner Jacke und ziehe sie um den Körper. Meine Gedanken überschlagen sich. War mein Schwiegervater unter den Überlebenden und trieb er dort im Meer?

Sebastian schweigt immer noch und ich fahre in meinem Bericht fort.

„Der Kommandant von U-1008 gab am 06.05.1945 um 22:30 Uhr den Befehl, sein Boot nach drei weiteren Angriffen zu versenken. Schwer beschädigt war auch für dieses Boot die Weiterfahrt unmöglich. Die Besatzung von U-1008 konnte sich retten. Unter ihnen befand sich jener Kamerad Buhlmann, dessen Brief ich dir vorgelesen habe."

Sebastian stöhnt auf. Hat mein Vortrag ihn gelangweilt oder ist er erschüttert, geht ihm das Schicksal dieser Männer an die Nieren?

„He, Sebastian, bist du noch da?"

Ich warte auf eine Reaktion, die nicht kommt.

Endlich sagt er: „Die Geschichte ist unfassbar. Ihr geht davon aus, dass dein Schwiegervater zum Zeitpunkt des Unglücks auf dem U-579 war?"

„Mein Mann hat es vermutet und der Buhlmann bestätigt es in seinem Schreiben an meine Schwiegermutter. Frank versuchte über Jahre, sich von Archiven bestätigen zu lassen, dass sein Vater auf U-579 diente.

Werner Gorda ist nirgends registriert. Es ist, als würden wir einem Phantom hinterherjagen."

Wieder schweigen wir, jeder ist mit seinen Gedanken beschäftigt.

Ich schließe die Augen und sehe die Menschen in einer Öllache auf dem Meer zwischen Wrackteilen treiben. Es ist unerträglich kalt. Wie wurden die im Wasser schwimmenden Männer gerettet? Mussten sie lange ausharren, bis ein Schiff kam, sie mit dem Nötigsten versorgte und an Land brachte? Tausend Fragen, die mir nur ein Zeitzeuge beantworten kann.

Sebastian bittet mich, noch einmal den Brief von Gustav Buhlmann vorzulesen. Am Schluss bemerkt er: „Es war funktechnisch zu dieser Zeit nicht möglich, bei Tauchtiefe Signale zu senden oder zu empfangen."

„Der Brief bringt mich sowieso nicht weiter. Wie darin zu lesen ist, verlor Buhlmann den Kontakt zu Werner Gorda. Zwischen meiner Schwiegermutter und diesem Mann gab es keine weitere Korrespondenz."

Ich möchte das Thema heute nicht mehr erwähnen, es macht mich traurig. Tatsachen zu diskutieren, die keine neuen Erkenntnisse bringen, hilft mir nicht.

Die Emotionen, die meinen Mann und meine Schwiegermutter bewegten, berühren mich heute noch.

Ich versuche, das Gespräch mit Sebastian auf unser jetziges Leben zu lenken.

„Unterhalten wir uns lieber über den Ort unseres Kurzurlaubs, das bringt mich auf andere Gedanken."

„Du lehnst es ab, dich zu besuchen und ich akzeptiere es. Es gibt ohne Frage schöne Orte, die wir erforschen können. Aber ich hoffe, uns in Hotels zu treffen, wird später die Ausnahme sein."

„Und bis dahin wirst du geduldig sein müssen."

Er lässt es nicht sein, zu nerven.

Ich will das Treffen mit Sebastian weder aufschieben noch verhindern. Es steht für mich fest, aber meine Gefühle sagen etwas anderes. Meine Fantasien landen bei dem altbekannten Problem. Ich sollte zufrieden sein, mich mit einem Mann in dieser intimen Art und Weise zu treffen, der ehrliche Gefühle für mich empfindet.

Den Vorschlag, ein Hotel zu buchen, nahm Sebastian nicht begeistert auf. Da ich keinen anderen Weg zuließ, willigte er ein. Vielleicht hilft das romantische Flair eines Hotel-Aufenthaltes ohne Alltag, mich an Sebastian zu gewöhnen.

Ich ziehe schon wieder Vergleiche zwischen den beiden Männern. In Sachen Abwechslung ist Sebastian Michael überlegen. Er lässt das Intimleben nicht zum Ritual werden. Seine Ideen überraschen mich.

Das erste Treffen in seiner Wohnung war von meinen durchgeschüttelten Emotionen überschattet. Nur mein Verstand hatte mit den vergangenen Erlebnissen mit Michael abgeschlossen.

Meine Gedanken schweifen zurück und dieser Besuch bei ihm wiederholt sich in meinem Kopf.

Sebastian bietet mir eine Massage an, ich überlege und lasse mich darauf ein. Seine Hände zittern, als er alles bereitlegt. Mit bebender Stimme bittet er, mich auf den Bauch zu legen. Er setzt sich auf meine Oberschenkel und bearbeitet meinen Rücken.

Langsam spüre ich Ruhe in seinen Bewegungen. Fordernd berührt er meinen Körper, ich empfange die sinnliche Botschaft. Wärme steigt in mir auf, jeder Zentimeter meiner Haut fiebert dem prickelnden Gefühl der Erotik entgegen. Sebastians Wunsch ist klar und ich höre meine eigenen Worte.

„Das machst du sehr verführerisch, verfolgst du ein bestimmtes Ziel?"

„Bist du der Meinung, ich denke an Sex?"

Ich antworte nicht, weil ich seine Haut auf der meinen spüre und in eine wunderbare Welt drifte. Bei der Massage meiner Schultern muss er sich weit vorbeugen und sein harter Penis drückt auf meinen Hintern.

Wow!

Sebastian kann nerven, aber in diesem Moment zieht ein wohliger Schauer durch meinen Körper. Mir ist zum Zerspringen, meine Libido erwacht und der Verstand schaltet ab. Es ist perfekt und ich vergesse in diesem Moment die Erlebnisse mit Michael. Sebastian bittet, mich umzudrehen und ich folge gern. Die Massage ist vergessen, wir sind ineinander und ich bald auf ihm. Sein Körper streckt sich mir entgegen, Lust breitet sich in mir aus. Lange nicht erlebte Emotionen koste ich mit allen Sinnen aus.

Ich lasse mich fallen!

Die Initiative von Sebastian wirft mich komplett aus der Bahn. Ich erlebe den Höhepunkt nicht nur einmal und mein Körper erreicht seine Grenzen. Ich bin auf angenehme Weise erschöpft. Sebastian fragt mich lächelnd: „Habe ich dich geschafft?"

„Wenn du so direkt fragst, muss ich das bestätigen, aber die Niederlage ist wunderschön!"

Wieder versucht er, mich in seine Arme zu nehmen. Er schaut mich plötzlich mit wirrem Blick an und berührt mich fordernd und grob.

Angstgefühl steigt in mir auf, meine Gedanken überschlagen sich. Mir ist zumute, als müsste ich ersticken. Ich habe das Bedürfnis, schnell das Weite zu suchen. Sebastians Verhalten hat sich verändert. Besitzergreifend und ohne Gefühl, will er seine Fantasien durchsetzen. Dieses rücksichtslose Benehmen macht mir Angst.

In meinem Kopf breitet sich eine Panikattacke aus, ich springe auf. „Ich fahre jetzt nach Hause."

Sebastian erwacht aus seinem undefinierbaren Gemütszustand und steht da wie ein begossener Pudel. Er sieht mich betreten an. Wie unmöglich hat sich die Situation entwickelt? Hat Sebastian jetzt sein wahres Gesicht gezeigt?

Es helfen keine klärenden Worte. Ich will nur noch weg. Ohne nachzudenken, sammle ich meine Sachen zusammen, stopfe alles in meinen Koffer und ziehe mich an.

Der Abschied verläuft leise und mit knappen Worten. Er steht unbeweglich mitten im Zimmer, nicht in der Lage zu reagieren. Ich verlasse den fassungslosen Sebastian.

Unterwegs im Auto komme ich langsam zur Ruhe, die Tränen laufen und vernebeln mir den Blick. Ich versuche, diese unmögliche Situation zu analysieren. Der Schreck, dass ich wieder Vergleiche ziehe, beunruhigt mich zusätzlich. Michael geistert in meinem Unterbewusstsein herum. Warum muss ich schon wieder an ihn denken? Ärger gegen mich selbst steigt auf. Aber er legte nie eine solche Dominanz an den Tag, wie ich sie bei Sebastian gerade erlebt habe.

Das war kein guter Anfang. Sebastian rief mich nach diesem Vorfall immer wieder an. Er entschuldigte sich und schickte mir Blumen. Ich beruhigte mich wieder.

Die aufkommende Vermutung möchte ich noch nicht wahrhaben, dass Sebastian nicht nur der nette und aufmerksame Mann ist. Sein Auftreten ist nicht in allen Lebenslagen korrekt. Das betrifft vorwiegend unser intimes Zusammensein. Während dieser Zeit will er mich zwingen, Dinge zu tun, die ich zuvor entschieden abgelehnt habe.

Trotz der kurzen Zeit, die wir uns kennen, weiß ich, dass er mich mag. Die Art, wie er es zeigt, warnt mich allerdings vorsichtig zu sein. Ich setze mich an meinen Schreibtisch und schaue Franks Bild an. Die Erinnerungen an das Leben mit ihm sind noch wach. Seine Augen strahlen, ein glückliches Lächeln liegt um seinen Mund. Mit ihm hat alles gestimmt und ohne ihn bin ich aus der Bahn geraten. Ich kann noch so lange überlegen und suchen, ein solches Glück wird mir nicht wieder begegnen.

3

Gott sei Dank, dass es das Internet gibt. Ich fahre bequem mit meinen Recherchen fort. Ideen, die mich näher an mein Ziel bringen, gebe ich als Frage ein und ich bekomme kompetente Antworten. Ich rufe das Telefonbuch auf. Mein Wunsch, einen Zeitzeugen der letzten Tage des Zweiten Weltkrieges zu finden, kommt mir weit hergeholt vor. Er sollte auf einem bestimmten U-Boot gedient haben. In dieser aussichtslosen Lage hoffe ich auf ein Ergebnis? Wessen Name ist heutzutage noch in dem ehemals wichtigsten Nachschlagewerk der Kommunikation zu finden? Dennoch weiß ich, dass alte Menschen an ebensolchen Traditionen festhalten. Sie möchten auf diesem Weg erreichbar bleiben.

Die Crew-Liste des U-579 aus jener Zeit finde ich auf der Webseite des ,Historischen Marinearchivs'. In der Aufstellung stehen die Namen der am 05.05.1945 gefallenen Seeleute. Ich gehe davon aus, dass der Rest der Crew das Drama überlebte. Diese Männer sind für mich interessant. Geläufige Namen kann ich zahlreich im Telefonverzeichnis finden. Ich habe keine andere Wahl, als alle Personen anzurufen. Es sind mitunter lustige Gespräche, ich erwische gelegentlich tatsächlich alte Männer am anderen Ende der Leitung. Sie erzählen mir ihre Lebensgeschichte, froh darüber, dass ich ihnen zuhöre. Meine Ungeduld muss ich zügeln. Es sind einsame Menschen und ich habe Verständnis für ihren Wunsch, sich mitzuteilen. Ein intensives und einseitiges Gespräch zwingt mir Herr Gerhardt auf. Er erzählt von seiner Dienstzeit als Soldat. Aus seinen Worten geht hervor, dass er nicht bei der Marine diente, aber er lässt sich nicht unterbrechen. Ich verspreche ihm, an einem anderen Tag zuzuhören. Als hätte er meine Worte nicht verstanden, ergreift er die Chance, seinen lange an den Nagel gehängten Beruf als Dozent für Bühnentanz zu erläutern. Es wird für mich schwer, dem Gespräch ein Ende zu setzen. Endlich macht er eine Pause, um Luft zu holen. Das nutze ich aus und finde einen netten Abschluss des Gespräches, ohne den alten Herrn vor den Kopf zu stoßen. Wir verabschieden uns und ich lege schmunzelnd den Hörer auf.

Es kommt noch besser. Der nächste betagte Herr erzählt ohne Unterbrechung. Ich will gerade entnervt auflegen, da werden seine Worte interessant.

Jetzt fällt das Wort ‚Brandenburger'. In diese Richtung waren meine Gedanken schon gelenkt worden, als Sebastian von der Spezialeinheit erzählte. Es würde vieles erklären. Mir fällt der Brief Gustav Buhlmanns ein, dessen Inhalt logische Lücken aufweist. Der Lehrgang zum Oberfeldwebelanwärter, an dem mein Schwiegervater laut Unterlagen teilgenommen hatte, wirft für mich auch Fragen auf. Mir leuchtet nicht ein, dass es einen solchen Dienstgrad bei der Marine geben kann.

Hatte mein Schwiegervater mit den Brandenburgern zu tun? Wurde er deshalb zum Phantom?

Falls er Mitglied dieser Einheit war, spielte Werner Gorda allen etwas vor. Den Erzählungen nach war es sein Traum, auf einem U-Boot den Dienst zu absolvieren.

Das passt nicht zusammen.

Meine Schwiegermutter schilderte Werner als einen lieben, friedlichen Mann. Auch wenn er im letzten Teil des Krieges erkannte, dass nichts ablief, wie er es in seinem jugendlichen Eifer erwartet hatte. Seine Familie derart hinters Licht zu führen, entsprach nicht seinem Charakter.

Ich komme im Laufe der Erzählung meines Gesprächspartners zu dem Schluss, dass ich diese Variante ausschließen kann. Werner Gorda war nicht der hinterhältige Mensch, den ich einen kurzen Moment in ihm sah.

Mit Mühe gelingt es mir, den geschwätzigen alten Herrn am Telefon zu bremsen. Ich versichere, dass seine Geschichte spannend ist und verspreche auch ihm, ein anderes Mal Zeit zum Zuhören zu haben. Interessant oder nicht, die Telefonate bringen mich in meiner Suche nicht weiter. Die Zeit drängt.

Wir sind heute durch den technischen Fortschritt besser dran als zu früheren Zeiten. Ich kann alle hilfreichen Themen für meine Recherche aufrufen und bekomme in den meisten Fällen kompetente Antworten. Aber es sind nur Fakten, die ich erfahre, ein Zeitzeuge wird durch solche Informationen in keinem Fall ersetzt. Damit stoßen die heutigen Möglichkeiten an ihre Grenzen.

Es lässt mir keine Ruhe, ich möchte nicht negativ über meinen Schwiegervater denken. Auf einer Website, die ich aufrufe, um den Weg eines Marinesoldaten zu verfolgen, kann ich entdecken, dass es Lehrgänge zum Oberfeldwebelanwärter gab. Warum dieser Dienstgrad ebenfalls für die Marine galt, ist im Moment nicht von Interesse, ich bin jedenfalls erleichtert.

Die mir zur Verfügung stehenden Dokumente meines Mannes bleiben die Grundlage meiner Recherche.

Zweifel holen mich wieder ein. Jage ich einer Sache hinterher, die zum Scheitern verurteilt ist? Es kostet viel Kraft, das Vorhaben durchzuziehen. Die Versuche, über Telefon einen Menschen zu finden, der vor langer Zeit auf einem bestimmten U-Boot seinen Dienst leistete, erscheint mir wieder einmal hoffnungslos. Die anfängliche Euphorie verliert ihren Schwung.

Mechanisch greife ich erneut zum Telefon und wähle die nächsten Nummern, die ich mir aus der Liste des Marinearchivs notiert habe. Den Namen Köbbe gibt es nur einmal im Telefonbuch. Auf der Liste steht kein Kreuz an seinem Namen. Das bedeutet, dass Hans Köbbe am Ende des Krieges Mitglied der Crew war. Er muss das Unglück des Bootes überlebt haben.

Dieses Mal scheint es ein Treffer zu sein. Ich erreiche tatsächlich einen der Männer, die ich verzweifelt suche. Er bestätigt, dass er auf dem U-Boot 579 gedient hat. Ich werde hellwach, lausche seinen Worten und bin erstaunt. Seine Stimme ist klar und die Wortwahl sicher. Als er mir sagt, dass er 91 Jahre alt ist, pfeife ich leise vor mich hin. Erwartungsvoll frage ich: „Sagen

Sie mir doch bitte, wie war es an dem Tag des Untergangs? Waren Sie zu dieser Zeit an Bord?"

Eine prickelnde Spannung meldet sich mit euphorischer Hoffnung in meinem Kopf. Ist es möglich, dass ich einen Zeitzeugen gefunden habe? In meinen Ohren rauscht es, mein Herz schlägt heftig.

Der alte Herr schweigt.

Ich halte die Luft an, möchte Hans Köbbe zum Reden drängen. Für mich viel zu langsam fängt er an zu sprechen: „Ich muss Sie enttäuschen, ich bin drei Wochen vor dem Unglück auf ein anderes Boot kommandiert worden."

Oh nein, das ist die befürchtete Aussage!

Obwohl ich keinen Laut von mir gebe, fühlt er meine Ernüchterung. „Ich kann Ihnen meine noch vorhandenen Unterlagen per Mail schicken", sagt er nach einer langen Pause.

Er ist trotz seines hohen Alters mit der Computertechnik vertraut, mich erstaunt nichts mehr.

„Vielen Dank, Herr Köbbe", kann ich nur darauf antworten.

Als ich die versprochene Mail erhalte, stelle ich fest, dass die Unterlagen nichts Neues beinhalten. Ich bin auf ganzer Linie enttäuscht.

Ein paar Tage später ruft Hans Köbbe an. Ohne einleitende Worte fängt er an zu sprechen. „Ich habe noch ein Ass im Ärmel, eventuell kann ich Ihnen doch helfen."

Er redet eindringlich und leise. Befürchtet er, es geschieht etwas, was seine Hilfe unmöglich macht? Ich höre gespannt zu und er lässt sich Zeit.

„Ich habe einen alten Kameraden aus dieser schrecklichen Zeit. Wenn wir Glück haben, kann ich mit Hermann telefonieren. Es ist nur ein kleiner Hoffnungsschimmer. Falls er noch lebt, hat auch er ein beträchtliches Alter. Wir haben beide lange nichts voneinander gehört. Ich weiß, dass die Engländer ihn in ein Internierungslager in Dänemark steckten. Ihr Schwiegervater war eventuell im gleichen Lager. Hermann sprach einmal von einem

Werner, mit dem er zusammen nach Kanada transportiert wurde."

Herr Köbbe macht sich Gedanken, wie er helfen kann, mein Problem zu lösen. Mir bleibt wieder einmal die Tücke der Zeit.

„Vor zehn Jahren hatten wir den letzten Kontakt, Hermann war gerade in ein Seniorenheim nach Hamburg gezogen", setzt der alte Mann seine Erzählung fort.

„In unserem Alter zählen die Jahre doppelt. Wie gesagt, machen Sie sich keine große Hoffnung. Ich informiere Sie, wenn ich mit ihm gesprochen habe. Sie hören von mir."

Ich bedanke mich für seine Mühe, mir zur Seite zu stehen und wünsche ihm, hauptsächlich in meinem Interesse, viel Erfolg.

4

Manchmal erinnere ich mich an die zerrissenen Gefühle, die ich in der Zeit mit Michael in mir trug. Eine Beziehung, die keinen ernsten Hintergrund hatte, ging zu Ende. Heute bin ich froh, ihm den Laufpass gegeben zu haben. Ich werde nicht wieder derart emotionsgeladen reagieren, wenn es um einen Mann geht. Das Bewusstsein, sich einem Menschen mit solcher Intensität ausgeliefert zu haben, ist für mich inzwischen unverzeihlich. In Zukunft schalte ich besser meinen Verstand ein. Habe ich in Sebastian meinem Traummann gefunden? Das ist wohl eher nicht der Fall. Seine Gefühle sind stark, ich sehe es gelassen. Das ist in Ordnung, denn die Euphorie, die einst meine Seele gefangen hielt, darf nicht wieder meine Sinne verwirren. Jetzt bin ich bereit, in entsprechenden Situationen meine coole Seite zu zeigen, egal was oder wer kommt!

Ein Partner für die schönen Dinge ist praktisch und ermöglicht, auf angenehme Weise zu reisen und andere unterhaltsame Unternehmungen zu genießen. Probleme löse ich in der Regel allein. Ist das nicht möglich, gibt es meine Familie. Für Befindlichkeiten, die keine Mutter ihren Kindern anvertraut, habe ich meine Lieblingsfreundin Jessica. Nie wieder werde ich einen Kerl so nah an mich herankommen lassen. Und das gilt auch für Sebastian.

Pauschale Urteile sind ein Fehler und nicht bei allen Männern angebracht. Ich sitze am Schreibtisch und rede wieder mit Frank. Er lächelt mir zu. „Du bist heute traurig, ich sehe, du hast Sorgen."

„Mir fehlen die Gespräche mit dir und vor allem fehlst du mir."

Heute empfinde ich keinen Trost, mich mit seinem Bild zu unterhalten, es ist nicht wirklich beruhigend. Das Gefühl des ‚Nie wieder' lässt mich erzittern.

Meine Gedanken gehen weiter. Frank sagte, ich soll nicht allein bleiben. Aber ich will überhaupt keine Beziehung im üblichen Sinn. So optimal wie mit ihm kann es nicht wieder werden. Ich habe eine bestimmte Vorstellung und dabei immer Frank mit seinem wunderbaren Charakter im Kopf.

Sebastian besteht den Test nicht!

Er hält mit einer beängstigenden Zuversicht an mir fest, selbst wenn ich die Flucht ergreife oder aus heiterem Himmel Situationen eskalieren lasse. Er weiß zwar sofort, dass er in solchen Fällen aufhören muss, mich zu bedrängen. Aber leider fällt er nach kurzer Zeit in sein altes Muster zurück und ich fliehe erneut. So kann keine Beziehung funktionieren.

In intimen Stunden habe ich einen rücksichtslosen Sebastian erlebt. Sein Kontrollzentrum setzte aus und er verfolgte hemmungslos abartige Spielchen. Auch jetzt stelle ich gelegentlich bei ihm eine wachsende Dominanz fest. Mich ergreift Panik.

Und doch geht Sebastian mit unbeirrbarer Konsequenz seinen Weg, mich überzeugen zu wollen, dass wir zueinander passen. Er nimmt meinen Wunsch, Abstand zu halten, nicht ernst. Nach und nach häufen sich Diskrepanzen, die darauf hinauslaufen, mich beherrschen zu wollen. So geht es nicht weiter.

Ich glaubte, mit Michael den Höhepunkt auf dem Gebiet der körperlichen Liebe erlebt zu haben. Doch ich muss mich korrigieren. Sebastians ständiges Bemühen beim Sex keinen Alltag einkehren zu lassen, wäre der Schlüssel, der unser Liebesleben positiv entwickeln könnte. Seine Herrschsucht wird aber alles zerstören. Ich hoffe, dass er aus meiner Reaktion, sofort das Weite zu suchen, entsprechend schlussfolgert.

Meine Emotionen, die trotz seiner Bemühungen nicht diesen Wahnsinn erreichen, welche ich mit Michael empfand, sorgen für das nächste Problem.

Es liegen hundertsechzig Kilometer zwischen Dessau und Frankfurt an der Oder, infolgedessen können wir nicht ständig zusammen sein. Es staut sich auch bei mir einiges auf und die Intimitäten werden heftig, wenn wir uns sehen.

In meinem Kopf schwirren schon wieder die vergangenen Erlebnisse mit Michael umher. Ich denke an seine E-Mails, die für mich anfangs bedeutungsvoll waren. Zärtliche Worte schrieb er oberflächlich dahin. Aufrichtige Gefühle hatten keinen Platz. Ich gab schnell den Wunsch auf, dass sich eine dauerhafte Bindung entwickelt. Ihm ging es lediglich um neue erotische Erlebnisse mit verschiedenen Frauen. Ich wusste, das wird sich nie ändern. Diese Tatsache nagte an meinem Ego. Die Siegerin zu sein, war mir nicht vergönnt. Während mich die Gefühle durchrüttelten, blieb Michael kalt wie Eis.

Jetzt bin ich zufrieden, weil mich diese Dinge nicht mehr tangieren und die damals empfundene Euphorie streiche ich aus meiner Gefühlswelt.

Vielleicht kommt eine Zeit, in der ich mich bei Sebastian fallen lassen kann. Liebe und Vertrauen hängen nicht davon ab, die gemeinsame Zeit nur sexuell zu erleben. Ohne den Einklang unserer Gefühle wird alles zusammenbrechen. Noch hoffe ich, dass die dominanten Ansätze Sebastians Ausrutscher sind, doch kann ich nicht ignorieren, dass sein Charakter eine gemeinsame Zukunft infrage stellt.

Ich liebe ihn nicht! Das ist kein gutes Zeichen. Sebastian hofft, dass ich dieses Gefühl für ihn mit der Zeit entdecke. Er meint, geduldig warten zu wollen und ist sich sicher, dass ich eines Tages in ihm einen tollen Typen erkenne und mich an die Leine legen lasse. Woher nimmt er dieses Selbstbewusstsein?

Die bei Michael erlebte Atemlosigkeit, das Kribbeln, wenn wir unsere nackte Haut berührten, wo sind diese Regungen geblieben? Es hilft nichts, dass der Sex mit Sebastian ebenfalls elektrisierend ist.

In der Liebe kann man sich nichts vormachen und nichts erzwingen. Ich muss akzeptieren, was mir einst den Atem raubte, werde ich niemals wieder erleben.

Vielleicht konnte ich das Zusammensein mit Michael genießen, weil keine Gefahr einer festen Bindung hinter unseren intimen Zeiten stand. Wir beide waren aus vollem Herzen zärtlich.

Die Interessen außerhalb unserer ‚Liebesstunden' waren für ein Zusammenleben perfekt aufeinander abgestimmt. Trotzdem kam es um alles in der Welt nicht infrage, weder für ihn, noch für mich, diese Variante zu probieren. Ihn lockten die anderen Frauen und ich hätte mit dieser Tatsache nicht leben können. Wir wussten beide, dass alles für viele Tage oder Wochen vorbei sein würde, wenn wir uns nach einem intensiven Treffen trennten. Waren diese langen Pausen das Geheimnis unserer Begierde?

Warum geistert mir immer wieder die Vergangenheit im Kopf herum? Ich suche doch nach einem Weg, um Sebastian und mich emotional näherzubringen. Ich würde gern mit ihm in eine wunderbare Scheinwelt eintauchen, denn mit Sebastian gäbe es beim Erwachen keine Tränen!

Meine Gedanken drehen sich im Kreis, ich lausche unkontrolliert einer inneren Stimme und fühle fast körperlich Michaels Hände auf meiner Haut. Wenn ich wieder vernünftig werde, weiß ich, es ist für alle Zeiten vorbei! Ich lasse nicht zu, den Fokus erneut auf Michael zu richten.

Meine ständigen Rückblenden sind vielleicht darin begründet, dass Sebastian der falsche Mann ist? In mir kommen keinerlei zärtliche Gefühle für ihn auf.

Ich entdecke auch Kontrollzwang in seinem Verhalten. Er hinterfragt die Aktivitäten meines täglichen Lebens.

Sebastian und ich werden einen Kurzurlaub miteinander verbringen. Er bucht ein Hotelzimmer in der neu entstandenen Seenlandschaft in der Nähe von Leipzig. Das ausgesuchte Hotel gefällt mir, doch plagen mich Zweifel, ob ich mich mit der intimen Art, sich zu treffen, wohlfühlen werde. Ich habe es allerdings selbst vorgeschlagen, weil ich diese Variante einem Treffen in privater Umgebung vorziehe.

Mein Vorhaben, die Recherchen wegen meines Schwiegervaters als erste Priorität zu sehen, verschiebe ich nicht gerne. Um mein Ziel zu erreichen und die Wahrheit über den Lebensweg oder das Ende Werner Gordas herauszufinden, darf ich meinen Plan nicht aus den Augen verlieren.

Trotz aller Bedenken halte ich mich an unser Vorhaben und stelle mich auf den Kurzurlaub mit Sebastian ein.

Ich stehe vor dem Spiegel, trage Make-up auf, zupfe die Augenbrauen, bearbeite meine Wimpern mit einem sündhaft teuren Mascara und frage mich, warum ich das alles veranstalte. Dennoch gehe ich es heute mit weniger Aufwand an. Alle vermeintlichen Unebenheiten meines Körpers versuchte ich für die Treffen mit Michael akribisch zu verschönern. Ich kann mir die Mühe sparen. Sebastian liebt mich, wie ich bin. „Pfusch der Natur nicht in ihr Handwerk", sagt er ständig. Es gibt aber einiges zu richten. Es ist mir egal, ob er meckert oder nicht. Welche Frau ist mit sich zufrieden, egal, was sie gerade im Schilde führt?

Als Erstes nehme ich mein Outfit in Angriff. Die ausgewählten Stücke liegen bereit, im Koffer verstaut zu werden. Blusen, T-Shirts, Hosen und dergleichen zu koordinieren werde ich nie lernen. Ich packe und stelle fest, dass die graue Hose nicht mit dem beigefarbenen Shirt harmoniert, ich keinen BH für die weiße Bluse eingepackt habe, also wieder alles raus.

Irgendwann wird es mir zu viel und ich lasse genervt den Kofferdeckel fallen. Nun befreie ich noch den Geschirrspüler von seiner Last, entsorge den Abfall und gieße die Blumen. Ich verlasse ungern mein kleines Reich im Chaos.

Mein ‚Baby' wartet schon in der Garage. Ich verstaue das Gepäck im Kofferraum und fahre los. Die Last der letzten Tage fällt von mir ab und ich genieße in voller Lautstärke meine Lieblingssongs.

Der Weg führt über die A9 in Richtung Schkeuditzer Kreuz. Das Navi sagt mir, dass ich auf der A14 weiterfahren soll. Ich habe meinen eigenen Kopf und möchte die Strecke durch Leipzig nehmen. Diese Stadt fasziniert mich, ich kann nicht erklären, warum.

Letztlich entscheide ich mich doch für den Weg, den mir das Navi vorgibt. Es ist nicht die Zeit, andere Gefühle zuzulassen. Ich versuche, mich auf das Treffen mit Sebastian zu konzentrieren. Doch ich kann die Erinnerungen nicht aus dem Weg räumen.

Meine berufliche Weiterbildung hatte mich im Sachsenland kurz nach der Wende viel herumkommen lassen. Ich besuchte in Leipzig und Chemnitz spezielle Lehrgänge, um mir ein kompetentes Wissen für den neuen Job im Bauamt Dessau anzueignen. Meine Orientierung über die damaligen Strecken kann ich getrost vergessen. Neue Straßen, Ortsumgehungen, neue Autobahnen! Es verwirrt mich, ich bin in einer fremden Umgebung unterwegs. Die Bilder aus dieser aufregenden Zeit sind verschwunden. Ich starre auf das Display des Navis, es zeigt mir Straßen an, die damals nicht existierten. Bedingungslos und traurig verlasse ich mich auf meinen kleinen Strecken-Spezialisten. Nun holt mich doch die Vergangenheit ein. Mit Anfang zwanzig und voller Tatendrang wollte ich die Welt erobern. Diese Zeit, kurz nach der Wende, war für uns alle die Umorientierung zu einem neuen Leben.

Inzwischen bin ich in einer gerade erst entstandenen Seenlandschaft. Statt alter Tagebaugebiete sehe ich links und rechts große und kleine Seen. Die Natur hat noch nicht mit ihrer Zurückeroberung begonnen. Künstlich angelegte Landschaften um und an diesen Gewässern fügen sich vielversprechend in das Gesamtbild ein. In wenigen Jahren bemerkt niemand, dass hier mit immenser Kraft eine neue Welt für Erholung suchende Menschen erschaffen wurde. Bäume und Büsche, Vögel und andere Tiere werden das Werk vollenden.

Die Straßen sind dem entspannten Eindruck angepasst und in ihrer Breite gerade für den Gegenverkehr zweier Pkw geeignet. Automatisch drossele ich mein Tempo und entdecke an beiden Seiten Wander- und Spazierwege. Der Februar verwöhnt uns in diesem Jahr nicht mit weißer Pracht, die Luft ist feucht und der Himmel grau. Mich erfasst die Sehnsucht nach Sonne, lauer Luft und den ersten Frühlingsboten. Meine Fantasie geht ihre eigenen Wege. Zartes Grün der Bäume und blühende Sträucher erwachen in wenigen Wochen und beleben das Landschaftsbild. Hier entsteht nach und nach ein Naturparadies.

Der Weg endet an einem noch nicht fertiggestellten Kreisverkehr. Die Schranke an der zweiten Ausfahrt öffnet sich. Das Hotel steht einsam an einem der künstlichen Seen. Es ist ein imposanter Bau in einer noch trostlosen Umgebung. In meiner Vorstellung male ich ein Bild der Zukunft. Es gefällt mir, denn auch hier wird die Natur eingreifen. Zu einem späteren Zeitpunkt werde ich diesen Ort noch einmal besuchen, dieser Gedanke kommt mir sofort. Vorausgesetzt, der Service des Hauses stellt sich als angenehm heraus.

Ich fahre auf den großzügig angelegten Parkplatz und sehe mehr Autos, als aus meiner Erfahrung in dieser Jahreszeit üblich sind.

Aus den Augenwinkeln entdecke ich Sebastian, der mit suchendem Blick an seinem dunkelblauen BMW lehnt und grinst. Er kommt mir lässig entgegen.

„Ich warte schon lange auf dich", gibt er mir mit einem vorwurfsvollen Unterton zu verstehen. Meine Antwort ist Schweigen.

Wir begrüßen und umarmen uns. Es gibt einen flüchtigen Kuss, aber keine spontane Zärtlichkeit. Ich halte Abstand.

Wie anders war es vor nicht allzu langer Zeit.

Anne, nicht schon wieder! Ich verbanne die aufkommende Erinnerung.

Es war ein anderer Mann!

Sebastian spürt mein Zögern und hält sich zurück. Meine Gefühle sind blockiert. Ich löse mich aus seiner Umklammerung. Er verzieht das Gesicht. „Hast du den Weg gefunden?", frage ich ihn, ohne vorher zu überlegen.

Ich vermisse die Schmetterlinge im Bauch, ich vermisse überhaupt alles, was mit Michael aufregend und kribbelig war. Mein

Unterbewusstsein meckert, aber der Wunsch, alles anders empfinden zu wollen, reicht nicht aus. Warum verspüre ich jetzt keine Regung der Gefühle? Gab es bei Michael etwas, was Sebastian nicht hat? Ich will und muss Michael vergessen. Um das zu schaffen, sollte ich meine Abenteuer mit Sebastian besser nicht mit Kurzurlauben verbinden. Diese Art Treffen gehören in die Scheinwelt eines abgeschlossenen Kapitels. Mit Erschrecken stelle ich fest, dass es noch ein langer Weg sein wird, diese vergangene Affäre endgültig hinter mir zu lassen.

„Komm, wir checken ein", sagt Sebastian und ich weiß, dass er meine Zurückhaltung spürt, seine Stimme klingt traurig.

Wir rollen unsere Koffer an die Rezeption. Ich schaue mich um, der großzügige Eindruck der Empfangshalle gefällt mir. Es ist gemütlich und trotzdem sparsam gestaltet. Auch der Blick ins Restaurant hält meinem kritischen Blick stand. Es ist ein neues Gebäude und das moderne Ambiente entspricht meinem Geschmack.

Sebastian erledigt die Formalitäten. Meine Daten sind nicht von Interesse.

Mit einem unmissverständlichen Gesichtsausdruck kommt er zu mir und flüstert: „Wir können jetzt das Zimmer beziehen. Wie gefällt es dir hier? Ich empfinde es als spartanisch."

„Die Geschmäcker sind Gott sei Dank verschieden, es wäre im anderen Fall eintönig und langweilig auf unserem Planeten", erwidere ich. Mir fallen noch andere Gründe ein, die ich ihm sagen könnte. Sebastian klebt an den alten Traditionen, die seit Jahrhunderten in seiner Heimat, dem Spreewald, praktiziert werden. Ich will es nicht kritisieren und habe auch nichts gegen regionale Sitten und Gebräuche. Einem zeitgemäßen Ambiente sollte sich ein moderner Mensch trotz aller Nostalgie nicht verschließen.

Er verzieht seinen Mund und unterbricht meine Gedanken.

„Mit anderen Worten, dir gefällt diese sparsame Einrichtung?"

Ich nicke und schweige, ehrliche Worte würden eine unnötige Diskussion entfachen.

Mir schwirren die unmittelbar bevorstehenden Stunden durch den Kopf. Alles andere hat im Moment keine Priorität.

„Nehmen wir den Fahrstuhl oder laufen wir?"

Ich schaue Sebastian herausfordernd an. Er grinst und ich entscheide.

„Normalerweise bevorzuge ich die sportliche Variante, aber mein Koffer ist schwer. Drei Etagen nach oben sind mir zu mühsam."

Das Zimmer passt sich dem Stil der Empfangshalle an, demzufolge findet Sebastian die Einrichtung nicht geschmackvoll.

Ich beobachte ihn, wie er seinen Koffer beiseitestellt und seine Arme ausbreitet. Mein Magen zieht sich zusammen, aber ich werde sofort von einer inneren Stimme ermahnt.

Lass es geschehen, es gehört dazu, du wolltest es auch!

Ich weiß nicht, was werden soll. Meine Gefühle für Sebastian wollen sich nicht in die gewünschte Richtung entwickeln. Warum kann ich zu ihm nicht zärtlich sein, wenn ich mit seinem Sex zufrieden bin? Ich gehe zögernd auf ihn zu, er umarmt mich und drückt mir einen viel zu feuchten Kuss auf den Mund. Ich spüre seine Erektion. Jetzt kann er sich nicht mehr bremsen. Jede Unterbrechung würde in den nächsten Minuten und Stunden Frust bedeuten. Also lasse ich ihn gewähren. Wir landen auf dem Bett und Sebastian kämpft mit meinem BH-Verschluss, als wäre er ein Panzerschloss.

Endlich schafft er es. Ich kann mich fallen lassen, weil ich sicher bin, dass die folgenden Momente perfekt ablaufen. Aber so geht das nicht. Es kommt mir falsch vor, wenn ich nur beim Sex mit diesem Mann zufrieden bin. Trotz aller Bedenken gebe ich mich den wunderbaren Gefühlen hin, die in mir entstehen. Sebastian versteht es, alle Fasern meines Körpers zum Klingen zu bringen.

„Oh Gott, ich habe vergessen, dir erst eine Massage zu verpassen. Ich weiß, dass es dir gefällt. Heute Abend holen wir es nach, versprochen."

Er nimmt mein Gesicht zwischen seine Hände und küsst mich zärtlich, während ich ein schlechtes Gewissen habe. Er hat sich abgekühlt und wird jetzt hoffentlich darauf verzichten, ständig meine Nähe zu suchen. Am liebsten wäre mir, außerhalb unserer intimen Momente nicht von ihm berührt zu werden.

Ich springe aus dem Bett und verkünde, eine erfrischende Dusche zu nehmen. Er knurrt vor sich hin, widerspricht aber nicht.

Das Wasser gleitet an meinem Körper herab. Ich fühle mich, als lägen seine Hände noch auf meiner Haut. Diese Vorstellung ist unangenehm. Was machen meine Gedanken mit mir, bedrückt mich die Angst, er könnte sich wieder danebenbenehmen, wie beim ersten Mal?

Wir bereiten uns für den Besuch im Restaurant vor. Ich schminke mich nur flüchtig.

Das Abendessen ist heute Bestandteil unserer Buchung. Es gibt ein Drei-Gang-Menü, welches ohne Frage zur gehobenen Küche gehört, aber nicht meinem Geschmack entspricht, denn zum Hauptgang gibt es ‚FILET VOM IKARIMI LACHS SOUS VIDE LIMETTEN DILL-SAUCE, BLATTSPINAT, POLENTA'. Fisch gehört nicht zu meinen bevorzugten Speisen. Zum Essen gibt es einen trockenen Weißwein. Später suchen wir einen französischen Rotwein aus, der mich nicht enttäuscht und ich genieße ihn in einem zu reichlichen Maße. Sebastian hält sich zurück, er will nicht riskieren, heute Nacht zu versagen. Mir ist es egal, was aus den restlichen Stunden des Tages oder der Nacht wird. Ich kämpfe erneut mit meinen Gefühlen und mich bewegen die Gedanken, die Beziehung zu beenden. Sebastian erzählt von seiner Familie und einer gescheiterten Ehe. Ich bin nicht bei der Sache. Seine Worte sind weit weg.

„Du hörst mir nicht zu!"

Ich kann ihm jetzt nicht erklären, warum ich mich ablehnend verhalte. Meinen Wunsch, ihm den Laufpass zu geben, will ich noch überdenken.

Auf dem Weg zum Zimmer versuche ich Nähe zu verhindern. Es gelingt nur teilweise. In dieser Nacht bin ich froh, als wir endlich zur Ruhe kommen. Ich liege noch lange wach und grübele darüber nach, wie ich mich in Zukunft verhalten soll. Es tut mir leid, diesen Mann zu verletzen.

Am nächsten Tag haben wir einen Ausflug nach Leipzig geplant. Sebastian sitzt mir am Frühstückstisch zufrieden gegenüber und recherchiert mit seinem Smartphone die Öffnungszeiten des Gasometers. In diesem alten Gemäuer stellt der Künstler Asisi seine Panoramen aus. Es ist faszinierend, welche Eindrücke diese Riesenrundbilder bei den Besuchern hinterlassen. Ich bin Fan des Künstlers, für Sebastian ist es ein neues Erlebnis. Zurzeit zeigt Asisi in Leipzig die vor hundert Jahren gesunkene Titanic. In einem Nebenraum laufen Kurzfilme, durch die der Besucher einen Eindruck der Arbeitsschritte des Künstlers und seines Teams erhält. Ich bin erstaunt, mit welchem Aufwand ein solches Werk entsteht.

„Es klappt hier mit dem WLAN nicht", meckert Sebastian vor sich hin.

„Wir sind nicht vor zehn Uhr vor Ort, zu dieser Zeit ist das Panorama auf jeden Fall geöffnet", antworte ich.

Er will es genau wissen. Was soll das bringen, die konkrete Öffnungszeit zu kennen? Seine Krümelkackerei geht mir gehörig auf die Nerven. Trotzdem versuche ich gelassen zu bleiben. Inzwischen ist es zehn Uhr und wir sind immer noch auf unserem Zimmer.

Sebastian nimmt jede Gelegenheit wahr, mich an sich zu ziehen. Ich bin mit meinem Outfit beschäftigt und verliere die Geduld. Ich fauche ihn an: „Lass mich endlich mein Schönheitsritual beenden. Außerdem sollten wir langsam losfahren."

Er schaut mich verletzt an. „Du hast keine Romantik für mich übrig."

Wenn er schmollt, kommt ein klein wenig Gefühl für ihn auf.

Wie soll ich diese verkorkste Situation meistern und wie mache ich ihm klar, dass es mit uns nicht funktionieren wird.

Noch etwas Make-up auf mein Gesicht auflegen. Es wäre für Sebastian nicht nötig, aber ich möchte mich selbst wohlfühlen.

„Können wir endlich fahren oder beabsichtigst du dich beim Schönheitswettbewerb anzumelden?", wettert er los.

Seine Mimik entgleist, für einen Moment sehe ich in seine zusammengekniffenen Augen. Für ihn soll ich bleiben, wie ich bin. Sebastians bösartige Reaktion erschreckt mich.

Ich schnappe meine Jacke und gehe zur Tür.

„Ach Madame sind fertig, werde ich eventuell informiert, dass wir starten können?"

Auch diesmal gebe ich keine Antwort und verlasse das Zimmer. Er schließt ab und murmelt etwas vor sich hin.

„Verrätst du mir, wer von uns beiden fährt?", ruft er mir hinterher.

Ich antworte, ohne mich umzudrehen: „Ich, wer sonst."

Seine gedämpften Schritte klingen energisch auf dem Läufer des Ganges, ich spüre seine innere Unruhe. Könnte es sein, dass er aus Eifersucht meckert, wenn ich versuche mein Outfit aufzupeppen? Mir ist es egal, was er empfindet. Ich style mich, wenn ich es für nötig halte. Unwille macht sich in meinem Kopf breit und entwickelt sich langsam zu Wut. Es ist eine der Situationen, die mich seinen verbohrten Charakter erkennen lässt und mir meine persönliche Freiheit raubt.

Das heutige Panorama-Thema von Asisi erinnert mich an meine Recherche. Auch bei dem Untergang der Titanic geht es um Menschen, deren Schicksal in den letzten Minuten ihres Lebens von Angst und Schrecken gezeichnet war. Sie haben grausame Qualen durchlebt und bis zum bitteren Ende auf Rettung gehofft. Mir kommt der Film „Titanic" in den Sinn, den James Cameron 1997 drehte. Ich kann mich den schrecklichen Bildern nicht entziehen. Die Liebesgeschichte zwischen Rose DeWitt und Jack Dawson ging mir besonders zu Herzen.

Alle Schicksale bringen die ohnehin bis aufs Äußerste angespannten Gefühle an die Schmerzgrenze. Sie machen den Film zu einem nachhaltigen Erlebnis.

„Hast du den Titanic-Film gesehen und kannst du dich erinnern?", frage ich Sebastian.

Ich schaue ihn an, er ist in Gedanken versunken, seine Reaktion kommt zögerlich.

„An alle Einzelheiten nicht. Ich frage mich, ob der Film in allen Details den wahren Geschehnissen entspricht."

„Nein, tut er nicht. Wie auf allen künstlerischen Gebieten ist auch hier Fantasie ein willkommenes Mittel, die Spannung auf den Höhepunkt zu treiben."

Es lässt mir keine Ruhe. Ich erzähle Sebastian meine im Internet gelesenen Erkenntnisse: „Die Liebesgeschichte hat nichts mit den tatsächlichen Ereignissen zu tun. Es gab eine Schauspielerin, sie nannte sich in den 20er-Jahren Rose Dawson. Sie wurde 1997 als 101-jährige Dame zu dem Untergang der Titanic interviewt. Ihre Geschichte entspricht den Informationen, wie diese heute unter anderem bekannt sind. Das bildet die Grundlage für die Herz- und Schmerz-Episode im Film, wenn ich es richtig verstehe."

Ich schließe die Augen, um das Geschehene nachzuvollziehen.

Peng, Peng, Peng, ...

Deutlich ist das Platzen der Nieten an der Bordwand zu hören. Gewaltige Wassermassen stürzen in das Innere der Titanic und fluten die Schotten. Es sind fünf betroffene Bereiche, mehr, als die Statik erlaubt. Ein betäubendes Geräusch übertönt alles andere. Passagiere aus den unteren Decks fliehen nach oben, soweit sie nicht von den Wassermassen mitgerissen werden. Ein kleiner Junge stürmt in den großen Salon auf das obere Deck und schreit.

Dort wird getanzt und gefeiert, keiner der Gäste aus der ersten Klasse ist beunruhigt, sie halten ihre Gläser in den Händen, starren verständnislos auf das Kind.

Ich schaue fasziniert auf eine noch heile Welt in den Augen der feiernden Menschen von den oberen Decks.

„Ich kann sie tanzen sehen", sage ich und vor meinen inneren Augen schweben die Paare im Rhythmus der Musik durch den Saal. Für viele von ihnen ist es das letzte Erlebnis ihres Lebens.

„Was meinst du?"

„Die feine Gesellschaft feiert, sie wollen nicht gestört werden, während die Passagiere der dritten Klasse schon um ihr Leben kämpfen."

Die Vision verschwindet, vor meinen Augen sind nur noch die Wrackteile auf dem Riesen-Panoramabild zu sehen. Die unzähligen persönlichen Dinge, welche ich entdecke, lassen mir einen Schauer über den Rücken laufen. Sie liegen auf dem Meeresboden verstreut. Ich bleibe lange vor einem Koffer stehen, der unversehrt im Sand liegt. Eine intakte Reisetasche steht auf dem Boden, als sei sie gerade abgestellt worden. Ein Mann kann sie im Gedränge zu den Rettungsbooten nicht halten. Sie gleitet ihm aus den Händen. Auf dem weiteren Rundgang liegt ein beschädigter Porzellanpuppenkopf und da ist auch das kleine Mädchen, sie ringt um ihr Leben. Ein Matrose nimmt sie auf den Arm und trägt sie in eines der Rettungsboote, dabei verliert sie ihre Puppe.

Das Schiff birst auseinander. Es gibt kein oben und kein unten, die auf dem Heck des Schiffes verbleibenden Menschen klammern sich an festverbaute Rohre, Geländer und alles, was sie greifen können.

Das Heck saust dem Meeresboden entgegen. Beim Aufprall hinterlässt es viele Einzelteile auf dem Grund. Sie sind überall verstreut. Der Bug legt eine lange Strecke seitlich zurück und landet letztlich auf dem Kiel stehend im Sand.

Schreiende Menschen schwimmen im Meer, zwischen ihnen Gegenstände. Alles wird durch den Sog mitgerissen.

Die wenigen Rettungsboote bewegen sich hoffnungslos überfüllt auf dem Meer.

Theoretisch war nach dem Zusammenstoß mit dem Eisberg genügend Zeit für entsprechende Maßnahmen vorhanden. Das Schiff hielt sich nach der Kollision noch zwei Stunden über Wasser, bis es in zwei Teilen auf den Meeresgrund sank. Ich bin gefangen in diesem vergangenen Drama. Die Situation macht mir Angst und ich steigere mich in die Verzweiflung und Todesängste der Menschen hinein. Sie erlebten wahnsinnige Qualen, viele von ihnen haben den Kampf verloren.

Ich bin gleichermaßen fasziniert und erschüttert von der detailgetreuen Demonstration des Künstlers. Die traurige Thematik lässt mich fassungslos in die Katastrophe eintauchen. Ich versuche, die in meinem Kopf entstehenden Bilder zu verarbeiten.

Unmittelbar kommt mir die Geschichte von Werner Gorda in den Sinn. Wenn auch die Voraussetzungen andere sind, gewisse Parallelen lassen sich zu meinem U-Boot-Thema ziehen.

Sebastian und ich schauen uns an. Es sind keine Worte nötig, wir verlassen diesen tragischen Ort. Ich bin erleichtert!

Sebastian holt mich endgültig aus meiner düsteren Stimmung. „Wir suchen uns ein gemütliches Restaurant, um eine Kleinigkeit zu essen. Ich weiß auch schon wo."

„Kennst du den Weg oder sagst du mir die Adresse für das Navi?"

„Den Namen kann ich dir nennen. Die Adresse muss dein Strecken-Experte finden!"

Ich stelle in meinem kleinen Helfer die Suchfunktion für Restaurants in der Nähe ein und Sebastian nennt mir den Namen. Das Gerät enttäuscht mich nicht.

Das Restaurant erscheint trotz des trüben Wetters hell und freundlich, ich fühle mich sofort wohl. An zwei Tischen sitzen Gäste, wir haben genügend Auswahl. Sebastian zeigt mit einer Geste, dass ich den Platz auswählen soll. Ich gehe in Richtung des Panoramafensters und schaue in einen hinter dem Haus befindlichen Park. Ich entscheide mich für einen der Tische mit dieser tollen Sicht. Leider liegt kein Schnee, der die Landschaft noch perfekter zeigen würde. Der Winter hat in diesem Jahr kein romantisches Gesicht.

Wir setzen uns, Sebastian bestellt für sich ein Bier. Für mich gibt es Apfelschorle, ich bin eine brave Autofahrerin. Das Essen schmeckt, aber es gehört nicht zu einem unvergesslichen Gourmet-Erlebnis. Sebastian erzählt etwas, doch ich höre ihm nicht zu. Ich bin mit meinen Gedanken bei Werner Gorda. Durch meine derzeitige Freizeitgestaltung geht die Recherche nur schleppend voran. Hatte ich mir nicht vorgenommen, alle persönlichen Belange zu vergessen und vor allem meinen Fokus nicht auf Männergeschichten zu richten? Nur unter dieser Voraussetzung kann ich konzentriert an die Arbeit gehen. Es gelingt mir nicht, auch an den Tagen, an denen wir nicht zusammen sind, vereinnahmt mich Sebastian. Ich muss die von ihm ständig geforderten Telefonate abstellen, sie behindern mein Vorhaben. Die Gespräche drehen sich sowieso nur im Kreis. Sein Wille, mich eines Tages bis zur Schmerzgrenze zu vereinnahmen, lässt mich die Hände zu Fäusten ballen.

„Du hörst mir wieder einmal nicht zu!"

Sebastian schaut mich an, seine Augen funkeln. Ein Schauer läuft mir über den Rücken. Macht ihn die Tatsache, dass ich nicht konzentriert an seinen Lippen hänge, derart ungehalten?

„Gib mir dein Handy!", befiehlt er.

„Wozu, ich denke nicht daran!"

Meine Gedanken schlagen Purzelbaum. Ist er vollkommen übergeschnappt? Er greift nach meinem Smartphone, es liegt auf dem Tisch. Ich reagiere zu spät.

„Ich werde dir eine interessante App herunterladen."

Und schon hämmern seine Finger auf dem Display herum.

„Leg das sofort wieder hin!", sage ich drohend. Sein Gesichtsausdruck wird plötzlich wieder normal. Lächelnd gibt er mir das Gerät zurück. Ich schaue nach, ob eine neue App zu sehen ist, kann aber nichts entdecken.

„Was hast du gemacht? Mein Handy geht dich nichts an!"

Er lächelt. „Entspann dich. Ich wollte dich nur ein wenig aus der Reserve locken."

Und wieder sehe ich die Beziehung zwischen Michael und mir mit anderen Augen. Wir verbrachten ein paar intensive Tage miteinander und anschließend ging jeder seinen eigenen Weg. In der Zeit des Alleinseins las ich Bücher, traute meinem Tagebuch Sorgen und Nöte an, zeichnete und ging meiner besten Freundin Jessica auf die Nerven. Kurz, ich tat in meiner Freizeit alles, wozu ich keinen Mann benötige.

Irgendwann begann das Spiel mit ihm von Neuem, als hätten wir unsere Treffen nie unterbrochen. Das funktionierte über zwei Jahre nach ewig gleichem Muster. Er interessierte sich nicht für mein Leben und ließ mich auch an seinem nicht teilhaben.

Ich dumme Gans litt unter diesen langen Pausen, obwohl ich nicht an einer festen Bindung interessiert war. Wusste ich nicht, was ich wollte?

Ich war eifersüchtig und verzweifelt. Was passierte in der Zeit, in der Schweigen angesagt war?

Nach und nach wurde mir klar, je lockerer ich ließ, umso länger würde ich diesen Mann halten. Aber wollte ich das?

Am Ende gab ich ihm den Laufpass.

Nun erwischt mich ein Kerl, der genau gegensätzlich tickt.

Bei Sebastian wäre ich die einzige Frau. Das verbindet er mit uneingeschränktem Besitz meiner Person. Doch auch das will und brauche ich nicht. Im Moment wünsche ich mir lediglich einen Freund mit dem gewissen Extra.

Es ist klar, dass ich keine tieferen Emotionen für Sebastian empfinde. Meine persönliche Freiheit werde ich mir von ihm auf keinen Fall nehmen lassen.

Wir sind im Hotel auf unserem Zimmer. Seine Hände finden den Weg unter mein T-Shirt. Ich spüre nichts. Ich bin müde und mir fallen die Augen zu.

Mir ist klar, Sebastian wird keine Ruhe geben. Entspannen kann ich mich erst, wenn Sebastian sich sexuell abgekühlt hat. Ich gebe nach. Doch ich fühle nichts und möchte ihm auch nichts vorspielen. Sebastian registriert es sofort. Das ist nicht schwer, meine Aktivitäten halten sich in Grenzen. In mir steigt Wut auf und ich fauche ihn an. „Du bist ein Egoist, hast nur deine Geilheit im Kopf."

Sein Gesicht verzerrt sich. „Seit wann hast du mit unseren Intimitäten Probleme? Normalerweise bist du immer bereit, erkläre mir bitte, was los ist." Ich schweige. Wir finden keinen gemeinsamen Konsens, das ist mir längst klar.

Mein Smartphone kündigt eine E-Mail an, ein willkommenes Ablenkungsmanöver. Ich nehme es zur Hand, öffne die App und mein Herz bleibt stehen! Die Mail ist von Michael.

5

Inzwischen bin ich wieder zu Hause. Ich nehme mir vor, mich von den Recherchen zum Lebensweg meines Schwiegervaters nicht mehr ablenken zu lassen. Was soll der ganze Männerkram? Mein Arbeitspensum in der Dienststelle muss ich intensivieren. Überstunden sind angesagt. Noch habe ich keine Nachricht von Hans Köbbe, ob sein alter Freund in der Seniorenresidenz in Hamburg anzutreffen ist. Ich will auf alles vorbereitet sein.

Auf welchem Zeitungsrand habe ich die Telefonnummer des alten Herrn notiert? Vielleicht kann Hans Köbbe mir die Frage in Bezug auf seinen Freund schon heute beantworten? Im positiven Fall sollte ich die Telefonnummer in mein Smartphone eingeben, dann müsste ich sie später nicht suchen. Läuft alles in meinem Sinn, ist meine nächste Aktion eine Reise zu Hans Köbbes Freund Hermann Lindner. Eine Woche Urlaub habe ich geplant, länger ist nicht drin, sagen meine unerledigten Akten.

Ich greife zum Telefon und wähle die Nummer des alten Herrn, die ich inzwischen gefunden habe. Mein Herz klopft, es hängt viel Hoffnung an den Erzählungen des Kameraden, der meinen Schwiegervater eventuell gekannt hat.

Der Rufton will nicht enden. Ist Hans Köbbe nicht zu Hause? Muss er durch die ganze Wohnung schlurfen oder ist ihm etwas passiert? Mir kribbeln alle Nervenenden, aber der alte Mann geht nicht ans Telefon. Nach langer Wartezeit gebe ich auf und lege das Teil zurück in seine Ladestation.

Nun kreisen meine Gedanken, die Fantasie schlägt knallhart zu, weil ich in meiner Euphorie gebremst werde und das Schlimmste annehme.

Du musst cool bleiben, Nervosität hilft nicht weiter. Du wirst es später noch einmal probieren.

Ich versuche es noch einige Male, aber vergeblich. Um 21:00 Uhr frage ich mich, wann der alte Herr in die Federn steigt? Ist es unhöflich, jetzt anzurufen? Ich riskiere es und habe Erfolg. Er geht an die Strippe, wahrscheinlich im wahrsten Sinn des Wortes. Nachdem ich meinen Namen genannt habe, erinnert er sich sofort. Ich höre an seiner Stimme, dass mein Anruf ihn erfreut.

„Das war Gedankenübertragung. Ich habe mir vorgenommen, Sie morgen anzurufen", erklärt er.

„Entschuldigen Sie, dass ich mich zu später Stunde melde. Ich bin wahnsinnig neugierig, was Sie in Bezug auf Ihren alten Kameraden herausgefunden haben. Hoffentlich können Sie Gutes berichten?"

Er schweigt, ich werde nervös. Nach einer gefühlten Ewigkeit beginnt er zu sprechen: „Das Wichtigste, mein Freund Hermann lebt und ist bei geistiger Gesundheit. Seine körperliche Beweglichkeit will nicht mehr mitspielen. Aber unfairer Weise muss ich sagen, dass wir den letzten Teil für unser Unternehmen nicht benötigen. Es ist auf jeden Fall Eile geboten. Uns bleibt nicht mehr viel Zeit. Wichtig ist, dass Hermann einen Werner Gorda kennt. Er ist mit ihm 1945 über den ‚Großen Teich' nach Kanada transportiert worden. So viele Männer dieses Namens wird es nicht gegeben haben. Also können wir davon ausgehen, dass es sich um Ihren Schwiegervater handelt."

Ich springe auf, laufe hin und her, meine Hände werden schweißnass. Komme ich endlich meinem Ziel näher? Im Hintergrund höre ich eine Frauenstimme. Sagte Hans Köbbe nicht, dass er allein lebt?

„Am besten, ich gebe Ihnen die Adresse von Hermann. Er ist noch in diesem Seniorenheim in Hamburg. Sie können ihn dort besuchen.

Ich hätte ihn auch gern noch einmal gesehen, bevor wir beide in die ewigen Jagdgründe verschwinden. Aber ich fühle mich zu einer solchen Reise nicht mehr fit genug."

Seine Worte klingen traurig.

„Wie wäre es, wenn ich Sie in Flensburg abhole und wir fahren beide gemeinsam mit meinem Auto in das Seniorenheim nach Hamburg zu Ihrem Freund?"

Es folgt wieder ein langes Schweigen. Ich lasse ihm die Zeit, die er benötigt, um meinen Vorschlag zu bedenken.

„Im Auto ist es nicht so anstrengend und wir haben hoffentlich keine großen Strecken per pedes zu bewältigen. Intensives Laufen wäre für mich beschwerlich."

Seine Worte nehmen einen freudigen Klang an, das kann ich durch das Telefon hören.

„Mit dem Auto kommen wir bequem an unser Ziel. Sie können Ihren alten Freund noch einmal sehen und ich habe den ersten konkreten Erfolg in meinen Nachforschungen."

Es wird ohne Frage eine aufregende Zeit mit den beiden alten Herren.

„Wie werden wir eine Übernachtung in Hamburg regeln? Wenn Sie mich in Flensburg abholen, schlafen Sie selbstverständlich eine Nacht bei mir, ich habe ein Zimmer für Sie. In Hamburg benötigen wir beide allerdings eine Bleibe, denn ich will meinen Freund nicht sofort wieder aus den Augen lassen."

Am anderen Ende der Leitung höre ich schweres Atmen.

„Dieses Treffen wird das letzte Mal sein, dass wir uns sehen können."

„Geben Sie mir die Adresse des Seniorenheimes, in dem Herr Lindner wohnt. Ich buche zwei Zimmer in einem Hotel in der Nähe."

„Das ist abenteuerlich, ich bin angetan von Ihrem Vorschlag. Warten Sie, ich habe die Adresse der Residenz bei der Hand." Seine Stimme klingt erleichtert.

Ich höre, wie er auf dem Schreibtisch einen Papierstapel durchblättert. Dann diktiert er mir die Anschrift seines alten Freundes Hermann. Anschließend sagt er: „Ich würde mich über ein Hotel mit einem schönen Restaurant freuen und möchte Sie dort gern zum Essen einladen. „Schade, dass ich ein alter Knacker bin. Sie nehmen mir hoffentlich diese Bemerkung nicht übel?"

„Nein, ich weiß, wie Sie das meinen."

Wir einigen uns auf einen Termin in zwei Wochen. Dann erzählt er mir noch, dass Hermann Lindner sich wahnsinnig gefreut hat, von ihm zu hören.

„Aber, wie er staunen wird, wenn ich mit einer hübschen, jungen Frau im Seniorenheim aufkreuze. Das weiß Hermann noch nicht. Er hat sich gewundert, warum ich nach Werner Gorda gefragt habe. Ich sagte ihm, dass ich das persönlich erklären muss, am Telefon sei es zu kompliziert."

„Woher wollen Sie wissen, dass ich hübsch bin?", frage ich.

„Das höre ich an Ihrer Stimme."

Ich muss über seinen Humor schmunzeln. „Hoffentlich sind Sie nicht enttäuscht."

Wir verabschieden uns. Ich bin erleichtert. Es sieht so aus, als käme ich ein ganzes Stück voran. Sicher, es ist erst der Anfang, aber der ist bekanntlich bei allen aussichtslos erscheinenden Dingen am schwierigsten. Nun kommt es darauf an, was der alte Freund des Herrn Köbbe aus den letzten Tagen des Zweiten Weltkrieges zu berichten hat.

Ich gehe sofort ins Internet und suche nach einem Hotel in der Nähe von Hermann Lindner. Meine Suche dauert nicht lange. Die Seniorenresidenz liegt am Rande von Hamburg, in einer ruhigen, abgelegenen Straße. Das Hotel, welches ich nach einigen Klicks in der Nähe finde, scheint perfekt in unseren Plan zu passen. Das zugehörige Restaurant macht einen gepflegten Eindruck. Den Bildern zufolge bin ich sicher, Herrn Köbbes Geschmack zu treffen. Ein Auszug der Getränke- und Speisekarte zeigt das Angebot, es liest sich lecker. Selbst die Preise bedürfen keinerlei Diskussion. Ich buche für eine Nacht zwei Zimmer und stelle die Option in Aussicht, dass wir eventuell länger bleiben.

Vielleicht werde ich keine ganze Woche für das Vorhaben in Anspruch nehmen müssen, aber ich ändere nichts an meinem

Plan und nehme für die vorgesehene Zeit Urlaub. Eventuell ergibt sich noch eine weitere Recherche. Dabei denke ich an den Ort in Dänemark, an welchem sich die Internierungslager der Briten befanden. Mal sehen, was Hermann Lindner zu sagen hat.

Die nächsten Tage versuche ich, meinen Aktenberg im Büro schrumpfen zu lassen. Abends mache ich Sebastian nach einer Viertelstunde Telefonat klar, dass unsere Gesprächszeit beendet ist.

In stillen Minuten freue ich mich auf den Plausch mit den beiden alten Herren.

Sebastian fragt mich, ob er mitkommen darf. Nein, er darf nicht! Ich weiß, dass diese Einstellung nicht in eine Beziehung passt.

Die Zeit ist unnachgiebig, sie macht ihr Ding, ob es uns passt oder nicht. Jetzt ist eine Situation, in der sie schnell vergehen soll. Vielleicht sind die beiden alten Herren genauso neugierig wie ich auf dieses Abenteuer.

Es ist so weit, ich bereite meine Reiseutensilien vor. Bei diesem Unternehmen ist es egal, ob ich im flotten Outfit auftauche, oder nicht? Im Gegensatz zu den beiden bin ich blutjung und das halten sie schon als außergewöhnlich. Es besteht für mich nicht die Gefahr, jemandem zu begegnen, dem ich gefallen will.

Obwohl ich vor längeren Autofahrten nie nervös bin, kann ich in dieser Nacht nicht schlafen. Mich wühlen Gedanken an Frank auf. Wir sind gerne gereist und empfanden es Mal für Mal als Höhepunkt unserer Freizeitgestaltung. Frank sagte oft: „Für mich beginnt der Urlaub, wenn wir zu Hause ins Auto steigen."

Diese Einstellung habe ich übernommen. Es war schön, mit ihm auf Tour zu gehen. Deutschland, Frankreich, Schweden, Norwegen waren die Reiseziele. Oft mieteten wir ein Ferienhaus oder wir machten eine Rundreise von Hotel zu Hotel. Die Sehenswürdigkeiten suchte Frank schon Wochen vorher aus.

Meine Gedanken sind auch bei den beiden alten Herren, die ich kennenlernen werde. Ich bin gespannt auf sie. Um ein Uhr wandert mein Blick noch einmal zum Wecker, dann schwebe ich in das Reich der Träume.

Für die zu bewältigenden 530 Kilometer werde ich ungefähr fünf Stunden im Auto verbringen, wenn kein Hindernis die Zeit verlängert. Eine Pause kalkuliere ich auf jeden Fall ein, also kommt noch eine halbe Stunde hinzu.

Ich erkläre Hans Köbbe beim letzten Telefongespräch, dass ich jederzeit zu erreichen bin, ohne den Verkehr zu gefährden. Mein Smartphone korrespondiert im Auto über Bluetooth.

„Sie sind eine moderne Frau", sagt er und seine Stimme klingt erstaunt.

„Sie benötigen meine Handynummer, sonst nützt die modernste Technik nichts."

Nachdem er Stift und einen Zettel geholt hat, diktiere ich ihm die Nummer. Er wiederholt zur Sicherheit die Ziffern in einzelner Folge. Seine Stimme zittert.

Noch einmal mahnt er: „Fahren Sie vorsichtig, es ist eine lange Fahrt, mein Gott, wie wollen Sie das bewältigen?"

Seinen Worten zufolge sieht er in dieser Unternehmung ein Problem für mich. Mute ich ihm jetzt zu viel zu?

„Bitte machen Sie sich keine Sorgen, solche Fahrten sind für mich an der Tagesordnung. Meine Kinder wohnen in Düsseldorf, das ist auch weit weg. Wann immer ich die Zeit dazu finde, besuche ich sie", beruhige ich ihn.

„Ich hoffe, Sie sagen das nicht meinetwegen."

„Nein, Sie können mir vertrauen."

„Na dann muss ich wohl Ihren Worten Glauben schenken! Ich wünsche Ihnen eine gute Fahrt."

Ich bedanke mich und lege auf.

Wie immer genieße ich dieses herrliche Gefühl im Auto dahinzufahren. Abwechselnd unterhält mich meine Lieblingsmusik und zu voller Stunde informiert mich eine nette Stimme über die neuesten Nachrichten. Es gibt keine schönere Beschäftigung für mich, wenn ich ohne Gesellschaft auf Reisen bin. Irgendwo auf der A24 hat mein ,Baby' Durst, ich habe Hunger und meine Blase meldet sich. Die nächste Raststätte steuern mein Auto und ich an. Ein wenig Pech habe ich allerdings, ich erwische einen Rasthof mit dem ,goldenen Doppelbogen'. Hier habe ich keine Erfahrung, etwas zu mir zu nehmen. Ich bin aber immer schon ein neugieriger Mensch gewesen, außerdem habe ich Hunger. Das Angebot an der Tafel sagt nicht viel aus. Ich bestelle einen mit Gemüse gefüllten Wrap. Er entspricht einigermaßen meinem Geschmack.

Die junge Frau hinter dem Tresen reicht mir ,viel Tüte und viel Papier'. Das Einzige, was ich nachvollziehen kann, ist der Kakao in einem geschlossenen Plastikbecher. Sicher gehe ich nicht mit der Zeit, aber die ganze Aufmachung sagt mir nicht zu. Ich bin immer wieder erstaunt, dass ein großer Teil der Menschen von dieser Art sich zu ernähren, begeistert ist. Die momentane Situation stellt mich trotzdem zufrieden und meckern ist nicht meine Lebensmaxime. Wer würde mir schon glauben, dass ich zum ersten Mal in einem solchen Etablissement ,gespeist' habe?

Der Transport des ganzen Papier-, Papp- und Plastikkrams in einen dafür vorgesehenen Abfallbehälter erweist sich für mich als schwierig. Das Tablett scheint zu klein zu sein oder ich bin zu ungeschickt. Gut und schön, ich bin satt, die Müdigkeit übermannt mich und ich funktioniere mein ,Baby' zum Schlafkabinett um. Ich schließe die Türen, um keine unliebsamen Überraschungen zu erleben. Nach zwanzig Minuten bin ich wieder fit und kann meine Reise fortsetzen.

Auch eine lange Autofahrt endet einmal.

„Nehmen Sie die nächste Ausfahrt", sagt mir mein Navi und ich gehorche ihm aufs Wort, weil ich es nicht besser weiß. Auf Google-Maps habe ich mir die Route vor der Fahrt angeschaut. Ich muss nicht in die Stadt fahren. Das Haus von Hans Köbbe ist nicht weit von dem Autobahnkreuz Flensburg entfernt. Nach dem Satellitenbild am Computer ist es leicht zu finden. Ich komme in ein Stadtviertel mit wunderschönen Häusern und sehe auf dem Display die bekannte Ankunftsfahne. Die Straße ist links und rechts mit Bäumen bepflanzt, die schon ein beträchtliches Alter haben. Das Ziel erstaunt mich. Vor mir steht eine wunderschöne Villa im topsanierten ‚Outfit'.

Wow! - ist meine Feststellung und ich werde kleinlaut. Hatte Hans Köbbe nicht gesagt, dass er allein wohnt? In diesem großen Kasten? Da konnte er mir ohne Schwierigkeiten ein Zimmer anbieten, selbst zwei Personen füllen das Gebäude niemals aus. Ich war darauf gefasst, ein Hotelzimmer zu nehmen, denn ich hätte den alten Herrn ungern in eine unbequeme Lage gebracht. An diesem Tag gibt es für mich kein weiteres Reiseziel, somit hätte ich in aller Ruhe nach einem Zimmer suchen können. Aber diese Option wird dank des ersten Eindrucks nicht nötig sein. Ich parke mein Auto auf einer großzügigen Auffahrt, steige zögernd aus und begebe mich zum Eingang des Gebäudes. Die Klingel schrillt laut. Mein Herz pocht, dass ich es hören kann, Schweiß bricht auf meiner Stirn aus. Hoffentlich ist mir der alte Herr sympathisch. Die Tür wird geöffnet und eine gutmütig aussehende, ältere Frau mit weißer Schürze steht vor mir. Mein Gott, er hat eine Haushälterin, also sind wir zu dritt. Das erleichtert mich, weil es viele organisatorische Probleme löst.

„Sie müssen Frau Gorda sein", begrüßt sie mich mit einem Lächeln. In ihren gütigen Augen entdecke ich Freundlichkeit und ein bisschen Neugierde. Mich erfasst ein angenehmes Gefühl.

„Ja, so ist es!", erwidere ich. Meine Seele entspannt sich, ich brauche mir keine weiteren Gedanken zu machen.

„Kommen Sie bitte herein, Herr Köbbe wird Sie gleich begrüßen. Er hat ein kleines Nickerchen hinter sich und macht sich etwas frisch. Ich bin Hilde, seine Haushälterin."

Sie führt mich in einen Salon mit antiker Einrichtung.

„Nehmen Sie bitte Platz. Was darf ich Ihnen nach dieser langen Reise anbieten? Oder wollen Sie erst Ihr Gepäck in dem für Sie hergerichteten Zimmer verstauen?"

„Ich denke, das kann ich später noch erledigen, ich werde zuerst auf Herrn Köbbe warten", antworte ich.

„Und was darf ich Ihnen anbieten?", fragt sie erneut.

„Das ist freundlich von Ihnen, ich nehme gern ein Wasser. Wenn es keine Umstände bereitet, möglichst mit Sprudel."

Sie lächelt und nickt. Ich komme mir vor, wie in einem der alten Filme, welche manchmal im Fernsehen gezeigt werden. Hilde kann ich altersmäßig nicht einschätzen. Ihre dralle Figur lässt sie jünger erscheinen, aber Mitte Siebzig ist sie bestimmt. Sie verlässt den Salon, um das Wasser zu holen. Ich setze mich in einen der gemütlichen Sessel und tauche mit meinen Gedanken in eine wunderbare alte Welt.

Die Tür öffnet sich, Herr Köbbe erscheint, groß und mager. Er hat einen Stock in der Hand, den er nur lässig benutzt.

„Mein Gott, hat Hilde Sie allein gelassen? Ich hoffe, Sie hatten eine angenehme Reise."

Er lächelt mich mit viel Wärme an, seine Augen strahlen. Ich habe allen Grund, mich hier willkommen zu fühlen. Wir begrüßen uns mit Handschlag und er lässt nicht sofort wieder los. Er hat seine Bemerkung am Telefon nicht vergessen.

„Ich wusste, dass Sie eine junge, hübsche Frau sind. Ich habe es bei unseren Gesprächen an Ihrer Stimme gehört. Jetzt weiß ich, dass wir uns an den Tagen unseres Unternehmens gut verstehen werden. Meine Freude ist riesengroß, mit Ihrer Hilfe kann ich meinen alten Kameraden Hermann noch einmal in die Arme schließen."

So viel Herzlichkeit hatte ich nicht erwartet.

„Nicht nur Sie profitieren von unserem Unternehmen, ich bin mit von der Partie, ich erfahre hoffentlich für mich wichtige Dinge."

„Wir machen uns heute einen gemütlichen Abend, Sie müssen mir von sich erzählen."

Hans Köbbe strahlt mich bei diesen Worten mit wissbegierigen Augen an.

„Hilde hat uns ein leckeres Abendessen kreiert. Das werden wir uns schmecken lassen, sie ist eine begnadete Köchin. Dazu gibt es einen französischen Rotwein. Ich hoffe, Sie mögen Rotwein?" Ängstlich und gleichzeitig neugierig schaut er mich an. Ist ihm meine Antwort wichtig?

„Für mich ist gutes Essen wie eine Weihnachtsbescherung und französischer Rotwein ist in meiner Erinnerung wie der Duft der Provence."

Sein entspanntes Lächeln bringt uns beide ein Stückchen näher. Die Freuden im Alter sind begrenzt und gutes Essen spielt in dieser Lebensperiode eine immense Rolle. Das war eine der Lieblingsaussagen meines Opas, ich konnte es als Kind nicht verstehen.

Hans Köbbe deutet mit einer eleganten Geste an, mich wieder in den Sessel zu setzen und nimmt mir gegenüber Platz.

„Nun erzählen Sie, was Sie auf dieser langen Fahrt erlebt haben."

Er schaut tatsächlich drein, als hätte ich gerade eine Weltreise hinter mir und könnte lauter interessante Erlebnisse von mir geben.

„Meine Reise war zwar recht lang, aber ich habe mir nur eine Pause gegönnt und ich war lediglich auf der Autobahn unterwegs", gebe ich ihm zu verstehen und lächle ihn an.

„Sie glauben nicht, wie langweilig das sein kann!"

Hilde kommt mit meinem Wasser und Herr Köbbe fordert sie auf, uns Gesellschaft zu leisten. Sie lehnt dankend ab, indem sie uns erklärt, dass sie noch einige Vorbereitungen für das Abendessen treffen muss. Die Sympathie zu dem alten Mann nimmt in meinen Gedanken zu, er behandelt Hilde nicht wie ein Dienstmädchen, das gefällt mir.

Sie wendet sich an mich und zählt alle Leckereien des heutigen Abends auf. Ich bin begeistert und kann mir lebhaft vorstellen, dass es sich nicht nur appetitlich anhört. Herr Köbbe strahlt vor sich hin, er weiß am besten, was uns erwartet. Ich frage, ob ich bei den Vorbereitungen helfen kann und ernte von beiden einen schalkhaften Blick. Ich verstehe, Hilde will ihren Job allein erledigen.

„Darf ich Ihnen einen Aperitif anbieten?", fragt er. Hilde hat den Salon verlassen, um ihr Dinner vorzubereiten.

„Ja, gerne", gebe ich ihm zur Antwort. Er zählt eine Riesenliste an Getränken auf. Lachend gebiete ich ihm Einhalt und bitte um einen einfachen Martini. „Mit, ohne, viel oder wenig Eis?", kommt die Gegenfrage.

"Ich liebe viel Eis."

Als hätte Hilde meinen Wunsch gehört, kommt sie mit einem speziell für diese Zwecke bestimmten Gefäß und platziert es auf die Bar, in der einige wertvolle Tropfen verstaut sind. Herr Köbbe nickt seiner Haushaltsseele zu. Ich verstehe, ab hier übernimmt er den Job. Hilde verlässt uns, um nach kurzer Zeit mit einem Teller leckerer Häppchen zurückzukehren. Sie trägt die inzwischen zubereiteten Getränke auf den Tisch. Herr Köbbe nimmt in seinem Sessel Platz und meint zufrieden, dass wir mit dem gemütlichen Teil des Abends beginnen können. Er möchte von mir einen Kurzbericht über mein Leben, meine Familie und vor allem über meinen verstorbenen Mann hören. Bereitwillig erzähle ich ihm die Eckdaten, die ihn interessieren könnten und er hört meinen Worten gespannt zu. Durch die Geschichte wird ihm klar, dass mein Mann seinen Vater nicht kennenlernen konnte. „Mein Schwiegervater hat Frank als Abschiedsgeschenk während seines letzten Urlaubes der Schwiegermutter hinterlassen", ergänze ich abschließend.

Hans Köbbe schaut mir in die Augen. Er hat ein Problem, welches in seinem Kopf umherspukt, das spüre ich. Und schon fängt er an zu sprechen: „Ich habe eine intime Frage. Sie sind doch viel zu jung, um die Frau des Sohnes von Werner Gorda zu sein, oder habe ich etwas missverstanden?"

Ich kann die Neugierde in seinen Augen lesen.

„Sie haben recht, ich war 19 Jahre jünger als mein Mann. Wir haben trotzdem aus Liebe geheiratet. Leider musste er früher gehen, als es anzunehmen war. Aber ich bin dankbar für die Jahre, die wir zusammen sein konnten."

„Wir sind alle für jeden Tag dankbar, den wir hier verbringen dürfen. Es ist nur hart für den Partner, der zurückbleibt. Ich bin seit unendlichen Zeiten allein. Korrekt formuliert, habe ich nie den Mut gefunden, mich wirklich ernsthaft zu binden."

Unsere Erzählungen vertiefen sich in die Vergangenheit, beide sind wir für den Moment weit entfernt vom heutigen Geschehen. Der alte Mann sorgt dafür, dass ich nicht vor einem leeren Glas sitze. Ich bin direkt ein wenig beschwipst. Hilde kündigt den ersten Gang eines umfangreichen Abendmenüs an. Herr Köbbe fordert mich auf, mit ihm zum Speisezimmer zu gehen. Nach dem Empfang und dem Flair des Hauses wundert es mich nicht, dass wir einen festlich gedeckten Tisch mit dem feinsten Geschirr, Gläsern und Bestecken vorfinden.

„Ich muss ein paar Utensilien aus dem Auto holen, die ich für die kommende Nacht benötige."

Dieser Gedanke kommt mir gerade in den Sinn, doch Herr Köbbe hält mich zurück. „Das Gepäck können Sie nach dem Essen in aller Ruhe holen, Hilde wird Ihnen Ihr Zimmer zeigen. Ich habe seit Jahr und Tag das Ritual, eine gute Zigarre nach dem Abendessen zu rauchen. Das wäre eine Gelegenheit, unser Plauderstündchen zu unterbrechen. Und da wir gerade die Organisation unseres Vorhabens bereden, schlage ich vor, morgen nach einem gemütlichen Frühstück die Reise nach Hamburg anzutreten. Sie glauben nicht, wie aufgeregt ich bin." Er schaut mich bei seinen Worten schelmisch an, sicher ist er schon auf die staunenden Augen seines Kameraden Hermann gespannt.

Das Vier-Gang-Menü ist viermal ein absoluter Genuss und ich bin froh, nicht ständig hier zu wohnen. Jeden Tag ein derart außergewöhnliches Mahl würde meine Figur eines Tages aus der Form bringen. Die alte Frau lächelt vor sich hin. Der Vorteil ist auf meiner Seite, in den Genuss dieser Köstlichkeiten werde ich nur einmal kommen. Auf der Rücktour habe ich nicht vor, bei Herrn Köbbe zu nächtigen. Der Hausherr zieht sich nach dem Essen zurück, um seine Zigarre zu genießen. Hilde nimmt unter Protest meine Hilfe beim Abräumen des Geschirrs an. Dann hole ich meine kleine Reisetasche aus dem Auto. Den restlichen Abend werde ich sicher nur noch kurze Zeit in Gesellschaft dieser beiden liebenswerten Menschen verbringen. Aus unserem Gespräch vor dem Essen habe ich entnommen, dass Hans Köbbe früh in die Federn zu steigen pflegt. Mir tut es ebenfalls gut, die Nacht nicht zum Tag zu machen, wie es sonst meine Gewohnheit ist. Die vielen Kilometer meiner heutigen Reise vermitteln mir hoffentlich die nötige Bettschwere.

Hilde steht an der Eingangstür, um mich in mein Zimmer zu begleiten. Wie alles in diesem Haus ist das Gästezimmer mit antiken Möbeln bestückt. Es ist gemütlich und sehr gepflegt. Die Tür in der rechten Wand führt zum Bad, welches nur der Bewohner des kleinen Reiches nutzen kann. Auch hier fehlt es an nichts. Mein Aufenthalt ist nur für eine Nacht, aber ich weiß sofort, dass ich mich wohlfühlen werde.

Ich gehe wieder in den Salon, um auf meinen Gastgeber zu warten. Es dauert nicht lange und er erscheint mit freudiger Miene und einer Flasche Rotwein in der Tür. Hilde steht hinter ihm. Trotz des reichlichen Dinners fährt sie noch einmal kleine Naschereien auf und stellt die Gläser bereit. Hans Köbbe füllt den Inhalt der Flasche in einen Dekanter und kommt zu mir. Er übernimmt auch das Einschenken. Seine Bewegungen und Gesten zeigen, dass es ein wichtiges Ritual für ihn ist.

Der Wein ist köstlich. Er kommt keinesfalls aus den für mich üblichen Quellen. Hilde leistet uns für eine Weile Gesellschaft. Sie verabschiedet sich bald und ich frage, ob sie einen weiten Weg nach Hause hätte. „Ich wohne hier im Haus", gibt sie zur Antwort.

Der Abend verläuft weiterhin interessant. Hans Köbbe erzählt mir lustige Episoden aus seinem Leben und fordert mich auf, über mich ein paar Geschichten ‚preiszugeben'. Da ich nicht auf seinen Wunsch reagiere, wird er wieder ernst.

„Was hat ihr Schwiegervater auf dem U-Boot für eine Tätigkeit ausgeübt, welchen Dienstgrad hatte er?" Hans Köbbe schaut mich interessiert an und ich komme nicht zum Antworten, weil er noch andere Fragen aufzählt.

„Ich kann nicht so schnell antworten, aber das Wichtigste ganz kurz. Er war als Maschinist an Bord. In den Unterlagen fand ich eine letzte Beförderung vom November 1943 zum Obermaat. Die anderen Fragen habe ich jetzt nicht richtig verarbeiten können"

Hans Köbbe lacht.

„Ihr jungen Leute aus dieser verrückten, neuen Zeit glaubt doch sonst auch, alles im Griff zu haben", gibt er mit nicht zu übersehendem Humor von sich.

„Aber Ihre Informationen reichen mir fürs Erste." Seine Mimik nimmt plötzlich einen traurigen Zug an.

„Ich hingegen muss immer wieder beweisen, dass ich noch im Leben stehe. Aufgrund meines Alters glaubt jeder, ich sei tütelig. Aber glauben Sie nicht, ich würde klein beigeben."

„Im Gegenteil, Sie haben meine volle Bewunderung, so selbstverständlich ist das alles nicht", beruhige ich ihn. Seine Leichtigkeit, die Dinge beim Namen zu nennen und seine Aufgewecktheit gefallen mir.

„Ich werde langsam müde und morgen wird ein aufregender Tag für mich. Insofern ist es angebracht, den heutigen Abend zu beenden und das Bett aufzusuchen." Hans Köbbe erhebt sich.

Ich nicke verständnisvoll. Wir prosten uns zu und leeren die Gläser. Er nimmt wieder meine Hand, ohne sofort loszulassen.

„Ich wünsche Ihnen eine wunderschöne Nacht, vielleicht erleben Sie im Land der Fantasie etwas Angenehmes. Die Träume der ersten Nacht in einem fremden Bett sollen in Erfüllung gehen. Ist diese Aussage bei Ihnen auch üblich?" Ich lächle und stimme ihm zu.

6

Der nächste Morgen verspricht trotz der winterlichen Temperaturen einen Tag mit viel Sonne.

Hilde ist längst in der Küche. Durch die offene Tür sehe ich, wie sie an der Kaffeemaschine hantiert. Hans Köbbe kommt gerade die Treppe herunter und nach einem freundlichen „Guten Morgen" führt er mich in das Speisezimmer.

„Ich hatte gestern Abend vor zu fragen, ob wir unsere Anrede verbindlicher und einfacher praktizieren könnten?" Er schaut mich von der Seite an.

„Das finde ich eine tolle Idee", lasse ich ihn wissen.

„Also gut Anne, Sie sind mir sympathisch, normalerweise mache ich ein solches Angebot nicht."

„Danke Hans, ich fühle mich bei diesem Gedanken auch wohler. Die förmliche Anrede wird auf Dauer lästig. In der heutigen Zeit ist es lockerer als früher."

Wir bleiben trotzdem beim unpersönlichen ‚Sie', wie es zu seinen Zeiten üblich war. Hans grinst vor sich hin, vielleicht kommen alte Erinnerungen. Eines ist mir klar, ein Kind von Traurigkeit war er in jungen Jahren mit Sicherheit nicht.

Ich frage ihn, ob er seinen Koffer gepackt hat.

„Nun, im Prinzip erledigt das Hilde. Aber es gibt einige Kleinigkeiten, die ich im Nachhinein noch einschmuggle. Ich habe eine Tasche mit den alten Unterlagen aus jener Zeit."

Auf dem Weg zum Speisezimmer klingelt mein Smartphone, ich sehe Sebastians Namen auf dem Display. Genervt nehme ich an.

„Ich muss mich wieder einmal melden, wir haben lange nichts voneinander gehört. Ich möchte immer noch von dir wissen, wie es mit uns weitergehen soll? Was machst du gerade?"

„Hallo Sebastian, ich habe dir doch erklärt, dass ich während meines Aufenthaltes im Norden keine prinzipielle Diskussion führen möchte. Das wirst du doch verstehen."

„Das kannst du nicht einfach bestimmen, ich habe ein Recht darauf, alles von dir zu wissen."

Ich lege auf. Einen weiteren Anruf drücke ich weg, dann ist Ruhe.

Wir frühstücken in aller Gemütlichkeit, dann schnappe ich mir den in der Diele bereitstehenden Koffer sowie die altmodische Aktentasche und verstaue beides in meinem Auto. Hilde kommt mir entgegen und schaut mich fragend an.

„Sind Sie mir jetzt böse, weil ich in Eigeninitiative das Gepäck an Ort und Stelle gebracht habe?"

Ihre Gesichtszüge nehmen wieder die gewohnte Freundlichkeit an. „Danke, es ist nett von Ihnen, meine Arbeit zu erledigen."

Ich lächle ihr zu. „Das ist selbstverständlich für mich." Mein Gott, diese beiden Menschen sind noch immer in ihrer längst vergangenen Zeit gefangen. Für einen Moment finde ich diese Welt interessant, aber auf Dauer passt es nicht mehr in unser Leben. Ich hole meine kleine Reisetasche aus dem Zimmer, schaue mich noch einmal in diesem liebenswert altmodischen Haus um und spurte zum Auto. Hans steht davor und begutachtet meinen Toyota.

„Ich hatte früher auch ein Auto, aber Ihres ist sehr modern?"

„Ja, es ist mit vielen technischen Raffinessen ausgestattet, ich zeige sie Ihnen während der Fahrt."

Ich öffne die Beifahrertür und bitte Hans, einzusteigen.

„Nun müssen wir dem Navi noch die Adresse der Seniorenresidenz verraten, in der Ihr Kamerad Hermann wohnt." Hans schaut mir zu, wie ich die erforderlichen Daten in das Gerät eingebe.

„Die Reise kann losgehen, sind Sie bereit?", frage ich Hans und er nickt glücklich.

„Die Fahrt ist für mich ein besonderes Erlebnis. Ich habe keine Kinder, deshalb bin ich auf diese Weise nur gelegentlich mit dem Taxi unterwegs."

Er sitzt zufrieden neben mir und schaut mit glücklicher Miene in die Gegend.

Nach einer Weile schlägt er vor: „Wir sollten unterwegs anhalten und in einem netten Restaurant etwas zu uns nehmen. Ich komme selbstverständlich für die Kosten auf."

„Sie sind überaus großzügig. Ich weiß nicht, ob ich das annehmen kann."

„Anne, es ist für mich ein großes Glück, meinen alten Kameraden Hermann noch einmal zu sehen, die alten Zeiten einer Männerfreundschaft aufzuwärmen und mit ihm zu reden. Am Ende diskutieren wir darüber, wie es in unserem nächsten Leben sein wird. Ich bin Ihnen dankbar, dass ich Sie auf dieser Tour begleiten darf. Natürlich weiß ich, dass Sie Ihre eigenen Ziele verfolgen."

Ich schaue ihn an und versuche ihm klarzumachen, dass ich den eigentlichen Nutzen aus unserer Unternehmung ziehe. „Von Dankbarkeit sollten Sie nicht sprechen", sage ich. Für eine Weile herrscht Schweigen zwischen uns.

„Ich habe noch etwas hinzuzufügen. Wir können uns einigen, gegenseitige Parasiten zu sein. Sie nutzen mich und ich Sie schamlos aus. Um ein harmonisches Ergebnis für beide zu erlangen, ist diese Konstellation erforderlich."

„Anne, Sie sprechen mir aus dem Herzen, ich bin traurig, so alt zu sein. Ich spüre eine Seelenverwandtschaft zwischen uns, wie nie zuvor in meinem unendlich langen Dasein."

„Auch das können wir genießen, es hat nichts mit dem Alter zu tun."

„Schön, wie Sie einen alten Knacker beruhigen. Sie wissen, dass Männer manchmal seltsam ticken und dass es nie aufhört, glaubt kein Mensch. Alle denken, das wahre Leben ist zu Ende, wenn man in die Jahre gekommen ist. Im Gegenteil, manches wird noch intensiver. Wir lernen im Alter unsere Grenzen kennen und können selbst Kleinigkeiten, die uns erfreuen, mit Genuss erleben. Ich könnte auch sagen, was für mich in jungen Jahren selbstverständlich schien, kann ich im Alter als außergewöhnlich betrachten."

Diese Fahrt ist für mich kurzweilig, ich habe einen Menschen gefunden, mit dem ich tagelang hintereinander diskutieren könnte. Langeweile wäre nie ein Thema! Wir werden ungefähr zweieinhalb Stunden unterwegs sein. Ich hatte im Internet gelesen, die A7 ist eine stark befahrene Autobahn, trotzdem kommen wir gut voran. Hans schaut zufrieden in die Landschaft und strahlt vor sich hin. Seine Hände liegen ruhig auf dem Schoß.

Die Seniorenresidenz liegt nahe an der Elbe, aber ich kann mir nicht vorstellen, dass die Bewohner Spaziergänge dorthin unternehmen, Luftlinie ist nicht gleichzusetzen mit begehbaren Wegen. Inzwischen haben wir die Außenviertel von Hamburg erreicht. Es geht auf der Autobahn weiter, die wir kurz vor dem Ziel verlassen. Mein Navi führt uns durch großzügige Straßen und gelegentlich kann ich Parkanlagen sehen. Nur noch wenige Meter und wir haben unser Ziel erreicht. Das Display meines kleinen Helfers zeigt die bekannte Zielfahne an. Um die Ecke sehe ich einen Platz, auf dem wir den Toyota abstellen können. Ich schaue Hans an und frage, ob ihm der Weg zurück zum Eingang Schwierigkeiten bereiten würde.

„Nein, das kleine Stück werde ich schaffen", gibt er mir zur Antwort. Wir sind dem magischen Moment des Wiedersehens der beiden alten Herren zum Greifen nahegekommen. Hans versucht, seinen Mantel zuzuknöpfen, seine Hände zittern.

Am Eingang des Geländes schauen wir in eine schöne Parkanlage, die trotz des fehlenden Grüns an Bäumen und Sträuchern freundlich wirkt. Die Natur wartet auf den Frühling. Der großzügig angelegte Weg führt direkt in einen wunderschönen Glasvorbau der Villa. Dieser Anbau ist offensichtlich nicht ursprünglicher Teil des Gebäudes, er fügt sich trotz seiner modernen Architektur perfekt in das Gesamtambiente ein. Vielleicht gab es früher Stufen, die Höhe der Fensterfronten lässt es vermuten. Jetzt ist der Eingang barrierefrei und ohne fremde Hilfe für die Bewohner zu erreichen. Wir bewegen uns langsam vorwärts, ich passe mich dem Tempo meines Begleiters an. Hans schweigt den ganzen Weg.

Er hatte seinen alten Freund über unser Kommen informiert, wir treffen zur angegebenen Zeit ein. In der Empfangshalle werden wir sofort begrüßt.

Ich kann im Hintergrund einen alten Herrn im Rollstuhl ausmachen. Eine Pflegekraft steht neben ihm. Die Augen des Mannes schauen erwartungsvoll in unsere Richtung, es kann sich nur um Hermann Lindner handeln. Hans stürzt sofort auf ihn zu, Hermann steht mühsam aus seinem fahrbaren Untersatz auf und sie liegen sich in den Armen. Ich bin voller Rührung über diesen Glücksmoment der beiden alten Herren. Hans hält seinen Freund eine Armeslänge von sich, ohne ihn loszulassen, Tränen stehen in seinen alten Augen. „Du hast dich nach den 70 Jahren gar nicht verändert, mein Freund."

Auch Hermanns Augen haben einen feuchten Glanz.

„Nun übertreibe nicht, es sind nur 68 und das ist auch nicht wahr, denn wir haben uns vor zehn Jahren zuletzt gesehen. Mir kommt es auch viel länger vor. Egal, wir sind glücklich, den heutigen Tag zu erleben."

Hermann schaut mich an. „Du hast dir eine nette Begleiterin zugelegt. Ist sie nicht eine Winzigkeit zu jung für dich?" Aus seinen Augen leuchtet der Schalk und er vervollständigt seine Feststellung, indem er sich an mich wendet. „Ist Ihnen Ihre Zeit nicht zu schade, um sie mit zwei alten Knackern zu verbringen?"

"Keine Sorge, ich werde Sie beide fordern und viel von Ihnen wissen wollen, da kommt sicher keine Langeweile auf!", freue ich mich über seine Lebendigkeit.

Nun endlich begrüßen wir uns mit Handschlag und ich fühle auch bei Hermann die menschliche Wärme.

Er unterbreitet uns den Vorschlag, den im hinteren Park gelegenen Pavillon zu besuchen. „Dort gibt es ein nettes kleines Restaurant und der Kaffee schmeckt ausgezeichnet. Ich gönne mir ein riesengroßes Stück Kuchen, vielleicht sogar mit Sahne. Für mich ist heute ein besonderer Tag!" Unser Weg führt uns durch die Empfangshalle. Ich nehme der Pflegerin den Rollstuhl ab und verspreche ihr, mich um Hermann zu kümmern. Hans läuft nebenher und hat seine Hand auf die Schulter seines Freundes gelegt.

Hinter der Halle schließt sich ein wunderschöner Wintergarten an, in dem ich es mir am liebsten auf der mit Kuschelkissen bestückten Bank bequem machen würde. Seitlich führt eine breite Tür in eine weitere Parkanlage. Ich bin von dieser Seniorenresidenz begeistert, sie ist etwas Besonderes. Die alten Herrschaften können sich hauptsächlich im Sommer hier wohlfühlen.

Die Anlage ist nicht groß, trotzdem erkenne ich eine raffinierte Überbrückung von räumlicher Begrenzung und Natur. Der Architekt war ohne Frage ein begnadeter Künstler. Das angenehme Ambiente sorgt selbst im Winter bei schlechtem Wetter für ein Gefühl: ‚Hier möchte ich bleiben und ausruhen'.

Wir gehen in den Garten und ich kann den von Hermann erwähnten Pavillon sehen. Drinnen herrscht wohlige Gemütlichkeit. Fast alle Tische sind leer, die übliche Besuchszeit beginnt erst später.

„Die Herren haben den Vortritt, den Tisch auszusuchen", melde ich mich zu Wort.

„Das kommt gar nicht infrage", meckern beide zur gleichen Zeit.

„Gut, dann setzen wir uns direkt an das Panoramafenster!", übernehme ich das Kommando. Ich schaue einen nach dem anderen an und beide haben ein breites Grinsen parat. Es wird eine kurzweilige Zeit mit den alten Herren im Doppelpack. Sie machen einen unkomplizierten Eindruck, das hätte ich aufgrund der fortgeschrittenen Jahre nicht erwartet. Ich schiebe einen der Stühle beiseite und platziere Hermann mitsamt seinem Rollstuhl an den Tisch.

„Wir sind uns hoffentlich einig, dass ich mich erst an meinem Kaffee und dem Kuchen gütlich tue, ehe wir uns dem Ernst der Vergangenheit zuwenden?" Hermann schaut Hans und mich mit Schalk in den Augen an. Es ist ihm wichtig, diese Dinge in Ruhe zu genießen.

Ich muss den alten Herrn immer wieder anschauen, weil ich glaube, das Gesicht schon irgendwo einmal gesehen zu haben. Mir ist klar, dass dieser Gedanke Unsinn ist. Hans meldet sich zu Wort. „Du kannst dir Zeit lassen. Wir haben in der Nähe zwei Zimmer in einem Hotel gebucht. Morgen gehen wir dir noch einmal auf den Geist. Es ist für unsere kleine Lady nicht ganz einfach, viel Zeit zu investieren, im Gegensatz zu uns muss sie noch arbeiten". Dabei lächelt er glücklich und zufrieden.

„Oh Gott, ich habe meine Unterlagen im Auto vergessen", setzt er erschrocken hinzu.

„Das macht nichts, ich werde sie holen", beruhige ich ihn.

Es ist ihm peinlich und ich gebe zu verstehen, dass es mir nichts ausmacht und es nur ein Katzensprung bis zum Parkplatz ist.

„Bin gleich wieder da!" Ich stehe postwendend auf, um eine weitere Diskussion zu unterbinden.

Als ich zurückkehre, sind die beiden alten Herren tief in ein Gespräch versunken, sie stecken die Köpfe zusammen und flüstern? Als ich nähertrete, bemerken sie mich nicht, es gibt wohl Dinge, die nicht für meine Ohren bestimmt sind. Wie soll ich mich verhalten? Nach einer Weile dreht sich Hans um und schaut mich erschrocken an. Die beiden Männer schweigen. Ich wende mich noch einmal ab, um ihnen die Möglichkeit zu geben, ihr Problem zu klären. Nun ist es allerdings zu spät, deshalb rufe ich absichtlich locker: „Hier kommen die Akten!"

Es ist inzwischen alles wieder normal. Sie informieren mich, bereits bestellt zu haben und ich muss Kuchen essen. Die Kellnerin bringt alles an den Tisch. Ich bin entsetzt. Was ich auf dem Teller sehe, ist eine gewaltige Kalorienbombe. Ein Stück Torte mit viel Creme und Sahne lächelt mich schadenfroh an. Hermann hingegen genießt intensiv seinen Kaffee und lobt das Stück Torte, welches unter einem Riesenberg Sahne nicht zu erkennen ist.

„Ich werde gleich nach diesem seltenen Genuss zu erzählen anfangen."

Ich nicke ihm zu. „Lassen Sie sich Zeit, wir laufen nicht davon."

Es drängt ihn offensichtlich, seine Geschichte zum Besten zu geben, denn der Teller ist schnell leer.

„Ich habe mir viele Gedanken gemacht, was und in welcher Reihenfolge ich Ihnen von Ihrem Schwiegervater berichten soll. Wir waren nicht auf dem gleichen U-Boot, aber wir trafen uns in einem Internierungslager der Briten in Dänemark und wurden gemeinsam auf einem Frachtschiff nach Amerika, besser gesagt nach Kanada transportiert."

Hermann greift nach seiner Kaffeetasse, nimmt einen Schluck und schaut uns abwechselnd an. Hans will ihn zum Weiterreden bewegen. „Mach es nicht noch spannender, als es ohnehin schon ist."

Hermanns Blick ist auf mich gerichtet.

„Ihr Schwiegervater hat mir von seiner Rettung berichtet und ich kann Ihnen diese Erzählung wiedergeben, soweit meine Erinnerung reicht.

Der Ausstieg aus einem versenkten U-Boot war in jedem Fall eine äußerst dramatische Angelegenheit. Das U-579 ist wie das 1008 von den englischen Liberator-Bombern attackiert worden. Durch sein Abtauchen hat es nach Meinung Ihres Schwiegervaters die Flieger auf sich aufmerksam gemacht. Ein abtauchendes U-Boot ist in jedem Fall für den Angreifer aus der Luft eine leichte

Beute. Es wurde mehrmals getroffen und barst am Ende auseinander. Werner hat mir das ganze Ausmaß dieses Dramas berichtet. Es müssen grausame Minuten gewesen sein, denn es spielte sich alles schnell ab."

Wieder macht der alte Mann eine Pause, er atmet schwer. Ist es nun das Thema oder überanstrengt er sich gerade? Mein Herz droht aus dem Gleichgewicht zu geraten, es rast und mein Kopf kann nicht begreifen, was Hermann gerade erzählt. Aber ich muss ihn ausreden lassen, denn noch weiß ich nicht die ganze Geschichte. Nach einer Weile hat Hermann sich wieder erholt.

„Die Möglichkeiten, aus einem untergehenden U-Boot gerettet zu werden, oder sich selbst zu retten, sind gering. Jedes andere Schiff bietet weit mehr Gelegenheiten, es zu verlassen. Ein U-Boot hat wenige ‚Ausgänge', von denen die Männer an die Wasseroberfläche gelangen können. Sie sind schnell genannt, es ist das Turmluk, das Kombüsenluk und das Torpedoluk. Ein solches Boot sinkt nach dem Treffer in Sekunden in die Tiefe und reißt die Besatzung mit sich. Für einige Männer, die das Glück hatten, in der Nähe einer der Ausgänge zu sein, bestand die Chance, das Boot zu verlassen und aufzutauchen. Männer, die sich in unmittelbarer Nähe eines getroffenen Bereiches aufhielten, waren rettungslos verloren."

Mich erschüttert die Gewissheit, dass Werner Gorda definitiv unter den Lebenden war. Er hatte also seine Familie doch im Stich gelassen. Ich bin dankbar, dass ich als einzige diese Wahrheit erfahre. Wieder tauchen die Gesichter meiner Schwiegermutter und meines Mannes vor meinen Augen auf und ich sehe ihre fragenden Blicke. Warum hat er sich nie gemeldet? Ich hoffe inständig, dass es noch nicht zu spät ist, dieses Geheimnis endgültig zu lüften.

Hermann schaut mich fragend an: „Ist Ihnen nicht gut, Sie sind blass geworden?"

„Ich bin über die Tatsache erschüttert, dass er mit dem Leben davongekommen ist. Er ließ seine Familie allerdings bis an das

Ende ihrer Tage ohne ein Lebenszeichen. Sie sind beide tot und ich bin froh, dass sie diese Nachricht nicht erfahren haben", antworte ich ihm leise, weil meine Stimme zu versagen droht. Die beiden alten Männer sehen mich hilflos an. Sie haben nicht diese traurigen Menschen erlebt und wissen nichts von der Ungewissheit und Hoffnung, die ein ganzes Leben lang für die Angehörigen präsent waren. Nun bin ich diejenige, die erfahren muss, dass Werner sich irgendwo eine neue Zukunft aufgebaut und die liebsten Menschen aus der Vergangenheit ohne Aufklärung hinter sich gelassen hat. Hermann sieht mich seltsam an und ich sehe Tränen in seinen Augen. Ganz kurz taucht in meinen Gedanken die Frage auf, warum diesen Mann die Geschichte in einem solchen Maß bewegt? Es war doch für seinen Kameraden gut verlaufen.

„Erzählen Sie bitte weiter und lassen Sie sich von meinen Befindlichkeiten nicht stören. Ich habe das Schlimmste erfahren! Es könnte nachvollziehbare Gründe für das Verhalten meines Schwiegervaters geben. Ich will ihn nicht verurteilen, ohne die Zusammenhänge und die ganze Wahrheit zu kennen. Das fällt mir im Moment schwer, denn ich bin schockiert. Das werden Sie wohl verstehen!"

„Gut, ich fahre fort, soweit ich mich an seine Erzählungen erinnern kann", erwidert Hermann.

Ein nervöses Flackern ist in seinen Augen zu sehen. Sein Gesichtsausdruck nimmt für einen Moment befremdliche Züge an, doch er hat sich schnell wieder in der Gewalt.

„Werner hatte gerade seine Schicht beendet und wollte sich in die noch warme Koje legen, die er mit einem seiner Kameraden teilte. Eine Koje wurde von zwei Matrosen mit entgegengesetzter Schicht benutzt. Der Platz zum Schlafen, Essen und Körperpflege hatte minimale Ausmaße. Jeder Zentimeter war effektiv eingeteilt.

Plötzlich gab es einen klirrenden Schlag, das Boot erschütterte und Bruchteile von Sekunden später hörten die Männer eine gewaltige Detonation. Das Boot bewegte sich sprungartig und Werner wurde mit Wucht an die Kombüsentür geschleudert. Er glitt aus, Schreie und laute Stimmen waren zu hören. Die Männer spürten, dass sie mit rasanten Geschwindigkeit nach unten drifteten."

Hermann hat Schweiß auf der Stirn. Mit zitternden Händen versucht er, ihn wegzuwischen. Ich reiche ihm ein Tempo, automatisch greift er danach und befreit sich von dem lästigen Gefühl. Hans und ich schauen uns fragend an. Was bringt den alten Mann dermaßen aus der Fassung?

Mit schwerem Atem setzt Hermann seinen Bericht fort.

„Das Licht ging aus, in der diffusen Notbeleuchtung war ein totales Durcheinander von Gegenständen, leblosen Kameraden und ständig steigendem Wasser zu erkennen. Werner wusste, dass im hinteren Bereich sein Freund in der Koje lag und gerade schlief. Von dort kamen die Wassermassen und mit einem ohrenbetäubenden Knall wurde das Schott geschlossen. Werner hatte keine Zeit und keinerlei Möglichkeit, seinem Freund zu helfen.

Wer noch lebte, kämpfte sich schwimmend zum Bugraum, der schwer zu erreichen war. Viele im Wasser befindliche Teile, wie Bettzeug, Matratzen, Kleidungsstücke und weitere Gegenstände machten den Weg mühsam. Auch das auf der Wasseroberfläche treibende Öl hinderte die Männer, ihr Ziel zu erreichen. Einige versuchten, das Luk der Kombüse zu öffnen, es gelang ihnen nicht. Es war lange nicht betätigt worden, durch angesetzten Rost ließ es sich auch mit Gewalt nicht bewegen. Der Kampf, bei dem Minuten, sogar Sekunden zählten, war für einige der verzweifelten Männer das Letzte, was sie erlebten, bevor ein grausamer Tod endgültig alles besiegelte. Die meisten der Männer waren sehr jung, das Leben hatte für sie noch nicht begonnen. Diejenigen, die diesen Horror überlebten, waren für eine lange Zeit danach den entsetzlichen Erlebnissen in ihren Erinnerungen ausgeliefert."

Hermann schaut von mir zu Hans. Inzwischen hat er sich beruhigt, seine Augen sind traurig auf uns gerichtet. Hans legt seine Hand auf Hermanns Arm. „Wir beide sind um ein solches Szenarium herumgekommen, aber wir können uns vorstellen, was unsere Kameraden damals durchgemacht haben, die in eine derartige Situation geraten waren."

Hermann hat den Faden wieder aufgenommen und fährt fort. „Die Kameraden wurden auf einen stechenden Geruch aufmerksam. Er kam mit gelben Schwaden durch die Abluftleitung und drohte, ihnen den Sauerstoff zu entziehen und die Lungen zu zerfressen. Ein Maat schloss eilig das nächste Schott. Eine der beiden Batterien war explodiert. Chlorgas entstand durch die Säure, die sich mit Salzwasser vermengte. Alle hinter dem Schott gebliebenen Kameraden gingen einem grausamen Tod entgegen. Die bis zu diesem Zeitpunkt geretteten Männer zeigten unterschiedliche Reaktionen. Einige blieben ruhig und sahen der Situation mutig ins Auge, andere verloren die Nerven und einer den Verstand. Er fing an zu singen, zu schreien, schlug um sich, versank im Wasser und tauchte nicht wieder auf. Er war besinnungslos geworden.

Um in den Bugraum zu gelangen, mussten die Jungs durch das Torpedoluk tauchen, das Wasser hatte den normalen Durchstieg überschwemmt. Werner tauchte hindurch. Es waren nicht mehr als 15 Kameraden, die es bis hierhin geschafft hatten. Und noch ein Problem tat sich auf. Werner hatte einen Tauchretter ergreifen können. Nicht alle Jungs hatten das Glück.

Ich weiß nicht, ob Sie von einem solchen Gerät schon gehört haben?", wendet Hermann sich an mich. Ich nicke, zu mehr bin ich im Moment nicht fähig, weil mich seine Erzählung enorm aufwühlt.

„Nun brach endgültig Panik aus. Jeder versuchte auf seine Weise mit der Angst zurechtzukommen. Es wurde geweint, gebetet, gejammert und auch große Reden wurden geschwungen, was die Lungen durch die tödlichen Gase noch schneller zerstörte. Das Wasser würde bald die Notbeleuchtung erreichen und das bedeutete absolute Dunkelheit. Einige versuchten, das Luk zu öffnen, dazu musste das Boot vollkommen mit Wasser geflutet sein. Werner erklärte den Männern, dass es an dieser Stelle keine Untiefe gäbe. Das Wasser über dem Meeresboden hätte eine Höhe von circa vierzig Metern. Ein anderer behauptete, es sind über hundert Meter, damit wäre ein Aussteigen nicht mehr möglich, es würde den sicheren Tod bedeuten. Das Luk ließ sich ohne Werkzeug nicht öffnen. Körperkraft ohne Hilfsmittel reichte nicht aus. Kurzerhand tauchte ein Maat in den Nebenraum und kam mit einer Eisenstange zurück. Jetzt gelang es, das Luk zu öffnen.

Werner erinnerte sich an die Übungen, die mit dem Tauchretter in bestimmten Zeitabständen durchgeführt worden waren. Das Wichtigste war, mit der Luftblase und vor allem langsam aufzusteigen. Der Bugraum stand inzwischen bis auf wenige Zentimeter unter der Decke voll mit Wasser. Es war höchste Zeit, zu verschwinden. Ein Zittern durchlief das Boot, das Luk bewegte sich auf und ab. Bis der Druckausgleich hergestellt war, kam es am Ende in geöffneter Stellung zur Ruhe und rastete ein. Der Ausstieg bedeutete für die Jungs eine Reise ins Ungewisse. Keiner wusste, wie tief das Boot gesunken war.

Ein diffuses Licht ließ jedoch erkennen, dass die Rettung keine Illusion war. Werner und die Kameraden kletterten aus dem Boot, die jungen Männer erfasste eine verhaltene Hoffnung.

An der Wasseroberfläche angelangt, konnte Werner überlebende Kameraden entdecken, er sah auch viele Tote. Ungeduldig und zu schnell aufgetaucht, waren ihre Lungen zerrissen. Blutiger Schaum kam aus ihren Mündern. Die Kälte attackierte die Körper. Werner schwanden die Sinne, er wurde von einer schwerelosen Gleichgültigkeit erfasst.

Er wachte erst wieder an Bord eines Schiffes auf, welches ihn in ein Gefangenenlager nach Dänemark brachte.

Kurze Zeit davor war ich auch dort eingetroffen. Wir lagen zusammen im Lazarett, ich hatte mir eine böse Erkältung zugezogen. In dieser Zeit hatten wir beide noch keinen Kontakt miteinander. Später begegneten wir uns erneut auf dem Transport über den großen Teich. Es sollte in ein Internierungslager nach Kanada gehen. Wir waren in englische Gefangenschaft geraten. Auf diese Weise brachten die Alliierten 37000 deutsche und italienische Kriegsgefangene aus Europa und Nord-Afrika in Internierungslager nach Kanada und den USA.

Da Werner und ich uns locker angefreundet hatten, empfanden wir es angenehm, im gleichen Lager, Sherbrooke, in der Provinz Quebec, zu landen. Wir waren überrascht, Angebote zur Arbeit zu erhalten. Es gab hier alle Möglichkeiten, die Zeit nicht nutzlos und mit dem ständigen Bewusstsein, Gefangene zu sein, zu verbringen. Seitens der Lagerleitung wurde niemand verpflichtet, einer Beschäftigung nachzugehen. Alle möglichen Gewerke standen zur Verfügung. Wir landeten beide in der Küche. Damit waren wir zufrieden, das galt auch für die Unterbringung.

Der Komplex bestand aus sieben H- förmig angeordneten Hütten, in denen die Schlafräume, Lazarett, Aufenthaltsräume, Barbier, Schneider, Kantine, Bücherei, Arrestzellen, Küche, zwei Speisesäle, Kälteraum, Lebensmittellager und Schulungsraum untergebracht waren. Ich zähle alles auf, um ein gewisses Verständnis für unsere Lage herüberzubringen.

Den Umständen entsprechend war diese unfreiwillige Heimat für unbestimmte Zeit erträglich. Natürlich ist diese Aussage relativ, letztlich ging diese Zeit unserem Leben verloren und wir waren fern der Heimat. Wir sprachen einander Mut zu und gewannen den Dingen eine positive Seite ab.

Werner und ich wussten, es hätte viel schlechter kommen können. Abgesehen von der Tatsache, dass wir arbeiten konnten, gab es noch andere Möglichkeiten, unsere Zeit sinnvoll zu verbringen.

Wir konnten tun und lassen, was wir wollten, solange es der Lagerordnung entsprach. Die Wachen hatten durch diese lockere Organisation allerdings eine intensive Aufsichtspflicht. Jedoch gab es für uns keine Probleme. Wir verhielten uns immer korrekt.

Wir hatten die Möglichkeit, in der Theatergruppe mitzuwirken, die sich im Lager großer Beliebtheit erfreute. Aber es war nicht unser Ding. Es hätte uns erwischen können, ein Mädchen zu spielen. Das war mit allem Drum und Dran! Werner und ich haben eine ganze Weile darüber diskutiert und uns entschieden, lieber Zuschauer zu bleiben.

Es gab im Lager natürlich keine Frauen, das konnte für manchen Kerl danebengehen, wenn er als Mädchen verkleidet nett herüberkam. Als Zuschauer machten diese Theateraufführungen einen Höllenspaß."

Hermann hält in seiner Erzählung inne und das Atmen fällt ihm sichtlich schwer.

„Ich würde gerne morgen weitererzählen, ich fühle mich müde und ausgepumpt", sagt er mit abgekämpfter Miene.

Genau diesen Eindruck habe ich bereits eine ganze Weile. Ich wusste nicht, wie ich diese Erzählung unterbrechen sollte, um Hermann nicht zu kränken. Er schaut Hans und mich mit müden Augen an.

Hans gibt zu verstehen, dass diese Entscheidung vollkommen in Ordnung ist. Wir werden morgen die Geschichtsstunde fortführen.

Für mich sind es viele Informationen. Außerdem steckt mir der Schock noch in den Gliedern, dass Werner Gorda nach dem Ende des Krieges gelebt hat und in der Fremde geblieben ist. Vielleicht gibt es eine Erklärung?

Hans wendet sich an seinen Freund: „Wir werden im Hotel ,Seemannsgarn' ganz in der Nähe übernachten und vorher zu

Abend essen. Hättest du Lust, uns Gesellschaft zu leisten? Ich würde dich gerne einladen."

Die beiden alten Herren schauen sich an. Ich glaube, Hermanns Kräfte sind erschöpft und er bestätigt meine Gedanken.

„Das ist lieb gemeint von dir, mein Freund, aber diese Anstrengung sollte ich mir nicht mehr antun."

Hans übernimmt die Rechnung für den kalorienhaltigen Kuchen und den Kaffee mit der Bemerkung, dass er von uns keinerlei Diskussion hören möchte. Ich habe längst begriffen, dass Großzügigkeit für ihn ein Bedürfnis ist. Allem Anschein nach hat Hans Köbbe auf dem Gebiet der Finanzen keinerlei Probleme. Sein Lebensstil lässt in jeder Beziehung darauf schließen und Kinder hat er keine.

7

Am Abend erwartet mich ein kulinarisches Erlebnis. Hinzu kommt die angenehme Gesellschaft von Hans Köbbe. Ich muss mich bei keinem Gesprächsthema seinem Alter anpassen. Ob die Politik Deutschlands oder die Weltlage, er sieht die Gefahren und beurteilt die Situationen mit klarem Blick.

Hans schaut mich an. „Ich möchte mich mit Ihnen lieber über persönliche Dinge unterhalten, Anne."

„Es ist interessant, Ihnen zuzuhören. Sie haben Ihr Dasein etwas außerhalb der Normalität verbracht, das entnehme ich Ihren bisherigen Andeutungen. Aber ein Urteil steht mir nicht zu und ich möchte nicht das Risiko eingehen, mich um Kopf und Kragen zu reden."

„Anne, ich wollte von Ihnen hören, was Sie allgemein bewegt. Vor allem möchte ich etwas über Ihren Mann erfahren. Er war sicher stolz auf Sie?"

„Ja, das war er. Wir hatten ein schönes Leben, haben viel miteinander unternommen. Wir sind beide leidenschaftlich gerne gereist. Das ist für mich in den Hintergrund getreten, allein macht es keinen Spaß. Die Suche nach seinem Vater hatte für ihn Priorität. Bis zu Franks Todestag im Jahr 2010 fand man im Internet noch keine ergiebigen Informationen. Das ist heute anders. Wir haben damals die Archive persönlich besucht. Franks Recherchen ließen sich wunderbar mit Kurzurlauben verbinden."

Hans schaut nachdenklich drein.

„Dann haben Sie ja einiges schon versucht, zu ergründen."

„Das Wichtigste war nicht dabei, die Erzählung eines Zeitzeugen. Auch ich wäre ohne Hermann keinen Schritt weitergekommen."

Trotz der lockeren Unterhaltung ist Hans heute Abend nachdenklich, als hätte er mit einer neuen Information zu kämpfen. Hat es mit dem Gespräch zwischen ihm und Hermann zu tun, als ich seine Unterlagen aus dem Auto geholt habe? Das erschrockene Schweigen der beiden geht mir nicht aus dem Sinn. Nun liege ich in meinem Hotelbett, wälze mich von einer Seite auf die andere. An Schlaf ist nicht zu denken, mir geht so vieles durch den Kopf, bis die Mail von Michael in meinen Gedanken auftaucht. Seine Worte sind darin voller Emotionen.

Eine Antwort werde ich nicht schreiben. Diese Entscheidung fällt mir auch heute noch nicht leicht. Im gleichen Atemzug muss ich an Sebastian denken. Mir fallen einige Begebenheiten während der Zeit mit ihm ein.

„Du kannst dein Smartphone ausstellen, ich finde dich trotzdem", sagte er mir einmal triumphierend. Diese Worte tauchen in meinem Gedächtnis auf.

Was war das neulich mit meinem Handy im Restaurant? Was hat er geändert? Bisher habe ich noch nichts entdeckt.

Ständig macht er mir den Vorschlag, mit ihm zusammenzuleben, schreibt mir vor, wann ich was zu tun habe und will über jeden meiner Schritte informiert werden.

Auch drohte er vor nicht allzu langer Zeit, unschöne Dinge über Michael bei Facebook zu verbreiten, die in keiner Weise der Wahrheit entsprechen. Michael hat weder mit Facebook, noch mit einem anderen sozialen Netzwerk eine Verbindung. Mir ist die ganze Sache unheimlich. Woher kennt Sebastian den Nachnamen von Michael und den der Firma, in der er arbeitet? Ich hatte in einer schwachen Stunde von Michael erzählt, aber nie seinen Namen genannt und auf keinen Fall seine Arbeitsstelle zum Besten gegeben. Woher hat der Kerl diese Informationen? Mir wird flau im Magen. Mein Körper schaudert, eine lange nicht erlebte Panikattacke bedroht mich. Ich muss aufstehen und etwas tun, was mich ablenkt. Am besten, ich beende die Beziehung. Richtig betrachtet haben wir keine wirkliche Verbindung miteinander. Ich bin inzwischen hellwach. Eine Mail schreiben und diese unschöne Liaison beenden, wäre die richtige Entscheidung. Ich beruhige mich wieder.

Heißt das nun im Gegenzug, dass ich wieder eine nur aus Erotik bestehende Beziehung mit Michael fortführen könnte? Bin ich stark genug, um dieser Möglichkeit gegenüber standhaft zu bleiben? Ich hoffe, die Vernunft behält die Oberhand, denn ich weiß genau, dass Michael kein Traummann ist. Er bleibt trotz aller heißen Mails ‚Mr. Casanova'. Das ist eine unumstößliche Tatsache und ich muss lernen, sie zu akzeptieren.

Ich komme in dieser Nacht nicht zur Ruhe. Also stehe ich auf, hole meinen Laptop und verfasse eine Mail an Sebastian. Ich schildere ihm meine Gedanken zu seinen Vorstellungen. Vor allem mache ich ihm klar, dass mir sein Charakter in keiner Weise zusagt. Ich beschreibe ihm meine Gefühle, die aufgrund seines Verhaltens nicht positiv sein können.

Mag es im Moment brutal erscheinen, es entspricht den Tatsachen, dass wir nie zueinanderfinden werden. Meine Gefühle kann und will ich nicht ignorieren. Am Schluss meiner Nachricht lese ich noch einmal, was ich Sebastian zu sagen habe. Es ist die knallharte Wahrheit. Ich drücke auf ‚Senden'.

Zufrieden gehe ich wieder in mein Bett, das Thema Sebastian ist für mich erledigt. Ganz langsam überkommt mich die Müdigkeit und ich drifte sanft hinüber in das Land der Träume.

Am nächsten Morgen wache ich trotz der unruhigen Nacht um sieben Uhr auf. Ich fühle mich erlöst, es war die richtige Entscheidung, mit Sebastian ein Ende gefunden zu haben. Gleichzeitig wird mir bewusst, dass dieses Ende nur meinerseits gewollt ist und daher noch einige Probleme mit sich bringen wird.

Hans und ich treffen uns zur abgemachten Zeit zum Frühstück. Dieses Ritual ist für mich der schönste Teil des Tages. Es bringt Gemütlichkeit und Frieden in mein Leben. Hans empfängt mich am Tisch. Er steht auf, richtet meinen Stuhl, damit ich Platz nehmen kann und schaut mich mit verschmitzten Augen an.

„Haben Sie gut geschlafen, Anne?"

„Ja, ich bin erholt aufgewacht", gebe ich ihm nicht wahrheitsgemäß zur Antwort. Ich weiß, er erwartet solche Artigkeiten. In seiner Zeit war es die Pflicht des Mannes, solche Floskeln von sich zu geben. Es macht mir Spaß, die Gepflogenheiten der damaligen Zeit zu befolgen und ich bin weit davon entfernt, einem alten Mann seine Freude zu nehmen.

„Wie sieht es aus Hans, darf ich Ihnen Ihr Frühstück zusammenstellen und Ihnen an den Tisch bringen? Ich würde es gerne tun."

„Das ist reizend von Ihnen, liebe Anne", gibt er mir zur Antwort. Ich bin froh über seine Zustimmung und frage nach seinen Wünschen.

„Eine Scheibe schwarzes Brot, aber bitte ohne Körner und ein wenig Rührei dazu, das wäre ganz nach meinem Geschmack."

„Ich werde schauen, ob ich Ihnen dieses einfache Frühstück zusammenstellen kann."

Er setzt sein unwiderstehliches Lächeln auf, bei dem die Damen aus längst vergangenen Zeiten ohne Frage dahingeschmolzen sind. Dieser alte Mann hat es fertiggebracht, in seinem Herzen jung zu bleiben. Wir unterhalten uns wie schon unzählige Male über unsere Leben. Hans ist an allen meinen Stationen interessiert. Mir bleibt eine gewisse Neugierde seinerseits nicht verborgen, wie ich den Männern gegenüberstehe. Direkt zu fragen, wagt er sich nicht, noch nicht.

Nach dem Frühstück verabreden wir uns in einer halben Stunde an meinem Auto und gehen auf unsere Zimmer.

Es soll für diesen Tag eine Enttäuschung geben. In der Seniorenresidenz wird uns mitgeteilt, dass Hermann sich nicht wohlfühlt und darum bittet, morgen wiederzukommen.

„Was sollen wir mit der Zeit anfangen?" Hans schaut mich fragend an.

„Zuerst werden wir wie zünftige Touristen eine Hafenrundfahrt unternehmen, später fahren wir zurück ins Hotel und halten einen Schönheitsschlaf", sage ich und schaue ihm in die Augen.

Hans blickt mich amüsiert an. Ich beachtet seine Reaktion nicht und setze meinen Redefluss fort.

„Anschließend können wir ein leckeres Eis essen, vielleicht ein wenig spazieren gehen. Abends lade ich Sie zum Essen ein. Oder haben Sie etwas anderes vor?"

Hans hat als Antwort ein schallendes Gelächter für mich übrig.

„Lachen Sie mich jetzt eventuell aus?", frage ich ihn.

„Nein, nein, ich finde es erfrischend, wie resolut Sie unseren Tagesablauf planen. Ich bin beeindruckt. Aber mir ist bewusst, dass die jungen Damen von heute wissen, was sie wollen. Ich bin mit allem bis auf einen Punkt einverstanden. Sie laden mich nicht zum Essen ein, dieser Teil des interessanten Programmes ist mein Part!"

„Genau das habe ich befürchtet! Habe ich keine Chance, einmal etwas zu übernehmen?" Ich schaue ihn fragend an und er schüttelt belustigt den Kopf.

„Eine solche Chance können Sie vergessen!"

Also fahren wir an den Hafen. Ich möchte für Hans keinen langen Weg riskieren. Das bedeutet eine nervenaufreibende Suche nach einem Parkplatz. Er weiß Gott sei Dank gut Bescheid und wir finden ein Parkhaus in unmittelbarer Nähe.

Die Hafenrundfahrt dauert eine geraume Weile. Ich bin von den Riesenschiffen beeindruckt, deren Bug unendlich weit nach oben ragt.

Hans amüsiert sich über mein Staunen, ich bin schließlich eine totale ‚Landratte'. Wir tuckern die Speicherstadt entlang. Durch den Lautsprecher hören wir Erläuterungen über die Geschichte des Hafens und interessante Ausführungen zum Warenumschlag der vergangenen und heutigen Zeit.

Ich beobachte Hans, er wirkt erschöpft. Für mich ist es ohnehin ein Phänomen, dass er in seinem hohen Alter noch derartige Unternehmungen durchsteht. Ich schlage vor, dass wir nach der Hafenrundfahrt zurück zum Hotel fahren. Er nickt nur und holt erleichtert Luft.

„Anne, ich bin glücklich, mit Ihnen zusammen sein zu dürfen, ich möchte jede Minute auskosten." Er schaut mich lächelnd an. „Wir sind noch einige Zeit gemeinsam unterwegs und ein müder Hans macht mir keine Freude, soll ich Ihnen etwas gestehen?"

Sofort werden seine Augen hellwach.

„Ich bin auch etwas erschöpft und gegen einen kurzen Schönheitsschlaf habe ich nichts einzuwenden."

„Gut, aber Sie versprechen, nach dem ‚Ausruhmanöver' mit mir Eis essen zu gehen. Vielleicht unternehmen wir danach einen Spaziergang, wäre gut für die alten, müden Knochen. Ich fühle mich richtig fit in Gegenwart einer jungen, hübschen Dame." Jetzt bin ich mit Schmunzeln dran.

Im Hotel angelangt, nehmen wir im Restaurant eine Kleinigkeit zu uns. 15:00 Uhr verabreden wir uns in der Lobby, um unsere gemeinsame Zeit mit neuen Kräften fortzusetzen.

Ich lege mich tatsächlich auf das Bett, stelle die Weckzeit auf meinem Smartphone ein und bin sofort im Land der Träume.

Ich wache auf und weiß für einen Moment nicht, wo ich bin. Aber die Erkenntnis folgt auf dem Fuß. Die Heizung läuft auf Sparflamme, es ist unangenehm kühl. Ich hatte verabsäumt, mich in eine Decke zu kuscheln. Am besten, ich nehme eine heiße Dusche und pelle mich aus den Sachen. Nach der Dusche ist mir angenehm warm und ein belebend frischer Duft umhüllt mich. Mein Schminkritual habe ich während der Treffen mit Hans und Hermann immens reduziert und dabei bleibe ich.

Als ich in der Lobby erscheine, sitzt Hans in einem gemütlichen Sessel und studiert die Tageszeitung. Er schaut in dem Moment auf, in dem ich vor ihm stehe. Ein zufriedenes Lächeln legt sich auf sein Gesicht.

„Wir können hier ein Eis naschen, aber ich habe unterwegs ein Café gesehen, was einen netten Eindruck von außen macht. Sie können entscheiden, Anne. Die letztere Idee ist vielleicht nicht gut, Sie müssten noch einmal Ihr Auto bemühen."

Ich schaue ihn an. „Ich bin immer dafür, etwas Neues zu entdecken und mein Baby fährt gerne. Also werden wir uns das Café anschauen und ein hoffentlich leckeres Eis dort probieren."

Der Hotelparkplatz ist unmittelbar vor dem Seitenausgang, Hans muss keine unüberwindbare Strecke meistern, das ist mir wichtig.

Das Café macht nicht nur von außen einen tollen Eindruck, sondern ist urgemütlich und geschmackvoll eingerichtet. Wir sind beide begeistert und ich versichere meinem Begleiter, dass ich von seiner Beobachtungsgabe fasziniert bin.

In der Zeit, in der wir wie zwei Kinder sehnsüchtig auf die bestellten Eisbecher warten, habe ich den Mut, Hans nach dem schönsten Erlebnis seines Lebens zu fragen.

„Ist es eventuell vermessen, Ihnen eine solche Frage zu stellen? Sie müssen keine Antwort geben, ich bin jetzt unhöflich. Mir ist bewusst, dass es nicht üblich ist, einen anderen Menschen nach solchen Dingen zu fragen. Vor allem nicht, wenn die Bekanntschaft noch in den Kinderschuhen steckt. Andererseits schätze ich Sie als lebensnah, locker und unkonventionell ein.

Ich spüre eine Faszination Ihrem ganzen Wesen gegenüber. Sie verstehen es, mit der heutigen Zeit richtig umzugehen. Für mich ist es wichtig, gewisse intime Dinge von Ihnen als Freundin zu erfahren."

Mein Gesicht glüht. Eine Hitzewelle steigt vom Hals bis in die Haarspitzen. Sieht er meine Frage als Unverschämtheit an? Sollte ich nicht etwas mehr Rücksicht auf sein Alter nehmen? Dabei habe ich um den Kern meiner eigentlichen Gedanken herumgeredet. In meinem Kopf schwirren viele weitere Fragen, aber es fällt mir nichts ein, um klar und deutlich auszudrücken, was ich meine. Schließlich möchte ich den richtigen Ton finden.

Mein Smartphone klingelt. Hans nickt mir zu, ich nehme das Gespräch an. Es ist eine fremde Nummer zu sehen, deshalb sage ich nur „Hallo". Am anderen Ende höre ich jemanden schwer atmen. Ich rufe noch einmal „Hallo". Nichts rührt sich, ich lege auf.

„Wer war das?", Hans schaut mich neugierig an. „Ich kann Ihnen keine Antwort geben, es hat niemand gesprochen."

„Haben Sie einen Verdacht?" „Ja, aber ich bin mir nicht sicher. Das kann auch ein Irrtum gewesen sein."

Hans schüttelt mit dem Kopf.

„Ich entschuldige mich, wenn ich mich verwählt habe, aber wir vergessen den Zwischenfall und setzen unser Gespräch einfach fort."

Ich bin mit seiner Entscheidung einverstanden und nicke.

„Wissen Sie Anne, ich bin Ihnen dankbar für die Frage von vorhin. Noch nie habe ich mit einem anderen Menschen darüber gesprochen, es gibt tatsächlich ein wunderschönes, aber trauriges Erlebnis in meinem Leben. Sie werden staunen, es ist nicht in den jungen, aktiven Jahren passiert, nein, ich war wesentlich älter. Diese wunderbare Frau, mit der ich all die schönen Dinge der Liebe erleben durfte, war ebenfalls nicht mehr in dem knackigen Zustand, den ein Mann in der Regel bevorzugt. Trotzdem oder vielleicht deshalb haben wir die Erotik in vollen Zügen genossen. Es gab eine nie zuvor gekannte Faszination zwischen uns, aber ein wirkliches Miteinander war ausgeschlossen. Verstehen Sie mich jetzt nicht falsch, keiner von uns beiden war gebunden. Wir hätten alles praktizieren können, den Rest des Lebens miteinander verbringen, jeden wunderbaren Tag zusammen genießen; es gäbe noch einiges aufzuzählen. Wir waren vernarrt ineinander. Wenn wir uns gegenüberstanden, hatte ich das Bedürfnis, ihre Haut zu spüren und wenn wir allein waren, schwanden alle Sinne. Dieser Zauber hat uns nicht verlassen, bis sie eines Tages nichts mehr von sich hören ließ. Ich war verzweifelt und habe bis heute nicht erfahren, was aus ihr geworden ist."

Hans schaut verträumt aus dem Fenster, zu einem unbekannten Ort in weiter Ferne. Ich glaube, eine Träne über sein Gesicht rinnen zu sehen und bin fassungslos über seine Worte.

Was wird das jetzt, erzählt er meine eigene Geschichte? Die Wahnsinns-Gefühle füreinander und trotzdem nie ein Miteinander kommt mir verdammt bekannt vor.

„Anne, Sie schauen erstaunt aus, überfordert Sie diese Geschichte?"

Ich sehe ihn an und versuche mit knappen Worten meine Gedanken mitzuteilen: „Ja, ich bin tatsächlich außer Fassung. Ich habe eine solche Episode vor nicht allzu langer Zeit ebenfalls erlebt. Und wenn ich ehrlich bin, habe ich die verdammte Befürchtung, dass es noch nicht das Ende der Fahnenstange ist. Ich kämpfe ständig mit mir, um meine Würde zu bewahren. Nach den Regeln des Stolzes dürfte ich solche Gedanken nicht zulassen. In dieser unmöglichen Situation habe ich das Gefühl, mich selbst zum Narren zu halten. Sehen Sie, Ihre Beziehung wurde von Ihrer Geliebten, oder wie Sie sie nennen möchten, abrupt beendet. Ich beneide diese Frau um ihren Stolz, auch, wenn es lange her ist. Es liegt nahe, Vergleiche mit meiner Geschichte zu ziehen. Vorerst habe ich ebenfalls die Kraft aufgebracht, ein plötzliches Ende herbeizuführen. Es gelingt mir schon eine lange Zeit, nicht auf seine Mails zu reagieren. Ich kann aber die Faszination dieses Mannes nicht vergessen und es besteht die Gefahr, dass ich ihm eines Tages wieder mit offenen Armen entgegenfliege."

Meine Emotionen kochen über, aber ich will Hans in seinen Erinnerungen nicht unterbrechen, deshalb lenke ich das Thema sofort wieder auf sein Problem.

„Vielleicht sollten Sie diese Frau suchen, ich wäre Ihnen gerne dabei behilflich."

Hans schaut mich lächelnd an. „Denken Sie, alle Menschen haben das Glück, ihrem Abgang so lange zu trotzen wie ich? Glauben Sie mir, meine große Liebe bleibt für immer Erinnerung. Sie war ein Jahr jünger als ich und somit gäbe es nur eine winzige Chance, dieses wunderbare Wesen noch einmal in den Armen zu halten."

„Und aus diesem Grund möchte ich von Ihrer Geschichte hören. Ich würde Ihnen dabei helfen, diese Frau noch einmal zu sehen. Wären Sie bereit, mir mehr zu erzählen?"

Ich schaue ihn an, mir werden meine eigenen quälenden Gedanken wieder bewusst, die entgegen meiner ständigen Behauptungen nie ganz verschwinden. Auch Hans ist in seinen Erinnerungen gefangen.

„Lassen Sie uns das Gespräch heute Abend fortführen", schlage ich vor.

„Einverstanden!" Ein leises Schnaufen signalisiert, dass er erleichtert ist.

Ich kratze die letzten Reste meiner Köstlichkeit aus dem Eisbecher. Aus den Augenwinkeln sehe ich, wie mich Hans beobachtet und weiß, dass meine Handlung nicht gerade vornehm ist.

Hans sieht mir amüsiert zu. „Soll ich noch einmal das Gleiche bestellen, Sie genießen mit allen Sinnen und ich schaue Ihnen mit unendlicher Freude zu."

Ich blicke ihm in die Augen und entdecke wieder diesen Schalk.

Für mich ist er wie ein lieber Großvater, fast wie der, den ich tatsächlich hatte. Mit Fantasie gibt es ein paar Parallelen. Ich genieße das Zusammensein mit dem alten Herrn.

Zurück im Hotel, nehme ich eine ausgiebige Dusche, heute werde ich mich nett zurechtmachen.

Der Abend im Restaurant wird mit einem exzellenten Diner eingeleitet. Hans meint, wir sollten unsere Probleme nach dem Essen diskutieren. Ich bin einverstanden, für mich bedeutet ein solches Ritual ebenfalls Entspannung, die keinerlei problematische Gespräche verträgt. Wir genießen beide einen Gang nach dem anderen und ich kann sogar meine übliche ‚Kalorienzählerei' vergessen. Auf das Dessert verzichte ich allerdings, es ist kein Platz mehr vorhanden.

Wir erheben unsere Gläser und Hans schaut mich neugierig an. „Ich habe es nicht vergessen, Ihre Geschichte hören zu wollen, sie interessiert mich brennend."

Ich soll meine Emotionen vor ihm ausbreiten, ich bin aber nicht sicher, ob ich das will. Eine unbewusste Kraft verleitet mich, in seiner Gegenwart auszuplaudern, was mich bewegt. Das Innerste meines Herzens ist dazu bereit, ihm meine Geheimnisse zu offenbaren. Will er meine ganze Geschichte hören, zerpflücken und mir am Ende mit gutgemeinten Ratschlägen auf den Geist gehen? Zögernd fange ich an, meine Erlebnisse mit Michael preiszugeben. Hans schaut mir in die Augen, er sieht alles aus seiner Sicht, die letztlich die Sicht von Michael widerspiegelt. In mir kriechen die verletzten Gefühle von damals vom Magen bis in die Haarspitzen. Das tut mir nicht gut. Ich rede mich in Rage und trinke einen Campari-Orange nach dem anderen. Meine Zunge wird unverantwortlich locker. Ich kann nichts dagegen tun, nur registrieren, dass sich mein Verstand langsam aufzulösen beginnt. Weit entfernt wird mir bewusst, dass ich ein unkontrolliertes Level erreicht habe, aber mehr oder weniger ist es egal.

Als ich endlich schweige, sieht Hans mich fragend an.

„Anne, lieben Sie diesen Michael immer noch?"

„Warum stellen Sie mir diese Frage, ich habe doch klar und deutlich gesagt, dass ich ihn nicht geliebt habe!"

Er lächelt wieder sein Casanova-Lächeln und meine Sympathie für ihn lässt in diesem Augenblick deutlich nach. Und schon kommt zu seinem Lächeln eine passende Erklärung.

„Meine liebe Anne, Ihre Erzählung, Ihre Augen, Ihre Körperhaltung, das alles spricht eine eigene Sprache. Glauben Sie mir, ich sehe etwas anderes, als mir Ihre Worte weismachen wollen."

Ich kann nicht mehr klar denken, staune aber über das Urteilsvermögen dieses alten Mannes.

„Sie sind überzeugt, Sie beide hat nur die Erotik verbunden. Ich sage Ihnen, Sie haben den Mann geliebt und das tun Sie heute noch, Sie wollen es nur nicht wahrhaben. Der Umkehrschluss, dass er Sie nie geliebt hat, ist Ihnen bewusst und das schmerzt. Sie haben recht, wenn Ihre Erkenntnis dahingeht, dass er in Ihnen ein Objekt der Begierde gesehen hat. Es sind harte, aber wahre Worte. Jedoch Sie sind eine starke Frau und haben es nicht nötig, einem solchen Mann nachzutrauern. Ich weiß, wovon ich rede, genauso ein Exemplar war ich auch."

Ich schaue ihn ungläubig an, seine Worte wühlen meine Seele auf und meine Abwehrhaltung verstärkt sich.

„Wir sollten dieses Thema beenden, es tut mir und unserer beginnenden Freundschaft nicht gut. Nun bin ich auf einen Mann gestoßen, der sein Leben lang ebenfalls von einem zum anderen Rockzipfel gewandert ist. Ich muss zu der Erkenntnis kommen, dass mir ein gleicher Typ von Mann nicht aus meinem Schädel gehen will. Das alles macht mich traurig und wütend auf mich selbst."

Meine offensichtliche Empfindlichkeit trifft ihn. Der Schalk in seinen Augen hat sich verabschiedet, er schaut mich traurig an. „Es tut mir leid, Sie verletzt zu haben. Wir hätten dieses Thema nicht anschneiden dürfen. Ich habe geglaubt, Ihnen helfen zu können, es lag mir fern, Ihnen weh zu tun."

„Ich bin selbst schuld", sage ich, ohne ihm ins Gesicht zu schauen.

Ich habe mich wieder gefangen und möchte das Ganze am liebsten ungeschehen machen. Welche Gedanken und Erwartungen hatte ich?

Trotz allem habe ich das Bedürfnis, weiterzuerzählen. Es ist angenehm, mich einem Menschen, der mir zuhört, anvertrauen zu können. Zu wissen, dass ein Mann mit dem Charakter von Michael im Alter in sich geht und seine Handlungen wenigstens teilweise bereut, stimmt mich etwas friedlicher.

Hans hat mir unverblümt die Wahrheit auf den Tisch gelegt, Michael hat mich zu keinem Zeitpunkt geliebt. Dafür kann Hans nichts und ich habe diese Tatsache immer gewusst. Wenn ich objektiv bin, weiß ich, dass mein Empfinden für Gerechtigkeit verloren gegangen ist. Meine negativen Gefühle richten sich nicht gegen Hans, sondern gegen mich selbst und gegen Michael. Hans will für mich lediglich ein guter Freund sein.

Also lenke ich ab und sage, dass er mir auch seine Geschichte erzählen muss.

„Das würde mich im Moment beruhigen", erkläre ich ihm im versöhnlichen Ton. Hans sieht mir lange in die Augen, ohne etwas zu sagen. Ich halte seinem Blick stand, seine Mimik verrät keinerlei Regung.

„Anne, auch das finde ich nicht sonderlich fair. Sie glauben, dass ich diese Gefühle vergangener Zeit vergessen kann, ohne darunter zu leiden? So ist es nicht! Als sich Elena, so hieß die Frau meiner Träume, nicht mehr meldete und nicht auf meine Briefe antwortete, war ich anfangs wütend. Später glaubte ich, gleichgültig darüber hinweggehen zu können. Am Ende blieb eine tiefe Traurigkeit in meiner Seele. Aber in einem Punkt haben Sie recht, ich tröstete mich schnell, ich war in puncto Frauen nach wie vor ein Jäger und Sammler.

Jedoch war es das einzige Mal, einer faszinierenden Frau begegnet zu sein. Es gab für mich nie wieder diese einfühlsame Seelenverwandtschaft und nicht die einmalige Erotik. Das wunderbare Gefühl noch einmal zu erleben, blieb mir für alle Zeit verwehrt. Wenn ich einen anderen Frauenkörper berührte, gab es nicht dieses Prickeln, kein Abdriften in eine andere Welt und keine stummen und doch vielsagenden Zärtlichkeiten danach. Die Einmaligkeit der absoluten Übereinstimmung gehörte für immer der Vergangenheit an. Bei jeder anderen Frau war es einfach nur Sex."

Ich kann die Traurigkeit des alten Mannes förmlich spüren. Das Erlebnis mit Elena scheint ihn wieder einzuholen. Aber was nützt jetzt seine Erkenntnis, dass es eine Frau in seinem Leben gab, um die es sich gelohnt hätte, zu kämpfen. Er hat die Gelegenheit vor langer Zeit verstreichen lassen. Ich denke wieder an Michael und weiß, dass er diese tiefen Gefühle niemals für mich empfinden würde. Es war für ihn nie ein Thema. Und trotzdem gibt es viele Gemeinsamkeiten mit der Erzählung von Hans. Ich bin mir sicher, in Zukunft keinem Mann zu begegnen, bei dem ich mich komplett fallen lassen kann. Für mich gilt das Gleiche, wie für Hans, wenn auch nicht aus Altersgründen. Eine Wiederholung dieser besonderen erotischen Erlebnisse wird es niemals wieder geben.

Hans und ich schauen uns an, es herrscht Schweigen. Beide hängen wir unseren Gedanken nach.

Ich unterbreche die Stille und schlage Hans noch einmal vor, Elena zu suchen.

„Falls ich sie noch lebend antreffe, können Sie entscheiden, sie zu kontaktieren oder nicht", sage ich und warte auf seine Reaktion.

„Warum wollen Sie das für mich tun?", bekomme ich zur Antwort. Sein Gesichtsausdruck signalisiert Unsicherheit.

„Nun, für Sie ist es eine Möglichkeit, die Frau Ihrer Wünsche noch einmal in die Arme zu schließen. Für Elena dürfte es nach den vielen Jahren eine Riesenfreude sein, die Gewissheit zu haben, dass der liebe Hans gelegentlich an sie gedacht hat. Glauben Sie mir, Elena hat Frieden mit Ihnen geschlossen, der Frust vergangener Tage ist in diesem Moment gegenstandslos." Bei meinen Worten schaue ich ihm weiterhin konzentriert in die Augen.

„Ich weiß es nicht und habe keine Lust, mir einen Korb zu holen", sagt er traurig.

„Ich glaube nicht, dass der Fall eintreten wird. Sie hat Sie geliebt und daher wird sie auch verzeihen."

„Anne, woher wollen Sie das wissen, es kann auch ganz anders sein." Er sieht mich verzweifelt an. Die Vorliebe, zu recherchieren hat sich in meinem Kopf festgesetzt, ich möchte wissen, ob Elena noch lebt und mich mit ihr unterhalten. Hermann fühlt sich nicht wohl, er muss sich erst erholen, um ihm neue Erkenntnisse zu entlocken. Die Geschichte mit Hans und Elena interessiert mich und vielleicht kann ich den alten Mann damit glücklich machen. Ich starte einen neuen Versuch. „Sagen Sie mir ihren Namen, Elena und was folgt danach?" Wenn ich noch weiter bohre, habe ich sein Einverständnis, nach ihr zu suchen. Außerdem spüre ich, wie gerne er meinen Forderungen nachkommen würde, er will es sich nur nicht eingestehen.

Er zieht die Augenbrauen hoch. „Schneider!"

„Ach Hans, Sie müssen mir noch viel mehr verraten. Wo hat das Ganze stattgefunden? Wie alt war sie damals? Bestand die Möglichkeit einer Heirat nach Ihrer Liaison? Das muss ich wissen, den letzten Nachnamen benötige ich zu meiner Recherche!"

Jetzt antwortet Hans ganz brav.

„Also ich habe damals in Cuxhaven gewohnt, bin öfter zum Tanztee gegangen. Genau dort haben wir uns zum ersten Mal gesehen und miteinander getanzt. Es war von Anfang an ein erotisches Knistern zwischen uns, welches sich ständig einstellte, wann immer wir uns berührten. Ich hatte ein solches Phänomen in meinem immerhin auch damals schon recht reifen Alter von 64 Jahren noch nie erlebt."

„Also wohnte sie auch in Cuxhaven?"

„Aber ja!"

„Sehen Sie, wir kommen ein ganzes Stück voran. Es ist keine weite Strecke von Hamburg bis Cuxhaven. Ich habe noch ein paar Tage Urlaub, im Moment kommen wir mit Hermann nicht weiter. Meine Überlegungen gehen dahin, dass wir ein oder zwei Tage einen Abstecher in diese Stadt unternehmen. Wir werden unseren heutigen Abend nicht ins Unendliche ausdehnen. Dann habe ich noch genügend Zeit zur Recherche. Im Idealfall lebt sie noch, hat Telefon und keinen anderen Namen."

Nun sehe ich den ‚Schelm Hans' wieder in seinen Augen.

„Junge Dame, Sie haben aber recht anstrengende Bedingungen, ob sie alle in Erfüllung gehen, mag ich bezweifeln."

„Hans, Sie hören mir nicht richtig zu, ich sagte, die Aufzählungen wären der Idealfall. Mir ist klar, dass es hier nicht unbedingt nach Wunsch abläuft."

Hans wird nachdenklich. „Ich behindere Sie nur, ich sollte in Hamburg bleiben und mich um Hermann kümmern."

„Und wie wollen Sie vom Hotel in die Seniorenresidenz kommen? Schaffen Sie die Strecke zu Fuß?"

„Ich kann zur Not ein Taxi nehmen, das ist kein Problem."

Im Grunde hat er recht, ich bin schneller allein, aber ich frage ihn, ob er die Stadt nicht wiedersehen möchte. Nein, das möchte er erst, wenn ich Elena gefunden habe. Er rechnet fest damit, Blumen auf ein Grab legen zu müssen.

„Eines muss ich unbedingt wissen", sage ich zu Hans und fahre fort, „Hatte Elena Kinder?"

„Oh ja, sie hatte einen Sohn und einen Enkel."

„Gut, dass ich diese wichtigen Hinweise noch erfahre, Sie hätten es beinahe vergessen. Das erleichtert mein Unternehmen, falls niemand anzutreffen ist."

Hans schaut mich ungläubig an.

„Das muss ich jetzt nicht erläutern?", frage ich ein wenig ungehalten, fange mich aber sofort wieder.

„Nun überlegen Sie, ob es noch wichtige Details gibt, die ich wissen sollte."

Hans schweigt und scheint zu überlegen.

„Sie lebte damals in einer heruntergekommenen Villa, die sie von ihrem Onkel geerbt hatte."

„Und wie heißt die Straße?", möchte ich wissen.

„Ich bin schon die ganze Zeit am Überlegen, es will mir nicht einfallen." Eine Weile denkt er nach, dann ist die Erinnerung da. „Gorch-Fock-Straße und allzu weit zur ‚Alten Liebe' ist es nicht. Von dort aus haben wir manchmal eine Hafenrundfahrt unternommen oder sind zu den Seehundbänken geschippert."

„Das hilft mir ein ganzes Stück weiter. Erklären Sie mir noch, was die ‚Alte Liebe' ist?"

Hans überlegt, dann sagt er mir, dass es ein kleines Hafenbecken ist, von dem aus die weniger wuchtigen Schiffe Rundfahrten für die Touristen unternehmen, in dem auch das größte Feuerschiff Europas mit Namen ‚Elbe 1' liegt.

„Ich fahre Sie morgen zu Hermann und düse anschließend nach Cuxhaven. Mit Ihren Informationen über Elena komme ich vielleicht an einem Tag ans Ziel. Es wird schwierig, wenn Elena das Haus verkauft hat. Aber ich denke, Sohn oder Enkel werden sich dafür interessiert haben. In dem Fall muss ich nur die Villa finden."

Hans schaut mich an. „Sie sind eine tolle Frau, wie Sie alles im Griff haben und organisieren können, bewundere ich."

„Das brauchen Sie nicht, ich bin keine Ausnahme. Die Frauen von heute wissen, was sie wollen und machen den Männern in vielen Angelegenheiten etwas vor. Früher war das völlig anders, weil unsere Spezies von dem ‚starken Geschlecht' unterdrückt wurde."

„Ach, aufmüpfig seid ihr jungen Damen auch noch", sagt er und setzt wieder sein unwiderstehliches Lächeln auf. Wenigstens nimmt er meine kleinen Spitzen nicht übel, ich muss mir nicht jedes Wort vorher überlegen. Inzwischen weiß ich in etwa, wie weit ich gehen kann, ohne sein altes Ego zu verletzen.

„Ich schlage vor, den gemeinsamen Abend jetzt zu beenden. Sie wollen sich sicher noch an Ihrem Computer informieren. Für mich wird es Zeit, in die Federn zu hüpfen. Es war wieder einmal ein wunderschöner Tag, dafür danke ich Ihnen, Anne."

„Das kann ich nur erwidern, die Zeit mit Ihnen wird zu keinem Augenblick langweilig oder uninteressant", gebe ich ihm zur Antwort.

Wir verabschieden uns, machen die Zeit zum Frühstück aus und verschwinden in unseren Zimmern. Ich greife sofort nach meinem Laptop, um das Ziel über Google Maps zu finden. Es gibt eine ‚Gorch-Fock-Straße', das dürfte meine Wunschadresse sein.

Leider steht für diesen Teil der Stadt Cuxhaven kein Street-View zur Verfügung.

Ich muss mich wie zu alten Zeiten orientieren und auf die angenehme Tatsache verzichten, schon vorher einen konkreten Eindruck der betreffenden Wohngegend zu erhalten. Die Hausnummer kann Hans mir nicht sagen, also werde ich mich durchfragen.

Ein ereignisreicher Tag geht zu Ende, ich klappe meinen Computer zu und ziehe mir die Bettdecke über den Kopf.

8

Am nächsten Morgen zum Frühstück albern Hans und ich herum, genießen die frühe Stunde und das reichliche Buffet. Der Kaffee ist in diesem Haus stark, wie ich ihn mag, um mich auf einen Tag mit Fragezeichen vorzubereiten. Klärchen meint es heute gut mit uns, die Fahrt wird auf jeden Fall angenehm. Ich bringe Hans ins Seniorenheim, begleite ihn noch bis zur Tür und lenke anschließend mein ‚Baby' in Richtung Cuxhaven.

Ich bin froher Dinge und mein Navi bringt mich direkt zum Ziel. Es ist nicht schwer, eine Parkmöglichkeit zu finden. Nach Elenas Villa zu suchen, wird kein Problem sein. Auch wenn der Name ‚Schneider' nicht mehr stimmen sollte, einen Altanwohner werde ich schon finden. Ich gehe die Straße entlang und das Glück verlässt mich nicht. Eine alte Dame kommt mit dem Rollator auf mich zu. Sie wird keine weite Strecke entfernt wohnen, denke ich mir.

„Bitte entschuldigen Sie, ich suche das Haus, in dem eine Frau Schneider wohnt, oder gewohnt hat", spreche ich sie an. Sie schaut zu mir auf.

„Sie stehen direkt davor. Aber Sie kommen zu spät. Frau Schneider ist im vorigen Jahr gestorben. Sie müssen mit ihrem Enkel vorliebnehmen, er wird allerdings bei der Arbeit sein."

Ich bedanke mich, die Neugier ist offensichtlich in ihren Augen zu lesen.

„Haben Sie Frau Schneider gekannt?"

„Nein, nein", antworte ich hastig, „ich bin nur im Auftrag eines Klienten auf der Suche nach ihr."

Ich weiß nicht, welcher Teufel mich zu dieser Antwort getrieben hat, damit wecke ich doch noch mehr Wissbegierde. Prompt schaut sie mich mit herausforderndem Blick an.

„Ach, ist ja interessant, dann gibt es wohl doch noch Ärger wegen des Hauses?"

Ich versuche, sie höflich abzuwimmeln und wünsche ihr einen schönen Tag. Sie schaut böse drein, brabbelt unverständlich vor sich hin und geht weiter. Spontan kommt mir der Gedanke, mein Vorhaben abzubrechen. Elena ist tot, es gibt kein Wiedersehen. Aber vielleicht erzählt mir der Enkel etwas Interessantes, mein Bauchgefühl rät mir, mit ihm zu sprechen.

Ich starte auf meinem Smartphone die Navigations-App und gebe die ‚Alte Liebe' ein, von der Hans gesprochen hat. Es kann nicht weit sein. Zu Fuß sind es 17 Minuten, das werde ich mir anschauen. Vorher drücke ich zur Sicherheit noch die Klingel am Gartentor und schaue mir die Villa genauer an. Von dem heruntergekommenen Zustand ist nichts zu sehen, sie sieht wunderschön aus. Es rührt sich nichts und niemand, nachdem ich die Klingel gedrückt habe.

Der Zeitverlust durch das Warten auf den Enkel war nicht geplant. Ich muss Hans eine Nachricht zukommen lassen, sonst macht er sich Sorgen, wenn ich erst spät abends wieder im Hotel eintrudeln werde. Also muss ich noch einmal das Internet bemühen, um die Telefonnummer unserer Unterkunft herauszufinden. Ich überlege, das Gespräch während meines Aufenthaltes im Restaurant an der ‚Alten Liebe' zu führen. Google Maps hat es mir angezeigt. Dort werde ich auch eine Kleinigkeit essen, um nicht mit knurrendem Magen mein Abenteuer fortsetzen zu müssen. Ich mache mich auf den Weg. Die angepeilte Gaststätte hat einen Außenbereich und lädt zum Verweilen ein. Das Wetter könnte nicht freundlicher sein, in der Sonne ist es regelrecht warm. Ich habe keine große Möglichkeit bei der Tischwahl, viele Menschen nutzen das schöne Wetter. Am Rand der Terrasse entdecke ich einen leeren Zweiertisch, den ich sofort ansteuere. Von hier kann ich auf das kleine Hafenbecken schauen, von dem aus Hans und Elena öfter ihre Touren unternommen haben.

Die Bedienung geht flott vonstatten. Ich entscheide mich für eine Currywurst, die ich noch nie zuvor irgendwo zu mir genommen habe. Ein Alster dazu und ich bin gut versorgt.

Während ich auf das Essen warte, erforsche ich die Telefonnummer vom Hotel und bitte die Empfangsdame an der Rezeption, meine Nachricht an Hans weiterzuleiten: „Ich werde aller Wahrscheinlichkeit nach spät zurück sein."

Ich öffne noch einmal das Internet auf meinem Smartphone und schau mir die Gegend an, hauptsächlich die ‚Alte Liebe' in Vergrößerung. Nun kann ich das größte Feuerschiff Europas, die ‚ELBE 1' in Natura sehen. Es liegt genau vor mir. Eigentlich wäre Zeit für eine Hafenrundfahrt, aber die werde ich mir verkneifen müssen. Ich möchte ab vierzehn Uhr im Auto auf Elenas Enkel warten. Die Worte der alten Dame kommen mir wieder in den Sinn. Sie hat die Botschaft übermittelt, die ich nicht hören wollte. Die Tatsache, dass ich Elena nicht kennenlerne, macht mich traurig.

Nach einem kleinen Rundgang und näherer Erforschung der ‚Alten Liebe' mache ich mich wieder auf den Weg zu meinem Auto. Hier kann ich bequem den Eingang des Hauses beobachten. Langeweile kommt nicht auf, ich könnte ein Buch auf meinem USB-Stick anhören. Aber ich sollte meine Konzentration auf den Eingang des Grundstückes richten. Zur Sicherheit läute ich noch einmal an der Tür, Elenas Enkel ist in der Zwischenzeit eventuell nach Hause gekommen.

Tatsächlich, die Tür wird geöffnet. Vor mir steht ein großer, stattlicher Mann, ungefähr in meinem Alter. Das könnte der Enkel sein.

„Sie wünschen?", kommt es reserviert von ihm herüber.

Ich schaue ihm ins Gesicht, seine Augen fixieren mich. Der Blick ist unnahbar, fast angsteinflößend. Es fällt mir schwer, den richtigen Anfang zu finden. Ich gebe mir einen Ruck und mein Unterbewusstsein meckert schon wieder, ich soll mich nicht klein machen lassen. Nun fallen sie mir ein, die Worte, die in kurzer Form mein Anliegen verständlich machen: „Mein Name ist Anne Gorda, ich komme im Auftrag von Herrn Hans Köbbe." Im Blick des Mannes sehe ich Interesse.

„Er sucht Frau Elena Schneider, eine alte Freundin."

Mein Gegenüber reicht mir die Hand und stellt sich ebenfalls vor: „Matthias Schneider".

„Ich bin die Vorhut, weil Hans kräftemäßig nicht mehr in der Lage ist, solche Recherchetouren durchzustehen."

Die Miene meines Gegenübers hellt sich sichtlich auf, er tritt beiseite und bittet mich freundlich, einzutreten. Dieser Sinneswandel versetzt mich in Erstaunen, also kennt er die Geschichte. Ich bin erleichtert, dass ich etwas über Elena erfahre und nicht auf taube Ohren stoßen werde.

Matthias Schneider bittet mich, abzulegen und nimmt meine Jacke entgegen. Höflich und zuvorkommend erhalte ich die Aufforderung, ihm in den Salon zu folgen, in dem Antike und Moderne geschmackvoll miteinander harmonieren.

„Was kann ich Ihnen anbieten?"

„Ein Glas Wasser wäre angenehm, danke."

Er geht das Wasser holen und bringt für sich einen Sherry.

Ich muss keine langen Erklärungen herunterbeten, er ergreift das Wort und ich halte mich im Hintergrund.

„Meine Großmutter hat voriges Jahr die Augen für immer geschlossen. Sie war eine liebe Person. Meine Eltern sind durch ihren Beruf ständig unterwegs gewesen und ich bin größtenteils bei Elena aufgewachsen. Es war eine tolle Zeit mit ihr, sie konnte mir alles bieten, was einen kleinen Jungen glücklich macht. Ich habe oft vergessen, dass sie eine alte Frau war. Ihre Jahre entsprachen nicht ihrer Mentalität. Wir lebten hier allein. Als ich älter wurde, habe ich manchmal die Rolle ihres Vertrauten übernommen, natürlich kenne ich nur die Spitze des Eisberges. Aber eins ist in meinem Gedächtnis fest verankert, in dem relevanten Zeitabschnitt war ich in einem Alter, in dem die Liebe für mich kein Fremdwort mehr war. Mitte der 1980er-Jahre, als sie eine Liaison mit Hans Köbbe begann, ging eine vollkommene Veränderung in ihr vor. Es muss etwas Gewaltiges und Außergewöhnliches gewesen sein. Sie lebte nicht mehr in der profanen Welt unseres

Planeten. Doch plötzlich war alles zu Ende. Ich weiß bis heute noch nicht, was vorgefallen ist, aber die Zeit danach hat sie unendlich gelitten. Von ihr weiß ich, dass ein intensives Liebesleben auch im hohen Alter möglich ist. Das wird von den meisten Menschen negiert. Aber lange Rede, kurzer Sinn, sie wusste im vorigen Jahr, dass sie bald sterben würde. Trotz ihres beneidenswert hohen Alters war sie geistig und körperlich fit, wie eine 50-Jährige. Aber sie hatte Krebs und mit dieser Krankheit ist ein baldiges Ende vorhersehbar."

Matthias Schneider steht auf und geht zum Schreibtisch. Aus der untersten Schublade entnimmt er einen Umschlag. Er kommt zu mir und hält mir einen versiegelten Brief mit den Initialen ‚E.S.' entgegen.

„Kurz vor ihrem Tod übergab sie mir dieses Schreiben, es ist für Hans Köbbe bestimmt. Ihre Worte waren: ‚Ich weiß, dass diese Nachricht nur eine geringe Chance hat, seinen Empfänger zu erreichen. Du sollst diesen Mann nicht suchen, nur wenn er den Weg hierher zurückfindet, kannst du ihm meine letzten Gedanken überreichen.'"

Die Augen des Enkels füllen sich mit Tränen. Er muss seine Großmutter von ganzem Herzen geliebt haben.

Wir schweigen eine Weile. Ich möchte Matthias Schneider erklären, dass Hans ebenfalls keinen Schlussstrich unter diese Liebe gezogen hatte.

Ich weiß nicht, wo ich beginnen soll. Mein Gegenüber schaut mich aufmerksam an. Es sind jene Sekunden, die ich mitunter erlebe, in denen mein Herz voll ist und ich trotzdem keine Worte finde.

„Hans Köbbe und ich kennen uns noch nicht lange. Er war im Zweiten Weltkrieg auf dem gleichen U-Boot wie mein Schwiegervater, allerdings nicht zur gleichen Zeit. Ich versuche nach vielen Jahren das Schicksal meines verschollenen Schwiegervaters zu ergründen."

Matthias Schneider nippt an seinem Sherry. Er zieht die Augenbrauen hoch.

„Ich wusste gar nicht, dass Hans bei der Marine war. Entschuldigen Sie bitte, ich habe Sie unterbrochen, bitte erzählen Sie weiter."

„Mein Schwiegervater ist niemals nach Hause zurückgekehrt. Ich habe trotz vieler Recherchen und Erzählungen nicht erfahren können, ob er damals unter den Toten war. Inzwischen weiß ich, dass er damals davongekommen ist. Nun muss ich vermuten, dass er die Gelegenheit genutzt hat, ein neues Leben zu beginnen. Die wahren Vorkommnisse sind ein Rätsel, welches ich lösen möchte."

Mein Mund ist trocken, ich muss einen Schluck Wasser nehmen. Matthias Schneider fixiert mich und schweigt. Ich setze meinen Bericht fort.

„In dieser Mission suchen Hans Köbbe und ich einen anderen Kameraden auf, der noch lebt und meinen Schwiegervater kannte oder kennt. Hans und ich haben in kurzer Zeit ein freundschaftliches Verhältnis aufgebaut. Er ist für mich wie ein Großvater, dem ich alles anvertrauen kann. Er hat mir aus seinem Leben und voller Sehnsucht von Elena erzählt.

Hans wartet in Hamburg auf mich, ich habe ihm versprochen, Elena zu finden. Er hatte keine große Hoffnung, sie noch einmal in seine Arme schließen zu können. Das bewahrheitet sich jetzt, wie wir beide wissen. In diesem traurigen Fall würde er gern ihr Grab besuchen. Ich hoffe, Sie sind einverstanden. Hans macht sich Vorwürfe, damals nicht weiter gekämpft zu haben, denn als Elena seine Briefe unbeantwortet ließ, gab er auf. Das beschäftigt ihn jetzt und macht ihn traurig."

Ich hatte gehofft, nach meiner langen Erklärung eine Reaktion von Matthias Schneider zu hören, aber er schweigt. Ich sehe mich gezwungen, meine Rede fortzuführen.

„Ich hoffe, wir dürfen Ihre Zeit noch einmal in Anspruch nehmen und Sie zeigen Hans das Grab von Elena. Es müsste in den nächsten Tagen sein, weil mein Urlaub langsam dem Ende entgegengeht."

„Sagen Sie mir einen günstigen Tag, morgen wäre es bei mir nicht passend. Ich habe einen wichtigen Termin, aber übermorgen hätte ich für Sie und Hans Zeit."

„Das passt hervorragend." Morgen müssen wir sowieso noch einmal den Kameraden besuchen. Es geht ihm nicht gut und Sie können sich meine Befürchtung sicher vorstellen."

„Ja, ich weiß, was Sie meinen, es ist ein kritisches Alter. Kommen Sie mit Herrn Köbbe übermorgen, am besten vierzehn Uhr. Ich werde zu Hause sein."

„Gut, dann möchte ich Sie nicht länger von Ihrem Feierabend abhalten. Wir werden pünktlich hier sein, dann können Sie Elenas Brief Hans persönlich übergeben."

„Ja, das werde ich gerne tun. Traurigkeit wird dieses Ritual begleiten, weil die beiden sich nicht noch einmal sehen und in den Armen halten können."

Er schaut mich mit einem emotionalen Blick an und ich fühle fast körperlich, wie viel ihm seine Großmutter bedeutet haben muss. Zum Abschied geben wir uns die Hand, für mein Empfinden ein paar Sekunden zu lange.

Ich steige schnell in mein Auto, gebe die Adresse des Hamburger Hotels ins Navi ein und fahre voller Erwartung los. Hans soll den Verlauf dieses Tages unverzüglich erfahren. Meine Hoffnung, Elena lebend anzutreffen, hat sich nicht erfüllt. Ich weiß, Hans wird mit dieser Nachricht zurechtkommen, im Grunde erwartet er nichts anderes.

Ich habe eine stressfreie Fahrt und kann die angegebene Zeit einhalten. Im Hotel angekommen, schaue ich sofort ins Restaurant. Hans sitzt an unserem Lieblingstisch und sieht mir glücklich entgegen.

„Sie haben doch nichts dagegen, wenn ich mich ein wenig frisch mache? Bestellen Sie mir doch bitte einen Schoppen Wein und ein Wasser."

Ich will schon gehen, doch er hält mich zurück. „Und was möchten Sie essen?"

„Das gedünstete Gemüse vom ersten Abend, es war sehr lecker. Ich bin gleich wieder da!" Ich rausche ‚undamenhaft' durch das Restaurant. Schließlich will ich Hans nicht warten lassen und ihm bald alle Neuigkeiten erzählen.

Endlich sitze ich am Tisch. Er schaut mich fragend an. Um seine Neugier zu erhöhen, erwidere ich seinen Blick, ohne ein Wort von mir zu geben.

„Nun fangen Sie schon an und erlösen mich von meiner Neugier!"

Brav erzähle ich meinen Tagesablauf, er hört geduldig zu, ohne einen Zwischenkommentar abzugeben. Noch habe ich nicht die dringendste Frage beantwortet. Ich versuche es ihm schonend beizubringen.

„Hans, ich muss Ihnen eine traurige Mitteilung machen, Elena ist gestorben."

Die Spannung in seinem Blick wandelt sich sofort in Traurigkeit. „Ich wusste, dass ich sie nie wieder in meine Arme schließen kann."

Er lässt den Kopf hängen, ich lege meine Hand auf seinen Arm und erzähle von dem Brief. Hans wird sichtlich unruhig, weil er glaubt, es ist ein Blatt Papier, welches jeder lesen kann. Doch ich nehme ihm sofort seine Bedenken und erzähle weiter. „Sie brauchen keine Sorge haben, der Brief ist versiegelt, mit den Initialen E.S., ich habe ihn mit eigenen Augen gesehen."

„Der Enkel könnte ihn trotzdem geöffnet haben."

„Das ziehe ich nicht in Betracht. Sie werden ihn kennenlernen und feststellen, dass er ein korrekter Mensch ist. Elena und er hatten ein inniges Verhältnis, somit denke ich, er respektiert die Wünsche seiner Großmutter. Außerdem wird ihm der Inhalt bekannt sein, ohne ihn gelesen zu haben."

Hans nickt nachdenklich. „Ich kenne den Jungen, er war damals auch schon erwachsen."

„Also morgen werden wir Hermann mit unserem Besuch wieder eine Freude bereiten und übermorgen fahren wir nach Cuxhaven zu Herrn Schneider."

Ich schaue Hans an und versuche, seine Gedanken zu lesen. Er sieht verträumt und abwesend in die Ferne.

„Ich besorge einen Riesenstrauß rote Rosen und werde Elena damit besuchen."

Mein Blick fixiert den alten Herrn durchdringend, diese aufwendige Art ist nicht mein Geschmack. Vorsichtig mache ich ihm den Vorschlag: „Manchmal ist weniger mehr, ich würde nur eine wunderschöne dunkelrote Rose auf ihr Grab legen. Das soll natürlich nur ein Vorschlag sein."

Am besten, ich wechsle das Thema. „Nun erzählen Sie von Hermann, hat er etwas zu verbergen, ich habe manchmal den Eindruck. Nun hat sich die Gelegenheit geboten, dass Sie beide unter sich waren."

„Nein, obwohl ich ebenfalls überzeugt bin, dass ihm ein Problem auf dem Herzen liegt. Als ich bei ihm war, hat er viel geschlafen. Während der Zeit, in der ich mich mit ihm unterhalten konnte, kam er mir abwesend vor. Ihm werden starke Medikamente verabreicht. Wer weiß, ob wir morgen zu ihm dürfen."

„Lange kann ich mich nicht mehr von meinen Akten fernhalten", informiere ich Hans. „Meine Zeit wird knapp, aber auf der anderen Seite ist viel Informatives gesagt worden. Mir ist klar, dass ich eventuell noch einmal gen Norden fahren muss und hoffe, Hermann bleibt uns noch lange erhalten. Vielleicht geht es ihm morgen besser und er kann die Geschichte zu Ende erzählen."

Hans sitzt erschöpft neben mir, ihm fallen die Augen zu.

„Sie machen einen müden Eindruck!". Hans nickt zustimmend und sagt: „Ich hätte nichts dagegen, den Abend zu beenden."

Ich bin einverstanden und gebe ihm zu verstehen, dass ich auch gern in mein Bett gehen würde. Wir verabschieden uns.

Die Nacht ist vorüber. Hans und ich genießen in aller Ruhe unser Frühstück. Anschließend machen wir uns auf den Weg ins Seniorenheim zu Hermann. Wider Erwarten geht es ihm besser. Er sitzt aufrecht im Bett und nestelt mit seinen Händen unentwegt an der Decke. Hans und ich haben kaum die Stühle neben sein Bett gestellt, fängt Hermann schon an, mit seinem Bericht fortzufahren.

„1946 beginnt die Repatriierung der deutschen Kriegsgefangenen aus den USA und Kanada nach Europa. In Kanada verzögerte sich dieser Prozess. Es gab zu wenig Transportmittel und es war für das Land wichtiger, die eigenen Truppen zurück in die Heimat zu holen. In Deutschland herrschte Chaos und Hunger, die Rückkehr einer großen Anzahl Kriegsgefangener hätte in jeder Hinsicht zu großen Problemen geführt.

1947 wurde ich nach Europa gebracht, Werner musste noch im Lager bleiben. Ich landete mit vielen anderen Kameraden in Frankreich.

Werner und ich haben uns schweren Herzens verabschiedet. Es sollte immer eine Verbindung zwischen uns geben, so hatten wir es uns geschworen."

„Darf ich Ihre Erzählung bitte für eine kurze Frage unterbrechen?"

Die beiden alten Herren schauen mich erstaunt an.

„Ich komme mit einem Problem nicht zurecht. Warum hat sich Werner nie bei seiner Familie gemeldet, können Sie mich darüber aufklären?"

Ich schaue Hermann gespannt in die Augen und für einen winzigen Moment läuft ein ängstlicher Schatten über sein Gesicht. Hermann blickt sofort wieder normal drein und versucht, diesen anscheinend heiklen Punkt in seiner Erzählung nun doch ausführlicher zu behandeln. Er überlegt eine Weile, bevor er das Wort ergreift.

„Sehen Sie, Werner und ich haben uns prinzipiell nicht über persönliche Familienangelegenheiten unterhalten. Ich hatte anfangs gemerkt, er wollte sich darüber nicht äußern und er hatte auch später keine Absicht, dieses Thema aufzugreifen.

Ich selbst habe keine Familie, also war es für mich okay, wenn Werner sich ebenfalls nicht in Erzählungen verlor. Aber es gibt eine Sache, die ich Ihnen wohl doch erzählen muss. Weil Sie mich daran erinnern, kommt mir wieder in den Sinn, dass er einmal über seine Frau sprach. Ich war erstaunt, habe aber gemerkt, dass er es danach schwer bereut hat, darüber geredet zu haben."

Ich lege meine Hand auf Hermanns Arm, um ihn wissen zu lassen, dass ich etwas sagen möchte. Er versteht meine Geste und unterbricht seine Erzählung.

„Sie haben sicher Durst, ich würde Ihnen gern etwas bringen, auf was hätten Sie Appetit?"

„Eine Tasse Kaffee würde mir jetzt besonders gut schmecken, bitte mit Milch, ohne Zucker." Ich wende mich an Hans. „Möchten Sie auch Kaffee?"

Er schüttelt mit dem Kopf. Ich stehe auf und gehe auf den Flur, dort stehen die Getränke bereit. Wieder im Zimmer angelangt, reiche ich Hermann den Kaffee. Er schlürft ihn mit Wohlbehagen, reicht mir die Tasse und meint, dass er wieder neue Kraft hat, um seinen Bericht fortzusetzen.

„Wir saßen abends oft zusammen. Dieser bestimmte Abend muss einen besonderen Tag abgeschlossen haben, denn wir bekamen Bier zu trinken. An den Anlass kann ich mich heute nicht mehr erinnern. Vom Alkohol überrumpelt, den wir seit ewigen Zeiten nicht mehr getrunken hatten, fing er plötzlich an, zu reden. Er holte weit aus und erzählte, wie er seine Frau kennengelernt hatte. Sie waren beide noch sehr jung und glaubten, verliebt zu sein. Werners dominanter Vater befahl, während des nächsten Urlaubes zu heiraten. Evelin schrieb ihm eines Tages, sie würde ein Kind erwarten. Es brach eine Welt für ihn zusammen. Der Rechnung nach sei es möglich und trotzdem war er außer sich.

Dieses Kind wollte er nicht haben, es passte nicht in seine Zukunftsträume. Werner war ein stolzer Mann, ich hatte es in der langen Zeit unseres Zusammenseins ein paar Mal erlebt. Aber diesmal ging er für meine Begriffe zu weit, er hatte mit seiner Frau und seinem dominanten Vater abgeschlossen. Er schwor, vorsichtig gewesen zu sein, um Evelin nicht zu schwängern. Oder hatte Evelin ihn betrogen? An diesen Gedanken klammerte er sich. Nach langen Diskussionen zwischen uns war mir klar, es gab keine, auch nicht die winzigste Chance, ihn umzustimmen."

Ich schaue Hermann an, seine Erzählung ist voller Emotionen. Ich habe sie erlebt, diese zu allen Zeiten traurige Frau, die ein Leben lang nicht damit fertig wurde, ihren geliebten Mann niemals wiederzusehen. Nun kann ich nicht mehr an mich halten. Mir schießen vor Wut und Traurigkeit die Tränen in die Augen.

„Hermann, es tut mir leid, wenn ich jetzt nicht freundlich reagieren kann. Sie erzählen mir die Geschichte von Werner Gorda und ich bin bestürzt über das, was ich hören muss. Ich habe den unendlichen Kummer einer alten Frau miterlebt. Die Traurigkeit hat sich auf das Gemüt meines Mannes wie ein Fluch gelegt. Er war das Kind, dessen Vaterschaft Werner verweigerte. Evelin und die Ärzte haben um das Leben des kleinen Jungen bis zur Schmerzgrenze gekämpft. Frank wollte den schützenden Mutterleib nicht verlassen, er musste nach langem Warten künstlich geholt werden. Es wurde ein schwerer Herzfehler festgestellt, dass er am Leben blieb war das Verdienst aller Beteiligten. Ärzte und Schwestern haben wochenlang um das Baby gekämpft. Sie gewannen nach langer Zeit schließlich dieses fast aussichtslose Unterfangen. Hat Werner denn seine Frau nicht geliebt? Wenn sein Vater das Problem war, mussten die beiden jungen Leute nicht in dem Haus wohnen bleiben. Auf jeden Fall hätte Werner seiner Frau reinen Wein einschenken müssen, nicht einfach nur schweigen und sie glauben lassen, er sei mit dem Boot untergegangen. Damit hat er das Leben von zwei Menschen in ständiges Warten versetzt."

Ich schaue Hermann herausfordernd an.

Was soll das Anne, Hermann ist ein alter, kranker Mann. Du hast ohnehin keine Veranlassung, ihn für Werners Verhalten verantwortlich zu machen.

„Sie sind nur der Berichterstatter und ich bin froh, die Wahrheit zu erfahren." Trotz meiner beruhigenden Worte, kann ich in Hermanns Augen Tränen schimmern sehen. Sie finden allerdings nicht den Weg nach draußen.

Ich gehe in mich und mir wird bewusst, dass meine Emotionen, den falschen Mann treffen. „Ich denke, ich muss mich entschuldigen, mir kamen diese unendlich traurigen Zeiten ins Gedächtnis."

Hermann schaut mich nur an und sagt kein Wort.

In meinem Kopf geht es drunter und drüber, bisher habe ich nicht wirklich an Werners Überleben geglaubt.

„Ein Glück, dass Evelin diese Wahrheit nicht erfahren hat. Wo wahre Liebe ist, ist auch Vertrauen. Zumindest geben sich die Partner bei Missverständnissen eine Chance der Richtigstellung. Aber inzwischen weiß ich ja, dass Werner seine Evelin nie geliebt hat. Sehen Sie das auch so?"

„Das kann ich Ihnen nicht wirklich beantworten, direkt gesagt hat er es nicht. Am Ende machte er den Eindruck, dass die Situation für ihn nur ein Vorwand war, zu seiner Frau nicht zurückkehren zu müssen. Den wahren Grund habe ich nicht erfahren." Hermann sieht bei diesen Worten erschöpft und überfordert aus.

Ich kann meine Empfindungen nicht verbergen.

„Ich muss Ihnen noch eine Frage stellen, warum nimmt Sie das Thema emotional so mit?"

Er antwortet schlicht und einfach: „Werner war mein Freund."

Ohne weitere Diskussion nimmt Hermann seine Erzählung wieder auf.

„Für mich begann nun ein neuer Lebensabschnitt. Die Überfahrt über den „Großen Teich" ging mir viel zu langsam, ich war voller Erwartung auf neue Abenteuer. Der schreckliche Krieg, den Hitlerdeutschland angezettelt hatte, war vorbei, meine Gefangenschaft noch nicht. Aber das war kein Grund, den Kopf in den Sand zu stecken. Es konnte nicht schlimmer werden, als alles, was wir bisher erlebt hatten.

Meine Eltern waren tot, Geschwister hatte ich nicht und so gab es kein Problem, an einem anderen Ort anzukommen und im Idealfall eine Heimat zu finden.

Wir landeten im französischen Hafen Le Havre. Uns wurde mitgeteilt, dass wir in der Picardie in der Landwirtschaft weiterhin als Gefangene unseren Dienst tun sollten. Nun, davon war ich weniger begeistert. Mein Ziel war Deutschland. Es gab Verhandlungen zwischen den Amerikanern und den Franzosen, die wir nicht beeinflussen konnten. Der Transport ging per Eisenbahn weiter und das neue Ziel war Amiens. Diese seltsame Reise passte mir nicht, aber wie sollte ich mich dagegen wehren?

Auf dem Bahnhof von Amiens angekommen, wurden wir namentlich aufgerufen, die Farmer oder Bauern standen zur Abholung ihrer Kriegsgefangenen bereit. Ich hatte jede Euphorie und Freude in den Wind geschrieben. Mein Name rauschte wie in Trance an mir vorbei. Ich bewegte mich zu dem Menschen, der fortan mein Patron sein würde. Er nahm mich ohne Vorbehalt in Empfang und in dem Moment fühlte ich mich wie ein Gegenstand. Mir wurde erbarmungslos die Hoffnungen auf ein neues Leben geraubt.

Vor dem Bahnhof standen Pferdegespanne, die die Kriegsgefangenen an ihr Ziel auf die Bauernhöfe bringen sollten. Mein Patron ging an allen diesen Gespannen vorbei und steuerte auf ein schickes Auto zu. Er gab mir ein Zeichen, auf dem Beifahrersitz Platz zu nehmen. Meine Laune und meine Erwartungen stiegen in diesem Moment in unendliche Höhen. War ich der Einzige, der mit einem Auto zu der ‚neuen Arbeitsstelle' gefahren wurde? Ein schlechtes Zeichen ist das nicht, sagte ich mir im Stillen. Auf der Fahrt erzählte der Bauer ohne Ende. Ich verstand natürlich kein einziges Wort! So lauschte ich den französischen Klängen und stellte fest, dass diese Sprache sich angenehm und melodisch anhörte. Es waren ungefähr 20 Kilometer, die wir bis zum Ziel fuhren. Am Ortseingang entdeckte ich ein kleines, verwittertes Schild mit der Aufschrift Oresmaux. Es gab ein paar Straßen, aber Menschen sah ich vorerst keine. Wir fuhren auf einen typischen Bauernhof. Das Wohnhaus zur linken Seite schien ein nagelneuer Bau zu sein, gegenüber befand sich die Scheune, deren Tor weit geöffnet war. Monsieur Lourois, so hatte sich mein Patron vorgestellt, fuhr in die Scheune und wir beide stiegen aus. Jetzt konnte ich den Eingang des Wohnhauses sehen, zwei Frauen standen auf dem Treppenabsatz vor der Tür. Die ältere hatte eine nicht gerade einladende Miene zu bieten, es schien die Mutter eines der beiden Eheleute zu sein. Die jüngere ordnete ich auf jeden Fall als Madame Lourois ein. Sie schaute mir freundlich entgegen, ich erwiderte ihr Lächeln. Wir begrüßten uns und versuchten mit vielen Gesten uns bekanntzumachen. Ich nannte meinen Vornamen. Da er von allen wiederholt wurde und alle ‚Ermann' sagten, versuchte ich ihnen zu erklären, dass es ‚Hermann' heißt. Ich glaube, ich habe lange nicht kapiert, dass die Franzosen das ‚H' mit spielerischer Eleganz in ihrer Sprache weglassen.

Die Familie traf sich in der spartanisch eingerichteten Küche, das Eis brach ein wenig. Monsieur Lourois kam mit einem französisch-deutschen Wörterbuch. Die für mich wichtige Fassung deutsch-französisch fehlte. Somit konnte ich nicht gezielt nach bestimmten Begriffen suchen. Ich war im höchsten Grad verunsichert, da ich kein einziges Wort verstand. Die junge Frau gab mir durch Zeichen zu verstehen, dass ich eine Dachkammer zum Schlafen beziehen könne. Die Tür wurde aufgerissen, ein schätzungsweise zehn Jahre alter Junge stürmte herein, dessen Geplapper sich für mich nett, aber ebenfalls unverständlich anhörte. Der Lichtblick des Tages kam später. Ein junges Mädchen trat ein. Ihre wunderschönen Augen und die Stimme haben mich sofort verzaubert. Sie war wie ein Trostpflaster in meiner entmutigenden Lage. Wenn mich meine Erinnerung nicht täuscht, habe ich mich sofort verliebt. Aber das kann ich heute nicht mehr mit Sicherheit behaupten. Zu diesem Zeitpunkt waren meine Gefühle dermaßen durchgeschüttelt, dass ich mich an jedem Strohhalm festhielt. Später habe ich in meiner Fantasie den ersten Tag bei den Lourois oft Revue passieren lassen. Solange ich den Bauernhof als meine Heimat annehmen musste, spielten immer der erste Eindruck und Monique eine wichtige Rolle."

Hermann schweigt plötzlich. Ich habe das Gefühl, seine Kräfte haben ihre Grenze erreicht. Mit einer schwachen Geste versucht er, Hans zum Bleiben zu bewegen. Ich verstehe sofort, er möchte mit seinem Freund allein sein.

Ich trolle mich nach der Verabschiedung aus dem Zimmer und setze mich auf eine der Bänke, die in gewissen Abständen auf dem Flur stehen. Nach einer geraumen Weile kommt ein Arzt und begibt sich in Hermanns Zimmer. Kurz darauf gesellt sich Hans zu mir.

Er macht einen verwirrten Eindruck. „Hermann hat Krebs und das nicht im Anfangsstadium. Ich werde mit dem Arzt reden, wenn er aus dem Zimmer kommt, aber viel Gedöns wird mit einem alten Kerl nicht mehr veranstaltet. Ich bin auch kein Angehöriger, die Einzelheiten können wir nur von Hermann selbst erfahren."

Ich hänge meinen Gedanken nach, weiß, dass es ein Ende gibt. Die Zeit für Hermann ist gekommen, Hans hat mit seiner Meinung recht. Die Hoffnung besteht nicht, dass Hermann sich noch einmal erholt. Ich habe mich an die beiden alten Zausel gewöhnt, es ist schwer, sich verabschieden zu müssen. Für mich bleibt der Verdacht, dass Hermann ein Geheimnis bewegt. Hans sieht das genauso. Er hat mir gesagt, dass es etwas gibt, was seinen Freund belastet. Wir hoffen beide, es noch rechtzeitig zu erfahren. Für mich war es eine viel zu kurze Zeit, die ich mit den alten Herren verbringen konnte. Wenn mich die ganze Mühe auch nicht in meiner Recherche weiterzubringen scheint, es ist ein Erlebnis der besonderen Art. Ich will es nicht wahrhaben, dass einer seinen Abschied nehmen muss. Vor ein paar Jahren hätte ich noch anders darüber gedacht. Wenn ein Mensch über 90 Jahre erreicht hat, ist es selbstverständlich, sich von dieser Welt zu verabschieden. Jetzt kenne ich sie, die Menschen, deren Leben auch im hohen Alter bis zum letzten Atemzug lebenswert ist. Jedoch nimmt alles seinen natürlichen Lauf. Jeder von uns sieht den Tod als etwas Erschreckendes an und jedem ist gleichzeitig bewusst, dass er eines Tages von dieser Welt gehen muss. Den Zurückbleibenden packt das Grauen, er will es nicht für sich überdenken. In einer solchen Situation ist der Mensch an seine Grenzen angelangt, er kann nichts, aber auch gar nichts daran ändern.

Ich weiß, wovon ich rede. Ein Jahr habe ich gebraucht, um Franks Tod zu akzeptieren. Selbst heute gibt es noch Momente, in denen sich alle Fasern meines Herzens sträuben, das absolute Ende anzunehmen.

Hans starrt geradeaus, er ist noch mehr in diesen schweren Gedanken gefangen. Es liegt auf der Hand, er denkt an sein eigenes Ende.

Meine Mission ist genau betrachtet zu Ende. Hermann hat mir eine Wahrheit offenbart, die ich schweren Herzens verarbeiten muss. Sein Freund Werner, dessen Lebensweg ich verfolgen wollte, ist in meinen Gedanken nicht mehr der Mensch, den ich eine lange Zeit vor Augen hatte. Er ließ seine Frau aufgrund eines vagen Verdachtes im Stich.

Hermanns weitere Geschichte hätte ich jedoch gern zu Ende gehört, aber er ist offensichtlich in den nächsten Tagen nicht in der Lage dazu und ich muss mich endlich wieder um meine Arbeit kümmern. Es wird traurig für Hans sein, wenn wir zurückfahren müssen. Welches Geheimnis Hermann hütet, werde ich wohl nie erfahren. Hat es mit Werner Gorda zu tun?

Ich bin nicht mehr lange mit Hans in Hamburg. Wir machen uns am nächsten Tag nach dem Frühstück zurecht und fahren nach Cuxhaven. Der Enkel von Elena erwartet uns. Für Hans ist es ein Unternehmen mit traurigen Gedanken, er sitzt in sich gekehrt neben mir auf dem Beifahrersitz. Ich versuche, ihn aufzumuntern. In einem unserer Gespräche hatte er mir gestanden, Beethovens Musik zu lieben. Auch Elena war dieser Musik zugetan. Ich habe vor unserer Abfahrt auf meinem Smartphone die ‚Romanze für Violine und Orchester Nr.2 in F-Dur, op.50' bereitgestellt und lasse es jetzt über die Autolautsprecher abspielen.

„Anne, Sie überraschen mich immer wieder. Mir kommen alle Erinnerungen und Erlebnisse mit Elena in mein Bewusstsein."

Ich weiß nicht, ob eine solche Aufregung gut für meinen inzwischen lieb gewonnenen Freund ist. Tränen laufen über seine Wangen, die Hände bewegen sich nervös auf dem Schoß. Wir lauschen beide dem Konzert. Inzwischen hat er die Augen geschlossen und wiegt seinen Kopf im Takt der Musik.

„Gedanken über die Endlichkeit eines erfüllten Lebens nagen an meiner Seele", sagt er leise.

Ich kann ihm keinen Trost bieten und muss ohnmächtig zuschauen, wie er leidet.

Inzwischen kenne ich seine Gefühle, wenn auch für mich das Thema noch weit in der Ferne liegt. Aber den Schmerz durch den Tod meines Mannes werde ich nie vergessen. Mit der Zeit bleibt Traurigkeit zurück und die schweren Stunden verblassen. Die Erinnerung an die schöne Zeit und Dankbarkeit bleiben bestehen. Ich wollte Hans Freude bereiten, Beethovens Musik hat den Stein ins Rollen gebracht, er denkt an die Frau, die er auf seine Weise geliebt hat. Warum ist mir nicht in den Sinn gekommen, dass er durch das Aufreißen alter Wunden leiden könnte? Nun ist es zu spät, er ist eingetaucht in die vergangenen Zeiten.

Wir schweigen fast die ganze Fahrt. Er trauert seinen glücklichen, aber längst vergangenen Tagen hinterher, und ich habe ein schlechtes Gewissen, diese ganze Kalamität eingerührt zu haben. So jung bin ich weiß Gott nicht mehr, um nicht zu wissen, was ich in der Seele des alten Mannes mit dieser Aktion angerichtet habe. Aber ich war überzeugt, einen vollen Erfolg präsentieren zu können. Warum hat Elena nicht durchgehalten? In meinen Vorstellungen war ich sicher, dass Hans seine Geliebte noch einmal in die Arme schließen kann.

Er wendet sich an mich und bittet, an einem Blumenladen anzuhalten. Hans lässt es sich nicht nehmen, selbst hineinzugehen. Das kann ich verstehen und werde einen Teufel tun, ihn daran zu hindern. Ich warte geduldig und als er zurückkommt, sehe ich anhand des Papierumfanges, dass es sich um eine einzige Blume, sicher um eine Rose handelt. Er legt sie liebevoll auf den Rücksitz und steigt schweigend ein.

Da Elena ihm einen Brief hinterlassen hat, bin ich der felsenfesten Meinung, dass auch sie den Rest ihres Lebens an diese Liebe gedacht hat. Der Brief kann alles Mögliche beinhalten, Hass oder Liebe, sie kann ihm verzeihen oder ihn verdammen. Ich hoffe, dass der Inhalt des Schreibens Frieden für Hans bringt.

Die Fahrt ist trotz unseres Schweigens schnell vorüber.

„Es ist noch Zeit, das Restaurant an der ‚Alten Liebe' aufzusuchen. Wir können eine Kleinigkeit essen oder einen Kaffee trinken", breche ich unser Schweigen.

Hans zieht die Augenbrauen hoch. „Kennen Sie sich hier aus, dass Sie von dem Restaurant wissen?"

„Ich habe beim ersten Besuch eine Currywurst dort gegessen. Das Restaurant ist groß, aber gemütlich. Wir können heute draußen sitzen, das Wetter ist mild und es weht nur eine kleine Brise."

Ich schaue den alten Mann an, er lächelt und nickt.

„Sie sagten, Sie haben eine Currywurst gegessen? Ein solches Ding habe ich in meinem ganzen langen Leben nicht verspeist, aber heute hätte ich wahnsinnige Lust darauf."

„Na, dann werden wir es tun. Mir ging es bisher ähnlich, ich weiß nicht, wie ich vorgestern auf diese Schnapsidee gekommen bin. Ich habe es in der Speisekarte gelesen und es gab auf einmal nichts anderes auf der Welt als Currywurst."

Wieder herrscht diese wunderbare Unbefangenheit zwischen uns, Hans kann für einen Moment seine Traurigkeit vergessen.

Einen Parkplatz zu finden, stellt sich als nicht einfach heraus, aber ich hatte vorgestern unbewusst eine Möglichkeit gesehen, als ich zu Fuß dort war.

„Wir sind Glückskinder", rufe ich zufrieden aus. Ich habe eine Lücke entdeckt. Zum Restaurant sind es nur ein paar Schritte, die Hans mit Bravour meistert.

„Bis auf diese oder jene Erneuerung von Gebäuden und Anlagen, muss ich feststellen, am Hafen selbst hat sich nichts verändert."

Hans schaut verträumt in die Gegend. Wir finden einen netten Tisch und ich rücke ihm den Stuhl zurecht. Von diesem Platz aus kann er alles Treiben an der ,Alten Liebe' beobachten. Die Geschäftigkeit der Menschen rings um uns her und die angenehme Atmosphäre sind der Grund, dass Hans sich gefangen hat. Es gibt viel Spaß beim ,Currywurst essen'. Die zur Wurst gehörenden Pommes kommentiert er bei jedem Bissen mit fröhlichen Gesten. Diese einfache Art, eine Mahlzeit einzunehmen, ist für ihn neu. Hans ist plötzlich nicht mehr der verwöhnte Gourmet, er passt sich der Situation an und empfindet dabei noch Lebensfreude.

Inzwischen ist die Zeit gewaltig vorangeschritten. Hans zahlt die Rechnung und wir laufen zum Auto. Ich möchte Matthias Schneider ungern warten lassen.

Kurz darauf stehen wir vor der wunderschönen Villa. Hans kommt aus dem Staunen nicht heraus und Tränen fließen über seine Wangen. Ich kann diesen Anblick gerade noch erhaschen, denn er wendet sich verschämt ab. Ich nehme seine Hand und spüre keinen Widerstand.

„Anne, Sie sind in Ihren Empfindungen und Entscheidungen Elena sehr ähnlich, es ist nicht zu glauben. Uns verbindet ein tiefes Verständnis. Ich kann mir meine Zeit nicht mehr ohne Ihre freundschaftliche Zuneigung vorstellen. Ich habe Ihnen mein Leben zu Füßen gelegt und Sie versuchen mich zu trösten. Dafür muss ich Ihnen danken. Vielleicht kann ich Ihnen auch einmal behilflich sein. Ich bin zwar ein alter Mann, aber glauben Sie mir, die Psyche des Mannes wird sich im Grunde nicht ändern. Also, wenn Sie Sorgen mit den Männern haben, heraus mit den Problemen, Hans hilft Ihnen!"

Ich lache ihn an und freue mich über seine Worte. Ich habe längst verstanden, dass er mich genau beobachtet und weiß, dass ich auf ‚Kriegsfuß' mit der Männerwelt stehe.

Wir läuten an der Tür und sie wird auch kurz darauf geöffnet. Herr Schneider steht mit einem freundlichen Lächeln vor uns. „Sie sind pünktlich, das gefällt mir. Ich bin diese Disziplin gewohnt. Mein Job verlangt unbedingte Präzision. Kommen Sie herein. Anschließend fahren wir mit meinem Wagen zum Friedhof, das ist die einfachste Verfahrensweise."

Hans nickt und schaut sich im Eingangsbereich um.

„Sie haben einiges auf moderne Weise umgestaltet. Ich erkenne nichts wieder, Matthias. Aber es ist geschmackvoll, das muss ich bei allem Respekt kundtun."

Die beiden Männer schauen sich an, sie haben sich seit Ewigkeiten nicht mehr gesehen. Es herrscht zwischen ihnen eine kühle Atmosphäre. Steht Elena immer noch zwischen ihnen? Eine herzliche Begrüßung war es nicht, was ich beobachten konnte.

„Wenn Sie nichts dagegen haben, fahren wir erst zum Friedhof? Den Brief werde ich Ihnen später aushändigen."

Hans ist einverstanden, er nickt.

Matthias zieht seinen Mantel an und bittet uns, draußen zu warten. Er fährt nach kurzer Zeit mit einem schicken Mercedes aus der seitlichen Garage, steigt aus und öffnet die Rücktüren.

Aha, wir sollen wie die Herrschaften beide hinten Platz nehmen, ich komme mir albern vor, denn von einem Mann in meinem Alter hätte ich diese Förmlichkeit nicht erwartet. Auf der Fahrt zum Friedhof läuft die Konversation nur schleppend.

Es ist ein wunderschöner Friedhof mit uralten Bäumen, die eine lange Allee bilden. Ich mache mir gleich wieder Sorgen um Hans, der keine lange Strecke laufen kann. Aber Matthias Schneider biegt in den nächsten Seitenweg ein. Wir sind nach ein paar Schritten am Ziel. Vor uns liegt eine mondäne Grabstätte, alles aus weißem Marmor. Mit großen goldenen Lettern steht der Name auf einem aufwendig gearbeiteten Stein. Die dunkelrote Rose, die Hans aus ihrem Papier befreit, passt perfekt zu ihrem Bestimmungsort. Er legt sie schräg vor den Stein.

Es ist ein bewegendes Bild, die Trauer erschüttert den alten Mann. Matthias und ich halten uns dezent zurück. Wir sind in diesem Moment überflüssig. Hans steht noch eine geraume Weile vor der Grabstätte. Ich kann mir seine Gedanken und Gefühle vorstellen.

Dann dreht er sich langsam um und geht schweigend den Weg zurück. Matthias und ich folgen ihm. Es erinnert mich an die Zeremonie einer Beerdigung.

Im Auto ergreift Matthias als erster das Wort.

„Ich würde Sie beide gerne zu einer Tasse Kaffee einladen. Wir müssen diesen traurigen Anlass würdevoll beenden. Außerdem muss ich Ihnen noch den Brief meiner Großmutter aushändigen, Herr Köbbe."

Hans bekundet sein Einverständnis, ich halte mich weiterhin im Hintergrund.

In der Villa angelangt, stelle ich fest, dass im Haus von Matthias Schneider eine Haushälterin für Ordnung sorgt. Ich fühle mich erneut in vergangene Zeiten versetzt, aber unter den besser gestellten Leuten ist es wohl auch heute noch üblich. Wir trinken Kaffee und ich muss aus lauter Höflichkeit selbst gebackenen Kuchen probieren. Ich möchte die ‚Hausfrau' nicht enttäuschen.

Die Stimmung ist verhalten. Daraus schließe ich, dass schon zu früheren Zeiten das Verhältnis der beiden Männer unterkühlt war. Hans hat mir erzählt, dass Matthias ihn damals als Eindringling betrachtet hat. Als er älter wurde, erkannte Matthias, dass Elena unter dieser Liebe litt. Das Verhältnis zu seiner Großmutter war ohne Frage inniger Natur. Er konnte es nicht zulassen, dass ihr jemand Leid zufügte.

Hier und da sehe ich Bilder einer schönen, nicht mehr jungen Frau. Sie sind dezent und unauffällig im Raum verteilt. Matthias ist allem Anschein nach nicht verheiratet. Vielleicht hat er nicht einmal eine Beziehung, obwohl er ein imposanter Mann ist. Meine Fantasie geht ihren eigenen Weg. Ich frage mich, welcher Typ Mann er sein könnte. Spielen Frauen für ihn keine Rolle?

Was geht eigentlich in mir vor? Habe ich Interesse an diesem Mann? Das kann nicht wahr sein. Beim Abschied vorgestern hatte ich den Eindruck, er hält meine Hand zu lange in der seinen. War es Einbildung?

Wenn ich meine Gefühle richtig deute, gibt es etwas, was mich an diesem Mann fasziniert. Davon möchte ich nichts wissen, also vergesse ich diesen Gedanken sofort wieder.

Die beiden Männer, deren Alter sich mehr als vier Jahrzehnte unterscheidet, sitzen sich schweigend gegenüber. Ich sehe von der Seite, dass Hans mich hilfesuchend anschaut. Er möchte die für ihn peinliche Situation beenden. Ich verstehe und wende mich an Herrn Schneider: „Sie wollten Hans den Brief Ihrer Großmutter aushändigen. Ich glaube, wir müssen langsam aufbrechen. Ich möchte nicht im Dunkeln fahren."

Matthias schaut mich eine Weile mit einem seltsamen Blick an. Ich habe das Empfinden, als wollte er mir etwas erzählen.

Doch es kommt nichts Dramatisches.

„Ja, sicher, ich werde den Brief holen. Herr Köbbe, Sie sollten wissen, dass ich ihn nur an Sie aushändigen darf, wenn Sie versuchen, Elena noch einmal zu kontaktieren. Das haben Sie getan. Meine Großmutter hat Sie aus vollem Herzen geliebt. Sie wissen aber auch, dass ich zu diesen Gefühlen anders stehe. Meine Meinung ist in dem Fall allerdings nicht relevant. Wir schauen uns alle drei unsicher an. Ich komme mir vor, wie in einem falschen Film. Inzwischen kann ich behaupten, die Gefühle und Nöte von Hans einordnen zu können. Durch unsere Freundschaft und die vielen Gespräche hat sich Vertrauen aufgebaut. In dieser Situation bin ich aber überfordert.

Matthias steht auf und geht nach draußen.

Hans wendet sich an mich.

„Ich habe Ihnen nichts von dem gespannten Verhältnis zwischen Matthias und mir erzählt. Es hat sich trotz der vergangenen Jahre nichts geändert. Warum sollte das auch der Fall sein? Meine stille Hoffnung, er könnte mir verzeihen, hat sich nicht erfüllt. Ich weiß, er hat zu einer solchen Geste keinerlei Veranlassung. Ich bin Ihnen eine Erklärung schuldig, das werde ich heute Abend nachholen, wenn Sie es wissen möchten."

„Natürlich will ich es wissen, Ihr Schicksal ist mir inzwischen ans Herz gewachsen, ich möchte alles über Sie erfahren", sage ich.

In diesem Moment kommt Matthias zurück. Er hat besagten Brief in der Hand, bleibt vor Hans stehen und übergibt das Schreiben.

„Elena hat in dieses Papier ihr Herzblut gelegt. Ich habe sie manchmal heimlich weinen hören", sagt er und schaut Hans eindringlich an.

„Das ist der Grund, warum ich kein freundschaftliches Verhältnis zu Ihnen aufbauen kann. Sie hat unter Ihrer Liebe, die in meinen Augen keine war, unendlich gelitten. Trotz aller Distanz, die ich Ihnen gegenüber immer wahren werde, hat der Wunsch meiner Großmutter Priorität. Folglich übergebe ich Ihnen diesen Brief. Das geschieht nicht aus Überzeugung, sondern weil es für Elena ein Herzenswunsch war. Ich habe nicht daran geglaubt, Sie noch einmal zu sehen. Allerdings bedauere ich den Umstand, dass Elena den heutigen Tag nicht erleben kann. Sie wäre auf jeden Fall in Seelenfrieden von dieser Welt gegangen. Ihre Liebe zu Ihnen kannte keine Grenzen. Ich habe meine Großmutter bewundert, dass sie die Kraft gefunden hat, mit Ihnen zu brechen, bevor Sie die Gelegenheit gehabt hätten, diese wunderbare Frau weiterhin zu demütigen. Sie war eine stolze Frau und ist den richtigen Weg gegangen, obwohl sie unter ihrer eigenen Entscheidung litt. Der Anblick des Todes, den sie spürte, löste allerdings allen Stolz auf. So ist dieser letzte Brief zustande gekommen."

Hans schaut mit einem unsicheren und verzweifelten Gesichtsausdruck den viel jüngeren Mann an, sein Blick wandert in meine Richtung. Ich kann seine Traurigkeit spüren. Für ihn ist Matthias ein feindliches Wesen. Einem solchen Menschen würde er sein Innerstes nicht offenbaren, also schweigt er.

Hans hält den Brief wie ein Heiligtum in den Händen. Genau diese Empfindung spiegelt sich in seinen Gesichtszügen wider. Mich überfällt eine Unsicherheit, die ich noch nicht oft im Leben verspürt habe.

Verständnisvoll spreche ich meine Gedanken und Gefühle aus. „Ich glaube, es ist alles gesagt und es gibt keine Möglichkeit, etwas an dem bitteren Ende zu ändern. Elena kann den für sie glücklichen Moment nicht erleben und wir sind nichts weiter, als Marionetten in einem Drama. Hans leidet unter dieser Situation, er muss aber mit den Konsequenzen allein zurechtkommen."

Ich schaue den alten Mann herausfordernd an und empfinde plötzlich eine gewisse Genugtuung, weil ich spüre, wie ich schon wieder Vergleiche mit Michael und mir anstelle.

Hans ergreift das Wort. Er ist in die Wirklichkeit zurückgekehrt.

„Wir müssen uns jetzt verabschieden. Frau Gorda hat einen strengen Arbeitsplan und muss wieder nach Hause fahren."

Er wendet sich an mich und nickt mit einem freundlichen Lächeln. Nicht nur ich weiß, dass diese Abschiedsworte für immer sein werden. Matthias macht eine kurze Bewegung auf mich zu, hält aber sofort inne. Ich male mir in meiner Fantasie aus, was die Geste zu bedeuten hatte. Ich kann natürlich auch daneben liegen. Weil ich es nicht weiß, sind mir im übertragenen Sinn die Hände gebunden, obwohl ich ihm gerne meine Telefonnummer oder meine Mail-Adresse gegeben hätte. Ob auch er ein gewisses Bauchgefühl für mich entwickelt hat?

Hans und ich fahren zurück nach Hamburg in unser Hotel. Ich habe das Gefühl, dass er trotz aller Emotionen, die ihn überwältigen, meinen Kummer ebenfalls im Hinterkopf trägt. Die Parallelen unserer Liebesgeschichten lassen vielleicht auch ihm keine Ruhe. Bestimmt wird ihm durch mich klar, wie sehr er Elena verletzt hat und jetzt ist der alte Mann über sich selbst entsetzt. Für mich hat er die gerade überwundene Traurigkeit wieder an die Oberfläche geholt. Das Gefühlschaos war noch nicht tief genug in meinem Unterbewusstsein vergraben.

Hans hält noch immer Elenas Brief in den Händen. Ich kann aus den Augenwinkeln erkennen, dass er dieses Stück Papier zärtlich mit den Fingern berührt und ich weiß genau, er kann es nicht erwarten, allein zu sein und diese letzte Nachricht seiner Geliebten zu lesen.

Ich stelle mir vor, was sie in diesem Brief geschrieben haben mag. Sind es meine eigenen Emotionen? Ich wünschte, Elena kennengelernt zu haben. Es hätte mir nur ein Jahr früher dieser Einfall kommen sollen, nach Werner Gorda zu suchen. Jedoch weiß ich, wie dämlich dieser Gedanke ist, weil HÄTTE; WÄRE; KÖNNTE, noch nie eine Lösung für Probleme war.

Im Hotel angelangt, hat Hans keine Zeit, mich über den weiteren Ablauf des Abends zu informieren. Ich erinnere ihn noch einmal an unser Ritual, das Restaurant zu besuchen und er antwortet: „Ich werde Ihnen heute Abend den Brief von Elena vorlesen."

„Das können Sie erst entscheiden, wenn Sie den Inhalt kennen!" Ich rufe diese Worte förmlich hinter ihm her, weil er schon fast aus meinem Gesichtsfeld entschwunden ist.

Es ist noch reichlich Zeit und ein wenig Ruhe wäre jetzt angenehm. Ich lege mich auf das Bett, um meinen Gedanken freien Lauf zu lassen.

Ich hätte nie geglaubt, dass mich das Schicksal dieses alten Paares dermaßen in den Bann ziehen würde. Es ist eine längst abgeschlossene Liebesgeschichte, die es mit ähnlichem Verlauf viele Male auf dieser Welt gibt.

Hans war ständig auf Brautschau. Und mögen seine Beteuerungen viele Gefühle und Emotionen zum Ausdruck gebracht haben, seine Handlungen verloren sich für die Frauen immer wieder im Nichts. Er war der felsenfesten Meinung, dass Elena die Beziehung als einvernehmlich gesehen hat. Es ist ein vollkommener Fehlglaube.

Eine Frau kann nur mit allen Sinnen die Erotik genießen, wenn sie liebt. Ich klammere dabei gewisse Damen aus. Wirkliche Zärtlichkeit ist nur in Verbindung mit Liebe möglich. Diese Meinung spiegelt meine Empfindungen wider, nicht meine Worte. Ich werde zum Teufel nie zugeben, dass ich einen Mann liebe. Gefühle dieser Art konnte ich nur bei Frank von mir geben. Ihm habe ich es oft gesagt. Als Antwort schaute er mich dann mit einem glücklichen Lächeln an und sagte: „Solche Momente sind das Schönste, was ich erleben darf und ich bin immer wieder dankbar dafür. "

Auch ich bin dankbar, mit ihm viele schöne Jahre erlebt zu haben. Der tiefe Schmerz ist vorüber, mein Leben wird aber niemals wieder so zufrieden ablaufen, wie es mit ihm war. Jetzt kann ich mich über nette Erinnerungen freuen, die mein Kopf abruft, wenn ähnliche Erlebnisse oder bekannte Orte in den Medien auftauchen. Auf Familienfeiern oder im Freundeskreis weiß jeder eine andere Episode, die Frank zum Besten gegeben hatte. Seine lustige Art wird bei Menschen, die ihn kannten, nicht so schnell vergessen.

Ich grübele und merke, wie ich langsam abdrifte. Abgesehen von der letzten Zeit, die viele Erlebnisse und Eindrücke mit sich brachte, der heutige Tag war besonders aufregend. Ich könnte Ruhe gebrauchen, meine Augen fallen zu. Langsam dämmere ich in das Reich der Träume.

Zum Glück hatte ich meinem Smartphone den Befehl gegeben, sich zur rechten Zeit zu melden. Ich muss mich noch meiner ‚Schönheit' widmen, springe aus dem Bett, entledige mich aller Textilien und gehe unter die Dusche. Es ist ein himmlisches Gefühl, den Körper mit heißem Wasser überfluten zu lassen. Ich finde kein Ende. Heute will ich Hans eine besondere Freude gönnen und ziehe ein Kleid an. Das wird er mögen, denn ich kann mir vorstellen, dass er Frauen in Hosen nicht besonders anziehend findet. Ich habe es vorsorglich eingepackt, es ist das einzige Kleid in meinem Besitz und ich habe es noch nie getragen.

Als ich im Restaurant erscheine, hellt sich die Miene meines Begleiters tatsächlich auf. Ich muss schmunzeln und der von mir erwartete Kommentar lässt nicht lange auf sich warten. „Anne, Sie sehen bezaubernd aus!" Er gestikuliert in der Luft, als wollte er mich umarmen.

„Warum tragen Sie nicht ständig ein Kleid, es steht Ihnen fantastisch! Aber das wissen Sie ganz genau und ich finde es immer wieder schade, dass ich ein alter Knacker bin. Das Leben ist wohl wirklich manchmal hart!"

Ich schüttele den Kopf. „Sie glauben doch nicht, dass ich Lust hätte, den nächsten Kerl kennenzulernen, der die Frauen unglücklich macht? Nein, für mich ist diese Konstellation in Ordnung, wie sie jetzt in meinem Leben abläuft. Ich kann von Ihrer Lebenserfahrung profitieren. Sie zeigt mir, dass ein Mann mit dem Bedürfnis, ständig die Partnerin zu wechseln, für eine intakte Beziehung nicht taugt."

Er schaut mich ratlos an. Ich füge schnell hinzu: „Sind Sie immer noch der Meinung, die Frauen, speziell Elena, richtig behandelt zu haben?"

Er schweigt und holt tief Luft.

Ich frage mich, ob er sich schon jemals Gedanken darüber gemacht hat?

„Anne, Sie verstehen hier etwas vollkommen falsch. Manche Männer sind nun einmal Jäger. Sie bedauern, diesen und jenen Fehler begangen zu haben, aber es wird in der Liebe immer etwas anderes siegen, als die Vernunft."

„Da gebe ich Ihnen nur bedingt recht, denn es gilt nicht für alle Männer. Ich war viele Jahre verheiratet. Es gab keinerlei Probleme auf diesem Gebiet. Mein Mann hat sich verhalten, wie ich mir immer einen Partner gewünscht habe. Wir konnten uns aufeinander verlassen. Da die Ehe meiner Eltern in gleicher Weise ablief, war mein Männerbild positiv geprägt. Dass sich eine Beziehung auch anders entwickeln kann, erfuhr ich erst, als ich plötzlich allein war. Die Erfahrung mit Michael hat mich verletzt und wütend gemacht."

Ich schaue ihn streng an, weiß aber, dass er recht hat und ich niemals etwas an den Gedanken solcher Männer ändern kann.

„Darf ich Ihnen verraten, dass Sie einen neuen Verehrer haben?" Hans möchte mit Leichtigkeit über meine Reaktion hinweggehen.

Ich bin nicht bereit, ihm entgegenzukommen. Aber ich weiß auch, dass ich durch einen alten, erfahrenen Mann wie ihn, auf die Schliche der nicht einfachen Männerwelt kommen werde. Die Hoffnung, solche Männer wie Michael für sich allein zu besitzen, ist nach seiner Aussage vergebens. Habe ich es immer schon gewusst und erfahre nun den Beweis?

„Hans, wir werden nie auf einer Linie balancieren. Männer sind Charmeure, dann haben wir Frauen sie nicht allein. Der andere Fall ist, dass die Männer brav und bieder sind. Dann sind sie treu wie Gold, aber es besteht die Gefahr, dass sie langweilig werden. Es gibt auch ‚Zwischentöne', das ist klar. Von diesen spreche ich im Moment nicht."

„Anne, ich merke, Sie sprechen wieder wie gewohnt mit mir, da fällt mir ein Stein vom Herzen." Hans ist sichtlich erleichtert. Hat ihn mein Vorwurf doch zu denken gegeben?

„Was meinten Sie, ich hätte einen neuen Verehrer? Ich kann Ihnen nicht folgen."

„Haben Sie es nicht bemerkt? Matthias hat Sie mit viel Aufmerksamkeit angeschaut und ich nehme an, bald eine Nachricht von ihm zu erhalten. Er wird mich bitten, Ihre Telefonnummer herauszurücken. Nun sagen Sie mir, ob ich geschwätzig sein darf. Ohne Ihre Zustimmung möchte ich in dieser Richtung keine Informationen preisgeben."

Wusste ich es doch, aufmerksam ist dieser alte Casanova. Ich gebe ihm grünes Licht für den Fall, dass Matthias nach einer Kontaktmöglichkeit mit mir suchen sollte.

„Nun müssten Sie endlich auf den Kern unseres heutigen Abends kommen, Hans."

„Und der wäre?" Hans schaut mich mit seinem unwiderstehlichen Lächeln an und fragt schelmisch: „Was meinen Sie?"

„Tun Sie nicht so unschuldig! Sie wissen, was mich im Moment am meisten interessiert!", antworte ich.

Hans holt mit einer theatralischen Geste den Brief aus seiner Jackett-Innentasche, ohne mich aus den Augen zu lassen.

Ich lese in seinem Blick die romantischen Erinnerungen, die das Schreiben in ihm hervorgerufen hat.

„Ich muss noch einen Satz erläutern, ehe ich Ihnen den Inhalt vorlese. Es ist vielleicht nicht richtig, wenn ich die intimsten Gedanken der Frau, die ich aufrichtig geliebt, aber oft enttäuscht habe, einer anderen Frau anvertraue.

Allerdings habe ich durch unser Zusammensein und die vielen Diskussionen über das Verhältnis zwischen Mann und Frau Parallelen zwischen Ihnen und Elena feststellen können. Durch diese Übereinstimmung ist es mir zum Bedürfnis geworden, Ihnen die

Seele des Mannes, den Sie angeblich nicht lieben, näherzubringen. Und ich bin durch Sie in der Lage, meine momentane Verzweiflung zu verarbeiten.

Elena hätte ihr Einverständnis gegeben, das weiß ich. Sie beide wären mit Ihrer Seelenverwandtschaft die besten Freundinnen geworden. Ich kann vielleicht einiges dazu beitragen, Ihre negative Meinung den Männern gegenüber etwas zu korrigieren. So schwarz und weiß, wie Sie dieses Problem darstellen, ist es bei Weitem nicht, das können Sie mir getrost glauben."

Mir kommen seltsame Gedanken und einen kurzen Augenblick lang habe ich die Idee, Hans zu bitten, mir den Brief nicht vorzulesen. Aber meine Überlegungen nehmen sofort eine andere Richtung ein. Mir liegt das Schicksal dieser Frau, die ich leider nicht mehr kennenlernen konnte, am Herzen. Sie kann alles, was jetzt noch über ihre Person gesagt oder durch sie erlebt wird, nicht mehr erfahren. Die Traurigkeit unseres endlichen Daseins auf diesem Planeten ist für mich in dem Moment körperlich spürbar. Solche Situationen machen mir Angst.

Wohin spazieren meine Gedanken eigentlich? Das ganze Leben ist auf Begebenheiten aufgebaut, die zeitlich zu früh oder zu spät stattfinden. Es läuft oft nicht in der vom Menschen gewünschten Reihenfolge ab.

Ich muss tatsächlich meinen Kopf geschüttelt haben. Hans schaut mich fragend an. „Mit wem sprechen Sie, ohne zu reden?"

Ich erkläre ihm meine Überlegungen und er lächelt.

„Nun werde ich den Brief vorlesen. Dieses letzte Zeichen Elenas ist für Sie ebenfalls interessant." Ich nicke und Hans trägt mit viel Gefühl die mit schöner Schrift geschriebenen Zeilen vor.

Mein lieber Hans,

ich weiß nicht, ob Dich jemals diese Zeilen erreichen werden. Wie Dir mein Enkel berichtet hat, wird dies nur dann der Fall sein, wenn Du den Versuch unternimmst, Dich mit mir in Verbindung zu setzen. Nicht Du hast unsere außerordentliche und wunderbare Beziehung beendet. Das war in den vielen Jahren mein Trost. Ich hatte nicht mehr die Kraft, meine Liebe zu Dir einseitig betrachten zu müssen. Ich konnte mich auch nicht endlosen Diskussionen aussetzen, die wir im Vorfeld zur Genüge geführt haben. Mein Entschluss stand schweren Herzens fest. Ich hatte mich gegen Dich entschieden. Doch die Angst, beim geringsten Versuch Deinerseits, Dir sofort wieder in die Arme zu fallen, war groß und alles hätte von vorn begonnen. In Traurigkeit weiterzuleben, war in jedem Fall die Zukunft meines restlichen Daseins. Indem ich den Schlussstrich gezogen habe, ist mir ein wenig Würde geblieben. Das war mir wichtig.

Ich danke Dir für die wunderschöne Zeit, die wir zusammen erlebt haben und für die außergewöhnlich erotischen Stunden, die noch heute meine Erinnerungen mit viel Gefühl beherrschen. In meinen Gedanken sitze ich oft mit Dir auf unserer Bank am Meer. Wir schauen der aufgehenden Sonne zu. Ich schwimme ihr entgegen, das kalte Wasser streichelt meine Haut. Ich möchte den Horizont erreichen, das Land der Fantasien finden, aber ich bin allein. Du sitzt auf der Bank und winkst mir zu.

Ich weiß nicht, wo Du bist und auch nicht, ob ich Dich an diesem geheimnisvollen Ort, den ich in Kürze aufsuchen muss, vielleicht schon antreffen werde. Ich schließe meine Augen in der Hoffnung, dass Du diese, meine letzte Nachricht erhalten wirst.

Leb wohl, mon Amour! Dir gelten meine letzten guten Wünsche!

In Liebe
Deine Elena

Hans starrt fasziniert auf das Stück Papier in seinen Händen. Ich empfinde in diesem Augenblick die emotionale Größe eines handgeschriebenen Briefes. Was sind unsere schnell dahin getippten elektronischen Nachrichten der heutigen Zeit dagegen?

Ich fühle mit dieser Frau, obwohl ich sie nicht kannte. Für mich kommt diese Nachricht aus dem Jenseits. Ich bin beeindruckt, der Brief beschreibt etwas Parallelität zu meiner verflossenen Liebschaft, wie ich schon oft festgestellt habe. Ob ich kurz vor meinem

Dahinscheiden Michael zum Abschied eine Nachricht hinterlassen würde, muss ich bezweifeln, ich kann dies sogar ausschließen. Darin unterscheiden sich die beiden Frauen, Elena und Anne.

Hans fängt sich langsam, obwohl er den Brief schon gelesen hatte, schimmern in seinen Augen Tränen, aber bedauern werde ich ihn nicht. Er hat diese dramatische und für Elena äußerst traurige Situation auf dem Gewissen. Was war letztlich so toll und hervorragend in seinem „Frauenparadies" nach der ehrlichen Liebe von Elena? Soll ich ihm diese Frage stellen oder doch lieber schweigen? Auch wenn ich sein Verhalten Elena gegenüber nicht fair finde, ich habe kein Recht darüber zu urteilen. Meine Mimik ist wohl der Spiegel meiner Gedanken, denn er gibt einen Kommentar, ohne dass ich gesprochen habe.

„Anne, schauen Sie mich nicht so böse an, ich kann es heute nicht mehr gutmachen."

„Nein, das können Sie nicht! Nun stelle ich Ihnen eine Frage, zu der ich nicht berechtigt bin. Würden Sie anders handeln, stünden Sie heute vor der gleichen Situation? Die Antwort müssen Sie sich selbst geben", entgegne ich.

Er schaut traurig drein. „Die Zeit lässt sich nicht zurückdrehen und insofern wird es keine gleiche Situation geben."

Genau das ist der Punkt, seine heutige Entschuldigung bringt nichts, keine Handlung aus der Vergangenheit kann er wieder in die rechten Bahnen lenken. Die Tragik dieser einseitigen Liebe wird bleiben und ich empfinde Verrat an Elena mit für mich unerträglicher Intensität. Meine Verärgerung solchen Männern gegenüber wird in dem Moment wieder wachgerufen. Die freundschaftlichen Gefühle diesem alten Mann gegenüber drohen ins Wanken zu geraten.

Ich fange mich jedoch kurz darauf wieder und es wird klar, dass ich das Thema aus meiner Sicht betrachte und somit nicht fähig bin, ein gerechtes Urteil zu fällen. Hat Elena eventuell diese Situation provoziert? Ich sehe, dass Hans in diesem Augenblick auch leidet, also nicht mit Leichtigkeit darüber hinwegschaut. Hans und Elena sind nicht Michael und Anne und demnach sollte ich die Freundschaft dieses alten Casanovas nicht riskieren.

„Anne, Sie sind meine einzige Vertraute, auch wenn diese Wahrheit verrückt klingt. Sie haben mir Ihre Seele, Ihre Nöte anvertraut. Wir beide könnten einander helfen. Die Lebensabschnitte, in denen ich Fehler gemacht habe und Sie die gleichen Fehler durch einen anderen Mann erdulden mussten, sollten wir lernen zu verarbeiten. Sie müssen verzeihen und vergessen, ich kann mich nur noch an einem Grab entschuldigen, weiß aber durch Sie, was ich versäumt habe."

„Ach Hans, Sie können nichts in Ihrem Leben ausradieren. Wissen Sie, wie alles gekommen wäre, wenn diese Liebe Bestand gehabt hätte? Sämtliche Überlegungen helfen Ihnen keinen Schritt weiter."

Meine Gedanken laufen Amok. Unsere Freundschaft soll auf keinen Fall ins Wanken geraten, ändern kann ich an den Tatsachen nichts. Warum rege ich mich dann auf? Ich werde am besten diese Auseinandersetzung beenden, dann können wir wenigstens wieder in Ruhe miteinander diskutieren.

Ich fange ohne Übergang ein neues Thema an.

„Hans, Sie haben mir noch eine Geschichte versprochen. Warum hat Elena ihren Enkel großgezogen, was war mit den Eltern?"

Hans schaut mich dankbar an, ihm war es auch unheimlich geworden, wie wir beide die Säbel gekreuzt haben und den ewigen Krieg zwischen Mann und Frau auf einem persönlichen Niveau ausfechten wollten. Ohne Frage war ich in den vergangenen Minuten nicht zu Kompromissen bereit. Nun wird mir bewusst, dass wir riskieren, die Kontrolle zu verlieren. Mich holen immer noch diese verletzten Gefühle ein. Ich glaube, Hans versteht, warum ich gerade umschwenke.

Ohne weiteren Kommentar fängt er an, zu erzählen.

„Ich habe den Sohn von Elena nicht kennengelernt. Sie hat ihn in der Zeit unserer Beziehung nie erwähnt. Eines Tages fragte ich sie nach ihrem Sohn und der Schwiegertochter. ‚Die beiden waren nicht verheiratet‘, bekam ich zur Antwort. Sie erzählte mir, dass sie sich mit ihrem Sohn wegen dieser Frau vor vielen Jahren entzweit hatte. Die Beziehung der beiden ging rasant in die Brüche, die junge Frau führte ein Leben, mit dem Elenas Sohn nicht einverstanden war. Später erfuhr Elena, dass die drogensüchtige junge Frau ein Kind hatte. Dieser kleine Junge war Matthias. Elena konnte ihn nicht seinem Schicksal überlassen. Sie nahm die Mutter und den dreijährigen Jungen in ihre Obhut. Der Sohn konnte nicht verstehen, warum seine Mutter diese Verantwortung übernahm. Er war bereit, sich der finanziellen Verpflichtung zu stellen, aber ansonsten sei das Thema für ihn erledigt. Kurz darauf verließ er Cuxhaven und solange Elena und ich Verbindung hatten, ist er in das elterliche Haus nicht zurückgekehrt.“

„Lassen Sie mich eine Zwischenfrage stellen. Wie hat der Sohn zu dem Kind gestanden? Hat er den Jungen nie besucht?“

„Soweit ich weiß, gab es von seiner Seite nie eine Frage nach dem Kind. Trotz aller Fürsorge, die Elena übernommen hatte, ist die Mutter des kleinen Matthias nach kurzer Zeit gestorben. Sie hatte sich weiterhin heimlich ‚Stoff‘ besorgt und muss dem sogenannten ‚goldenen Schuss‘ erlegen sein. Elena kümmerte sich um das Kind und zog den Jungen groß. Er war ein sensibles Kind. Elena hatte kaum Schwierigkeiten in der Erziehung. Ihren sparsamen Erzählungen zufolge, benahm er sich in rührender Weise wie ein kleiner, eifersüchtiger Mann.“

Der Kellner steuert auf unseren Tisch zu. Er hat meinen dritten Schoppen Rotwein auf dem Tablett.

„Wann haben Sie mit dem Ober geredet?“, frage ich Hans. Er lächelt nur und wiederholt die Zeichengeste, mit der er seine Bestellung getätigt hatte. Er meint, ich könnte heute Abend ein wenig mehr Alkohol vertragen und erzählt weiter.

„Als Elena und ich uns kennenlernten, war Matthias schon 17 Jahre und hat sich als absoluter Beschützer seiner Großmutter verstanden. Ich habe es ihm in keiner Weise übel genommen, für ihn war ich ein Eindringling. Eifersüchtig verfolgte er mich, wenn ich das Haus betrat. Es gab manche Situation, die peinlich hätte enden können. Elena und ich mussten höllisch aufpassen! Ich denke, Sie verstehen, was ich meine. Ich machte seine Jugend für sein abweisendes Verhalten mir gegenüber verantwortlich. Seine Meinung hat sich bis zum heutigen Tag nicht geändert, das gibt mir zu denken."

„Aber Hans, das braucht Sie nicht zu verwundern. Sie haben seiner Großmutter großes Leid zugefügt. Diese Tatsache dürfen Sie nicht einfach unter den Tisch kehren."

Ich bin erstaunt, dass Hans diesen Zusammenhang nicht sehen will.

„Jede Ihrer Entscheidung in der Beziehung zu Elena, war aus Sicht des jungen Mannes falsch. Hätten Sie um Elena gekämpft, wäre Matthias eifersüchtig gewesen. Die zweite Möglichkeit, den angebotenen Abschied von Elena kommentarlos hinzunehmen, war ein harter Schlag für seine Großmutter. Es gab für Sie keine Chance, sich in das Herz des jungen Mannes einzuschleichen."

„Ich bin gekränkt, dass Matthias keine friedliche Haltung mir gegenüber zeigen kann. Natürlich akzeptiere ich seinen frischen Kummer, denn Elena ist noch nicht lange unter der Erde. Für mich ist es sehr traurig, dass ich sie um ein Jahr verpasst habe. Bezogen auf die Ewigkeit, die wir uns nicht gesehen haben, ist das keine Zeit, aber zu spät ist zu spät. Das Leben ist unfair! Ich bin mir sicher, sie könnte mir verzeihen."

Ich schaue Hans an und nicke. Wenn ich überlege, wie ich inzwischen zu Michael stehe, würde ich die Möglichkeit auf Vergebung eher verneinen.

Im Laufe der Jahre hat Elena erkannt, wie unwichtig sie für Hans war. Er hat nicht einen verdammten Versuch gestartet, um sie zu kämpfen. Sein dämliches Ego und das Leben als Casanova waren ihm wichtiger. Das war für ihn umso einfacher, weil er sie nicht so geliebt hat, wie sie es sich gewünscht hätte. Jetzt ist sie tot, er bekommt Angst vor seiner eigenen Zukunft, die nicht mehr viel bringen kann. Diese Zusammenhänge machen ihn gefühlsbetont, ängstlich und weinerlich.

Eine Nachricht kündigt sich auf meinem Smartphone an. Hans nickt mir zu. Ich schaue nach und sehe eine unbekannte Nummer. Der Text ist kurz und knapp: „Ich weiß, dass du in Hamburg bist." Mir bricht der kalte Schweiß aus. Hans schaut mich fragend an. Im Moment bin ich nicht in der Lage, auch nur einen Ton von mir zu geben. Ich versuche, mich zu beruhigen.

„Steht in Ihrem Handy eine Morddrohung?"

„Indirekt könnte ich es so bezeichnen."

„Kennen Sie den Absender?"

„Ich denke schon, obwohl mir die Nummer nicht bekannt ist. Aber es ist die gleiche, von der ich schon einmal angerufen wurde. Auf mein ‚Hallo' bekam ich keine Antwort und es wurde aufgelegt. Ich sollte den Anruf und die Nachricht sofort löschen und vergessen."

Hans nestelt unentwegt an seiner Serviette. Wo ist er mit seinen Gedanken? Ich lege meine Hand auf seine.

„Sind Sie müde? Wir können den Abend beenden."

„Es gibt also doch noch ein Geheimnis, von dem Sie mir nicht erzählen möchten?", fragt er.

„Ich werde Ihnen bei Gelegenheit davon berichten. Jetzt bin ich nicht einmal bereit, daran zu denken."

9

Hans und ich haben nach meiner Geheimniskrämerei den Abend beendet. Jetzt liege ich im Bett meines Hotelzimmers und die Gedanken laufen Spießruten. An Schlaf ist nicht zu denken. Sebastian will mir Angst machen. Ich darf nicht zulassen, dass er sein Ziel erreicht. Da denke ich doch lieber an Michael und seine unverhoffte Mail, die mich bis an meine Schmerzgrenze aufgewühlt hat. Aber nein, auch diese Unruhe soll sich nicht in meiner Seele ausbreiten. Deshalb darf ich mich zu keiner Antwort hinreißen lassen. Ich benötige viel Kraft für den Entschluss. Vergessen kann ich diesen Mann nicht und in meinen Gedanken entstehen Bilder einer wahnsinnig erotischen Zeit.

Durch die Gespräche mit Hans sehe ich vieles in einem anderen Licht. Ich weiß, dass Michael vom gleichen Schlag wie Hans ist, er wird niemals für eine einzige Frau da sein. Das Prinzip, auf keinen Fall den Alltag in unsere sinnlichen Erlebnisse zu lassen, blieb in der langen Zeit unserer ‚Nichtbeziehung' eine richtige Entscheidung. Die Verbindung bestand aus spontanen Treffen, ohne das wirkliche Leben zu tangieren. Auch wenn wir unsere Befindlichkeiten außerhalb des erotischen Zusammenseins ausklammerten, war es nicht zu verhindern, dass wir gegenseitig in die Tiefe unserer Seelen sahen. Was ich dabei entdeckte, war nicht positiv. Und genau dort liegt die Begründung meines Handelns. Es kam die Zeit, in der ich dieses überwiegend aus Sex bestehende Verhältnis nicht mehr verkraften konnte. Mein Entschluss, die Liaison für immer zu beenden, stand fest. Ich würde mit diesem Mann keine Minute glücklich werden.

Hans hat es mir erklärt. Er würde heute wieder im gleichen Stil mit Elena verfahren, obwohl er sie angeblich abgöttisch geliebt hat. Er meint, es sei die Natur des Mannes. Nur außergewöhnliche Begebenheiten ließen es zu, den Augenblick des Geschehens euphorisch zu erleben und die Betonung liegt hierbei knallhart auf dem Augenblick. Es gibt keine Nachhaltigkeit. Diese Erkenntnis darf ich nie aus den Augen verlieren.

Ich unterschreibe diese Gefühlskälte nicht für alle Männer, es gibt auch andere Charaktere. Jedoch die egoistischen unter ihnen werden das Jagen und Sammeln nicht lassen. Und was ist mit den Frauen, sind sie alle wie ich in ihren Emotionen gefangen? Mein Fokus war bei Michael auch auf die Erotik gerichtet, alle anderen Dinge des Zusammenlebens wollte ich nicht und werde sie nie mögen. Eine solche Denkweise müsste zulassen, dass sich beide zur gleichen Zeit einen weiteren Partner zulegen könnten, ohne den anderen zu verletzen. Jedoch werde ich bei dieser Logik kleinlich, es gefällt mir nicht.

Jetzt geht es um diese letzte Mail. Michael glaubt, dass ich immer noch seine gefühlvollen Nachrichten verschlinge. Aber der Mensch lernt aus seinen Irrtümern. Jetzt weiß ich, dass ich die nötige Akzeptanz nicht aufbringen will. Mögen unsere Treffen voller Emotionen und Zärtlichkeiten auch von seiner Seite gewesen sein, er hat nie die Frau in mir gesehen, die ich gern gewesen wäre. Das habe ich verstanden!

Bleibt die Frage, warum ich wieder an dem nervigen Thema hängen bleibe? Ich war sicher, mich endgültig von diesem Mann abgenabelt zu haben. Durch die Diskussionen mit Hans bin ich erneut in den Sog der Emotionen geraten. Warum glaube ich, es gibt keinen anderen Mann, bei dem ich den Rest der Welt komplett vergessen kann, der in mir Gefühle hervorruft, die dem Wahnsinn gleichen, bei dem ich nicht mehr ich bin, sondern ein willenloses Wesen?

Ich kann nicht schlafen!

Also klappe ich meinen kleinen Computer auf, lese die Nachrichten und kontrolliere meinen E-Mail-Account. Ich habe keine ungelesene Mail, darüber hätte mich längst mein Smartphone informiert. Mechanisch durchforste ich das Postfach und kenne meine Gedanken. Ich möchte sie noch einmal lesen, die hoffentlich letzte Nachricht von Michael.

Warum willst du all die Lügen noch einmal lesen? Sei konsequent!
Es ist für dich nicht relevant, was er schreibt. Sollten dir seine Worte
schmeicheln, sind sie nicht ehrlich. Im anderen Fall ruft seine Geilheit
nach dir, weil im Moment keine andere Lady zur Verfügung steht.
Ich weiß das alles, aber lesen bedeutet kein Zugeständnis. Ich
bin für mein Leben gern traurig.

Ich lese zum x-ten Mal seine Zeilen. Heute erfasse ich die
Worte mit Verstand und versuche, sie nicht zu beschönigen.
Diese Mail ist einfach nur dahin gekrakelt, es fehlt jegliches Ge-
fühl. Mit dieser Feststellung habe ich immerhin einen gewissen
Abstand gewonnen. Das ist ein Anfang. Ich studiere noch einmal
den Text, der nicht das ist, was eine Frau mit meinen
Erwartungen lesen möchte.

Von: Michael.M@telta.de
An: Anne.G@t-online.de

Liebe Anne,
muss ich mir Sorgen machen? Bist du krank oder verreist? Oder hast
du unsere schönen Erlebnisse vergessen? Ich hoffe sehr, dass es dir gut
geht und du wahrscheinlich nur nicht genügend Zeit hast, mir ein Le-
benszeichen zu senden.

Deine Abschiedsmail habe ich erhalten. Hast du es wirklich so ge-
meint oder sollte ich dieses Schreiben lieber vergessen? Ich würde mich
sehr freuen, wenn du einen Moment für eine kurze Antwort übrighät-
test.

Ich kann nicht glauben, dass du es ernst meinst und unsere Zeit
vergessen willst! Für dieses Wochenende wünsche ich dir eine schöne
Zeit und sende dir liebe, hocherotische Grüße!

Michael

Ich habe definitiv zu viele Emotionen hineingelegt, als ich das
Schreiben erhielt. Jetzt lese ich mit einer strengen Zensur und das
ist gut. Es ist auch gut, dass ich den Computer zuklappe und mir
unter der Dusche alle meine Sorgen und Nöte abspüle.

Am nächsten Morgen sind Hans und ich am Frühstückstisch schweigsam. Heute soll es wieder zu Hermann gehen.

Hoffentlich fühlt er sich besser.

Unser gestriges Thema hat uns beide mitgenommen. Wir sind uns ohne Frage sympathisch, aber in gewisser Weise sind wir Kontrahenten. Es nützt nichts, wenn Hans immer wieder betont, er sei ein alter Knacker. Manchmal hat das Alter keine Narrenfreiheit.

Wir lieben die Gemütlichkeit beim Frühstück und nehmen nach geraumer Zeit eine friedliche Haltung ein. Ich lächele ihn an.

„Erklären Sie mir bitte, wie es weitergehen soll. Ich muss morgen wieder fahren. Soll ich Sie nach Flensburg bringen, oder nehmen Sie ein Taxi, wie Sie letztens angekündigt haben?"

Hans scheint glücklich über die erneute Zuwendung. Er leidet sichtlich unter dem Missverhältnis, was zwischen uns beiden entstanden ist.

„Anne, ich möchte Hermann noch zur Seite stehen. Ich glaube, wenn ich jetzt wegfahre, werde ich ihm später nicht noch einmal begegnen können. Wir Alten haben ein Gespür dafür, wenn alles endet. Sie brauchen sich keinerlei Gedanken zu machen. Es ist für mich kein Problem, mit dem Taxi zurück nach Flensburg zu fahren. Ich habe niemanden auf dieser Welt, für den ich mein Geld zusammenhalten muss. Hermann in seiner letzten Zeit zur Seite stehen zu können, ist für mich eine schöne Aufgabe. Natürlich halte ich Sie auf dem Laufenden."

„Gut Hans, ich werde Sie gelegentlich in den Abendstunden anrufen, wenn mein Arbeitspensum mich nicht überfordert."

Hans schaut mich lächelnd an und nickt.

„Ich kann verstehen, dass Sie nicht zu jeder Zeit Ihren persönlichen Belangen nachgehen können."

Bei Hermann angelangt, stellen wir mit Erleichterung fest, dass er sich wohler fühlt. Er sitzt sogar im Bett, das Kopfteil ist weit nach oben gestellt. Auf dem Schoß hat er ein dickes Diarium und ist darin vertieft, Notizen zu machen. Ich registriere, dass er schon eine beachtliche Abhandlung geschrieben haben muss.

Als er uns erblickt, schlägt er das Buch sofort zu und schaut uns müde, aber glücklich an.

„Es geht mir schon viel besser. Ich möchte unbedingt noch eine wichtige Aufgabe vor meinem Abgang erledigen, solange muss ich durchhalten. Im Moment schaut es aus, als würde mir der im Himmel diesen Wunsch erfüllen." Mit einem Blick zur Decke streckt er seinen knochigen Zeigefinger nach oben.

Er versucht ein fröhliches Lächeln auf sein Gesicht zu zaubern, in Wahrheit sieht es eher traurig aus.

Hans und ich sind trotz dieser missglückten Geste erleichtert. Ich bin schrecklich neugierig, was Hermann in diesem geheimnisvollen Buch für die Ewigkeit niederschreibt.

Hat Hans ähnliche Gedanken?

„Was zum Teufel treibt dich dazu, in einem Buch deine Memoiren niederzuschreiben?"

Er schüttelt mit dem Kopf. „Sind es die Schandtaten deines Lebens, die dich überdauern sollen?"

Nach seinen Worten zieht Hans die Augenbrauen hoch und der Ansatz eines zynischen Lächelns liegt auf seinen Lippen.

In dem Moment weiß ich, dass er nie auf eine solche Idee kommen würde. Seine Schandtaten in der unauslöschlichen Schriftform würden ihn auf immer und ewig zum Mistkerl stempeln.

Anne, nicht schon wieder diese negativen Gedanken gegen Hans, einmal muss Schluss sein! Er kann ohnehin in seinem hohen Alter keinen Schaden mehr bei der Damenwelt anrichten.

Hermann starrt vor sich hin und gibt keine Antwort.

Wir haben das Glück, den behandelnden Arzt zu sprechen, er erscheint in diesem Moment im Zimmer.

Offensichtlich erfreut über unseren Besuch, begrüßt er uns mit einem aufrichtigen Lächeln.

„Wie ich sehe, haben Sie unseren unvernünftigen Patienten beim Schreiben erwischt. Das tut ihm nicht gut, es zehrt an seinen ohnehin schwachen Kräften. Auf der anderen Seite erklärt er immer, dass es sein muss, weil er in diesem Buch eine Wahrheit niederschreibt, die er mündlich nicht wagt, von sich zu geben. Ich denke, es ist eine Lebensbeichte!"

Der Arzt, Hans und ich schauen Hermann neugierig an.

Dieser starrt weiter vor sich hin. „Ich habe mein ganzes Leben nicht geschrieben, einmal muss ich damit anfangen."

Ich trete an Hermanns Bett, nehme seine Hand und sage ihm, dass ich so schnell wie möglich wieder nach Hause muss.

„Ich bitte Sie, Ihre Geschichte Hans weiterzuerzählen, auch ich möchte die Fortsetzung erfahren", setze ich noch hinzu.

„Aber gern, Sie werden alles von mir erfahren, das verspreche ich Ihnen."

Er schweigt lange. Hat er einen gedanklichen Hänger oder sollte ich einen tieferen Sinn in die Sendepause hineininterpretieren? Ich werde das Gefühl nicht los, dass er mir etwas Bestimmtes offenbaren möchte. Die Worte, die in seinem Kopf umherschwirren, erreichen seine Lippen nicht. Es gibt eine Mauer, die für ihn unüberwindbar zu sein scheint.

Den Kampf, den Hermann in seinem Innern gerade ausficht, kann ich in seinen Augen sehen. Letztlich entscheide ich mich für die Variante, dass der Grund unser Abschied sein wird. Wir beide werden uns nie wiedersehen.

Nach unserem Besuch bei Hermann treibt mich eine innere Unruhe dazu, meine Sachen zu packen und noch heute die Heimreise anzutreten.

Die Suche nach meinem Schwiegervater wird mit dem Tod von Hermann zu Ende gehen. Er konnte mir nur soweit helfen, dass ich weiß, Werner Gorda hat den Krieg überlebt.

Die Spur des Gesuchten verläuft im Sand.

Ist er in Kanada verschollen? Noch jemanden zu finden, der mir weiterhelfen könnte, ist ein Ding der Unmöglichkeit. Hinzu kommt, dass meine eigene Befindlichkeit versucht, meinen Plan aufzugeben. Die Aussichtslosigkeit, zum Ziel zu gelangen, lässt mich verzweifeln. Das nimmt mir die Unbeschwertheit, jedoch nicht den Willen, meine Suche noch nicht aufzugeben. Bliebe noch eine Reise an den Ort des Geschehens. Aber aus sachkundiger Literatur konnte ich entnehmen, dass die Kanadier es nicht ernst nahmen, akribisch alle Insassen der damaligen Lager aufzulisten.

Die nächste Hürde dürften meine unprofessionellen Sprachkenntnisse in Englisch und Französisch sein. Ohne diese Voraussetzung mache ich mir keine Hoffnung, brauchbare Informationen zu erhalten.

Soll ich aufgeben? Vielleicht hilft ein nochmaliges Nachhaken in der Erinnerung Hermanns, um einen Ansatz zu finden, was sich nach seiner Abreise aus Kanada zugetragen haben könnte. Werner Gorda hat sicher über seine Pläne gesprochen, die er nach der Gefangenschaft in Angriff nehmen wollte.

Ich werde meine Reise in die Heimat antreten, mich meinen angehäuften Akten widmen und später einen weiteren Versuch starten. Vielleicht kann ich doch noch einen Anhaltspunkt aus Hermann herauskitzeln.

Auf der Fahrt zum Hotel teile ich Hans meinen Entschluss mit, die Abreise heute anzutreten.

„Es sei denn, Sie haben sich entschlossen, ebenfalls nach Hause zu wollen", biete ich ihm noch einmal an, bequem nach Flensburg zu kommen.

„In diesem Fall bringe ich Sie selbstverständlich erst nach Hause."

„Nein, Anne, meine Entscheidung steht fest. Ich bleibe noch bei Hermann, das bin ich ihm schuldig. Aber ich hatte mich auf einen letzten Abend mit Ihnen gefreut. Es macht mich traurig, wenn Sie heute fahren."

Ich lasse einen dummen Spruch los, die Zunge ist dem Verstand voraus. „Wenn es am schönsten ist, soll man gehen!"

Hans grinst und meint, dass es für fast alles, auch für das Leben selbst gilt.

Der Abschied von Hans ist voller Traurigkeit. Immer wieder versucht er, seine Tränen in die Schranken zu weisen. Auch ich kämpfe mit den dummen Dingern. Wir wissen beide, warum es so ist. Für mich steht noch eine lange Lebenszeit bereit, wenn alles normal läuft. Für Hans kann es jeden Tag plötzlich zu Ende sein. In diesem Fall gäbe es kein Wiedersehen, keine intimen Gespräche über die Erotik zwischen Mann und Frau. Die viel zitierten und umstrittenen Charakterwidersprüche der Geschlechter werden nicht mehr zum Dreh- und Angelpunkt heißer Diskussionen.

Wir konnten über all die Dinge ohne Skrupel sprechen, weil unser Altersunterschied eine natürliche und selbstverständliche Grenze zieht. Ich glaube, nie wieder einen Menschen zu finden, der mich dermaßen tief in die Männerseele blicken lässt. Hans hat es mir bestätigt, das Gleiche gilt im umgekehrten Fall.

Ich sitze wieder in meinem Auto, ungefähr vier Stunden liegen vor mir. Wie so oft empfinde ich auch diese Fahrt als angenehm, das Alleinsein stört mich in keiner Weise. Ich höre Radio, Musik und hänge meinen Gedanken nach. Ich habe zwei uralte Herren kennengelernt und sie haben mir gutgetan. Ich werde in Zukunft niemals das Alter als nicht lebenswert abtun. Haben die Jahre ein vermeintlich unerträgliches Maß erreicht, kann der Mensch sich trotzdem in einem guten geistigen und gesundheitlichen Zustand befinden. Es gefällt mir, wie sich Hans mitten im Geschehen bewegt. Er hat Glück, seine Gesundheit spielt mit, die körperliche Verfassung mit ihren geringen Einschränkungen ist trotz seines hohen Alters noch gut. Ich bewundere seinen Willen, solange es geht, aktiv zu bleiben.

Zu Hause angelangt, liegt ein Strauß Rosen vor meiner Tür. Ich suche nach einer Nachricht und finde nur einen kleinen Anhänger mit den Worten: „Für immer und ewig!" Meine Hände zittern, ich hebe die Blumen auf und trage sie in den Biocontainer.

Jetzt muss ich sofort auf andere Gedanken kommen. Im Wohnzimmer zünde ich den vorbereiteten Kamin an. Es ist inzwischen Mai, aber die Temperaturen sind trotzdem verhalten. Das Haus war während meiner Abwesenheit auf Sparflamme mit Wärme versorgt worden. Ich hatte die Heizung niedrig gestellt, der Kamin muss sofort für wohlige Temperaturen sorgen.

Das romantische Gefühl durch das knisternde Feuer bringt eine friedliche Stimmung in das einsame Haus. Mein Gemüt ist noch aufgewühlt, ich kann mich nicht so schnell beruhigen. Den Koffer auspacken, die Waschmaschine bestücken und nicht mehr an die Blumen denken. Ich koche mir meinen geliebten Cappuccino, setze mich vor den Kamin und rede mir ein, dass nichts passieren kann. Später widme ich mich dem übervollen Briefkasten. Die Zeitung hatte ich für eine Woche abbestellt, es wird trotzdem Zeit, den Kasten zu leeren. Dazu muss ich noch einmal nach draußen. Es gibt nichts Verdächtiges, also werde ich die Rosen vergessen und mich ab jetzt immer sicher einschließen.

Ich prüfe das Festnetztelefon, doch auf dem Anrufbeantworter sind keine Nachrichten.

Michael könnte angerufen haben, denn er gehört zu den Menschen, die nur per Telefon und E-Mail zu erreichen sind, geht in diesem Zusammenhang schon wieder durch meinen Kopf. Er lehnt die moderne Technik privat ab, warum auch immer. Ich habe längst aufgegeben, mir darüber Gedanken zu machen. In seinem Beruf ist die Technik sein ständiger Begleiter. Ich weiß nicht einmal, ob diese Aussage von ihm der Wahrheit entspricht. Meine Erinnerung an ihn sollte mich nicht schon wieder tangieren. Wichtig ist, dass die Gedanken an unsere sinnlichen und zärtlichen Zeiten nicht mehr mit Herzrasen und weichen Knien verbunden sind.

Inzwischen habe ich Abstand zu meinen damaligen Emotionen gewonnen. Ich bin und bleibe für ihn Mrs. Nobody, auch wenn er sich gerade wieder in Erinnerung gebracht hat. Würde er noch einmal um ein Treffen bitten, wäre ich für eine Abfuhr stark genug. Jede andere Entscheidung wäre ein unerträgliches Desaster. Mir kommt die Idee, einen Entwurf mit allen mich bewegenden Gedanken in meinem Account bereitzustellen. Sollte sich Michael wieder melden, müsste ich das Schreiben nur auf die Reise schicken. Ich bin gerade in der Stimmung, die richtigen Worte zu finden. Später würden meine Gefühle eventuell wieder Inkonsequenz zulassen!

Es fällt mir nicht schwer, diese Nachricht zu formulieren. Die Worte fließen federleicht dahin und füllen den Bildschirm. Ich überprüfe das als ‚Denkzettel' gemeinte Schreiben noch einmal flüchtig und speichere es im Ordner ‚Entwürfe'.

Jetzt, da ich den Brief geschrieben habe, frage ich mich, was das soll. Ich werde mein künftiges Leben mit allen Höhen und Tiefen ohne ihn fortsetzen.

Michael wird mich nicht mehr kontaktieren. Also könnte ich diesen Schwachsinn auch wieder löschen.

Ich werde müde und möchte in mein Bett. Im Schlafzimmer bleibe ich entsetzt stehen, das Bett ist zerwühlt! Ich kann mir nicht vorstellen, diese Unordnung hinterlassen zu haben. In Gedanken lasse ich mir meine Rituale vor der Abfahrt durch den Kopf gehen und bin sicher, das Bett ordentlich zurückgelassen zu haben. Ein Schauer läuft über meinen Rücken. Mit zitternden Knien kontrolliere ich die übrigen Räume. Die Verandatür ist verschlossen, die Rollläden unten.

Meine Entscheidung steht fest, ich werde im Gästezimmer übernachten. Mein Herz klopft so laut, dass ich nichts anderes hören kann. Ich muss unbedingt mein Handy aus dem Wohnzimmer holen. Endlich erreiche ich das Gästezimmer, schließe mich ein und lege mich in das für Besuch frisch bezogene Bett. An schlafen ist in dieser Nacht nicht zu denken. Bei jedem Geräusch schrecke ich auf.

Am nächsten Morgen bin ich froh, dass die Nacht vorüber ist und fahre wie gerädert zur Arbeit. Hier türmen sich nicht nur meine Akten in angsterregende Höhen, es gibt zusätzliche Probleme mit einem Kunden, dessen Bauantrag wir nicht genehmigen konnten. Also schiebe ich meinen ganzen Privatkram beiseite und stürze mich in die Aufgaben, die mich erwarten. Im Laufe des Tages beruhige ich mich, vielleicht habe ich doch vergessen, das Bett zu machen? Am Abend habe ich das Gefühl, mir würde der Kopf platzen.

Um 18 Uhr wollte ich Hans anrufen, diese Zeit hatten wir vereinbart, wenn es mein Arbeitspensum erlaubt. Ich enttäusche ihn ungern.

Kurz vor der verabredeten Zeit lande ich in meinen vier Wänden, lege meine Sachen ab und wähle die Telefonnummer des Hotelzimmers. Er nimmt sofort den Hörer ab.

„Sind Sie das, Anne?"

„Ja, Hans, ich bin doch nicht zu spät?"

„Nein, ich bin nur ungeduldig, weil ich Ihnen von Hermann erzählen muss. Er schreibt doch tatsächlich an einer Art Tagebuch. Er meint, er müsse sich beeilen, sonst schafft er den Schluss nicht mehr. Dieser sei aber wichtig, sonst könne der Empfänger den Anfang nicht verstehen."

Ich begreife nicht, was das zu bedeuten hat.

„Um Gottes willen, für wen schreibt er dieses Buch. Ich denke, er hat keine Kinder und auch sonst niemanden. Verstehen Sie den ganzen Aufwand?"

Hans schweigt. Ist er genauso ratlos wie ich? Oder hat seine Sprachlosigkeit einen anderen Grund?

Hans spricht zögerlich weiter. „Es könnte vielleicht doch jemanden geben, für den es wichtig wäre, all die Dinge, die er niederschreibt, zu wissen."

„Was meinen Sie damit, es könnte jemanden geben, für den Hermann schreibt?"

„Das weiß ich nicht, es ist für mich ebenfalls ein Geheimnis. Aber ich muss Ihnen sagen, dass dieses Buch an seinen Kräften zehrt. Hermann ist rastlos, seine Hände sind ständig in Bewegung, eine innere Kraft zwingt ihn, diese Aufgabe zu Ende zu bringen. Mir kommt es vor, als würde er von einem Dämon getrieben."

„Haben Sie mit dem Arzt gesprochen?", will ich wissen.

„Der sagt immer das Gleiche: Sein Körper verkraftet diese Anstrengung nicht. Aber ich kann Hermann das Buch nicht wegnehmen. Es ist eine verfahrene Angelegenheit. Ich fürchte, es wird nicht mehr lange dauern, seine Schwäche ist nicht nur dem Alter geschuldet, der Krebs treibt ebenfalls ein böses Spiel. Der Wille, sein Werk zu beenden, spornt Hermann an und verleiht ihm unheimliche Kräfte. Sollte er seinen Plan durchziehen können, wird im Moment der Vollendung alles Leben aus ihm weichen und er wird die Augen schließen. Selbst diese Erkenntnis bedeutet für Hermann die Erfüllung seiner Lebensaufgabe, die er sich an seinem Ende gestellt hat. Wer oder was auch immer der Grund für ihn ist, diese Anstrengung auf sich zu nehmen, wir beide werden es nicht erfahren."

Hans atmet schwer. Ich finde keine Worte, um ihm tröstend zur Seite zu stehen. Aber er scheint sich zu fangen und setzt die Unterhaltung fort.

„Ich begebe mich jetzt ins Restaurant, und zwar mit wenig Freude. Meine nette Begleiterin der letzten Tage hat mich verlassen. Also speise ich einsam mit einem Glas Wein und werde an Sie denken", beklagt er sich.

„Hans, Sie dürfen mir nicht meine eigentlichen Pflichten vorwerfen, das ist ungerecht. Glauben Sie mir, ich würde viel lieber ins Restaurant gehen und mit Ihnen plaudern. Wir hatten eine wunderbare Zeit, auch wenn mich der Gesundheitszustand von Hermann traurig macht.

Wie klappt es mit dem Taxi, werden Sie freundlich bedient und können Sie immer den gleichen Fahrer buchen?"

„Ja, die Taxi-Zentrale hat mir einen sehr aufmerksamen jungen Mann geschickt, der mir versicherte, mich an den folgenden Tagen in die Seniorenresidenz und zurückzufahren. Natürlich ist das kein großes Ding, aber ich habe ihm in Aussicht gestellt, mich am Ende meiner Mission nach Flensburg fahren zu können. Das ist eine längere Strecke, auf der er ein wenig Geld verdient. Ich denke außerdem, großzügig genug zu sein, um ihn zufriedenzustellen."

Das muss mir der alte Mann nicht erzählen, ich habe seine Großzügigkeit schon zur Genüge erlebt.

„Hans, wir müssen für heute Schluss machen, ich habe noch einiges zu tun, im Moment könnte der Tag 48 Stunden lang sein. Bitte grüßen Sie Hermann recht herzlich von mir und lassen Sie sich seine Lebensgeschichte weitererzählen. Ich würde sie gerne bis zum Ende kennen."

Wir verabschieden uns.

Ich lege den Hörer auf und denke an Hermanns Schicksal. Im Innersten gebe ich den Gedanken nicht auf, doch noch einen Hinweis zum Verbleib meines Schwiegervaters zu erfahren.

Der Arbeitstag hat mich an meine Grenzen gebracht. Ich werde den Abend ebenfalls bei einem Glas Wein verbringen. Natürlich sind in dieser Konstellation die Grübeleien vorprogrammiert.

Als ich endlich zur Ruhe komme, wandern meine Gedanken zu Frank. Er ist nach wie vor in meinem Herzen. Jedes Mal, wenn ich am Schreibtisch sitze, unterhalten wir uns. Heute sage ich ihm: „Du sollst die Geschichte deines Vaters erst erfahren, wenn ich die ganze Wahrheit weiß, jetzt möchte ich mit dir in unsere Erinnerungen eintauchen und immer wieder darauf zurückgreifen, um nichts zu vergessen."

Frank antwortet mir leise: „Ich wäre so gern bei dir."

Noch habe ich die Feigheit des Schwiegervaters nicht verarbeitet, mein Wissen über sein Verhalten bringt vielleicht böse Worte hervor. In meinem Innern kann ich ihm nicht mehr mit netten Gefühlen begegnen. Seine tatsächlichen Beweggründe sind für mich verborgen, aber den Verrat an seine Familie kann ich nicht akzeptieren. Vielleicht gab es Erlebnisse oder Erfahrungen, die ich nachvollziehen könnte.

Die Überlegung, eine Reise nach Kanada zu unternehmen, habe ich aufgegeben, denn Aufwand und Nutzen stehen in keinem Verhältnis. Im Fall, ich würde ihn finden, wären die Gründe seines Handelns zu erforschen. Vielleicht hätte der gesuchte Mensch aber nicht verdient, dass ich mich seinetwegen solchen Strapazen aussetze. Es gibt für alle Beteiligten keinen Abschluss, weil niemand mehr seinen Frieden mit der Situation machen kann. Für mich bleibt er ein Feigling.

Die Tage laufen dahin, ich kann inzwischen aufatmen, weil ich bei der Arbeit gut vorankomme und der nervige Bauherr seinen Plan zur Zufriedenheit korrigiert hat. Hans informiert mich jeden Abend, dass Hermann sein Schriftstück höchstwahrscheinlich nicht zu Ende bringen wird.

Heute war ein turbulenter Tag. Ich komme spät nach Hause. Hans wird erwartungsvoll vor dem Telefon sitzen und auf meinen Anruf warten. Also lege ich lediglich meine Tasche beiseite und drücke auf die Schnellwahltaste, die ich Hans zugewiesen habe. Meine Vorahnung war realistisch, der Hörer wird sofort abgehoben. Hans meldet sich erfreut und sagt mir, wie gut es ihm tut, meine Stimme zu hören.

„Ich habe Ihnen eine nette Mitteilung zu machen, kommen Sie darauf, was ich meine?"

„Nein, aber vielleicht wollen Sie mir sagen, dass Hermann mit seinem Buch zum Abschluss gelangt ist und nun endlich zur Ruhe kommt."

„Auf Hermann kommen wir später zu sprechen. Die Nachricht, die ich zu verkünden habe, ist für Sie allein!"

„Dann haben Sie Werner Gorda gefunden?", versuche ich einen Witz zu machen.

„Anne, ich denke, Sie wissen, wer nach Ihnen gefragt hat und Ihre Telefonnummer wissen wollte. Ich habe es Ihnen gleich gesagt. Gut, dass ich Sie um Erlaubnis gebeten habe, ansonsten würde jetzt ein ewiges Hin und Her entstehen."

Natürlich wusste ich gleich bei seinen ersten Worten, wer sich bei ihm nach mir erkundigt hat. Ich hatte die ganze Zeit die Hoffnung, dass Matthias sich melden würde. Es wird spannend und ich kann mein Ego wieder etwas zurechtrücken. Ein Glück, dass es nur ein Telefonat wird, denn meine derzeitige Überlastung legt sich unweigerlich auf mein Erscheinungsbild nieder und das wirkt im Moment etwas abgespannt. Ich nehme mir heute Abend nichts Gravierendes vor. Also warte ich auf einen Anruf von Matthias?

Was mache ich mir für Gedanken, ich wollte lernen, die Dinge gelassen hinzunehmen. Wenn er von sich hören lässt, ist es gut, wenn nicht, kann ich damit leben.

Hans erzählt nicht viel. Er meint, Matthias würde sich vielleicht schon heute melden. Wir beenden unser Gespräch, weil er ein sich entwickelndes Glück nicht behindern möchte.

Nach langer Zeit fällt mir wieder mein E-Book-Reader ein. Es sind noch viele ungelesene Bücher darauf. Franks Gerät hatte unsere Tochter unter Tränen nach seinem Tod in Empfang genommen. Für ihn habe ich viele Bücher aus dem Internet heruntergeladen. Er hat sie verschlungen, Lesen war seine Leidenschaft. Natürlich sind diese Werke auch auf meinem Reader gelandet. Ich habe damals nie die Zeit gefunden, mit dem Lesen mitzuhalten. Jetzt werde ich nach und nach diese Bücher alle genießen.

Es kann nicht gleich losgehen, der Akku des Gerätes ist im Keller. Ich suche nach dem Ladegerät und muss mich noch gedulden, bis es genügend Power gibt, um in aller Gemütlichkeit schmökern zu können.

Das Telefon klingelt. Ich erschrecke und amüsiere mich gleichzeitig über meine Reaktion. Aufgeregt nehme ich das Mobilteil aus seiner Ladestation und setze mich erwartungsvoll in den Sessel, der neben dem Telefon steht. Es erscheint kein Name, ist demnach nicht in meiner Kontaktliste. Ich weiß genau, wer mich jetzt sprechen möchte. Die Vorwahl verrät mir, dass der Anruf aus dem Norden kommt. Ich melde mich mit Namen und muss mir Mühe geben, gleichgültig zu klingen.

Ich höre am anderen Ende der Leitung die Stimme, die mir fast schon vertraut vorkommt. Matthias entschuldigt sich, dass er mich nicht persönlich nach meiner Telefonnummer gefragt hat.

„Ich muss Ihnen sagen, dass ich zu feige war, Sie direkt zu fragen. Eine Abfuhr von Hans Köbbe hätte ich viel leichter weggesteckt. Ich war überrascht, dass er sofort bereit war, mir Ihre Nummer zu geben. Aber er war ehrlich und hat mir gestanden, Ihre Erlaubnis schon im Vorfeld eingeholt zu haben. Er ist ein Schlitzohr und weiß, worauf es ankommt."

Matthias schweigt einen Moment.

„Anne, ich möchte Sie gern näher kennenlernen. Ihr Umfeld und ihr Beziehungsstatus sind mir nicht bekannt. Hans sagte mir, es gäbe keinen Grund in dieser Richtung auf einen Versuch zu verzichten. Das ist mir wichtig und die Voraussetzung zu meinem Wunsch, Sie wiederzusehen. Wie Hans sagte, sind Sie in keiner Weise gebunden.

Wir sind entsetzlich viele Kilometer voneinander getrennt, das könnten Sie sofort entgegnen. Aber zu diesem Thema gäbe es eventuell eine Lösung, wenn die Zeit zeigt, dass eine Überlegung zur Überwindung des Problems angebracht wäre."

Ich schweige.

Die Art seiner Rede überfordert mich. Unsere Unterhaltung erinnert mich an ein Dienstgespräch, ich setze diesen Stil fort.

„Matthias, Sie kennen mich nur eine oder vielleicht auch ein paar mehr Stunden. Was soll ich Ihnen zu dem jetzigen Zeitpunkt antworten? Ich lebe allein und habe keine Beziehung. Wir können uns ungezwungen treffen und näher kennenlernen."

Matthias erwidert weiterhin förmlich: „Ihre Antwort gefällt mir, ich bin erleichtert. Wir beide sind bereit, uns näher kennenzulernen. Sie waren mir vom ersten Eindruck an sympathisch. Ich hoffe, Sie nicht zu überfordern, weil ich gleich mit deutlichen

Worten erkläre, was ich möchte. Vielleicht können Sie mir einen Termin für ein Treffen nennen. Ich würde in Ihre Stadt kommen und wir könnten uns in einem netten Restaurant treffen. Idealerweise wäre es zu einem Abendessen. Meine Freude wäre riesengroß, wenn Sie auf meinen Vorschlag eingingen. Bei einem schönen Essen haben wir mehr Ruhe, aufeinander zuzugehen. Ich habe mich über eine Möglichkeit zur Übernachtung in Dessau per Internet informiert. Es gibt nette Hotels in Ihrer Stadt. Sie sehen, es liegt nur noch an Ihrem Einverständnis."

Wow, der Mann weiß, was er will. Das ist aber das Einzige, was ich positiv bewerte. Die Art, wie er sein Vorhaben mitteilt, könnte in schönere Worte verpackt werden.

„Was ist Anne, ich höre keine Zustimmung und keine Ablehnung, sagen Sie etwas!"

Leider kann er mein Schmunzeln nicht sehen. Es kommt mir viel zu unromantisch vor, diese selbstsichere und geschäftsmäßige Ansprache. Nun, er möchte unbedingt wissen, woran er ist. Ich fühle mich einerseits unter Druck gesetzt und bin andererseits amüsiert von seiner Art, sofort Entscheidungen zu fordern. Ein Kennenlernen dieser Art habe ich noch nicht erlebt.

Mal sehen, vielleicht kann ich mich darauf einstellen. Ohne lange zu überlegen, fälle ich eine Entscheidung. Ich gehe auf seinen Vorschlag ein. Für mich ergeben sich keine Umstände und auch keine Verpflichtungen. Soll er diese vielen Kilometer fahren. Überhaupt muss ich feststellen, obwohl mir Matthias gefällt, bin ich in einer abwartenden Haltung gefangen. Diese Verhaltensweise ist neu. Früher war ich euphorisch, wenn ein Mann nach meinem Geschmack an mir Interesse zeigte, heute warte ich ab, wie sich die Geschichte entwickelt.

Habe ich durch Michael gelernt, meine Emotionen zu zügeln oder liegt mir Sebastian im Magen? Ich muss nicht lange nach der Ursache meiner skeptischen Haltung suchen. Meine Gefühle sind tief verletzt. Ich werde wieder lernen müssen, einem Mann zu vertrauen.

Matthias gehört in eine andere Schublade. Er macht mir mit Beamtendeutsch klar, dass ich ihm gefalle und er mich treffen möchte. Meinetwegen wird er eine lange Reise unternehmen. Matthias schlägt ein Datum in vierzehn Tagen vor. Ich bin damit einverstanden. Fern aller Gefühlsduselei schreibe ich den Termin in meinen Kalender. Ich weiß nicht, wie ich die Situation und wie ich diesen Mann einschätzen soll. Es wird sich zeigen, das Treffen ist der Anfang oder das Ende unserer Bekanntschaft.

10

Ich studiere zum wiederholten Mal für mich relevante Passagen in dem Buch, welches ich mir über die deutschen Gefangenen in Kanada zugelegt habe. Viele Kapitel sind für meine Belange weniger von Interesse, jedoch finde ich Erkenntnisse zwischen den Zeilen, die von Bedeutung sein könnten. Dieses Buch ist ohne Frage vom wissenschaftlichen Standpunkt präzise verfasst. Speziell für meine Recherchen hat das Werk auf den ersten Blick bedingt nützliche Aussagen. Ich kämpfe mich trotzdem durch die Seiten. Verbinde ich die Erzählungen von Hermann mit den enthaltenen Informationen, kann ich einiges für meine Zwecke schlussfolgern. Ich habe erneut den Gedanken, mich ins Flugzeug setzen zu wollen und nach Kanada zu düsen. *Halt, meine Liebe, vergiss nicht dein Unvermögen, dich in diesem Land sprachlich verständlich zu machen.*

Also drehe ich mich wieder im Kreis. Ich weiß nicht, wo und wie ich anfangen soll. Steht nicht gerade in diesen Zeilen, die ich vor mir habe, dass die Kanadier mit der deutschen Genauigkeit in Bezug auf Dokumentation nichts am Hut hatten? Somit gibt es wenige oder keine Aufzeichnungen über die Insassen der Internierungslager, geschweige über den weiteren Lebensweg dieser jungen Männer. Mir kommt trotz der massiven Zweifel, überhaupt etwas zu erfahren, eine Idee. Ich könnte Matthias fragen, ob...

Oh Gott, was sind das für Gedanken! Ich will doch nicht etwa mit ihm nach Kanada? Ich weiß nichts über diesen Mann. Außerdem sollte ich unser erstes Date abwarten, um in dieser Richtung auch nur einen Gedanken-Ansatz zu aktivieren.

Meine Einsamkeit tut mir nicht unbedingt gut, ich habe seltsame Einfälle. Manchmal könnte ein Partner an der Seite die Lösung von Problemen vereinfachen, das steht fest.

Mein Alltag läuft wieder in den normalen Bahnen. Dank meines festen Willens, alles gut und schnell zu schaffen, habe ich die in der letzten Zeit vernachlässigten Aufgaben konzentriert erledigt.

Abends ist das Telefonat mit Hans zum Ritual geworden. Ich sehe ihn in meinen Gedanken in seinem Sessel sitzen und die Minuten zählen. Auch ich freue mich auf die Gespräche mit dem alten Mann.

Heute hat er Neuigkeiten von Hermann zu berichten.

„Anne, ich glaube, er ist mit seinem Werk fertig. Zumindest konnte ich in seinen Augen lesen, dass etwas Positives geschehen ist. Das Diarium ruhte geschlossen auf dem Nachttisch und sein zufriedener Gesichtsausdruck war für mich das Zeichen der Vollendung seines Werkes. Auf meine Frage, ob er es geschafft habe, bekam ich ein glückliches Lächeln zur Antwort. Das ist in Wahrheit bedenklich. Wie ich es Ihnen schon einmal sagte, wenn er mit der Niederschrift fertig ist, gehen auch seine Kräfte dahin. Es macht mir Angst!"

Ich weiß nicht, was ich darauf antworten soll. Mir ist klar, was Hans meint. Er wird leider mit seinem Urteil recht haben.

Hermann wird nicht mehr gefordert, er hat seine selbst gestellte Aufgabe geschafft. Nun kommt der Körper zur Ruhe, ich befürchte für immer.

Hans setzt seinen Bericht fort. „Hermann weiß, dass es mit ihm bald zu Ende sein wird. Deshalb teilte er mir mit, dass kein normales Begräbnis infrage kommt. Mit dem Gedanken, in der Erde verbuddelt zu werden, kann er sich nicht anfreunden. Er äußerte, eine Seebestattung sei sein letzter Wunsch. Die Verbundenheit mit dem Wasser hat sein Leben lang für ihn eine Rolle gespielt. Es hat ihn einmal wieder freigegeben und aus diesem Grund möchte er am Schluss dorthin zurück."

Was war das jetzt, habe ich mich verhört, oder hat er in seinen Erzählungen etwas ausgelassen?

In Hermanns Bericht über die Katastrophe des U-579 ging es um Werner Gorda, nicht um ihn. Ich bin zu aufgewühlt, um über diese Aussage nachzudenken.

Hans hat den Widerspruch offensichtlich gar nicht bemerkt. Von beiden Seiten herrscht Schweigen, die Situation überfordert uns. Mit leisen Worten sagt er:

„Hermann hat mir zu verstehen gegeben, wenn er wüsste, dass wir beide ihn auf seinem letzten Weg begleiten, könnte er in Frieden sterben."

Traurig denke ich an das bevorstehende Ende.

„Für mich ist es selbstverständlich, dass ich Hermanns letzten Wunsch erfülle, das wissen Sie. Wir werden ihn beide bis an seine letzte Ruhestätte begleiten. Sie dürfen nicht traurig sein und schon gar keine schrecklichen Gedanken haben. Ich werde sie trösten."

Ich verabschiede mich von Hans. Es muss nicht ausgesprochen werden, um zu wissen, in welche Richtung seine Vorstellung geht.

Nach unserem Gespräch setze ich mich wieder an das Buch über die Gefangenen in Kanada. Es ist der einzige Strohhalm, meine Recherche fortzusetzen.

Was ist geschehen, nachdem Hermann Lindner das Lager und damit seinen Freund Werner gen Frankreich verlassen hat? Es war Kriegsende und mochte es nicht möglich sein, ein normales Leben im eigenen Land wieder aufzunehmen, so hatten doch der Wunsch nach Freiheit und das nahe Ende der Internierung bei allen Gefangenen Hoffnung geweckt. Das galt auch für Werner Gorda.

Mir würde nichts anderes übrigbleiben, als noch einmal nach Hamburg zu fahren und Hermann die Wünsche seines Freundes für die Zukunft zu entlocken. Vielleicht fällt ihm doch noch ein wichtiges Detail ein.

Ich habe in der einschlägigen Literatur über das Leben in den Lagern gelesen, weiß auch einige Details aus den Erzählungen

Hermanns, aber die konkrete Situation ist mir nur oberflächlich bekannt. Was geschah in der Zeit, nachdem die Freunde getrennt wurden? Werner blieb im Lager, aber was kam für ihn als Nächstes? Sicher unterhielten sich die beiden Männer während ihres Gefangenendaseins über ihre Zukunftspläne.

Meine Entscheidung steht fest, zum nächsten Wochenende werde ich wieder nach Hamburg fahren. Am liebsten würde ich sofort Hans über meinen Plan informieren, aber die Zeit ist fortgeschritten und er liegt bereits im Bett. Eine gute Idee, ich werde heute auch früher schlafen gehen.

Am Morgen wache ich auf und denke sofort an mein Vorhaben. Wie einfach wäre es, Hans schnell eine WhatsApp zu senden, um ihn über meinen Plan zu informieren. Aber so weit geht sein Mithalten in der jetzigen Zeit nun doch nicht. Für ihn gibt es nur das gute alte Telefon. Das ist für mich keine Option, denn die ersten aktiven Stunden des Tages sind eng eingeteilt. Es passt kein Telefonat mit einem alten Herrn hinein, der unendlich viel Zeit hat. So verschiebe ich meinen Drang, ihn zu informieren, auf den Abend.

Der Tag verläuft normal, kein unangenehmes Ereignis, über das ich mich aufregen muss. Nach Feierabend besorge ich ein paar Dinge. Der Mensch benötigt etwas zu essen und eine Frau manchmal eine kleine Errungenschaft für das äußere Erscheinungsbild. Was noch wichtiger ist, mein Weinvorrat neigt sich dem Ende zu. In diesem Zusammenhang habe ich kritische Momente, in denen ich mir Sorgen wegen meines Alkoholkonsums machen sollte. Schließlich steht jeden Abend ein Glas Rotwein vor mir. Streng genommen bin ich dem Alkohol verfallen, aber ich stehe zu dieser Sünde. Da ich die Abende allein verbringe, benötige ich eine kleine Freude. Das Maß der Dinge wird von jedem Menschen anders interpretiert, im Zweifelsfall bin ich eben ein Alki!

Nach Feierabend bleibt mir nicht viel Zeit für meinen Einkauf. Hans hatte mir einmal gestanden, dass er lange vor unserer vereinbarten Zeit am Telefon sitzt und wartet.

Nach der Kurzwahl empfängt mich sofort die wohlbekannte Stimme. „Anne, ich freue mich, Sie zu hören. Ich habe schon sehnsüchtig gewartet."

„Guten Abend Hans, ich hoffe, es geht Ihnen gut?", entgegne ich und denke, dass es stets die gleichen Floskeln sind, die wir austauschen. Jedoch kommen wir um solche Rituale nicht herum. Ich schließe gleich an meine Begrüßung die Neuigkeit an. „Stellen Sie sich vor, ich werde zum Wochenende noch einmal nach Hamburg kommen."

Es herrscht Schweigen am anderen Ende der Leitung.

„Hans, sind Sie noch da?"

„Ja, natürlich, es ist eine so freudige Nachricht, dass es mir die Sprache verschlagen hat."

„Nun, ich muss unbedingt noch einmal mit Hermann sprechen, mir brennen noch wichtige Fragen unter den Nägeln. Ich hoffe, es geht ihm gut?"

Die Stimme von Hans nimmt einen traurigen Ton an.

„Den Umständen entsprechend ist alles okay mit Hermann, aber er baut zusehends ab. Sie werden sehen, wie ihn die Kräfte verlassen. Der Krebs hat ein böses Stadium erreicht. Gott sei Dank hat er keine Schmerzen, aber er hängt ständig am Tropf. Ich buche für Sie sofort ein Zimmer. Soll ich nach Ihrem alten Zimmer fragen?"

„Hans, mir ist es egal, wo ich die Nacht verbringe. Ich kann mir nicht vorstellen, dass es in diesem Hotel einen Ort gibt, an dem es nicht nett ist."

„Wie lange werden Sie bleiben?"

„Ich muss Montag wieder zur Arbeit, würde aber Freitagabend kommen. Das wären insgesamt zwei Nächte, mehr ist nicht drin."

Wir reden noch eine ganze Weile, das wichtigste Thema bleibt Hermann. Uns ist bewusst, dass es nicht mehr lange möglich sein wird, mit ihm eine Unterhaltung zu führen. Es macht mich traurig, aber es zeigt mir auch, ich darf keine Zeit verlieren.

„Ich werde auf Sie warten. Hoffentlich können wir zusammen zu Abend essen?"

Er freut sich aus vollem Herzen über mein Kommen und möchte jede Minute auskosten.

„Das sollte kein Problem sein. Ich werde zum Abendessen bei Ihnen sein. Voraussetzung ist eine freie Autobahn. Auf den anderen Straßen ist ein flottes Vorankommen genauso wichtig. Auf jeden Fall mache ich mittags Feierabend, das ist zum Freitag aufgrund meiner Überstunden möglich."

„Sie glauben nicht, wie ich den Freitagabend herbeisehne", bekomme ich zur Antwort.

Wir verabschieden uns und ich bin froh, dass Hans sich um Hermann kümmert. Es ist eine große Geste von ihm, seinen Freund in den letzten Tagen, die dieser noch unter uns weilt, so rührend zu begleiten. Hans sagt, es ist ein Freundschaftsdienst, doch treibt ihn auch die eigene Angst, die Vorzeichen eines endgültigen Lebewohls selbst bald zu erleben. Sicher hat ein Mensch in diesem Alter die Hoffnung, am Abend einzuschlafen und die Augen nie wieder zu öffnen.

Jeder von uns schiebt die Gedanken an diesen Moment automatisch beiseite. Es ist eine Art Schutzfunktion, die ein denkendes Lebewesen entwickelt. Das Ende wird aus unserem Bewusstsein so lange gestrichen, bis die Konfrontation mit dem eigenen Tod, den von Familienmitgliedern oder Freunden uns unmittelbar daran erinnert.

In meiner Fantasie sehe ich Frank wieder in seinem Bett auf der Intensivstation des Krankenhauses liegen, fremd und still. Ich erinnerte ihn an unsere schönsten Erlebnisse, bat ihn aufzuwachen, streichelte sein Gesicht, legte meinen Kopf an seine Schulter. Alles blieb ohne Reaktion, er war in einer anderen Welt, auch wenn sein Körper bei mir weilte. Mein Unvermögen, ihm zu helfen, hat mein Leben vergiftet. Mich nicht von ihm verabschieden zu können, richtete in mir Verzweiflung an und immer wieder verfiel ich in Panik. Sicher hat der nahe Tod von Hermann nichts mit den intensiven Gefühlen für Frank zu tun. Ich bin traurig und glaube, ein Mensch geht oft im falschen Moment von uns. Aber wann ist es richtig?

Sie tun mir unendlich leid, die beiden alten Männer, die ich gern als meine Großväter adoptieren möchte. Hermann bleibt für mich ein Geheimnis, so wie er ein solches zu hüten scheint. Meine Neugierde ist groß, was er wohl in den letzten Tagen und Wochen so fleißig geschrieben hat. Es muss ihn sehr viel Kraft gekostet haben und daher bin ich sicher, es ist eine Lebensbeichte. Niemand kennt den von Hermann auserkorenen Empfänger. Hans und ich können uns keinen Reim darauf machen. Ob wir es jemals erfahren, sei dahingestellt.

Im Kamin knistert leise das brennende Holz. Ich schaue zu, wie die Flammen nach oben züngeln und mir gehen Gedanken um Hans und Hermann durch den Kopf. Ich wollte etwas über ihr Leben erfahren, als sie noch junge Burschen waren. Zwischen damals und heute liegen ihre Lebenswege, mit allen Höhen, Tiefen, Hoffnungen und sicher auch Enttäuschungen. Wenn sie auch ein gesegnetes Alter erreicht haben, ist es im Gesamtprozess nur ein kurzes Verweilen auf diesem Planeten.

Ich habe in der letzten Phase eine positive Rolle im Dasein von Hans und Hermann gespielt. Sie auf diesem endgültigen, nicht einfachen Weg zu begleiten, sollte Glücksgefühl, nicht Traurigkeit in mir hervorrufen. Aber mir gelingt die Akzeptanz dieses Widerspruches nicht.

Mein Koffer steht in den letzten Wochen griffbereit hinter der Schlafzimmertür. Und so packe ich meine Sachen zur erneuten Reise nach Hamburg. Einesteils freue ich mich auf das Wiedersehen mit den beiden, andererseits steigt ein ängstliches Kribbeln aus meiner Magengegend nach oben. Hermann könnte die Augen für immer schließen, bevor ich eine Antwort auf meine Fragen bekomme. Aber viel schlimmer wäre die Tatsache, mich nicht von ihm verabschieden zu können.

Es ist Freitagmittag, ich bin nach der Arbeit reisebereit. Mein Auto steht mit Gepäck auf dem Parkplatz. Ich stelle das Navi auf die Hamburger Hotel-Adresse, dann geht es los. Und wie so oft empfinde ich die vor mir liegende Fahrt nicht als Belastung. Mit meinem Unterhaltungsritual vergeht die Zeit ohne Langeweile. Es sind weniger Autos unterwegs, als ich dachte. Obwohl es Freitag ist, hält sich der Verkehr in vernünftigen Grenzen. Auf der A10 und A24 gibt es allerdings viele Strecken mit Geschwindigkeitsbegrenzungen, das nervt mich, aber es ist nicht zu ändern. Trotzdem bin ich pünktlich an Ort und Stelle. Das Navi hat die Zeit präzise vorausgesagt und ich bin zufrieden.

Der Empfangschef lächelt mir zu, als ich durch die Halle auf ihn zukomme, nimmt den Hörer zur Hand und sagt mit vielversprechendem Schmunzeln: „Ihr Besuch ist soeben eingetroffen, Herr Köbbe!"

Er wendet sich an mich. „Herr Köbbe bittet Sie zu einem Begrüßungstrunk", sagt er mit einer angedeuteten Verbeugung.

Wie schön, ich habe meinen Aufenthalt gefühlsmäßig nicht unterbrochen. Er reicht mir meine Zimmerschlüssel und zeigt mit einer eleganten Bewegung zur Bar.

„Um Ihr Gepäck werden wir uns kümmern."

Ja, das ist mir klar, denke ich und muss schmunzeln.

Artig, wie ich bin, begebe ich mich auf den Weg zur Bar. Am Fahrstuhl vorbeigehend, lausche ich auf das wohlbekannte Summen. Tatsächlich, der Aufzug ist in Bewegung. Meine Hoffnung, die Tür möge sich öffnen und Hans vor mir stehen, erfüllt sich. Er nimmt mich in die Arme und ich freue mich über unser nicht geplantes Wiedersehen. Ich versuche, mich aus seiner

Umklammerung zu befreien. Es gelingt mir nur mit Mühe, ohne ihn zu verletzen. Tränen schimmern in seinen Augen.

„Anne, das ist eine große Freude für mich, Sie im gewissen Sinn unverhofft hier zu sehen. Wir müssen unbedingt auf unser Wiedersehen anstoßen."

Er hält mich ein Stück von sich. Seine noch kräftigen Arme halten mich fest, ohne seinen Blick von mir zu wenden.

„Es ist schön und ich freue mich, weitere zwei Abende mit Ihnen zu genießen. Sie müssen mir unbedingt weiter aus Ihrem Leben erzählen. Ich möchte so viel wie möglich von Ihnen erfahren. Aber jetzt nehmen wir einen Aperitif zu uns. Ich muss Ihnen die Gelegenheit geben, in Ruhe anzukommen."

„Lieber Hans, Ihre Euphorie ist schmeichelhaft, aber ich kann sie nicht unbeschwert teilen. Hermann geht mir nicht aus dem Kopf. Es tut mir leid, dass er durch den Krebs ein doppelt schweres Ende erleiden muss. Ich habe auch noch Fragen an ihn. Sie verstehen meine Gedanken, der Krebs wütet in seinem Körper und es zählt jede Minute. Komme ich zu spät, werde ich nie herausfinden, welchen Weg Werner nach dem Krieg einschlagen wollte. Das wäre das Ende all meiner Bemühungen. Können wir ihn morgen Vormittag besuchen?"

Ich schaue Hans von der Seite an, er nickt.

„Das lässt sich einrichten."

Inzwischen haben wir die Bar erreicht. Wie vermutet, sind wir die einzigen Gäste. Hans setzt sein Casanova-Lächeln auf und fragt mich, ob ich einen Campari-Orange möchte.

„Keine schlechte Idee, ich trinke einen Campari-Orange."

Mein Thema lässt mir keine Ruhe, deshalb komme ich wieder darauf zurück.

„Wie ich es verstanden habe, wollte Werner nicht mehr in die Heimat zurückkehren. Die Fakten deuten darauf hin, dass er in Kanada geblieben ist. Oder wurde er in einem anderen Land sesshaft? Deutschland kam für ihn nicht infrage. Wie ich annehme, wollte er nicht gefunden werden. Warum hat er niemals an seine Familie zu Hause gedacht und warum hatte er die vielen Jahre nicht das Bedürfnis, sie zu kontaktieren? Ich kann es nicht verstehen, wie ein Mann aufgrund eines vagen Verdachtes seine Frau im Stich lassen kann.

Ich nehme einen kräftigen Zug mit dem Trinkhalm aus dem Glas. Meine Gedanken wandern zu Evelin. Ihre Verzweiflung hat auch mir wehgetan. In Gedanken steht sie vor mir und zieht den Brief von Werners Kameraden aus der Kittelschürze.

„Selbstverständlich war das Kind von ihm. Vielleicht hatte der Benachrichtigungsbrief zur Geburt ein falsches Datum? Oder Werner wollte nicht mehr zurück und war schlicht und einfach zu feige, reinen Tisch zu machen.

Ich kenne meine Schwiegermutter, wir haben jahrelang zusammengewohnt. Sie hat mir ihre Sorgen anvertraut und war auch mir gegenüber verständnisvoll. Ich kann behaupten, wir waren Freundinnen. Insofern weiß ich, dass sie ihren Werner abgöttisch geliebt hat.“

Hans schaut mich nachdenklich an. Er steht außen vor, denn ich spreche ein Thema an, welches in seinem Leben keine Rolle gespielt hat, - Familie! Auch die damit verbundenen Emotionen sind ihm fremd, sein Leben war stets eine Genussreise durch die Frauenwelt.

Ein Glück, dass er so alt ist und somit eine Beziehung zwischen uns nicht infrage kommt. Aber wir wissen beide, wenn nicht der enorme Altersunterschied wäre, würde unsere bestehende Sympathie zueinander dorthin führen. Für mich ist diese Vorstellung ein Horrorszenarium. Ich weiß nicht, ob ich tatsächlich aus meinem negativen Erlebnis gelernt habe oder erneut in einem Abgrund landen würde. Nun, diese Gefahr besteht nicht. Unsere Freundschaft ist für meine Seele Balsam und Hans genießt unser Zusammensein auf seine Weise. Er weiß, die Zeit setzt seinem Leben Grenzen. Sein Verstand arbeitet zu meiner Bewunderung trotz seines hohen Alters realistisch. Er empfindet jeden Tag als Geschenk, auch wenn sich die Prioritäten verschoben haben. Die

Liebe zu vielen Ladys in seinen aktiven Jahren hat im Alter nur noch Erinnerungswert. Jedoch weiß ich, dass er es nie schafft, sein eigenes Ego aufzugeben. Er wird sein Leben lang seine Erfüllung in einer Welt finden, in der es nur ihn selbst gibt.

Hans hatte Glück, er war nie einsam. Ich muss unweigerlich an Hilde, seinen guten Hausgeist, denken. Sollte ich in Verbindung mit den beiden meine Gedanken in eine bestimmte Richtung lenken? Im Nachhinein bin ich bereit, einige Verdächtigungen hineinzuinterpretieren.

„Anne, Sie sind nicht mehr bei mir, welche Gedanken bewegen Sie?"

„Ach Hans, ich habe mich tatsächlich in eine andere Realität hineingedacht, entschuldigen Sie, ich bin unhöflich."

„Nein, ich habe nichts zu entschuldigen, Sie haben sicher Ihre Gründe, in Fantasien abzudriften."

Ich schaue Hans an und denke, dass ich auf das eigentliche Thema zurückkommen muss. Also greife ich unser Problem von Neuem auf. „Haben Sie eventuell herausgefunden, mit welchem Geheimnis uns Hermann auf Trab hält? Ist es tatsächlich seine Lebensbeichte?" Für einen kleinen Moment sehe ich ein Flackern in seinen Augen, es verschwindet sofort wieder und er antwortet: „Ich denke schon, aber wissen kann ich es nicht. Hermann hält sich bedeckt und auf direkte Fragen hat er nur ein Lächeln übrig. Es scheint ihm allerdings immens wichtig zu sein."

Auch Hans ist ständig mit den Gedanken bei seinem Freund.

„Die Frage liegt wie Blei in der Luft. Wen will er diese Niederschrift zukommen lassen? Nach seinen Erzählungen kann ich mir keinen Reim darauf machen, angeblich gibt es für ihn weder Familie noch Freunde", sage ich nachdenklich.

„Wir haben oft und lange über dieses Rätsel diskutiert, wir werden es nicht lösen, wenn Hermann uns nicht informieren möchte", bringt Hans das Ganze auf den Punkt.

„Ich schlage vor, wir bereiten uns auf das Abendessen vor. Glauben Sie mir, seit ich weiß, dass Sie heute wieder mein Gast sein werden, freue ich mich wie ein kleiner Junge. Es macht mich glücklich, mit Ihnen angenehm plaudern zu können, Anne. Auf die Gefahr hin, dass ich mich wiederhole, ich bedauere die Tatsache, ein entsetzlich alter Knacker zu sein. In jungen Jahren hätte ich ganz anders gehandelt. Sie sind eine begehrenswerte Frau."

So, nun ist es ausgesprochen, ich habe den Hans Köbbe richtig eingeschätzt und für ihn ein schadenfrohes Lächeln übrig. Ich kann es ihm nicht oft genug sagen: „Sie sind und bleiben für alle Zeiten ein Schwerenöter!"

Wir lächeln uns beide an und verlassen die Bar. Es ist klar, die Diskussion wird zum Abendessen wieder aufgenommen.

Ich gehe nicht davon aus, dass er unser Geplänkel ernst nimmt, er ist intelligent genug, seine Grenzen zu kennen.

Und genauso verläuft unser Abend, Hans fühlt sich geschmeichelt, er würde aber niemals so weit gehen, eine streng gezogene Linie zu überschreiten.

Unser Fokus wird vor allem auf Hermann gelenkt. Er ist der Dreh- und Angelpunkt meines erneuten Erscheinens hier in Hamburg. Mir wird bewusst, wie dringend ein Gespräch mit ihm stattfinden muss. Es ist die letzte Chance für mich, die Suche nach Werner Gorda einzugrenzen.

Das Essen ist vorzüglich, ich kann es heute allerdings nicht in vollen Zügen genießen. Mich beschäftigt das morgige Treffen mit Hermann. Ich bin in Sorge, ob er fähig ist, sich meinen Fragen zu stellen. Sein Zustand hat oft die Möglichkeit einer Unterhaltung ausgeschlossen. Ich muss in Betracht ziehen, dass er in Kürze überhaupt nicht mehr ansprechbar sein wird.

Hans schwelgt hingegen gelegentlich in einer längst vergangenen Welt. Er glaubt, um Jahre zurückversetzt zu sein. Ohne die Sorge um Hermann würde ich seine euphorischen Gedanken akzeptieren, im Moment fehlt mir die nötige Geduld dazu. Also versuche ich immer wieder unser Kernthema in den Mittelpunkt zu rücken.

Durch die beiden stark in die Jahre gekommenen Herren bin ich gedanklich in einer Welt der Vergänglichkeit gefangen. Hans weiß, dass auch für ihn die Zeit eine unangenehme Eile an den Tag legt.

„Je älter ich werde, umso schneller entgleitet sie mir", sagt er oft.

Mit dieser Aussage bestätigt er meine Gedanken. Ich erinnere mich an meine Kindheit. Die großen Ferien waren der Inbegriff eines endlos langen Sommers. Jetzt sind sechs Wochen keine lange Zeit mehr. Die Schnelllebigkeit geht auch an mir nicht vorüber.

Das Lebensende ist für mich noch weit entfernt. Wäre es besser, nicht so alt zu werden und dem Zufall vorher unter die Arme zu greifen?

Das ist in Wahrheit nicht mein Ding!

Hans schaut mich fragend an.

„Anne, Sie sind heute Abend nachdenklich. Sehe ich das richtig, diese ganze Misere mit Hermann überfordert Sie?"

„Was soll ich Ihnen antworten? In gewisser Weise haben Sie den Nagel auf den Kopf getroffen. Ich bin traurig darüber, dass ich zwei wunderbare Freunde gefunden habe. Aber einer von ihnen ist nahe dran, für immer diese Welt zu verlassen. Jetzt wäre ich gerne ein gläubiger Mensch und meinte zu wissen, dass es im Jenseits weitergeht."

„Ganz so simpel ist es nicht, Anne."

Ich erschrecke. Ist Hans vielleicht der Kirche zugetan? Ich frage ihn, aber er meint, vor langer Zeit dem Glauben den Rücken gekehrt zu haben. Auch für ihn gibt es nur eine materielle Welt. Ich bin beruhigt. Es hätte mir nicht gefallen, Wertungen abzugeben, die ihm wehtun.

Unser Abend verläuft nicht so locker, wie es sonst der Fall war. Ich bin traurig und er schaut mich nachdenklich an. Wir schweigen.

„Wie Sie wissen, bin ich ein neugieriger Mensch. Ich möchte so gern erfahren, was aus Ihnen und Matthias geworden ist?", fragt er nach einer Weile. „Die Hoffnung, Sie informieren mich aus freien Stücken, kann ich wohl aufgeben. Da von Ihrer Seite nichts kommt, muss ich unhöflicherweise nachhaken."

Ich schaue ihn belustigt an.

„Entschuldigen Sie, der private Teil meines Lebens ist im Moment in den Hintergrund geraten. Selbstverständlich sollen Sie wissen, wie es mit Matthias und mir weiter verläuft. Wir haben telefoniert, er kommt im Juni nach Dessau und nimmt in einem Hotel ein Zimmer. Wir werden am Abend ausgehen. Danach können wir vielleicht sagen, ob unsere anfängliche Sympathie bestätigt wird."

„Das ist für mich alles sehr interessant, vielleicht erlebe ich es noch, wenn Sie beide sich finden."

Hans lächelt mich an, seine Augen strahlen. Er greift nach meiner Hand und drückt sie.

„Mir fehlt es allerdings an der nötigen Begeisterung. Diese unmögliche Beziehung mit Michael steckt mir in den Knochen, wenn Sie verstehen, was ich meine. Ich bin noch misstrauischer als früher. Meine angeborene Vorsicht hat mir nichts gebracht, ich war trotzdem in der Hölle. Eine solche Situation lasse ich nie wieder zu, das versichere ich Ihnen!", entgegne ich.

Ich möchte das Thema ‚Matthias' heute Abend nicht weiter ausdehnen. Mein Tag war anstrengend, ich würde gern noch etwas allein sein. Hans hat wohl meine Gedanken gelesen.

„Der alte Mann ist von den heutigen Aufregungen müde. Morgen ist auch noch ein Tag. Und diesen werde ich vom Frühstück bis zum Abendessen voll genießen. Das können Sie dem alten Zausel glauben, Anne!"

Wir fahren gemeinsam mit dem Fahrstuhl in Richtung unserer Zimmer, verabschieden uns und wünschen uns eine gute Nacht. Hans wird sich zu Bett begeben, ich klicke im Internet nach

Neuigkeiten, vielleicht werde ich auch meine Kinder anrufen. Wir sehen uns nur zweimal im Jahr, uns trennen fast 500 Kilometer. Es gibt die übrige Zeit nur Telefonate zwischen uns. Heute passt es, aber ich erreiche sie nicht.

Unweigerlich muss ich an Matthias denken, mit dem ich regelmäßig WhatsApp-Nachrichten austausche. Wir unterhalten uns über unseren privaten Alltag, ohne einander zu tief in unser Leben schauen zu lassen. In den Abendstunden kommt nichts an, er stellt sein Smartphone vernünftigerweise ab. Ein solches Ritual ist bewundernswert, es ist nichts für mich. Mir könnte ja etwas entgehen.

Ich gehe ins Bett und schlafe sofort ein. Mitten in der Nacht schreckt mich eine Nachricht auf. Das Display zeigt wieder die fremde Nummer.

„Was machst du schon wieder in Hamburg?"

Ich stelle das Smartphone aus und versuche wieder einzuschlafen, aber mein Herz schlägt mit lauten Tönen. Ich kämpfe mit meiner Angst, höre auf jedes Geräusch und liege noch lange wach.

Am nächsten Morgen fahren Hans und ich nach dem Frühstück zu Hermann. Hans muss nichts von meinem nächtlichen Albtraum wissen, das Schicksal seines Freundes ist Aufregung genug.

Hermann sieht erholter aus und begrüßt uns gut gelaunt. Selbstverständlich muss er das Bett hüten. Für ihn wird es nichts anderes mehr geben. Es steigt Angst in mir bei dem Gedanken hoch, den Rest des Lebens auf diese Weise zu verbringen. Es gibt hierzu nur eine einzige Alternative - nicht alt und gebrechlich zu werden.

Die Infusionen, die er ständig bekommt, nehmen ihm die Schmerzen. Ich gehe zu ihm und schließe ihn in die Arme. Er lächelt mich an. „Anne, Sie machen mir am Ende meiner Tage viel Freude. Was war ich für ein Idiot."

Ich schaue ihm erstaunt ins Gesicht und er hat wieder für den Bruchteil einer Sekunde diesen Ausdruck des Schreckens in den Augen.

Das Gefühl ist wieder da, dass Hermann etwas zu verbergen hat. Auch diesmal geht der Eindruck aufgrund der intensiven Situation sofort wieder verloren.

„Was meinen Sie, ich kann mit Ihrer Aussage nichts anfangen, weshalb waren Sie ein Idiot, Hermann?"

„Nun, als Hans mit Ihnen zum ersten Mal hier erschienen ist, habe ich geglaubt, ich könnte mit ihm in Ihrer Gegenwart nicht ungezwungen plaudern. Die Prioritäten haben sich verschoben, Sie sind eine liebe und herzerfrischende junge Frau. Jetzt scheint mir das Gespräch mit Hans nicht mehr das Wichtigste zu sein, ich unterhalte mich lieber mit Ihnen."

Er zwinkert bei seinen Worten Hans zu. „Ich weiß, dir geht es nicht anders."

Es war nicht die Antwort auf meine Frage. Aber ich lasse das so stehen, ohne erneut nachzuhaken.

„Lieber Hermann, jetzt muss ich an Sie eine wiederholte Frage stellen und ich hoffe, Sie können mir doch noch eine Antwort geben, die mich in meinen Nachforschungen weiterbringt. Bisher konnten Sie mir den Weg von Werner Gorda präzise erzählen. Leider sind wir in Kanada stecken geblieben und Sie wissen nicht, wie es nach Ihrem Abtransport nach Frankreich mit meinem Schwiegervater weitergegangen ist. Aber ich denke, Sie beide waren eine lange Zeit in der Gefangenschaft zusammen. Sie haben viel über ihr Leben nach dem Lagerdasein gesprochen. Welche Pläne hatte Werner nach dieser Zeit, wie und wo wollte er seine neue Zukunft aufbauen?"

Hermann setzt eine nachdenkliche Miene auf und lässt sich mit der Antwort Zeit. „Ja, wir haben jeden Tag darüber fantasiert, was wir beginnen, wenn dieser Albtraum zu Ende sein würde", sagt er, ohne mich anzuschauen.

Ich kann in seinen Zügen Unsicherheit erkennen. Hans und ich lauschen weiter seinen Worten.

„Aber glauben Sie mir, es waren nur Zukunftsträume, es stand kein wirklicher Plan dahinter. Ich für meine Person wollte nach Deutschland zurück, bin aber in Frankreich hängen geblieben. Meine Ankunft bei der Familie in Oresmaux hatte ich Ihnen noch erzählt und ich kann dazu zum Abschluss sagen, dass ich dort in der Tochter des Patrons meine große Liebe gefunden habe."

Ein Strahlen huscht über sein Gesicht. Er wendet seinen Kopf zum Fenster und schaut verträumt in die Ferne.

„Werner hatte sich geschworen, Deutschland nie wieder zu betreten. Er hat die ganze Zeit hindurch keinen Gedanken daran verschwendet, eventuell zu seiner Frau und seinem Kind zurückzukehren. Das Kind konnte nicht von ihm sein, von dieser Meinung ist er keinen Schritt gewichen."

Hermann hat wieder den wunden Punkt der Geschichte erreicht. Er hält für einen Augenblick inne und schaut mich fragend an. Ich reagiere nicht und er setzt seine Ausführungen fort.

„Wir waren jung und naiv und diese Unterhaltungen bewegten sich fern von jeder Realität. Manchmal hat Werner gemeint, eventuell in Kanada zu bleiben. Die Kanadier waren von der Arbeitsmoral der Deutschen angetan. Die Forderung des Bleiberechts der Gefangenen entsprach nicht der Genfer Konvention und auch nicht dem strengen Einwanderungsgesetz Kanadas. Das Land konnte die Heimschaffungspflicht nicht umgehen. Aufgrund dessen nehme ich an, dass auch Werner zurück nach Europa geschickt wurde. Ich könnte Ihnen einen Vortrag über die politischen Zusammenhänge halten, das bringt uns aber keinen Schritt weiter."

„Hatten Sie denn Freunde im Lager, die ich eventuell suchen könnte?", versuche ich ihn noch auf eine andere Möglichkeit aufmerksam zu machen.

„Wir hatten zu keinem der Kameraden eine engere Beziehung. Ich kann mich auch nicht an die Namen derjenigen erinnern, mit denen wir in unserem Schlafsaal wohnten."

Nun sehen Sie selbst, dass ich keine Aussage über den weiteren Lebensweg Ihres Schwiegervaters machen kann. Werner konnte genauso gut mit dem nächsten Transport, wie ich zuvor, nach Europa gekommen sein. Es tut mir unendlich leid, aber ich kann Ihnen keinen Tipp geben, wo Werner letztlich gelandet ist. Meine Vermutungen helfen Ihnen nicht weiter und sollten für Sie auch keine Rolle spielen. Ich weiß, Ihre Enttäuschung ist groß. Ich würde Ihnen auch gern bei der Suche zur Hand gehen, aber Sie sehen ja, mit mir geht es zu Ende. Allerdings tut es mir leid, was Ihre Schwiegermutter durchgemacht hat. Werner hat nie in Betracht gezogen, dass ein Missverständnis vorgelegen haben könnte, ein falscher Brief, ein falsches Datum. Es gibt so vieles, was passiert sein könnte. Deutschland lag in den letzten Zuckungen. Wer sagt, dass mit der Feldpost alles in Ordnung war? Vielleicht sollten Sie die Suche aufgeben. Einen weiteren alten Knacker werden Sie nicht finden, der Ihnen helfen könnte. Wo Werner auch sein Leben verbracht haben mag, die Zeit spricht gegen Ihren Wunsch, etwas darüber zu erfahren."

Ich schaue Hermann in die müden Augen und habe den Eindruck, mehr darin zu lesen, als er preisgeben möchte.

„Genauso sehe ich es auch, und doch lässt mich die ganze Situation nicht in Ruhe."

Die beiden alten Männer starren mich an.

„Ich möchte Werner gerne sagen, was für ein Arschloch er mit seiner Sturheit und Feigheit war. Aber ich kann ihn nicht einmal an seinem Grab beschimpfen."

Ich schaue wütend und provozierend von einem zum anderen und kann nur Entsetzen erkennen. Meiner Wut und mir geht es aber jetzt besser.

Hermann flackert mit den Augen, Schweiß bricht auf seiner Stirn aus. Ich sehe, es geht ihm wieder schlecht. Dieses Thema scheint ihn mitzunehmen.

Ich bin wohl jetzt zu weit gegangen, Hermann erzählt nur, was er von Werner weiß. Ich habe kein Recht, den alten Mann für das Leben eines anderen zur Verantwortung zu ziehen.

„Es tut mir leid, Hermann, Sie dermaßen erschreckt zu haben", wende ich mich an den alten Mann.

Er versucht ein Lächeln, um mir zu verzeihen.

11

Ich bin wieder zu Hause, die Gedanken schwirren im Kopf umher. Mit meinen Gefühlen bin ich noch im Norden bei den beiden Alten, andererseits bin ich langsam neugierig auf Matthias. Er kam mir bei unserer ersten Begegnung unnahbar vor. Den etwas zu langen Händedruck zum Abschied kann ich aber noch spüren. In wenigen Tagen kommt er nach Dessau. Wir werden uns gegenübersitzen, so wie es Hans gern hat. Man sollte sich bei der Unterhaltung in die Augen schauen können, erklärt er mir bei jedem Restaurantbesuch.

Natürlich haben Hans und Matthias einen völlig verschiedenen Stellenwert, vielleicht kommt Herzklopfen dieses Mal zum Einsatz. Entweder es flüstert „WOW" oder ich fühle nichts.

Spule ich unser Kennenlernen in Gedanken ab, regt sich ein kleines Kribbeln im Bauch. Bloß nicht wieder in Euphorie verfallen! Die neuerdings präsente Gelassenheit gefällt mir. Ich bin stolz auf mich.

Trotz der Coolness mache ich mir Gedanken um meine äußere Erscheinung. Was tut eine Frau nicht alles, wenn sie einem Mann den Kopf verdrehen möchte? Ich sollte zum Friseur gehen, ein Kosmetiktermin wäre ebenfalls nicht verkehrt. Wichtig ist, meinen Kleiderschrank zu inspizieren. Steht ein passendes Outfit zur Verfügung? Für meine Dates mit Michael war ich ständig im Klamotten-Kaufrausch, also werde ich schon etwas finden.

Aber da wäre noch ein wichtiger Punkt: Männer mögen High Heels! Tut mir leid, die kann ich nicht tragen. Ich werde zum Riesenweib, wenn ich solche Dinger an den Füßen habe. Ohne diese Teile wird ‚Frau' aber nicht unbedingt sexy aussehen.

Hey Anne, was machst du hier für einen Aufriss, es wird nur ein Abendessen mit einem unbekannten, netten Mann, kein Schönheitswettbewerb! Er sollte dich auch mögen, wenn du ungeschminkt, mit zerzausten Haaren gerade aus dem Bett kommst. In einer solchen

Situation könntest du ihm nicht vorgaukeln, eine Naturschönheit zu
sein. Außerdem steht dieses Thema derzeit nicht einmal ansatzweise zur
Debatte. Was behaupten die Männer immer? Frauen denken zu viel? Es
ist eine der wenigen Aussagen des anderen Geschlechtes, mit der sie
recht haben.

Es ist mir schon klar, mein Ego übertreibt wieder einmal, aber
so bin ich! Morgen werde ich Schuhe kaufen, keine mit
Wahnsinnsabsätzen, aber ein ganz klein wenig dürfen die Dinger
sexy sein und klackern müssen sie.

Ich habe alles im Griff: Neue Schuhe stehen bereit, eine ge-
wagte Bluse, die Michael immer an mir bewundert hat, knackige
Hose, tolle Frisur und ein kosmetikbehandeltes Gesicht. Das Date
kann seinen Lauf nehmen. Morgen ist es so weit. Matthias wollte
mich abholen, aber das möchte ich nicht. Kein Mann in meinem
privaten Umfeld, das habe ich mir auf die Fahnen geschrieben.
Sollte vielleicht doch einmal der Traumprinz vorbeikommen,
kann ich mich anders entscheiden.

Am nächsten Abend fahre ich auf einen Parkplatz, der sich in
der Nähe des Hotels befindet. Ich bleibe im Hintergrund.

Matthias steht mit einer Rose in der Hand am Eingang, roman-
tischer geht es nicht. Ob ich will oder nicht, diese Situation finde
ich total rührend. Sich zu verstecken, ist albern, also gehe ich ziel-
strebig in Richtung Hoteleingang. Matthias schaut in die andere
Richtung, die Rose dreht er nervös in seinen Händen. Sachte tippe
ich ihn auf die Schulter, ich habe das Klackern meiner Schuhe absichtlich unterbunden. Überrascht dreht er sich um und ein
Lächeln überzieht sein Gesicht. Er legt einen Arm um mich, sacht
und zögerlich.

„Ich bin froh, dass wir uns wiedersehen." Er sieht mich zärtlich
an und überreicht mir die Rose.

Solche Romantik-Duseleien bin ich nicht gewohnt, es macht
mich verlegen. Gott sei Dank kann ich es verbergen. Ich gebe

mich locker und sage ihm, dass ich mich auch freue, ihm wieder zu begegnen.

„Und das aus dem Grund, weil wir beide es wollen. Bisher waren unsere Treffen beide Male wegen anderer Gegebenheiten entstanden", sagt er und schaut mich intensiv an.

Ich halte seinem Blick stand und schaue in seine Augen, deren Ausdruck Freude verrät.

Wir gehen in das Restaurant des Hotels. Matthias hat einen Tisch bestellt. Ein ansprechendes Ambiente wartet auf uns. Zwei Gedecke mit kunstvoll gefalteten Servietten, geschmackvollem Geschirr und ein silberner Kerzenleuchter schmücken den Tisch. Die darin befindliche Kerze ist farblich auf die Servietten abgestimmt. In der Mitte steht ein Rosenstrauß, zu dem die in meiner Hand befindliche Blume offensichtlich gehört. Ich drehe mich zu Matthias um. „Sie sind ein Schatz. Es ist alles wunderbar und dieses Prachtstück werde ich jetzt zu den anderen Rosen stellen, damit sie noch lange schön bleibt."

Ich stecke die Rose mit einer übertriebenen Geste zu den anderen in die Vase.

Matthias grinst. „Sie sind wohl der mütterliche Typ?"

„Nein, das bin ich überhaupt nicht. Ich möchte, dass sie sich wohlfühlt. Am Schluss werde ich Ihr Geschenk wieder von den anderen trennen und sie mitnehmen."

„Um Gottes willen, nicht nur die eine, der ganze Strauß ist für Sie."

„Oh danke, dann nehme ich sie alle mit."

Nun lachen wir beide und das Eis ist gebrochen. Ich hoffe, das kindliche Gespräch hat ein Ende.

Wir setzen uns, Matthias stellt nach alter Benimmregel meinen Stuhl bereit. Mir kommt der abgegriffene Auto-Witz in den Sinn: *Wann hält ein Mann der Frau die Autotür auf?*

Na logisch, entweder ist die Frau oder das Auto neu.

„Ich denke, wir sollten einen Aperitif zu uns nehmen. Was möchten Sie trinken, Anne?"

Spontan fällt mir Sherry ein. Ich habe seit einer Ewigkeit keinen getrunken. Die Unsicherheit, die ich verspüre, erstaunt mich. Meine Stimme lässt diese kleine Schwäche aber nicht nach außen dringen.

„Ich denke, ein Sherry wäre das Richtige." Matthias nickt zufrieden und gibt dem Kellner ein Zeichen.

„Anne, ich möchte gern etwas aus Ihrem Leben hören. Aber zuerst erzählen Sie mir bitte, wie Sie und Hans sich gefunden haben. Weshalb wollte er nach den vielen Jahren wieder Kontakt zu meiner Großmutter aufnehmen? Sagen Sie mir jetzt nicht, er hätte plötzlich sein unmögliches Verhalten bereut. Elena hat ihn abgöttisch geliebt. Ich habe sie oft weinen hören. Als sie sich entschloss, dieses Drama zu beenden, war ich vorerst froh. Jedoch begann danach erst recht eine schreckliche Zeit für meine Großmutter. Ich habe erlebt, wie sie weiterhin gelitten hat. Das ist der eigentliche Grund für mich, Hans nicht zu mögen. Ich hoffe, Sie können meine Gefühle verstehen."

„Sicher kann ich das, besser als Sie glauben. Es gab viele Diskussionen zwischen Hans und mir. Wir haben Abende lang über dieses Thema gesprochen. Denken Sie jetzt nicht, ich will ihn in Schutz nehmen. Ich habe ähnliche Erfahrungen gemacht, wie Ihre Großmutter sie durchlebt hat. Sie sollten nicht unbedingt die Schlussfolgerung ziehen, dass ein solcher Typ ein schlechter Mensch ist. Wenn Sie ihn als Freund betrachten, kommen die negativen Aspekte nicht zum Tragen. Begegnet ‚Frau' allerdings einem solchen Mann, sollte sie lieber die Finger von ihm lassen. Er ist bindungsunfähig."

Du hältst hier einen nicht freundlichen Vortrag über Männer, flüstert meine innere Stimme. Unruhe überträgt sich vom Kopf auf meinen Körper. Ich bewege mich hin und her, bis meine Tasche von der Armlehne auf den Boden rutscht. Unelegant verschwinde ich unter dem Tisch, um sie wieder an Ort und Stelle zu bringen.

„Was ist denn jetzt passiert?", höre ich Matthias' Stimme. „Meine Tasche hat sich selbstständig gemacht."

Mit hochrotem Kopf tauche ich wieder auf und fahre mit meiner Rede in der gleichen Weise fort.

„Durch ständig neue sexuelle Abenteuer werden solche Männer fantastische Liebhaber. Sie kennen die Vielfalt des weiblichen Körpers und wissen genau, was zu tun ist. Wichtig für sie sind Aspekte wie: kein Alltag, ständige Abwechslung, interessante Frauen und die Freiheit tun zu können, was immer ihnen gefällt. Das Ganze natürlich ohne Rücksicht auf die Frauen, die sich gerade in ihrem Bannkreis befinden. Und das sind in der Regel mehrere auf einen Streich."

Mein Gott, Anne, kannst du solche Diskussionen denn nie sein lassen?

Matthias schaut mich verblüfft an. Ist er jetzt sprachlos?

„Anne, was erzählen Sie mir gerade. Das sind ja total männerfeindliche Worte."

„Nein, die Aussage ist nicht männerfeindlich, sie ist realistisch. Ich wundere mich auch nicht über Ihre Reaktion, denn ich vermute, Sie gehören zu den Männern, deren Denk- und Handlungsweise eine ganz andere ist. Glauben Sie mir, ich weiß, wovon ich rede."

„Das habe ich schon verstanden, möchten Sie mir dazu eine nähere Erklärung geben?"

„Ich denke, heute muss ich diese Bitte abschlagen, es ist noch nicht der passende Zeitpunkt. Um darüber zu reden, müsste ich Ihnen Teile meines Lebens präsentieren."

Der Kellner bringt den Sherry, wir stoßen an und jeder ist in seine Gedanken versunken. Ich war vielleicht zu offen und mit der Antwort auf seine Frage zu schroff. Aber Matthias kann nicht von mir erwarten, dass ich nach dieser kurzen Zeit intime Dinge von mir gebe.

„Ich hätte noch einen Zusatz zu meiner Ausführung."

Matthias schaut mich interessiert an.

„Wenn solche Typen alt werden, sind sie zahm, wie schnurrende Kater. Es tut ihnen alles leid, was sie den Frauen angetan haben. Sie wissen, dass ihr ausschweifendes Leben für immer vorbei ist und manche kommen doch tatsächlich noch zur Vernunft. Es ist nur verdammt zu spät."

„Anne, nun ist es aber gut. Sie reden sich komplett in Rage. Sie haben doch schon festgestellt, dass nicht alle Männer so sind.

Der Kellner hat längst die Speisekarte gebracht und ich sollte endlich mit diesem Thema Ruhe geben.

Also nehme ich die Karte zur Hand und blättere wahllos darin herum.

Ich fordere Matthias auf, von sich zu erzählen. Das ist jetzt die einzige Möglichkeit, mein Gemüt zu beruhigen.

Er lächelt und meint, es gäbe nichts Interessantes in seinem Leben.

„Ich habe mich viel um meine Großmutter gekümmert und es gab noch den Job. Das hat mich ausgelastet und zufrieden gemacht."

„Haben Sie nie eine Partnerin gehabt?"

„Ich war nicht verheiratet, wenn Sie das meinen. Natürlich gab es Frauen in meinem Leben, aber die Traumfrau ist nicht dabei gewesen."

„Also sind Ihnen alle weiblichen Wesen davongelaufen?"

„Es gab einige, die mit mir nicht leben wollten, von den anderen habe ich Abschied genommen. Sie entsprachen nicht meinen Vorstellungen."

Der Kellner kommt, um die Bestellung aufzunehmen. Ich habe die ganze Zeit in der Speisekarte hin und her geblättert, ohne zu wissen, was ich essen möchte. Jetzt muss ich mich entscheiden. Mein Finger liegt gerade auf einer Zeile der Karte.

„Ich entscheide mich für ‚Entenbrust rosa gebraten, Rotweinjus, Selleriepüree und Gnocchi'." Matthias gibt ebenfalls seine Bestellung auf.

Der Kellner möchte wissen, ob ein Nachtisch gewünscht wird. Matthias schaut mich fragend an. Ich schüttele mit dem Kopf. „Später vielleicht", sagt er und der Kellner entfernt sich.

Matthias setzt unsere Unterhaltung nahtlos fort.

„Hören Sie, Anne, das Gespräch gefällt mir nicht. Der Eindruck, den Sie durch diese Unterhaltung von mir bekommen, läuft in eine verkehrte Richtung. Ich habe vorrangig für meinen Beruf alle Kräfte aufgebraucht, eine Familie hätte keinen Platz gefunden. Das wäre nur mit der richtigen Frau möglich gewesen und die gab es bisher nicht."

Wir schweigen.

Schließlich frage ich Matthias: „Zum heutigen Zeitpunkt ist es für eine Familie etwas zu spät oder rechnen Sie noch mit Kindern?"

„Gott bewahre, nein!"

„Verraten Sie mir Ihr Baujahr?"

Ich frage ihn ohne große Umschweife, jetzt lacht er mich schelmisch an.

„Schätzen Sie!", bekomme ich zur Antwort.

„1965, wäre das ungefähr richtig?"

„Genau richtig!"

„Okay, dann sind wir gleich alt!"

Matthias fixiert mich mit einem neugierigen Blick.

„Und ich möchte von Ihnen wissen, wie Sie zu Hans Köbbe und Hermann gekommen sind. Hans hat sich gerade jetzt an Elena erinnert, können Sie mir das erklären?"

„Durch unsere intensiven Gespräche ist der alte Mann auf den Sehnsucht-Trip nach seiner großen Liebe gekommen."

Matthias schaut auf den Tisch, seine Hände richten das Besteck zurecht, er legt die Serviette beiseite und schweigt. Die Stille ist mir unangenehm, deshalb versuche ich, weitere Erklärungen abzugeben.

„Ich habe eine schmerzliche Liaison genauso beendet, wie Ihre Großmutter es mit Hans getan hat. Deswegen hat mich der Mann

„Hans" in seiner Denkweise und seinen Gefühlen in puncto Liebe neugierig gemacht. Er ist inzwischen sehr alt und alles, was damals schiefgelaufen ist, sieht er heute in einem anderen Licht. Für mich ist diese Geschichte ein paralleles Beispiel. Ich kann Schlussfolgerungen ziehen, indem ich die Gedanken und Erfahrungen von Hans für mein Verstehen nutze. Auch deswegen habe ich Hans angeboten, Elena zu suchen. Ich wäre glücklich gewesen, Elena lebend anzutreffen."

„Jetzt kann ich verstehen, warum Sie meine Großmutter gerne kennengelernt hätten. Glauben Sie, es wäre eine Freundschaft entstanden?"

„Genau diesen Gedanken hatte ich."

Matthias sieht mich fragend an, als könnte er meine Gefühle nicht nachvollziehen. Ich lasse mich nicht aus dem Konzept bringen und rede weiter.

„Als Hans und ich die ersten Male miteinander korrespondierten, sah es so aus, als würde keine Veranlassung bestehen, in Verbindung zu bleiben. Unser gemeinsames Ziel war Hermann, also fuhren wir zusammen nach Hamburg. Die intensiven Gespräche mit ihm abends im Restaurant des Hotels verbanden uns freundschaftlich miteinander. Wie ich Ihnen schon erzählte, blieb es nicht aus, dass wir uns private Dinge anvertrauten. Ihre Großmutter spielte eine wichtige Rolle dabei. Ich hatte den Wunsch, dem alten Mann eine Freude zu bereiten. Also schlug ich vor, nach Elena zu suchen."

Meine Emotionen kochen über und ich kann den Abend und Matthias nicht richtig genießen. Er legt seine Hand auf meinen Arm und bittet mich, unser Gespräch nach dem Essen weiterzuführen.

„Ich habe alles gesagt, was zu diesem Thema zu sagen ist. Nach dem Essen sind Sie dran."

Bei diesen Worten schaue ich ihn gespannt an und er nickt mit einem Lächeln.

Matthias hatte mich zwischendurch nach meinem Weinwunsch mit der Bemerkung, ob rot oder weiß, gefragt. Ich muss automatisch geantwortet haben, der Kellner serviert einen exzellenten Rotwein. Ich wende mich an Matthias und erhebe die Hand.

„Sie wissen, dass ich mit dem Auto hier bin. Wenn Sie nett sind, möchte ich bitte noch ein Wasser. Ich werde den Wein nur kosten."

Mein zufällig gewähltes Essen schmeckt ausgezeichnet. Die Entenbrust ist zart und lecker. Selleriepüree habe ich noch nie probiert, es überrascht mich positiv. Selbst die Gnocchi überzeugen meinen Gaumen. Das Ganze ist professionell angerichtet und ein Genuss.

Matthias ist schweigsam. Die einzige Konversation besteht darin, dass er von mir wissen möchte, ob ich zufrieden bin. Ich nicke und stelle ihm die gleiche Frage. Er lächelt und gibt einen zustimmenden Laut von sich.

Der Abend verläuft nach einer Weile doch noch locker und ohne Verlegenheitspausen. Ich halte mich allerdings zurück und lasse Matthias reden. Außer seinem interessanten Job als Jurist, hat er nicht gerade viele Höhepunkte in seinem Leben zu bieten. Ich habe den Eindruck, dass er mit seiner Arbeit verheiratet ist.

„Langsam muss ich mich von Ihnen verabschieden. Morgen ist für mich ein anstrengender Tag", lasse ich ihn wissen.

„Vielleicht haben Sie übermorgen Zeit für mich. Ich habe mich sachkundig gemacht und würde gern den Wörlitzer Park besuchen, wenn ich nun einmal in dieser Gegend bin. Sie hätten auch frei, oder müssen Sie samstags arbeiten?"

„Nein, das muss ich nicht. Sie haben geplant, länger hierzubleiben?"

„Anne, wollen wir nicht das alberne ‚Sie' abschaffen? Es passt gut. Wir haben noch Wein in Reserve, Sie können zur Besiegelung unseres ersten Dates ruhig noch einen kleinen Schluck trinken."

Er nimmt auch schon die Flasche zur Hand und schenkt uns beiden ein. Wir stoßen an und die Sache ist besiegelt. Ich hatte mich schon gefragt, ob die unpersönliche Form der Anrede für den Rest unserer Bekanntschaft gelten soll. Aus einem Gefühl heraus wollte ich nicht den Anstoß für eine Änderung geben.

„Anne, ich trinke auf uns beide und hoffe, dich bald wiederzusehen."

„Zum Wohl auf uns beide, Matthias", gebe ich zur Antwort.

Matthias lässt es sich nicht nehmen, mich zum Auto zu begleiten.

„Wir werden uns übermorgen wann und wo treffen?", will er von mir wissen.

Ich überlege kurz und sage ihm, dass ich 15:00 Uhr hier auf dem Parkplatz sein werde. Nun noch eine artige Umarmung, bei der ich viel Zärtlichkeit spüren kann.

„Ehe ich es vergesse. Ich stehe übermorgen um 15:00 Uhr mit meinem Auto hier. Es ist selbstverständlich, dass ich fahre. Außerdem tauschen wir unbedingt unsere Handynummern aus, damit wir sofort reagieren können, wenn sich etwas ändern sollte. Ich habe nur deine Festnetznummer, das ist manchmal unpraktisch."

Er schaut mich dabei mit einem sexy Blick an und lächelt.

Ich nehme einen Stift aus meiner Jackentasche und angle nach seiner Hand, auf der ich meine Handynummer krakelig platziere. Er schaut mir belustigt zu. Dann steige ich in mein Auto und brause von dannen. Irgendwie mischt Matthias mich auf.

Mein nächster Arbeitstag lässt nicht viel Freiraum für private Gedanken, aber gelegentlich halte ich in meiner Arbeit inne und denke an den gestrigen Abend. Morgen soll es nach Wörlitz gehen. Das Wetter wird laut Information auf meinem Smartphone optimal.

In meiner Erinnerung taucht ein altes Weihnachtsgedicht für Kinder auf, in dem die Zeit zu langsam vergeht. Als kleines Mädchen habe ich die Strophen voller Inbrunst aufgesagt. Damals gewünscht und heute genauso ungeduldig? Ich kann mich nur noch an den Refrain erinnern: ‚Ach wären die Stunden so kurz wie Sekunden'. Heißt das jetzt, ich möchte Matthias wiedersehen?

Ich genieße jede einzelne Stunde und freue mich auf ein weiteres tolles Erlebnis. Diese Philosophie versuche ich, als meine Lebensmaxime zu verinnerlichen und jeden Tag wie ein Geschenk zu betrachten.

Es ist so weit und ich stehe verloren auf dem Parkplatz. Ich bin eine Straßenbahn zu früh gefahren. Öffentliche Verkehrsmittel stehen nicht oft auf meiner Freizeitliste. Das Warten auf Bus oder Bahn nervt, wenn man nicht in einer Metropole lebt. Das entspricht nicht meinem Freiheitsdrang. Aber heute Abend möchte ich ein Glas Wein trinken.

Ehe ich meine Gedanken weiterspinne, fährt der Straßenkreuzer vor. Matthias steigt mit einem strahlenden Lächeln aus und kommt auf mich zu. Wieder eine sachte, fast erotische Umarmung.

„Ich freue mich, dich wiederzusehen", haucht er mir ins Ohr.

Ich bin entgegen meiner sonstigen Gewohnheit verlegen und weiß nicht, was ich darauf antworten soll.

Alles, was ich sagen kann, ist ein langweiliges 'Ich freue mich auch'.

Anne, was war das denn? Geht es nicht etwas gefühlvoller?

„Komm, steig ein, das Wetter könnte nicht besser sein und ich bin gespannt auf diesen tollen Park." Matthias geht zur Beifahrerseite und hält mir die Tür auf.

„Ich habe schon bisweilen von diesen Parkanlagen gehört. Wie im Internet zu lesen ist, werden Gondelfahrten angeboten. Das würde ich gerne mit dir tun. Ich stelle mir eine solche Fahrt auf dem Wasser romantisch vor, was meinst du?"

Während er den Wagen startet, schaut er zu mir herüber und wartet auf eine Antwort.

„Das ist es, aber wenn viele Leute im Kahn sitzen, kann es ungemütlich werden. Das ist in der Regel bei schönem Wetter der Fall. Es macht aber nichts, die romantischen Eindrücke musst du dann mit vielen Menschen teilen. Wir können hinterher noch eine Runde spazieren gehen. Es gibt viele Möglichkeiten, die Anlage ist weitläufig genug, um stundenlang seine außergewöhnliche Schönheit zu genießen und ständig Neues zu entdecken."

„Können wir im oder am Park zu Abend essen? Das wäre perfekt."

„Wir haben mehrere Restaurants zur Auswahl."

„Gut, dann lade ich dich ein, wenn du nichts dagegen hast."

„Okay, ich bin zu jeder Schandtat bereit."

Matthias hat einen USB-Stick mit seiner Lieblingsmusik, die er im Auto hört. Das ist eine Gemeinsamkeit zwischen uns. Seine Songs sind aus den Achtzigerjahren, darauf scheint er zu stehen. Für mich ist es der Anfang meiner aktiven Zeit, nicht schlecht.

„Oder soll ich lieber das Radio anstellen?", fragt er mit einem besorgten Blick.

„Nein, ich finde es toll, wenn alte Erinnerungen meine Sinne mit allen Emotionen umgeben."

Matthias schmunzelt vor sich hin.

Es dauert nicht lange und wir sind am Ziel. Wie erwartet, laden das Wochenende und das Super-Wetter viele Menschen zu Spaziergängen oder Gondelfahrten in die Wörlitzer Anlagen ein. Der Parkplatz lässt auf eine Menge Besucher schließen. Ich kann von Weitem erkennen, dass die Gondeln heute ein beliebter Zeitvertreib sind. Es tummelt sich eine beträchtliche Menschentraube auf dem Vorplatz.

Matthias hat es ebenfalls entdeckt.

„Wir sollten erst einen Spaziergang unternehmen, so umgehen wir die Ansammlung der unternehmungslustigen Leute, die auf das Wasser möchten. Beim Laufen verliert sich sicher einiges."

Ich bin einverstanden, denn ich sehe das genauso. Wir schlendern los.

Ich bleibe stehen und wende mich ihm zu. „Möchtest du etwas über die Geschichte der Entstehung des Parks erfahren? Ich denke allerdings, dass du dich ausführlich mit diesem Thema befasst hast und ich demzufolge weniger weiß, als du."

„Ich könnte fies sein und einen Test über dein Wissen starten", sagt er.

Nach einer Weile fügt er hinzu: „Es ist, wie du festgestellt hast, ich habe mich in groben Zügen informiert, das reicht mir aus. Tiefer einzusteigen, ist nicht nötig."

Wir gehen in Richtung Schloss, welches erst vor Kurzem nach einer langen Sanierungs- und Renovierungsphase wieder zur Besichtigung freigegeben wurde. Anhand des Flyers, den wir am Eingang des Parks mitgenommen haben, wählen wir die Runde, die uns einen kleinen Teil des Parks zeigt. Alles an einem Tag zu schaffen, ist nicht erstrebenswert, die vielen verschlungenen Wege würden den Spaziergang zu einem Gewaltmarsch werden lassen.

Matthias sucht nach meiner Hand. Ich erschrecke, eine solche Geste habe ich Ewigkeiten nicht erlebt. Er berührt mich ganz sacht. Hat er Angst, ich könnte meine Hand zurückziehen? Ich muss diese Situation verarbeiten. Wir schweigen beide. Nichts zu sagen, ist in meinen Augen noch nerviger, das Gedankenkarussell arbeitet auf Hochtouren. Ich versuche, das Gespräch wieder aufleben zu lassen.

„Erzähle mir von deiner Arbeit. Es interessiert mich, was du im Einzelnen zu schaffen hast", fordere ich ihn auf.

„Das ist langweiliger Stoff für jemanden, der damit nichts zu tun hat. Ich würde dir lieber private Dinge von mir erzählen."

„Das ist ja noch besser, ich höre dir gern zu."

„Du hast sicher von Hans einiges gehört. Ist er der Meinung, ich sei ein sensibles Kind gewesen? Das hieße, ich hätte mich zum Weichei entwickelt."

Matthias schaut mich herausfordernd von der Seite an. Er wartet auf eine Antwort, die ich ihm nicht unbedingt freiwillig gebe.

„Ja, Hans hat über dich gesprochen, aber nie herablassend, wie du es mir herüberbringen willst. Die Aussage mit dem sensiblen Kind stimmt. Aber deine Schlussfolgerungen sind nicht richtig. Er schätzt dich und ist traurig darüber, dass er keinen Zugang zu dir findet. Allerdings nimmt er dir diese Tatsache nicht übel, weil er weiß, dass er selbst die Schuld daran trägt."

„Das hat er von sich gegeben?"

„Sinngemäß, nicht mit den gleichen Worten. Was denkst du, was er für ein Mensch ist? Er hat deiner Großmutter weh getan, das ist die eine Seite der Medaille. Allerdings gibt es noch viele Charaktereigenschaften, die einen Menschen als solchen ausmachen. Ich kann bei ihm eine positive Ader entdecken. ‚Frau' darf ihm nicht als Geliebte zwischen die Finger geraten, dann spürt sie den eventuell einzigen negativen Zug an ihm. Aber du kannst es als Fakt hinnehmen, auf seine Weise hat er Elena vergöttert."

Matthias sieht mich ungläubig an, trotzdem nickt er und meint, er wolle die längst vergangenen Dispute begraben.

„Dann sind wir einer Meinung. Aus dir ist ein gestandener Mann geworden, das heißt, es ist alles zur Zufriedenheit gelaufen."

Eine Weile herrscht wieder Schweigen zwischen uns. Durch meine letzten Worte geht mir die Erzählung von Hans durch den Kopf. Das Eingreifen von Elena hat es ermöglicht, dass der kleine Matthias eine normale Entwicklung durchlaufen konnte. Noch in meinen Gedanken gefangen, rede ich unüberlegt weiter. „Dein Vater hat sich nicht nett benommen. Egal, wie er zu deiner Mutter stand und es ist auch egal, wer sie war. Dich hätte er nie im Stich lassen dürfen."

Jetzt habe ich an einem kritischen Punkt gekratzt, ich würde es liebend gern ungeschehen machen, aber der Stein ist ins Wasser geplumpst und die Wellen sind nicht zu vermeiden. Ich ärgere mich über mein loses Mundwerk, weil es mich nichts angeht. Matthias schweigt und lässt mich zappeln. Ich wollte ihm nicht wehtun.

Wir gehen durch die wunderschöne Natur, keiner nimmt das Gespräch wieder auf. Ich überlege, wie ich meinen Fauxpas wenigstens ansatzweise ausbügeln kann.

„Entschuldige bitte, ich spreche Dinge an, von denen ich keine Ahnung habe und vor allem gehen sie mich nichts an."

„Ist schon gut! Ich weiß, Hans hat geplaudert und dir gehen die Emotionen durch. Aber es ist alles viel komplexer. Ich bin froh, eine tolle Großmutter gehabt zu haben. Was wäre ohne sie aus mir geworden? Hans hat sicher erzählt, dass ich eifersüchtig auf ihn war. Natürlich wollte ich Elena mit niemandem teilen. Er hat es mir nicht leichtgemacht. Wie zuvor erwähnt, lassen wir die alten Dinge ruhen, niemand kann daran noch etwas ändern."

Wir kommen gerade in einen verschwiegenen Seitenweg.

Matthias zieht mich sacht in diese Richtung, dreht mich zu sich und küsst mich zärtlich ohne jegliche Vorwarnung.

„Bleiben wir jetzt bitte bei uns beiden und der Zukunft, ich würde gern ohne Vergangenheit diesen Tag genießen."

Er ergreift meine Hand, wir bleiben stehen, er lächelt mich an und setzt seine Rede fort.

„Wir haben inzwischen eine Riesenstrecke bewältigt.

Vielleicht sollten wir noch einmal bei den Gondeln nachschauen und anschließend zeigst du mir das beste Restaurant in der Nähe."

„Aye, Aye Sir, so machen wir das!"

Von der Gondelfahrt ist Matthias begeistert. Wir betrachten aufmerksamer die Schönheiten der Natur und die vom Wasser auszumachenden Sehenswürdigkeiten. Die Ausführungen des Gondoliere bringen uns das Hintergrundwissen nahe, welches wir uns vor ein paar Stunden nicht gegenseitig abfragen wollten. Das Garten-Kunstwerk ist durch menschliche Hand entstanden und in seiner faszinierenden Schönheit wirkt es auf mich wie eine wunderbare Kreation der Natur.

Der Blick vom Wörlitzer See und den Kanälen ruft Bewunderung über das Zusammenspiel von Natur und Kunst hervor. Die Gondel gleitet in der Stille dahin, unterbrochen von romantischem Vogelgezwitscher.

Später führe ich Matthias in mein Lieblingsrestaurant. Es befindet sich am Rande des Parks. Wir speisen fürstlich und unsere Gespräche haben inzwischen alltägliche Themen zum Inhalt. Er ist von meiner Auswahl des Restaurants begeistert und ich sehe eine Übereinkunft unserer Gemüter.

„Anne, ich möchte, dass wir uns öfter sehen. Auch wenn zwischen uns viele Kilometer liegen, sollte eine nähere Bekanntschaft möglich sein. Wir sind beide in unseren Jobs streng eingebunden, aber ich habe den festen Willen, dich mit allem Drum und Dran kennenzulernen. Ich fühle mich zu dir hingezogen. Vielleicht ist es auch mehr, das wäre mein Wunsch."

Er legt seine Hand auf meine und schaut mir tief in die Augen.

„Ich würde gern mit dir ins Hotel fahren und eine Flasche Wein trinken, bist du einverstanden? Ich kann dich später nach Hause fahren."

Was soll das jetzt werden? Ich bin von dem Vorschlag überrumpelt. Ich kann nicht einschätzen, was er mir damit anbieten will. Es passt nicht zu seinem korrekten Charakter. Oder soll es ein Test sein? Meine Antwort liegt schon auf der Zunge.

„Das kannst du aus zwei Gründen nicht! Zum einen hast du später unter diesen Bedingungen Alkohol im Blut und zum anderen fahre ich genau deshalb mit der Straßenbahn."

Mich trifft ein irritierter Blick, aber letztlich gibt er mir recht. Er bringt mich zur Haltestelle und wir verabschieden uns mit einem zärtlichen Kuss.

Ich sitze in der Straßenbahn und fahre nach Hause. Der Tag und besonders der Abend waren denkwürdig und trotzdem wunderschön. Ich habe Matthias provoziert und versucht, seine

Wünsche zu erforschen. Es ist mir nicht gelungen. Er scheint einiges mit Frauen durchgemacht zu haben und ist allein geblieben. Wer, wenn nicht ich, kann es verstehen, dass mancher Mann ungebunden sein möchte? Aber das ist bei ihm nicht der Punkt. In Wahrheit sehnt er sich nach Nähe und Geborgenheit, jedenfalls glaube ich das. Der Wunsch, ständig zusammen zu sein, könnte mein Problem werden. Er ist mir sympathisch, das macht die Sache kompliziert. Ganz vorsichtig habe ich ihm versucht zu erklären, dass ich seit dem Tod meines Mannes allein leben möchte. Allerdings lehne ich eine feste Beziehung nicht ab. Für mich ist es kein Widerspruch. Matthias erklärte mir, dass er mit der richtigen Frau zusammenleben möchte. Solange seine Großmutter gelebt hat, war es in Ordnung, die Frauen als nette Unterhaltung zu betrachten. Er hatte Zeit, auf die Traumfrau zu warten. Die Prioritäten haben sich verschoben, er ist inzwischen mutterseelenallein.

Das viele Grübeln macht mich müde, ich darf meine Station nicht verpassen. Ich fahre nicht oft mit öffentlichen Verkehrsmitteln, aber gelegentlich lässt es sich nicht vermeiden. Ich hatte damit gerechnet, etwas Wein zu genießen, also blieb mein Baby in der Garage. Das ‚etwas‘ kann ich streichen.

Mit klaren Gedanken habe ich heute Abend Probleme, aber egal, ich bin gleich zu Hause und schnell im Bett.

In der Nähe meines Hauses gibt mein Smartphone den Ton von sich, der eine Mail ankündigt. Das kommt in der letzten Zeit nicht mehr häufig vor, weil ich alle unmöglichen Werbedinger unterbunden habe und privat wird nur noch per WhatsApp korrespondiert. Empfangen kann ich nur über WLAN, das im Moment gerade zur Verfügung steht, ich bin nah genug dran. Also eine Mail vom Anbieter? Das hat Zeit, bis ich in Ruhe nachschauen kann.

Inzwischen stehe ich in meiner Küche und denke, ich sollte mir einen starken Kaffee kochen, um den Wein zu neutralisieren. Im Moment geht es mir gut, aber morgen früh?

Also koche ich Kaffee. Mein geliebter Cappuccino würde mir im Moment nicht aus der Patsche helfen. Da fällt mir die Mail wieder ein. Ich durchwühle meine Tasche, kann aber kein Smartphone finden. Ruhig, es hat sich gemeldet, dann ist es auch da. Immer sorge ich mich, mein Spielzeug zu verlieren. Es ist nicht in der Tasche, sondern in meiner Jacke! Mein Gott, bin ich betüdelt. Nun mal schauen.

Nein!

Das will ich jetzt nicht wissen, aber alle Alarmglocken läuten! Es ist eine Mail von Michael. Ich benötige eine geraume Weile, um diese Information zu verkraften.

Früher ist ,Frau' in Ohnmacht gefallen. Aber sicher auch nur im Beisein anderer Personen. Für mich gibt es im Moment keinen Anlass, theatralisch zu reagieren, ich bin allein.

Ich sollte sie lesen, diese Mail, aber es ist ein unmöglicher Augenblick. Ich versuche sie zu öffnen, was etwas schwierig ist, weil ich doch im Moment mein Passwort nicht im Kopf habe. Welches war es denn nun? Endlich fällt es mir ein.

Nun kann ich lesen, was Michael mir zu sagen hat.

Liebe Anne,
ich möchte Dir alles Gute wünschen, wenn Du auch lange nichts von mir gehört hast. Ich bitte Dich einfach um ein ,Lebenszeichen'. Ein wenig mache ich mir Sorgen, ob es Dir gut geht und ob Du noch Interesse an der Aufrechterhaltung unseres Kontaktes hast. Gleich, wie es ist, bitte lass mich nicht im Ungewissen. Und wenn Du inzwischen das gefunden hast, was Du suchst, dann sage es mir. Es würde mich traurig machen, wenn es so wäre, die Zeit mit Dir hat mir unvergessliche Erlebnisse gebracht, aber wenn es Dir jetzt besser geht, dann freue ich mich für Dich und möchte Dir viel Glück wünschen! Ich warte auf Deine Antwort, wie sie auch ausfällt.
Ich wünsche Dir alles Gute
Michael

Ich starre auf diese Zeilen und weiß, dass er nur die Gewissheit haben möchte, ob wir uns noch einmal gegenseitig ausprobieren könnten.

Die Antwort, die ich vorbereitet hatte, schlummert immer noch im Ordner ‚Entwürfe'. Nach diesen Zeilen von ihm hätte niemals die Gefahr bestanden, dass ich einen Gedanken daran verschwende, eine ‚Nichtbeziehung' von vorn zu beginnen. Es bleibt für mich die Frage, sende ich ihm jene Mail oder schweige ich für immer. Letzteres würde ihn mehr treffen. Aber es reizt mich, ihm noch einmal alle Dinge aufzutischen, die mich gestört haben.

Ich werde den Entwurf lesen und dann entscheiden. Also öffne ich den Ordner und studiere genau, was ich vor längerer Zeit geschrieben habe. Damals wusste ich nicht, ob diese Zeilen jemals auf die Reise gehen werden.

Hallo Michael,

sagtest du nicht, du wolltest dich ändern? Zum Abschluss unserer ‚Nichtbeziehung' sah es danach aus.

Deine letzten beiden Mails sind von mir nicht beantwortet worden, ich hatte meine Gründe. Für mich ist es keinesfalls verwunderlich, eine Ewigkeit nichts von dir gehört zu haben. Aber glaube mir, es ist okay. Ich bin überzeugt, dass du dich nach wie vor mit neuen Ladys vergnügst. Aus welchem Grund solltest du dein Leben ändern?

Es gab Momente, in denen ich geglaubt habe, mit deiner Art klarzukommen, mich zur Mrs. Nobody zu stempeln.

Weit gefehlt.

In der Vergangenheit gab es meinerseits nicht nur einen Abschiedsbrief. Es folgte die Versöhnung und erneut begann eine wahnsinnig erotische Zeit. Der Ablauf war immer der Gleiche.

Es ist richtig, einen gemeinsamen Alltag hätte es für uns beide nie gegeben, auch allzu häufiges Sehen wäre tödlich gewesen.

Meine Devise war und bleibt, keiner von beiden muss seine Freiheit aufgeben. Aber sie hat Grenzen und ich komme damit nicht zurecht, wenn du noch andere Frauen nebenbei vögelst. Du kannst mir hundert Lügen auftischen, ich sei etwas Besonderes. Das bin ich nicht, schon gar nicht für dich.

Ich möchte nicht darauf warten, dass du mir eines Tages den Laufpass gibst.

Und deshalb habe ICH die Tür zwischen uns zu einem Zeitpunkt geschlossen, an dem du es am wenigsten erwartet hast. Was soll ich mit einem Mann, dem ich nichts bedeute?

Ich bin dir nicht böse.

Es werden definitiv meine letzten Worte an dich sein, die dich nur erreichen, weil du dich noch einmal an mich erinnert hast, oder war es nur deine Begierde? Ganz vergessen sind unsere gemeinsam erlebten Traumzeiten und das Eintauchen in eine sinnliche Scheinwelt für dich wohl doch nicht?

Für mich schon.

Anne

Ich weiß nicht, ob ich den Klick zum Senden aktivieren soll, aber wenn der Alkohol so manche Hürde als nicht relevant erscheinen lässt, handelt Anne manchmal spontan.

Ich drücke und es ist entschieden. Sofort meldet sich meine innere Stimme, die mit mir nicht einer Meinung ist.

Ungewissheit wäre besser. Zu spät, Anne, du lernst es nie. Nun höre auf zu denken.

Ich gehe jetzt lieber in mein Bett, ehe ich noch mehr Blödsinn anstelle.

Es sieht aus, als könnte ich mit Matthias ein neues Kapitel in meinem Leben aufschlagen und dafür kann ich meine Gedanken und Gefühle verschwenden.

Mein Smartphone meldet sich mit einem nicht zugewiesenen Ton. Eine WhatsApp von Matthias. Er wünscht mir eine gute Nacht und bedankt sich für den wunderschönen Tag. Ich antworte ihm und bin heilfroh, dass er mir über den Weg gelaufen ist. Ohne ihn hätte ich nicht die Courage gehabt, Michael abzuservieren.

Auch wenn ich jetzt noch nichts über die weitere Entwicklung dieser Bekanntschaft sagen kann, würde ich mir wünschen, dass Matthias und ich den Weg zueinander finden. Es ist an der Zeit, dass endlich wieder Ruhe und Normalität in mein Leben einzieht.

12

An den Abenden versuche ich, Hans nicht zu vernachlässigen. Ich sehe ihn in Gedanken in seinem Sessel sitzen und warten. Seine Hand ist bereit, sofort zum Hörer zu greifen, wenn das Läuten des Apparates ertönt. An manchen Tagen kann ich es voraussehen, nicht pünktlich zu Hause zu sein. In dem Fall rufe ich schon vorher vom Handy aus an und sage ihm Bescheid.

Im Moment bin ich überfordert. Meine zeitraubende Arbeit, die Recherche im Internet wegen meines Schwiegervaters und eine sich anbahnende Freundschaft mit Matthias. Oder wie soll ich diese Situation bezeichnen? Es kann schließlich alles oder nichts werden. Von seiner Seite erkenne ich eine Art aufkeimende Euphorie, ich will hingegen die Fehler der Vergangenheit nicht wiederholen. Jetzt habe ich die Gelegenheit, die Dinge cool anzupacken und alles mit Vorsicht zu genießen. Matthias ruft jeden Tag an, er hat mir auch wieder einen wunderschönen Rosenstrauß geschickt und er möchte mich unbedingt bald wiedersehen. Das sind ernst gemeinte Zeichen für sein Interesse an der positiven Entwicklung unserer Beziehung. Ich sollte es nicht hinterfragen und mein Misstrauen fallen lassen.

Das Telefon schreckt mich aus meinen Gedanken, Hans setzt einen Hilferuf ab, Hermann liegt im Sterben. Alle vorhergehenden Sorgen und Befindlichkeiten werden null und nichtig.

„Anne, Sie müssen sich beeilen, er wird seine Augen nicht schließen, ohne sich von Ihnen verabschieden zu können."

Das verstehe ich nicht, welche Veranlassung gibt es für ihn, eine solche Bitte an das Schicksal zu stellen. Wir beide kennen uns noch nicht lange. Aber ich spüre es auch, wir haben eine innere Bindung zueinander, die nicht zu erklären ist. Ich fühle mich durch seinen Wunsch in den Bann gezogen. Die beiden alten Männer warten auf mich.

Es klingt verrückt, aber für Hermann gibt es auf der Welt nur zwei Menschen und das sind Hans und ich. Er hat uns einen Teil seines Lebens erzählt, aber nicht seine Seele ausgebreitet. Wir beide sind sein Strohhalm und er möchte, dass wir ihn beim Sterben begleiten. Genau diese Worte hat er zu Hans gesagt. Findet er mit uns seinen Frieden nach einem erfüllten oder eher verpatzten Leben? Ich weiß den Fortgang seiner Geschichte nicht, die körperliche Schwäche am Ende seiner Tage hat ihm die Kraft für lange Erzählungen verwehrt. Vielleicht weiß Hans mehr, oder der Inhalt des Diariums ist der Schlüssel für die Antworten aller Fragen?

Wann ist er nach Deutschland zurückgekommen? Ist seine große Liebe, die jenes französische Mädchen aus Oresmaux ohne Frage war, seine Frau geworden? Für mich gibt es noch viele Fragen zu seinem Leben.

Ich laufe ziellos in meinem Haus umher und versuche, Ruhe zu bewahren. Hans und ich haben diese Situation schon lange befürchtet. Wir haben fast täglich darüber gesprochen und doch jagt mir die Mitteilung einen Riesenschrecken ein. Die Wirklichkeit mit ihren profanen Organisationspflichten holt mich schnell ein. Ich melde sofort einen ungeplanten Urlaub an, informiere meine Vertretung auf der Arbeit und packe meine Reisetasche. Mir stehen die Tränen näher, als alles andere und nichts kann mich von meinem Vorhaben abbringen.

Hoffentlich schaffe ich es noch, mich von Hermann zu verabschieden. Das ist im Moment meine größte Sorge.

Ich rufe Matthias an. Er ist erstaunt, dass ich die Initiative ergreife und ihn sprechen möchte.

„Ich freue mich, deine Stimme außerhalb unserer Zeit zu hören. Ich hoffe, es hat keinen negativen Grund."

„Oh doch, das hat es! Aber du brauchst nicht zu erschrecken, es hat nichts mit uns zu tun. Ich habe dir die Geschichte mit den beiden alten Herren erzählt. Jetzt liegt Hermann in Hamburg im Seniorenheim und wird bald für immer seine Augen schließen. Ich muss unbedingt dorthin, er hat keine Angehörigen. Für ihn ist es wichtig, dass Hans und ich in seiner schweren Stunde bei ihm sind. In diesem Zusammenhang wollte ich dir nur erzählen, dass ich ein wenig in deine Nähe rücke. Vielleicht können wir uns sehen."

Ich bin gespannt auf Matthias' Antwort. Wird er es einrichten können? Aber auch ich weiß nicht, ob es zeitlich passt. Er hüllt sich in Schweigen, also setze ich meinen Vorschlag fort.

„Für den Fall, dass wir beide uns sehen möchten, sind es über hundert Kilometer von Cuxhaven nach Hamburg. Vielleicht hast du keine Zeit für ein Treffen mit mir?"

Am anderen Ende der Leitung kommt immer noch kein Ton. Nach einer geraumen Weile meldet er sich, seine Stimme klingt, als würde er noch überlegen.

„In der Tat ist es im Moment schwierig, mich loszueisen, jedoch würde ich gerne die Gelegenheit wahrnehmen, dich zu sehen. Aber bitte ohne Hans! Ich versuche es auf jeden Fall und werde dir ein Rauchzeichen senden, wann und wo wir uns zum Abendessen treffen können. Da wir beide tagsüber beschäftigt sind, bleibt uns nur diese Möglichkeit."

„Okay, so können wir es machen!"

In Gedanken sehe ich Hans vor mir, der wahnsinnig traurig sein wird, wenn ich einen Abend nicht an seiner Seite sein kann. Andererseits hat er sicher Verständnis für unsere aufkeimende ‚Liebe'. Er wird mir verzeihen, wenn ich ihn allein lasse.

„Anne, bist du noch da? Ich verstehe nicht, warum dich dieser normale Fall des menschlichen Daseins so mitnimmt. Erstens ist Hermann ein uralter Mann und zum anderen kennt ihr euch noch nicht lange. Warum zieht dich diese Situation dermaßen herunter?"

„Ich glaube nicht, dass es eine Rolle spielt, ob ein Mensch ‚uralt' ist und ich glaube auch nicht, dass es eine Rolle spielt, wie lange sich zwei Menschen kennen. Es ist eine Frage der Intensität, mit der beide zueinanderstehen. Ich kann es nicht erklären, aber ich mag diese beiden alten Männer, als hätten wir unser ganzes Leben in bester Freundschaft miteinander verbracht. Im Gegenzug muss ich dir sagen, ich kenne viele Menschen jahrzehntelang, deren Schicksal mir nicht wichtig ist, wenn du verstehst, was ich meine."

Ich muss mich zusammenreißen, um nicht wütend zu werden.

„Gut, hören wir auf zu philosophieren, es bringt im Moment nichts", sagt Matthias.

„Ich muss jetzt meine Sachen packen und möchte morgen in aller Frühe losfahren, wir diskutieren ein anderes Mal weiter."

„Ich wünsche dir einen schönen Abend und eine erholsame Nacht!"

Was war das denn, ist Matthias etwa eifersüchtig? Sein abrupter Abschied war merkwürdig. Ich habe in diesem Moment allerdings keinen Sinn für belanglose Befindlichkeiten. Den Grund ahne ich, wenn Hans im Spiel ist, hat Matthias Probleme.

Der Verlauf meiner Nacht ist alles andere als optimal. Ich wälze mich von einer Seite auf die andere. Irgendwann schlafe ich doch ein. Mein Smartphone reißt mich mit seinem Wecker aus wirren Träumen, die mich glauben lassen, in der Nacht Horrorerlebnissen aus dem Weg gegangen zu sein. Mehr zerschlagen als erholt, steige ich aus den Federn und gehe unter die Dusche. Das ist Aufwachen pur. Ich bin jetzt frisch und munter und kann meine Fahrt ohne Probleme antreten. Ein Glück, dass ich das Auto gerne mit meiner Couch vergleiche.

Ich höre flotte Musik, das Wetter ist schön, nur meine Gedanken sind traurig. Mein Auto benötigt kein Navi, ich bin diese Strecke in der letzten Zeit oft genug gefahren. In fünf Stunden werde ich am Ziel sein. Es geht flott voran, bis auf diese blöden Geschwindigkeitsbegrenzungen auf der A10 und der A24.

Unterwegs rufe ich Hans an, er ist entsetzt.

„Anne, Sie dürfen im Auto nicht telefonieren!"

„Hans, machen Sie sich keine Sorgen, mein Auto und mein Handy sind gute Freunde, sie sind miteinander verbunden. Ich habe es Ihnen doch schon erklärt. Das Handy ist verschlossen in meiner Tasche, ich habe außer dem Steuer nichts in den Händen. Auf diese Weise ist es erlaubt, zu telefonieren."

„Das müssen Sie mir zeigen, wenn ich wieder in Ihrem Auto mitfahren darf. Mein Gott, was heute alles möglich ist! Ich warte auf Sie und wir gehen zu Hermann. Er schläft die meiste Zeit. Ich möchte, dass wir ihn gemeinsam besuchen. Er will sich mit Macht wach halten, wenn ich bei ihm bin. Diese Anstrengung können wir ihm nicht zweimal antun."

„Ich beeile mich, so gut ich kann, aber zwei Stunden wird es noch dauern."

Wider Erwarten komme ich schnell voran und stehe dreizehn Uhr an der Rezeption des Hotels. Der Empfangschef lächelt mir entgegen.

„Ich gebe Herrn Köbbe sofort Bescheid."

Er übergibt meinem Lieblingsburschen Patrick den Zimmerschlüssel. Wir gehen zum Fahrstuhl, nachdem Patrick meine Reisetasche in seine Obhut genommen hat. Oben angelangt, steht Hans schon vor dem Aufzug, nimmt mich in die Arme und ich spüre seine Erleichterung, diese ganze Tragik nicht mehr allein aushalten zu müssen.

„Wenn ich Sie nach der langen Fahrt nicht überfordere, würde ich gern mit Ihnen eine Kleinigkeit essen. Spricht etwas dagegen?"

„Sie kennen mich inzwischen gut und deshalb sage ich ohne Umschweife, ich habe ein großes Loch in meiner Magengegend. Also spricht nichts dagegen, das leere Gefühl zu beseitigen."

Hans setzt sein charmantes Lächeln auf. Er bittet Patrick, die Tasche im Zimmer abzustellen und drückt ihm ein Trinkgeld in die Hand. Wir beide begeben uns hinunter ins Restaurant.

Am Tisch schaut er mir lange in die Augen und fängt leise an zu sprechen.

„Anne, ich bin heilfroh, in Ihnen eine Freundin gefunden zu haben, mit der ich diese Situation gemeinsam durchstehen kann. Es ist nicht nur Hermann, der mich bewegt, ich denke auch an meine Zukunft. Die Ungewissheit, wie es enden wird, treibt mich zum Wahnsinn. Wenige haben das Glück, abends einzuschlafen und nie wieder aufzuwachen, aber jeder wünscht sich ein solches Ende."

„Hans, das weiß ich."

Ich weiß es allerdings nicht wirklich, weil ich bis dahin noch sehr viel Zeit habe. Es ist ein verdammt schreckliches Thema, mit dem wir gerade beschäftigt sind, aber es gehört nun einmal zum Leben.

Wir bestellen eine Kleinigkeit zum Essen. Für diesen Moment möchte ich nicht weiter diskutieren. Ich genieße einen gemischten Salat mit Tomaten, Gurken, süßsauren Bohnen, gedünsteten Karotten und Hähnchenstreifen mit zwei Scheiben Vollkorntoast. Mir schmeckt es köstlich und mein Magen ist dankbar.

„Ich schlage vor, wir fahren jetzt zu unserem Freund, er wird sich freuen, Sie wiederzusehen. Lange können wir ihm nicht unsere Gesellschaft aufzwingen. Wir wiederholen den Besuch lieber am Abend noch einmal, das ist besser für ihn.

Vorausgesetzt, es ist Ihnen recht, Anne."

„Das ist in Ordnung, so sehe ich es auch als die beste Lösung an."

Plötzlich habe ich ein flaues Gefühl im Magen. Auf dem Weg zum Auto muss ich meine Gedanken ordnen. Allzu oft bin ich dem Tod noch nicht begegnet.

Hermann sieht schrecklich aus. Nie hätte ich gedacht, dass ein Mensch mit rasanter Geschwindigkeit verfallen kann. Seine geistigen Fähigkeiten sind hingegen noch vollkommen in Ordnung.

Er erkennt mich sofort und ein Lächeln umspielt seine eingefallenen Gesichtszüge. Ich beuge mich zu ihm herunter und drücke einen leichten Kuss auf seine Stirn. Hans steht neben mir und ich kann aus den Augenwinkeln sehen, wie ihm die Tränen über das Gesicht laufen.

Hermanns Gesicht ist vollkommen entstellt. Vor mir liegt der Schatten eines Menschen, der mit dem gewohnten Erscheinungsbild nichts mehr zu tun hat. Es fällt ihm schwer, zu sprechen. Ich lege meinen Finger auf seine Lippen und sage ihm, dass ich mich unendlich freue, ihn wiederzusehen.

„Nun kann ich beruhigt die Augen für immer schließen, ich habe auf dich gewartet!", haucht er nach Luft ringend.

Ich bin gerührt, kann diese Aussage aber nicht ganz verstehen, denn was ist ihm an meiner Person wichtig?

Als Hans und ich am Abend Hermann noch einmal besuchen wollen, hat er seine Worte in die Tat umgesetzt. Seine Augen werden nie wieder in die Welt schauen und er wird für immer schweigen. Aber das ist schließlich unser aller Schicksal, das Leben ist vergänglich. Wir stehen beide auf dem Krankenhausflur und warten auf den Arzt.

„Wie geht es organisatorisch weiter?", will ich von Hans wissen.

„Hermann hat mir eine Generalvollmacht erteilt, es ist alles notariell geregelt, die Beisetzung und die Abmeldungen. Ich muss nur darauf achten, dass der Ablauf in seinem Sinne geschieht."

Hans steht mit unsicheren Beinen vor mir, seine Stimme zittert. Ich greife nach seinem Arm, um ihn zu halten.

„Danke, Anne, es geht schon wieder."

„Wollen Sie sich einen Moment setzen?"

Ich führe ihn zu einer der Bänke, die in nicht allzu großen Abständen auf dem Flur verteilt sind. Nachdem wir Platz genommen haben, setzt Hans seinen Bericht fort.

„Die Seebestattung hatte er bereits vor längerer Zeit organisiert, nachdem er die Hiobsbotschaft mit dem Krebs erfahren hatte. Er hat mir die Unterlagen übergeben. In der Mappe befindet sich eine Vollmacht für mich. Es wäre sonst schwierig, Entscheidungen zu treffen, da keine verwandtschaftliche Beziehung existiert. Was machen die Menschen, die niemanden haben, der sie bis ans Grab oder auf das Meer begleiten? Ich bin auch einer von Ihnen, es gibt keine Menschenseele, die sich um meinen Abgang kümmert."

Ich schaue ihn böse an.

„Die ganze Wahrheit ist es nicht, Hilde würde es schon tun", sagt er kleinlaut und schaut mich schuldbewusst an.

„Da haben Sie Glück, dass Ihnen die gute Hilde noch eingefallen ist. Sie können froh sein, dass sie jetzt nicht zuhören konnte."

Er senkt seinen Kopf. „Das war eine undankbare Bemerkung, ich weiß."

„Mich gibt es auch noch. Ich würde mich darum kümmern, dass Sie diese Welt würdig verlassen können", setze ich noch hinzu.

„Das finde ich rührend von Ihnen, Anne!"

Wir können Hermann nicht noch einmal sehen. Im Grunde ist es mir recht, ich behalte ihn lieber lebend in Erinnerung.

Was wird aus seinen persönlichen Sachen und vor allem, wer erhält das Diarium?"

Ich kann mir keinen Reim machen. Hans meint, dass sich der Notar darum kümmert.

Ein trauriger Tag neigt sich dem Ende. Wir sitzen zum letzten Mal im Restaurant dieses netten Hotels und sind beide in Gedanken versunken.

Hans wird die weiteren Schritte unternehmen. Er informiert das Beerdigungsinstitut, welches sich um die Formalitäten kümmert.

Ich werde mich auf den Weg nach Hause begeben und zur Seebestattung wieder gen Norden fahren, um meinem Freund Hermann das letzte Geleit zu geben. Hans schlage ich vor, ihn nach Hause zu bringen. Er hat seine Freundschaftsdienste bis zum Schluss geleistet und kann Hamburg nun verlassen.

Ich unterbreche unser Schweigen.

„Geben Sie mir Bescheid, wenn die Urne für die letzte Reise in Kiel ist."

Hans nickt.

„Sie haben keine Veranlassung mehr hierzubleiben, ich bringe Sie morgen nach Flensburg."

Er schaut mich dankbar an und atmet erleichtert auf.

„Es ist ein guter Vorschlag, die Verbrennung dauert eine geraume Zeit. Im Gegensatz zu mir haben Sie noch Ihre Arbeit, also können Sie keine Einladung von mir annehmen und bei Hilde und mir auf die Seebestattung warten."

Er senkt den Kopf und redet weiter.

„Ich muss Ihnen gestehen, ich möchte wieder nach Hause, das ewige Hotelleben fällt mir auf die Nerven. So gerne ich an einem anderen Ort bin, langsam packt mich die Sehnsucht nach meinen lieben, alten Ritualen. Und Hilde wird überglücklich sein, mich wieder verwöhnen zu können."

„Ich denke, im Moment können wir nichts weiter tun. Wir sollten unsere Koffer packen und morgen früh nach Flensburg fahren. Wenn ich sofort weiter düse, kann ich übermorgen wieder zur Arbeit gehen. Bei Ankunft der Urne werde ich zurückkommen, das heißt, wir sehen uns bald wieder."

Gesagt, getan. Dank der hervorragenden Vorbereitungen von Hermann, können wir nur abwarten, bis die Urne in der Reederei eintrifft.

Ich bin wieder zu Hause und kann mich meinem normalen Arbeitsstress widmen. Ich habe im Moment einfach zu viele Privatprobleme, der Tag sollte 48 Stunden haben.

Hans habe ich in Flensburg abgeliefert. Hilde war glücklich, ich fand es rührend, was zwischen den beiden Alten ablief. Hilde ist seit undenkbar langen Zeiten in seinem Haus und sie verehrt ihn ohne Ende. Hans weiß es zu schätzen, dass sie der gute Geist des Hauses ist, aber er will nicht merken, wie sie ihn vergöttert. Das tut sie sicher seit eh und je. Ich versuche mich in die Seele der alten Frau hineinzuversetzen, aber dann überrollen mich meine eigenen Befindlichkeiten und es gerät in Vergessenheit.

Mir kommt Matthias in den Sinn, ich hatte versprochen, anzurufen und habe es nicht getan. Er wird sauer sein, weil ich nicht Wort gehalten habe. Also greife ich jetzt noch zum Telefon.

Es klingelt eine ganze Weile. Ist Matthias nicht zu Hause oder ist er tatsächlich eingeschnappt?

Endlich nimmt er den Hörer ab.

„Schön, dass du dich auch einmal meldest. Ich warte eine Ewigkeit auf einen Anruf von dir!"

„Moment bitte! Du wirst doch die Ausnahmesituation verstehen, in der ich mich befinde, hättest gerne dazu kommen können. Du hast die Grenzen gesetzt und wolltest Hans nicht sehen. Diese Bedingung konnte ich leider nicht erfüllen, denn Hans ist eine der Hauptpersonen in diesem Trauerspiel."

Ich bin sauer. Was glaubt er, wer er ist?

Jetzt schweigt er.

„Was ist? Wenn du beleidigt bist, lege ich auf."

„Nein, nein, ich bin nicht beleidigt, nur etwas verletzt."

„Wieso das? Ich habe noch ein anderes Leben. Dieses andere Leben ist mit ‚Hans' eng verknüpft. Es nimmt im Moment viel Zeit in Anspruch. Ich gebe die Freundschaft mit dem alten Herrn deinetwegen nicht auf, das legen wir gleich hier und heute fest."

Ich bin bis aufs Blut gereizt.

„Ich habe keinerlei Lust, mir von einem Mann dumm kommen zu lassen, nicht einmal von dir."

Oh Gott, ich rede mich definitiv in Rage und überschreite alle Regeln der zwischenmenschlichen Höflichkeit. Warum bin ich dermaßen verärgert? Nun lege ich auch noch auf, das kann nicht mein Ernst sein. Doch, ich habe es getan!

Es klingelt erneut. Ich starre das Telefon an und lege es in seine Ladestation. Das Klingeln hört automatisch nach dem vierten Rufton auf, der Anrufbeantworter springt an. An diesem Abend ist das Telefon für mich tabu, obwohl es noch zwei weitere Male klingelt.

Das Beste ist, ich gehe schlafen, es ist ohnehin spät.

Am nächsten Morgen meldet sich Matthias nicht. Ich habe mich zwar beruhigt, bin aber der Meinung, mich nicht entschuldigen zu müssen. Es ist eine unmögliche Trotzreaktion in meinem Bauch. Sollte ich mir Sorgen über meinen Gerechtigkeitssinn machen? Ich werte die ganze Sache als Bewusstseinsstörung meinerseits und komme mir dabei noch cool vor.

Irgendwann am Vormittag kommt eine WhatsApp. Nicht nur ich denke, einen Fehler gemacht zu haben. Matthias ist mit seinem Verhalten auch nicht glücklich, er schreibt:

„Liebe Anne, du hast mir nicht nur einmal den Vorschlag gemacht, bei den Treffen mit Hans dabei zu sein, ich habe es abgelehnt. Natürlich kannst du den alten Mann nicht vor den Kopf stoßen. Ich bin egoistisch und stur. Manchmal kann ich nicht aus meiner Haut, bitte habe Geduld mit mir."

Es gefällt mir, dass auch er einsichtig ist und ich antworte, als wäre nicht das Geringste vorgefallen. Trotzdem überlege ich, warum ich auf die kleinsten Dinge bissig reagiere, die nicht in meinem Sinn verlaufen? Ich kann es mir nicht erklären. Ich hoffe, wir beide lernen, aufeinander zuzugehen. Matthias hat heute korrekt reagiert.

Das Beste ist, ich vergrabe mich in meine Arbeit und versuche, alles herauszuholen. Überstunden stemmen ist die richtige Therapie. So hinterlässt mein Schreibtisch einen gut sortierten

Eindruck, wenn mein Weg erneut nach Norden führt und ich werde von meinen Trotzreaktionen geheilt. Das sind die beiden Fliegen mit der einen Klappe!

Ist Hermann der Grund meiner Aggressivität? Warum kann ich mich nicht damit abfinden, dass ich nie wieder mit ihm diskutieren, lachen oder weinen kann?

Vielleicht gibt es andere Gründe für mein seltsames Verhalten? Manchmal stelle ich mit Erschrecken fest, dass ich keinen Mann in meiner unmittelbaren Nähe ertrage. Ich sollte versuchen, mich zu normalisieren, sonst werde ich zu einer unerträglichen Person. Ich setze mich an den Schreibtisch und rede mit Frank.

„Mit dir war das Leben angenehm und unkompliziert. Warum ist es plötzlich voller Probleme?"

„Du willst es noch nicht wahrhaben, allein zu sein. Das musst du auch nicht für immer. Sei nachsichtig mit dir und anderen Menschen."

„Ich werde versuchen, mich an deinen Ratschlag zu orientieren. Ich habe nach deinem Tod schon ausreichend Fehler begangen. Jetzt muss ich einen vernünftigen Weg finden. Es fällt schwer ohne dich."

Mir kommen die Tränen. Die Erkenntnis, Frank nie wiederzusehen, nicht mehr mit ihm zu reden und zärtlich zu sein, weckt in mir panische Gedanken.

Die Tage rasen dahin, mit Matthias und mir ist wieder alles in Ordnung. Ich habe mich gefangen und glaube, normal zu reagieren. Die abendlichen Telefonate mit Hans sind weiterhin ein Ritual. Es bedeutet ihm viel. Ich hingegen muss meine Organisation unter Kontrolle halten, um die gewohnte Zeit einhalten zu können.

Nach drei Wochen informiert mich Hans.

„Anne, die Urne von Hermann ist auf dem Weg zur Reederei.

Schauen Sie doch bitte in Ihren Terminkalender, wann es Ihnen möglich ist, noch einmal gen Norden zu fahren."

Im Grunde war ich die ganze Zeit über auf dem Sprung und habe versucht, keine wichtigen Dinge in den folgenden Wochen erledigen zu müssen. Ich hole meinen Kalender und wir verabreden in der nächsten Woche gleich am Montag, uns von Hermann endgültig zu verabschieden.

„Ich muss mit der Reederei sprechen, ob dieser Tag für sie in Ordnung ist", sagt Hans.

Es wird keine Idee vonseiten Hermanns mehr geben, wie ich mit meiner Recherche weitermachen könnte. Mir fehlt im Moment der zündende Funke. Die Gedanken, in Kanada zu recherchieren, habe ich längst aufgegeben. Das Lager gibt es nicht mehr, die Dokumentation der Insassen war damals schon ungenau und die vielen Jahre, die seitdem vergangen sind, das alles spricht gegen eine solche Entscheidung. Es gab Zeiten, in denen ich glaubte, der Lösung ganz nah zu sein. Nun wird die Suche nach Werner Gorda wieder im gleichen Maß schwierig wie am Anfang. Jedoch möchte ich mich im Moment nicht zu weiteren Aktionen hinreißen lassen.

Ich bin heute zu keinem klaren Gedanken fähig, also setze ich mich mit einem Glas Wein auf die Terrasse. Es ist die freundliche Jahreszeit, in der die Sonne lange ihr Licht zur Verfügung stellt. Und die Traurigkeit hat nicht das Ausmaß wie im Winter, der mit seiner penetranten Dunkelheit alles noch schlimmer macht. Ich bin im Moment dankbar, dass der Juni ein netter Monat ist.

Zum wievielten Mal absolviere ich diese weite Strecke gen Norden? Hans hat mich überzeugt, schon am Freitagabend bei ihm zu erscheinen. Also sitze ich in meinem Auto und fahre entgegen meiner sonstigen Gewohnheit sehr verhalten in Richtung Flensburg.

„Anne, zum Wochenende können Sie sich leisten, die Arbeit zu vergessen. Wir würden uns in aller Ruhe auf den Abschied von Hermann vorbereiten. Das Leben geht weiter, das muss ich sagen, wenn auch für mich die Uhr längst tickt.

Ich möchte jeden verdammten Tag, der mir verbleibt, angenehm und mit voller Energie genießen. Morgen kann sich das Blatt schon wenden."

Das waren gestern seine Worte.

Es erwartet mich ein Wochenende mit allem Überfluss, ich darf nicht daran denken, was Hilde für Leckereien auftischen wird. Und ihr verschmitztes Lächeln, wenn ich Zeichen gebe, bitte keinen nächsten Gang zu servieren. Ich weiß nicht, wie Hans schlank bleiben konnte bei dieser überaus reichlichen Verpflegung. Aber bei ihm gilt wohl der berühmte Spruch: ‚Ein guter Hahn wird selten fett!', selbst im hohen Alter noch.

Ich bin nicht rasant gefahren und trotzdem brauche ich nicht mehr als 5 Stunden. Eine Snack-Pause verkneife ich mir, weil am Ende der Reise besagter kulinarischer Überfluss wartet.

Hilde öffnet mir die Tür. „Anne, Sie sind entsetzlich mager geworden, man kann gar nicht hinschauen!", begrüßt sie mich.

„Hilde, Sie werden es nicht glauben, aber mein Gewicht ist das Gleiche, wie bei meinem ersten Besuch in diesem wunderschönen Haus."

„Seien Sie herzlichst willkommen. Herr Köbbe ist voller Ungeduld."

Ich nehme Hilde kurz in den Arm, was ihr offensichtlich peinlich ist. Ich muss erst wieder die ‚alten Gepflogenheiten' verinnerlichen, die in diesem Haus üblich sind, aber in dem Moment folge ich meinen Gefühlen.

Inzwischen habe ich einen gewaltigen Appetit. Schon allein bei der Vorstellung der Köstlichkeiten, die mich erwarten, läuft mir das Wasser im Mund zusammen.

Anne, denke an deine Figur, du musst sie halten, so wird das aber nichts!

Am Montag sind wir bereit, nach Kiel zu fahren und unserem Freund das letzte Geleit zu geben. Ich habe diese Nacht unruhig geschlafen und bin in einer tieftraurigen Stimmung. Hans scheint es ebenso zu gehen, er schaut still vor sich hin. Es gab noch nicht viele Menschen in meinem Leben, von denen ich mich verabschieden musste. Das Lebewohl von meinem geliebten

Frank ist mir besonders schwergefallen. Das nagt bis heute und für alle Zeiten an meiner Seele.

Ich frage mich, ob Frank auch lieber im Meer seine letzte Ruhe gefunden hätte. Er konnte seinen Wunsch nicht äußern. Es gab keinen Abschied, weil er mich stillschweigend verlassen musste. Ich entschied mich für die Urnenbeisetzung, wie wir es zu Lebzeiten abgesprochen hatten. In der Erde verbuddelt zu werden, bedeutet für mich Horror. Das Meer ist nichts anderes, aber die Emotionen zu diesen beiden Elementen sind trotzdem unterschiedlich. Der Gedanke, dem Meer übergeben zu werden, ist wie eine Erlösung für mich. In meinem Unterbewusstsein ist diese Option auch für mein Ende relevant, aber ich hoffe, mir bleibt noch viel Zeit bis diese Entscheidung für mich ein Thema wird. Die Konfrontation des Abgangs eines lieben Menschen lässt unweigerlich solche Gedanken aufkommen, ich werde sie schnell im Alltag wieder vergessen. Hans hingegen sieht hier seine nahe Zukunft.

Hermann hat auf eine Trauerfeier vor oder nach der Verbrennung verzichtet, was für uns nachvollziehbar ist.

Jetzt, auf dem Schiff, hält der Kapitän eine Ansprache, die nicht wie üblich auf das gesamte Leben des Verstorbenen eingeht. Wir sind erstaunt, die Rede bezieht sich auf die Zeit, die auch Hans und ich kennen, es gibt kein ‚Davor'.

Was hat sich Hermann dabei gedacht? Ich komme aus dem Staunen nicht heraus. Doch es soll noch weitergehen mit meinem Unvermögen, die Worte und Handlungen des Kapitäns zu verstehen.

Ich sehe fassungslos, wie er ein Paket von dem Tisch mit der Urne nimmt. Es sieht aus wie ein eingeschlagenes Buch. Ich muss sofort an das Diarium denken, in dem Hermann lange und mit letzter Kraft geschrieben hat.

Der Kapitän wendet sich an mich und ich höre seine Worte wie aus weiter Ferne.

„Anne, so soll ich Sie nennen, ich spreche zu Ihnen im Namen des Toten. Er hat mir den für ihn wichtigsten Auftrag seines Lebens übergeben. Ich soll Ihnen dieses Paket überreichen und dabei nicht vergessen zu sagen, dass es den Werdegang des maßgeblichen Teils des Lebens von Hermann Lindner beinhaltet. Sie sollen und müssen es lesen, er hat es für Sie geschrieben. Sie waren wie eine Tochter für ihn, Familie hatte er keine. So soll ich seine Botschaft weitergeben."

Ich weiß jetzt nichts mehr, schaue den Mann, der mir dieses Paket überreichen soll, ungläubig an.

Automatisch übernehme ich das eingewickelte Etwas, von dem ich mit Sicherheit weiß, was es beinhaltet. Aber warum gerade ich es erhalten soll, dazu fehlt mir jegliche Fantasie.

Ich kann diesem Kapitän keine Fragen stellen, er ist nur ein zufälliger Übermittler. Mein Blick wandert zu Hans, der unbeweglich neben mir steht. Sein Erstaunen scheint sich in Grenzen zu halten, ich kann wenig Regung auf seinem Gesicht erkennen. Seinen Blick hat er von mir abgewendet.

Inzwischen sind wir offenbar am Ziel der letzten Reise des Hermann Lindner angelangt. Das Schiff ankert und mit einer feierlichen Abschiedsmelodie begeben wir uns alle zur Steuerbordseite. Die Urne wird dem Meer übergeben.

Die Schiffsglocke ertönt mit vier Doppelschlägen. Das bedeutet das Ende der Wache auf Erden für den Toten und alle Aufgaben der Wachsamkeit werden hiermit an die Nachwelt weitergegeben.

Das Blumengebinde in meinen Händen folgt automatisch der Urne. Es treibt noch eine Weile auf der Wasseroberfläche, bis es den Weg in die Tiefe nimmt. Leise höre ich das Plätschern der Wellen an der Bordwand. Das Schiff umrundet den Ort der letzten Ruhe als Ehrerweisung. Ein dreimaliges, langes Hupen ertönt: ‚Gute Reise'. Das Bild Hermanns habe ich ganz nah vor meinen Augen und mein Herz ist voller Trauer. Die Flagge, die bisher auf halbmast stand, gleitet langsam wieder nach oben. Es geht mit langsamer Fahrt und dem Kurs voraus Richtung Heimathafen.

Ich halte Hans wortlos das Paket entgegen und schaue ihn fragend an.

Was zum Teufel hat diese Übergabe des wahrscheinlich im Paket befindlichen Tagebuches zu bedeuten?

Diese stille Frage hat er verstanden, er schaut mich unsicher an. Ich halte die Geheimniskrämerei nicht mehr aus und werde direkt.

„Warum habe ich es erhalten?"

Ich sehe in seine erschrockenen Augen. Sein sonst immer perfekter und kontrollierter Gesichtsausdruck ist einer weinerlichen Miene gewichen. Nichts ist mehr zwischen uns, wie es war.

Wir schweigen.

„Ich konnte nicht anders, das müssen Sie mir glauben, Anne.

Hermann hat mir Stillschweigen abverlangt und ich konnte es ihm nicht abschlagen. Seine Krankheit, die ihn dahinraffte, war der Anlass, dass ich zu allem ,Ja' sagte. Glauben Sie mir, ich bat ihn nicht nur einmal, alles selbst zu regeln und nicht die ganze Geschichte auf meine Schultern zu legen. Er war zu feige."

„Und ich verstehe gar nichts, Hans."

„Sie müssen seine Geschichte lesen und dann sehen wir weiter."

„Ich werde es erst lesen, wenn ich zu Hause bin. Das Beste ist, ich fahre Sie gleich nach Flensburg und mach mich danach auf den Weg, etwas läuft hier tüchtig schief!"

Was auch immer es ist, Anne, du musst den alten Mann nicht verängstigen. Er ist glücklich über unsere Freundschaft. Seinen alten Freund im Stich zu lassen, kam für ihn nicht infrage, obwohl er unsere Freundschaft damit riskiert hat.

Ich kenne die Regel, Toten nichts Schlechtes nachzusagen, aber der böse Bube in diesem Spiel war Hermann.

Ich mache meine Ankündigung wahr und fahre Hans nach Flensburg. Ich bin ihm böse und auch wieder nicht, was hätte er tun können? Meine Neugier auf diese Niederschrift von Hermann ist riesengroß. Nachdem ich die Geschichte studiert habe, kann ich weitersehen. Meine Fantasie ist zu träge, um eine Vorstellung darüber zu haben, welche Überraschung ich lesen werde.

13

Ich habe den Heimweg angetreten, sobald Hilde und ich das Gepäck von Hans aus meinem Auto ins Haus getragen hatten. Mir war es nicht möglich, ihn gewohnt nett zu behandeln. War ich ihm doch böse? In seinen Augen las ich die Traurigkeit, die sich in seiner Seele breitmachte. Es gibt Situationen, in denen ich mein verletztes Ego bedienen muss. Also lass ich den alten Mann zappeln.

Jetzt bin ich auf der Autobahn, es ist schon spät, aber das ist das geringste Problem. Ich mache mir Sorgen um Hans, den ich im Regen habe stehen lassen. Egal, was mich in diesem Buch von Hermann erwartet. Hans wusste von Anfang an Bescheid. Er hat nur wie ein Freund gehandelt, indem er mir gegenüber schwieg. Das weiß ich. Soll ich jetzt nachtragend sein? Hans legt Wert auf unsere Freundschaft, es würde ihn schmerzen, wenn daran ein Zweifel bestünde. Aber eine innere Warnung sagt mir, ich sollte erst diese geheimnisvolle Abhandlung lesen, bevor ich eine Schlussfolgerung ziehe. Das werde ich so schnell wie möglich tun.

Heute sind genügend Dinge auf mich eingestürzt, ich steige in mein Bett und schlafe richtig aus.

Mir bleibt noch ein Tag Urlaub, weil ich den gestrigen Abend mit Hans verbringen wollte. Also kann ich faulenzen und das kommt mir vor, als fielen Ostern und Weihnachten auf einen Tag.

Ich stehe um neun Uhr auf, denke sofort an die zu erwartende freie Zeit. Ich fühle mich wohl.

Nach dem Frühstück nehme ich dieses geheimnisvolle Paket zur Hand und befreie es von seinem dunkelblauen Umschlag. Ich habe es erwartet, trotzdem kommt ein überraschtes Gefühl in mir auf. Es erscheint das fragliche Diarium vor meinen Augen. Eine geraume Weile sitze ich davor, ohne es aufzuschlagen. Mir ist zum Teufel nicht klar, was mich bei dieser Lektüre erwartet.

Meine Empfindungen schwanken zwischen Neugierde und der Angst, etwas Ungeheuerliches zu erfahren.

Das Smartphone meldet sich, ein Blick darauf sagt mir, dass ich Matthias wieder einmal vernachlässigt habe.

Es ist ein denkbar ungünstiger Moment und das sage ich ihm auch, ohne eine ordentliche Begrüßung voranzustellen.

„Normal wäre, wenn du dich über meinen Anruf freuen würdest. Aber du hast Besseres zu tun und für mich keine Zeit."

„Du kannst es nicht lassen, mich zu maßregeln. Du weißt, dass ich einen Freund auf seinem letzten Weg begleitet habe. Meine Gedanken und Gefühle sind durcheinander gerüttelt, Vorwürfe sind jetzt das Letzte, was ich verkraften kann."

„Gut, wenn ich dir nicht wichtig bin, können wir das Gespräch beenden."

„Manchmal benimmst du dich wie ein kleiner Junge."

„Wo bist du eigentlich, in Hamburg oder Kiel?"

„Ich bin zu Hause."

Das haut Matthias jetzt um, er ist ein Planungsmensch und kann sich nicht vorstellen, dass ich solche Dinge aus dem Bauch heraus ändere.

„Ich kann es nicht glauben, dass du nach Hause gefahren bist, obwohl wir so nah beieinander waren. Ich kann das jetzt nicht verarbeiten!"

„Was soll diese Diskussion, ich habe das Bedürfnis gehabt, nach Hause zu fahren. Wir können uns ein anderes Mal sehen."

Auweia, jetzt gehen die Nerven mit mir durch!

Wenn ich nicht die Notbremse ziehe, eskaliert das Gespräch.

„Siehst du das so? Dann ist ja alles okay, ich bin anderer Meinung, aber meine Befindlichkeiten gelten nicht."

Seine Stimme klingt verletzt, ich weiß nicht, was ich ihm antworten soll. Nach einer Pause fängt er wieder an zu reden.

„Anne, sag mir, ob ich dir überhaupt etwas bedeute? Wie es im Moment läuft, will ich keine Beziehung."

Ich bin aufgewühlt und mein ‚Wutpotenzial' kommt zum Vorschein. Meine Emotionen unter Kontrolle zu halten, war ursprünglich mein Vorsatz.

„Ich befinde mich gerade in einem Ausnahmezustand und das ist nicht die Regel."

Ich hole Luft und mache eine kleine Pause. Matthias schweigt und wartet.

„Du musst in solchen Situationen Verständnis aufbringen. Schließlich bist du zu einer Zeit in mein Leben geplatzt, als alles etwas außergewöhnlich ablief. Es ist keine Frage, solche oder ähnliche Situationen können bisweilen bei jedem Menschen vorkommen. Dann ist der Partner gefragt, damit cool umzugehen, oder sich mit einzubinden. Letzteres wäre der Idealfall."

Sofort meldet sich mein Unterbewusstsein.

Anne, was heißt hier Partner, sind wir schon in dieser Phase? Wir kennen uns erst kurze Zeit und haben noch lange nicht alle Dinge ausprobiert.

Vor allem denke ich an die schönste Nebensache der Welt. Es sieht so aus, als lege Matthias darauf keinen gesteigerten Wert. Oder hat er Angst? Dann geht es ihm wie mir. Ich komme mir in dieser Beziehung wie ein anderer Mensch vor. Meine lockere Unbedarftheit scheint ein für alle Mal der Vergangenheit anzugehören. Bei dem Gedanken daran werde ich zum ersten Mal unsicher.

Matthias antwortet nicht sofort. Ich kann ihn noch nicht gut genug einschätzen, um die Situation im Griff zu behalten. Ich sage mir, wenn er kein Verständnis für meine derzeitige Lage hat und meint, ich müsste seinetwegen alles stehen und liegen lassen, ist er nicht auf dem richtigen Weg.

Nach einer geraumen Weile antwortet er.

„Gut, mehr oder weniger hast du recht. Ich bin zu schnell an den Gedanken herangegangen, dass es für dich auch wichtig sein müsste, mit mir eine Beziehung einzugehen. Aber deine Entscheidung ist durch die anstehenden Probleme in den Hintergrund geraten. Ich werde geduldig das Ende dieser Phase abwarten und versuchen, das nötige Verständnis aufbringen."

„Siehst du, Matthias, diese Antwort gefällt mir, damit kann ich umgehen. Sobald ich wieder etwas Luft habe, komme ich noch einmal in den Norden."

„Die Tatsache, dass du in den Norden kommst, reicht aber nicht!"

„Natürlich bist du dann der Hauptgrund und nebenbei werde ich Hans einen Besuch abstatten. Vielleicht kommst du sogar mit? Mich würde es freuen und Hans auf jeden Fall auch. Glaube mir, er ist nicht der böse Mensch, den du in ihm siehst. Du bestehst auch auf deinem Standpunkt und deine Richtlinien haben Priorität für dich.

Kein Mensch kann sein eigenes ‚Ich' verleugnen.

Gib deinem Herzen einen Ruck und denke über meine Worte nach."

„Anne, ich möchte auf keinen Fall das Risiko eingehen, dich zu verlieren. Du bist mir in der kurzen Zeit an mein Herz gewachsen. Es würde wehtun, ein Versager in diesem Kampf zu sein. Ich lasse also alle Skrupel fallen und vertraue darauf, dass du mir den richtigen Weg zeigst.

Abgesehen davon, kann ich aus deinen Worten entnehmen, dass du mich besuchen wirst, sobald du Zeit findest?"

In der Stille, die jetzt zwischen uns herrscht, spüre ich, dass am anderen Ende eine Antwort mit viel Spannung erwartet wird.

„Ich besuche dich, sobald ich mein Arbeitspensum in den Griff bekommen habe."

„Anne, du weißt nicht, wie glücklich du mich mit diesen Worten machst!"

„Matthias, bitte nimm es mir nicht übel, ich muss jetzt Schluss machen, es gibt noch viele Dinge, die ich zu erledigen habe."

„Natürlich, ich bin jetzt beruhigt, wir haben den Konsens gefunden, der mich hoffen lässt. Ich freue mich schon heute auf dein Kommen."

214

„Ich wünsche dir einen erfolgreichen Tag, wir hören uns bald wieder."

Matthias sagt zum ersten Mal ‚Ich liebe dich' und ich empfinde es als schön, diese Worte zu hören. Aber ich muss mich erst wieder an eine solche Aussage gewöhnen. Es wird noch eine Weile dauern, ehe ich sie erwidern kann.

Ich habe das aufgeschlagene Diarium von Hermann noch auf dem Schoß zu liegen. Mich überrascht gleich der Text auf der ersten Seite.

Die Lebensbeichte des Hermann Lindner
geschrieben für Anne Gorda

Viele Jahre meines Lebens habe ich mit dem Unvermögen gehadert, eine Sünde zu verzeihen, die sich am bitteren Ende als gegenstandslos herausstellte. Ich habe mich verrannt. Der Irrtum bestand darin, es gab keine Sünde. Meine verdammte Sturheit, die Wahrheit nicht hinterfragen zu wollen, ließ mich Menschen verletzen, die mich von Herzen liebten.

Mein Leben wurde zu einer einzigen Lüge und jetzt bin ich ein wehrloser, alter Mann, der für niemanden auf dieser Welt von Bedeutung ist. Ich nehme diese Tatsache hin, es bleibt mir nichts anderes übrig. Es geht nicht um mein Schicksal, sondern um das der Menschen, die ich enttäuscht und für alle Zeiten unglücklich gemacht habe. Dafür schäme ich mich und die Traurigkeit in meinem Herzen kennt keine Grenzen. Ich kann mir Gedanken machen oder nicht. Das Leben gibt mir keine Möglichkeit, die Fehler der Vergangenheit zu korrigieren.

Und so gehe ich kurz vor meinem Ende durch die Hölle, niemand wird oder kann mich davor bewahren.

Liebe Anne, jetzt kannst du mit meinen Worten nichts anfangen. Aber wenn du meine Geschichte bis zum Ende liest, wirst du erkennen, dass meine Erzählung wichtig ist. Ich habe mündlich begonnen und bin so weit gekommen, bis ich in Frankreich auf dem Bauernhof meines Patrons und seiner Familie gelandet war. Du erinnerst dich?

Hier traf ich auf das Ehepaar André und Colette Lourois, deren beiden Kinder Monique und Etienne und eine böse alte Marie-Claire, der Mutter der Patronin.

André, mein Patron oder Bauer, wie es in unserer Sprache heißt, war ein gutmütiger, gerechter Mann, der in der Blüte seiner Jahre stand. Im Grunde war er nicht viel älter als ich. Damals sah ich es allerdings anders.

Das absolute Kommando hatte die alte Frau, die stets zänkisch und unzufrieden durch den Tag ging. Ich konnte anfangs nichts, aber nach und nach immer mehr verstehen, was gesprochen wurde. Die Alte hat nicht kapiert, dass ein junger deutscher Gefangener irgendwann die französische Sprache lernen würde. Ich hörte sie oft fluchen, dass ich ein nutzloses Geschöpf und nichts weiter als ein überflüssiger Esser sei. Eines Tages habe ich ihr so drastisch auf Französisch geantwortet, dass sie fortan ihren vorlauten Mund hielt. Das Gesicht war für mich eine Augenweide, als sie kapierte, dass ich wesentlich mehr verstand, als sie glaubte. Der Patron hatte in seiner Gutmütigkeit nie den Mut, sich gegen die Alte zu wehren und Colette, die Tochter nahm alles geduldig hin.

Nach und nach gewöhnte ich mich an die Verhältnisse und wusste, dass ich Marie-Claire ein Dorn im Auge war. Ich habe ihre ständigen Kommandotöne infrage gestellt, sie konnte durch meine Gegenwart die Familie nicht mehr ungeniert drangsalieren.

Da gab es die kleine Monique, sie war 19 und ich verliebte mich in sie. Sie hatte längst verstanden, welche Gefühle mich bewegten, wenn sie in meiner Nähe war. Egal war ihr diese Tatsache nicht, ich fing manchen schelmischen, oft auch liebevollen Blick von diesem wunderschönen Geschöpf auf.

Frühmorgens traf sich die Familie in der Küche an dem großen Esstisch. Jeder kam, wie er wollte. Die ersten Male glaubte ich, dass alle in Zeitnot waren. Sie erschienen in ihren Schlafanzügen und Nachthemden und setzten sich in dieser Aufmachung an den Tisch. Nur

Marie-Claire hatte sich stets einen schäbigen Morgenmantel überge-
worfen. Anfangs dachte ich, das sei eine Sitte dieser Familie. Später
lernte ich auch andere Menschen kennen. Ich wurde gelegentlich an den
Bruder des Patrons zum Helfen auf dessen Bauernhof ‚verliehen'. Auch
hier frühstückte die ‚Grande Nation' in der Nachtwäsche. Für mich war
es ein Widerspruch. Ich wusste aus früheren Erzählungen, dass die
Franzosen ein vornehmes Volk und in Verbindung mit Stil und Eleganz
zu verstehen sind. Aber was sollte ich weiter über diesen ‚Fauxpas'
grübeln? Vielleicht galt diese vornehme Einstellung auch nur für Paris.
Ich habe später, nach der Gefangenschaft festgestellt, Paris und das
übrige Frankreich haben in vielen Dingen nichts miteinander zu tun.

Der Patron nahm mich mit aufs Feld, ich musste Arbeiten verrichten,
die ich noch nie in meinem Leben getan hatte. Am schwersten war es,
mit dem Pferdewagen die Ernte nach Hause zu bringen. Die Biester
konnten mich nicht verstehen. So gut ich auch versuchte, mit den
französischen Befehlen klarzukommen, es war unmöglich.

Anfangs habe ich sogar den Pfeiler des großen Hoftores zum Um-
stürzen gebracht. Die Pferde haben nicht meinen gewünschten Kurs
eingeschlagen. Es drang ein fürchterliches Geschrei an meine Ohren,
Marie-Claire stand gerade auf dem Hof und beobachtete mich. Das war
zu einer Zeit, in der mir diese Sprache noch ein Buch mit sieben Siegeln
bedeutete. Ich habe das Gewitter über mich ergehen lassen und als sie
fertig mit Schreien war, habe ich ihr im ruhigen Ton entgegnet: „Leck
mich doch am Arsch, du alte Kuh." Sie schaute mich an und meinte
wohl, ich hätte eine Entschuldigung gestammelt, denn sie winkte nur
ab und trottete ins Haus.

Der Patron kam hinzu, schlug die Hände über dem Kopf und jam-
merte: „Belle-Mère, Belle-Mère …"

Ich gab ihm zu verstehen, dass die Schwiegermutter es längst weiß
und zeigte auf den Eingang des Hauses. Er begriff meine Gesten und
beruhigte sich.

Jeden Samstag ging der Patron auf Jagd. Es wurden allerdings nur
Hasen ins Visier genommen, die Belle-Mère als Sonntagsbraten auf den
Tisch brachte. Eines Tages meinte der Patron, er würde mich gern

mitnehmen. Wir fuhren gemeinsam mit dem Pferdewagen zum Feld, um von dort aus zum Wald auf dem selbst gebauten Hochsitz Platz zu nehmen. Nach getaner Arbeit, die für mich nur zuschauen bedeutete, wurde auf dem Rückweg eine gemütliche Raucherpause eingelegt. André stopfte seine Pfeife und ich ließ mich neben ihm im Gras am Feldrand nieder. Das Jagdgewehr legte er zur Seite.

Wir konnten uns zu dieser Zeit schon gut verständigen, eine richtige Unterhaltung war es noch nicht. Froher Dinge stiegen wir wieder auf unseren Kutschbock, die Pferde trabten los. André gab mir erschrocken zu verstehen, dass wir das Gewehr liegen gelassen hatten. Also sprang ich herunter und lief zurück an die Stelle, an der wir gesessen hatten.

Oh nein, was ich da sah, war fürchterlich. Das Gewehr war Opfer des Pferdewagens geworden, der Lauf ragte mit einem scharfen Knick nach oben. Ade Sonntagsbraten! André lachte und murmelte etwas Unverständliches vor sich hin, was ich so auffasste, dass es toll wäre, keinen Hasen mehr schießen zu müssen. Belle-Mère soll etwas anderes auf den Speiseplan setzen. Ich glaube, er hatte durch mich den Respekt vor seiner Schwiegermutter verloren, zumindest fühlte er sich durch einen weiteren Mann im Haus mutiger.

Seit dieser Zeit verband uns ein freundschaftliches Verhältnis.

Aber es kam auch jeden Samstag die penetrante Frage von Marie-Claire, weshalb ihr Schwiegersohn nicht mehr jagen ginge, schließlich wüsste sie nicht, was sie am Sonntag auf den Tisch bringen soll.

Die Samstagabende waren für die jungen Leute des Dorfes der Inbegriff von Geselligkeit und gemeinsamer Freizeitgestaltung. Es gab Kino in einem kleinen Saal des Ortes, der zu Vorkriegszeiten als Tanzsaal genutzt wurde. Nach geraumer Zeit meines Aufenthaltes durfte ich diese Kino-Vorführungen manchmal besuchen. Wenn auch langsam, jedoch ständig besser, lernte ich dadurch die französische Sprache. Nach geraumer Zeit konnte ich dem Geschehen nicht nur bildlich, sondern auch sprachlich folgen. Ich verstand bald alles vom Inhalt der geführten Unterhaltungen.

Das Schönste von allen Erlebnissen war die Zeit, die ich mit Monique zusammen verbringen durfte. Gelegentlich gingen wir heimlich zusammen ins Kino. *Allerdings war das nicht diplomatisch, ich musste darauf achten, dass wir nicht beim Flirten ertappt wurden. Auf diesem Gebiet war die Grenze der sonst gezeigten Kulanz bei den Franzosen in diesem Dorf erreicht. Ich blieb trotz aller Akzeptanz nur der ,prisonnier de guerre'. Selbst mein Patron sah es nicht gern, wenn wir zusammenstanden und uns anstrahlten.*

Monique und ich haben vor lauter Liebe nicht gesehen, dass die anderen jungen Leute längst wussten, wie wir zueinanderstanden und sich zwischen uns etwas zusammenbraute. Der Kinobesuch war nur möglich, weil André mir heimlich Franc zusteckte. Belle-Mère durfte diese großzügige Geste nicht erfahren.

Ich machte Monique den Vorschlag, uns zu bestimmten Zeiten, in der Scheune zu treffen. Hier konnten wir schmusen und eine lange Zeit beieinander sein. Es gab genug versteckte Ecken im Stroh. Natürlich wurde eines Tages mehr daraus, ich konnte mich nicht ewig zurückhalten. Wir erlebten wunderschöne Liebesstunden und waren verrückt aufeinander.

Mein Verlangen, nach Deutschland zurückzukehren, hielt sich nun in Grenzen. Am liebsten hätte ich Monique davon überzeugt, mit mir nach Amiens oder in eine andere Stadt zu gehen. Sie war nicht bereit dazu und hatte auch Skrupel, mit allen Konsequenzen zu einem Deutschen zu stehen. In der Realität war es auch für mich Träumerei, ich war nach wie vor Gefangener.

Schließlich passierte das Drama unseres Lebens, Monique wurde schwanger. Wir wussten lange nicht, wie wir damit umgehen sollten.

So schweigsam und schüchtern ihre Mutter auch war, diese Situation machte sie zur selbstbewussten Person. Sie hatte es Monique bald auf den Kopf zugesagt, in welche missliche Lage wir die ganze Familie brachten. Die Angst, dass wir auf eine Katastrophe zusteuerten, hat auch uns gelähmt. Es war eine Konstellation, die besonders für mich gefährlich war. Ein Kind von einem deutschen Gefangenen, das kam einem Todesurteil gleich. Moniques Mutter hatte längst einen Plan, den sie noch mit ihrem Mann besprechen musste. Marie-Claire wurde ausgetrickst, sie hätte die ganze Familie umgebracht, zumindest mich.

Die jüngere Schwester Colettes, Nadine, wohnte in Amiens. Sie war beizeiten von zu Hause geflohen. Das Verhältnis zu ihrer Mutter gab den Anlass, den elterlichen Hof zu verlassen. Nadine hatte einen jungen Mann kennengelernt, der für einige Zeit zu Besuch bei einer Familie in Oresmaux weilte. Der junge Mann vergötterte das hübsche Mädchen und wollte sie unbedingt nach Amiens mitnehmen. Nadine nahm das abenteuerliche Angebot an. Wirklich böse war niemand über die mutige Entscheidung. Es stand ohnehin fest, dass Colette und ihr Mann André den Hof übernehmen würden.

Colette hat ihre Schwester geliebt und verehrt. Oft versuchte sie, die Diskrepanzen zwischen Mutter und Schwester zu schlichten, aber sie war zu schwach und dem intriganten Charakter der Mutter nicht gewachsen.

Nadine hatte Glück, sie heiratete den jungen Mann, eröffnete eine kleine Näherei in Amiens und konnte bescheiden von ihrem Geschäft leben.

Nun, nach vielen Jahren wollte Colette ihre Schwester darum bitten, Monique in ihrer ,peinlichen Lage der Schwangerschaft' unter ihre Fittiche zu nehmen. Sie schrieb ihr einen Brief, mit der Bitte, ihre Tochter aufzunehmen, solange sie schwanger sei. Später müsse man einen Weg finden, wie es weitergehen soll. Colette schlug eine Geheimbotschaft vor, die die Entscheidung der Schwester kundtun sollte.

Wenn sie schrieb: Es geht mir gut. Wir fahren im September an den Atlantik, um ein paar Tage Urlaub zu machen …, hieß das, André kann seine Tochter ins Auto laden und nach Amiens zu ihrer Tante bringen. Alle anderen Worte würden eine Absage bedeuten. So hatte Colette die Gewissheit, dass Marie-Claire diese Botschaft nicht durchschaut. Sie wusste, dass die Alte den Brief, der als Antwort von Nadine käme, heimlich öffnen würde.

Ich war in dieser Zeit machtlos. Mich bewegte der einzige Wunsch, mit Monique und diesem kleinen Wesen ein neues Leben aufzubauen, aber mir waren die Hände gebunden.

Nadine antwortete, wie Colette es sich gewünscht hatte.

Der Brief war über Dampf unprofessionell geöffnet worden, aber das hat uns nur ein Lächeln gekostet. Es stand die erhoffte Botschaft darin, dass Nadine mit ihrem Mann an den Atlantik fahren würde. Monique packte heimlich ihre Habseligkeiten zusammen. André plante eine wichtige Geschäftsreise. Er hätte einen ‚günstigen Lieferanten' für Weizensaat ausfindig gemacht, erzählte er der Alten.

Am Abend vor dem Abfahrtstermin lud André heimlich das Gepäck seiner Tochter ins Auto, nachdem er sich vergewissert hatte, dass ‚Belle-Mére' mit lautem Schnarchen ins Reich der Träume gedriftet war.

Das Frühstück am nächsten Morgen war traurig. Ich sah in den Augen von Mutter und Tochter die Tränen, die nicht fließen durften. Es tat mir weh und trotzdem empfand ich eine gewisse Genugtuung, weil das Martyrium mit der alten, bösartigen Frau für Monique seinem Ende zugehen würde.

Ich verabschiedete mich heimlich von meiner Liebsten, André war schon vorausgefahren. Monique musste durch ein kurzes Waldstück laufen, an dessen anderen Ende ihr Vater auf sie wartete.

Es war ein Abschied mit ungewissem Ausgang, aber ich hoffte, dass wir uns bald wiedersehen würden. Ich hätte gern ihre Hand gehalten, sie getröstet und ihren Bauch gestreichelt, wie ich es unendliche Male getan hatte.

Mich durchlief ein Schauer von Angst. Die Sorge, dass etwas schiefgehen könnte, beherrschte meine Gedanken.

Nun musste ich einige Wochen ausharren, bis ich André begleiten durfte und endlich meine geliebte Monique wieder in die Arme schließen konnte.

André und Colette waren traurig, nicht nur wegen der Arbeit, die in Zukunft ohne Monique bewältigt werden musste. Etienne war noch zu jung, um eine wirkliche Hilfe zu sein.

Die Eltern waren durch das Verschwinden Moniques genügend im Erklärungszwang. Wie sie es gemeistert haben, die alte Hexe zu beruhigen, entzieht sich meiner Kenntnis. Jetzt denke ich manchmal daran, dass wir in jungen Jahren nicht immer würdigen können, wenn die Alten unseretwegen in der Aufklärungspflicht stehen oder Taten vollbringen, um den Jungen den Weg zu ebnen.

Ich stellte mir in meinen Tagträumen vor, endlich frei zu sein und hatte Zukunftspläne ohne Ende. Hoffentlich würde eine Zeit kommen, zu der ich auch nach Amiens ziehen könnte. Vielleicht würde es mir gelingen, eine Arbeit zu finden. Der größte Traum war eine eigene Wohnung. Ich erhielt nur Post von Moniques, wenn mir André aus Amiens einen Brief mitbrachte. Sie schrieb einmal, dass sie nur eine kleine Dachkammer ihr Zuhause nennen konnte. Und trotzdem machte mir dieser Gedanke Mut. Es war eine winzige Chance, in Amiens Fuß zu fassen.

André erwies mir einen Freundschaftsdienst, indem er mich einmal heimlich zu Monique mitnahm. Er versorgte Nadine mit Lebensmitteln, die in der Stadt nicht oder nur unter schwierigsten Bedingungen zu bekommen waren. Auch das durfte Marie-Claire nicht wissen, die Verbindung zu ihrer Tochter Nadine hatte sie abgebrochen. „Soll sie doch verhungern, warum musste sie auch in die Stadt ziehen, das dumme Ding", sagte sie einmal.

Marie-Claire wurde wieder mit irgendwelchen Lügen abgespeist. Ich schlich mich durch den Wald, wie es Monique vor einiger Zeit getan hatte, um am anderen Ende zu André ins Auto zu steigen.

Colette weinte bei unserer heimlichen Abfahrt. Sie hätte gern ihre kleine Monique wiedergesehen. Ihre bösartige Mutter durfte jedoch von dieser Aktion nichts merken.

André nahm mich also mit nach Amiens. Ich war voller Erwartung auf diese Stadt. Sie hat nicht nur in der Vergangenheit, sondern auch in der Zeit des Zweiten Weltkrieges die Welt im Atem gehalten.

Im Mai 1940 fanden massive Angriffe der Alliierten gegen die Deutsche Wehrmacht in Amiens statt. Den Deutschen war die Besetzung gelungen.

Die Eroberung der Stadt bedeutete für einige hunderttausend Soldaten französischer, britischer und belgischer Nation eine Falle, vor ihnen stand die Wehrmacht und hinter ihnen befand sich der unüberwindbare Ärmelkanal.

222

Die Kämpfe hinterließen eine völlig zerstörte Stadt. Als ich dort eintraf, fand ich ein trauriges Amiens vor.

Wie durch ein Wunder war die riesengroße Kathedrale Notre Dame von dieser unsinnigen Zerstörung verschont geblieben.

Mich erfasste damals ein Gefühl der absoluten Ohnmacht. Mein Traum, einmal in dieser Stadt zu leben, platzte wie eine Seifenblase.

Erstaunlicherweise gab es an dem Haus, an dem André hielt, keine nennenswerten Schäden. Hier sollte ich meine kleine Monique hoffentlich in die Arme schließen dürfen. Aber das beklemmende Gefühl der Hoffnungslosigkeit verließ mich von diesem Augenblick an nicht wieder.

Wir stiegen aus und gingen zum Haus. Am Eingang konnte ich erkennen, dass sich hier eine kleine Schneiderei befand. André öffnete die Tür und ich erblickte an einer Nähmaschine das geliebte Mädchen, welches ich so oft in meinen Träumen vor mir gesehen hatte. Sie war noch zerbrechlicher und zarter, als ich sie in Erinnerung hatte. Ihr Gesicht war blass und ich konnte darin nur Entmutigung lesen. Aber dieser Eindruck verflog sofort, als Monique aufsah und mich erkannte. Das Rattern der Maschine verstummte und sie sprang auf, um mir entgegenzufliegen. Es war ein Gefühl, welches alle negativen Gedanken beiseite fegte. Wir sagten nichts und lagen uns in den Armen. Mir kamen die Tränen, denn all diese Eindrücke lasteten wie ein Fels auf meiner Seele.

„Es ist mein schönstes Erlebnis, seit ich in dieser traurigen Stadt bin, dich hier bei mir zu sehen. Jetzt werde ich alles, was auch kommen mag, verkraften."

In ihrem Gesicht hatten die Tränen Spuren hinterlassen, aber in diesem Moment lächelten wir uns an, als könnte nichts mehr passieren. Und doch wussten wir, dass uns in kurzer Zeit die Vernunft wieder trennen würde.

Ich spürte bei unserer Umarmung, dass sie schon weit mit ihrer Schwangerschaft war und fragte: „Wie lange wird es noch dauern, bis ich Vater werde?"

Sie lächelte und meinte, es würde noch einen Monat Geduld fordern. Ich schaute ihr ins Gesicht und sah unendliche Traurigkeit in ihren Augen, es war höchste Zeit, sie zu besuchen und zu trösten. Ich konnte spüren, wie sie seelische und körperliche Hilfe nötig hatte.

„Ich lebe immer noch unter dem Dach in der Kammer. Sie ist eng und bei schlechtem Wetter ungemütlich. Trotzdem muss ich dankbar sein, ich hätte es noch schlimmer treffen können."

Sie wandte sich ihrem Vater zu, ließ sich von ihm in die Arme nehmen und beide gaben sich ihren Gefühlen hin. André war öfter dort und hatte den Zustand Moniques geschildert, wenn er aus Amiens zurückkam. Jedes Mal war er erbost, sein kleines Mädchen hier in der Fremde und offensichtlich nicht behütet zu erleben. Es drehte ihm sein Herz im Leibe herum. Er und Colette hatten stets dafür gesorgt, dass ihre Kinder ein schönes und geborgenes Zuhause besitzen. Jetzt musste Monique für ihre Tante bis zum Umfallen schuften. Es waren keine Worte der Erklärung notwendig, wir erkannten die Situation an der Erscheinung des Mädchens. Ich hörte Andrés Stimme, er wollte von seiner Tochter die Bestätigung dieses Eindruckes hören.

„Wie geht es dir, mein Kind?"

Er hielt sie ein Stück von sich, denn sie hatte sich an ihn geschmiegt.

„Ich sehe, du musst hart arbeiten. Und überhaupt bist du entsetzlich dünn geworden. Was soll ich deiner Mutter erzählen, wie ihre Schwester mit dir umgeht?"

„Nein, Papa, es ist nicht, wie du denkst. Mir geht es gut. Die Zeiten sind schwer, sie lasten auf uns und jeder muss seinen Anteil beitragen. In der Stadt gibt es wenig zu essen, ich bin diese Lebensweise nicht gewöhnt, das ist der ganze Grund."

André schaute seine Tochter ungläubig an und schüttelte den Kopf.

„Du benötigst jetzt öfter deine Ruhe und vor allem gutes Essen. Schließlich sollst du ein gesundes Kind zur Welt bringen und selbst bei Kräften bleiben. Deine Mutter hat einiges eingepackt. Ich denke, ich werde einen Teil bei dir deponieren. Jetzt im Winter besteht keine Gefahr, dass die Lebensmittel verderben. Für Tante Nadine und ihre Sippschaft bleibt trotzdem genügend übrig!"

224

Monique schaute ängstlich drein.

Ich ahnte schon zu diesem Zeitpunkt, dass Colettes Schwester ihre Nichte nicht aus Nächstenliebe zu sich genommen hatte. In nicht allzu ferner Zeit käme noch ein Baby ins Haus, welches sich zu einem unnützen Esser entwickeln würde. Sie könnte die Überlegung angestellt haben, ob die Lebensmittel, die der Schwager mehrmals bei ihr abgab, diese unliebsamen Umstände rechtfertigten. Von der Hand zu weisen waren aber Eier, Wurst, Fleisch und andere leckere Dinge vom Lande nicht.

Später wurde mir klar, dass mein Eindruck berechtigt war. Monique wurde auf schamlose Weise von Nadine ausgenutzt. Die Versorgung mit Lebensmitteln durch André war ein Teil der Bezahlung zur Unterbringung des Mädchens. Monique selbst leistete den anderen Teil. Sie schuftete jeden Tag bis in die Nacht an der Nähmaschine. Nadine hatte im Gegenzug nur die Unterkunft zu bieten.

Aber sie wusste, dass wir uns alle in einer prekären Lage befanden und somit hatte sie uns in der Hand.

Es gab zu viele Ansatzpunkte, die Andrés Familie und vor allem mir zum Verhängnis werden konnten. Ich war ein deutscher Gefangener und Deutschland war der Grund dieses Desasters. Die französische Bevölkerung brachte diesem Feindesland und seinen Menschen einen abgrundtiefen Hass entgegen, das war kein Wunder.

Unter diesen Voraussetzungen kommt ein ‚prisonnier de guerre' daher und schwängert ein französisches Mädchen! Die Folgen wären nicht auszudenken, käme diese Tatsache an die Öffentlichkeit. Besonders Marie-Claire würde ihren ganzen Hass gegen mich herauslassen.

André und ich hatten den gleichen Gedanken. Wir verständigten uns, dass ich den Laden verlassen müsste, bevor Nadine in der kleinen Nähstube erscheint. Noch eine innige Umarmung mit Monique. Ich trottete zum Auto und machte mich ganz klein. Natürlich tat diese Entscheidung unendlich weh, Monique und ich waren glücklich, uns nach einer gefühlten Ewigkeit endlich wieder in den Armen liegen zu dürfen. Heute denke ich immer noch mit einem traurigen Gefühl an diese ausweglose Situation. Die Sorgen um sie und das Kind waren in meinem Innersten zu jeder Tages- und Nachtzeit präsent. Was sollte nur aus uns werden? Ich sah keinen Ausweg.

Der Krieg war vorbei und trotzdem gab es für mich keine Freiheit. Ich wäre froh gewesen, wenn ich bei Monique und unserem Kind hätte bleiben dürfen, aber es gab politische und private Hindernisse, die diesen Schritt unmöglich machten.

Es dauerte nicht lange, bis André zum Auto kam, wir fuhren zurück nach Oresmaux. Es herrschte entgegen unserer sonstigen Gewohnheit auf der ganzen Fahrt Schweigen zwischen uns. André wusste ebenfalls nicht, mit unserer Misere umzugehen. Und trotzdem ließ er sich zu keinem Zeitpunkt zu irgendwelchen Vorwürfen mir gegenüber hinreißen.

Ich hing meinen Gedanken hinterher. Mir wurde in dieser Situation klar, dass ich froh sein konnte, in André einen friedfertigen Menschen gefunden zu haben.

Das Wort ‚deutsch' und alles, was damit im Zusammenhang stand, war in diesen Zeiten für einen großen Teil der Franzosen wie die Pest. Ich konnte diese Einstellung verstehen. Und wie es im Leben üblich ist, die Unschuldigen und Gebeutelten mussten die Rechnung der Verbrecher bezahlen.

André erzählte mir, dass er vermute, Monique müsse manchmal bis in die Nacht an der Nähmaschine sitzen. Diesen Verdacht hat mir Monique später bestätigt, als wir die Gelegenheit hatten, ausführlich miteinander zu reden.

Es gab von Anfang an einige unter den Kunden, die mit ausgefallenen Stoffen die Schneiderei aufsuchten und modische Kleider in Auftrag gaben. Nadine war überfordert, hatte aber längst entdeckt, dass Monique goldene Hände und obendrein einen von Natur aus außergewöhnlichen Geschmack besaß. Wer einmal in dieser kleinen Nähstube etwas hatte arbeiten lassen, kam immer wieder. Das war für Nadine und ihren Geschäftssinn der Grund, trotz der „anderen Umstände" das Mädchen an sich zu binden. Das zu erwartende Baby passte nicht in ihren Plan, aber man würde schon eine Lösung finden.

Die Kunden bezahlten mit Naturalien, manchmal wurden auch Schmuck und andere Wertgegenstände angeboten.

Monique ging leer aus. Sie wusste, dass ihre Situation keine Alternative bot. Eine ledige Mutter in einer großen Stadt war trotz allem anonymer, als in dem kleinen Heimatdorf, wo jeder sofort wusste, wer der Vater des Kindes war.

Monique träumte von meiner Freiheit und unserer gemeinsamen Zukunft in Amiens. Und genau diese Träume hatte ich auch.

Jahre später wurde mir die Situation, in der ich mich zu der Zeit befand, durch das Studium entsprechender Literatur klarer. Die Kriegshandlungen waren lange beendet und trotzdem dauerte es Jahre, bis Frankreich, England und die USA eine Einigung bezüglich der Zukunft Deutschlands erzielten.

Sehr treffend fand ich den Artikel von Arthur L.Smith, JR.: ‚Die deutschen Kriegsgefangenen und Frankreich 1945-1949'.

Dort bringt er zum Ausdruck, dass die bedingungslose Kapitulation den alliierten Mächten ermöglichte, das Problem der Kriegsgefangenen willkürlich zu behandeln. Ihre Uneinigkeit verhinderte einen Friedensvertrag. Jede Nation behandelte die deutschen Gefangenen nach ihren Regeln. Mich hat vor allem der Teil über Frankreich interessiert.

Die deutschen Männer sollten für den Wiederaufbau des Landes ihre Arbeitskraft zur Verfügung stellen. Damit war auch ich gemeint.

Dieser Artikel gab über mein eigenes Schicksal Aufklärung. Mir wurde klar, weshalb ich nach der Überfahrt von Kanada nach Europa in Frankreich gelandet war. Ich habe in diesem Artikel gelesen.

„... Frankreich hatte aus seinem Verlangen, soviel Gefangene wie möglich für den Wiederaufbau zu bekommen, kein Geheimnis gemacht. Fritz Eberhard, der spätere Herausgeber der „Stuttgarter Rundschau" und Leiter des Deutschen Büros für Friedensfragen, erinnerte sich an ein Ereignis im Mai 1945, nämlich an einen amerikanischen Konvoi mit mehreren hundert Gefangenen: ... „Die in ihre Heimat entlassen werden sollen ... Die Franzosen in Zuffenhausen lassen alle aussteigen

und erklären die deutschen Soldaten zu ihren Kriegsgefangenen. Der
amerikanische Offizier konnte dagegen nichts ausrichten ..."
Ich war schließlich auch auf dem Weg in die Heimat, als wir in Frank-
reich ankamen. Vielleicht gab es eine ähnliche Situation, wenngleich es
viel später war, aber die Umstände hatten sich nicht geändert. Jeder der
Alliierten konnten nach eigenem Ermessen mit den deutschen Ge-
fangenen verfahren.

Ich lege das Diarium aus der Hand, mich übermannt trotz der
Neugier auf den Fortgang der Geschichte eine bleierne
Müdigkeit.
Die Gedanken zu den Erlebnissen Hermanns verfolgen mich.
Jede Zeile des Textes hallt mit allen Sinnen in mir nach. Die Frage,
warum Hermann ausgerechnet mir dieses Buch anvertraut hat,
kann ich immer noch nicht beantworten. Es zieht mich in den
Bann, ich kann nicht erklären, warum. Die Seiten oberflächlich zu
durchsuchen oder vorab den Schluss zu lesen, kommt mir nicht
in den Sinn. Meine Mutter vergewaltigte Bücher in dieser Weise.
Sie informierte sich über den Anfang, die Mitte und das Ende
einer Erzählung. Ich habe diese Art zu lesen nie verstanden, es
zeugt von einer gehörigen Portion Desinteresse.
Ich möchte die Gedanken und Beweggründe des Autors verstehen und versteckte Denkanstöße oder Schlussfolgerungen auf
das eigene Leben projizieren. Würde ich ein Buch in dieser frevel-
haften Weise behandeln, könnte ich es beim Klappentext belas-
sen.
Auch diese Lebensbeichte ist für mich wie ein Buch und damit
der Inbegriff von Fantasie, Gefühlsempfindungen, zwischenmenschlichen Beziehungen, Verwirrungen des Lebens, Schmerz,
Trauer, Freude, Glück, Liebe ... und noch vieles mehr, mit denen
die entsprechenden Handlungen beschrieben und verknüpft
werden. Wenn meine derzeitige Lektüre auch kein literarisches
Werk ist, entginge mir das ‚Dabei sein', wenn ich nicht auf die

Zwischentöne in den Zeilen achten könnte. Deswegen lese ich auch dieses Tagebuch Wort für Wort und verarbeite es emotional. Im Moment bin ich in meinen Gedanken gefangen. Hermann erzählt mir nicht sein ganzes Leben, sondern nur den Teil ab dem Tag des Kriegsendes. Die mündliche Erzählung, während er in seinem Krankenbett lag, lässt er bei den Aufzeichnungen im Diarium weg. Er schreibt ab dem Zeitpunkt, an welchem seine an uns gerichtete Geschichte geendet hatte. Das vollständige Bild ist nur für Hans und mich erkennbar.

14

Matthias ruft mich jeden Abend an. Seit ein paar Tagen stellt er mir die gleiche Frage: „Du wolltest mich besuchen. Hast du dein Versprechen vergessen?"

„Nein, habe ich nicht!"

„Welchen utopischen Termin hast du ins Auge gefasst, hier zu erscheinen?"

Ich schweige, weil ich immer noch keine Ahnung habe, ob ich bei ihm übernachten möchte.

„Du kennst mein Haus, es ist genügend Platz vorhanden. Also komm nicht auf die Idee, ein Hotelzimmer zu nehmen."

Hat er jetzt meine Gedanken gelesen? Ich weiß, sein Haus ist groß genug, um meiner Angst vor Nähe aus dem Weg zu gehen. Mir fehlen inzwischen die passenden Argumente, ich lasse mich also auf den Vorschlag, bei ihm zu wohnen und auf das kommende Wochenende ein.

Ich hatte mir vorgenommen, Hermanns Niederschrift weiterzulesen. Mit Matthias' Einladung wird die Lektüre warten müssen. Meine Neugierde auf den Fortgang der Geschichte ist groß, aber ich möchte mich in aller Ruhe der Erzählung des alten Mannes widmen.

Organisatorisch verlaufen meine Vorbereitungen für meine Reise zu Matthias nach lang erprobtem Muster.

Am Abend vor meiner Abreise ruft er aufgeregt an und teilt mir mit, dass er am Samstag eine Einladung zum fünfzigsten Geburtstag seines Chefs erhalten hat.

„Nimm die Einladung ruhig an, wir können unser Date verschieben."

Natürlich finde ich es nicht schön, wenn ihm die Einladung wichtiger zu sein scheint, als ein Treffen mit mir. Aber auf der anderen Seite habe ich Verständnis für seine Verpflichtungen. Bevor ich überlegen kann, wie weit meine Einsicht reicht, ergänzt er seine Aussage. „Anne, ich hoffe, dich nicht zu überfordern.

Mein Chef hat mich gebeten, in Begleitung zu erscheinen. Ich finde diese Möglichkeit, dich in meine Kreise einzuführen, perfekt."

Er macht eine Pause. Ich antworte nicht, meine Gedanken überschlagen sich. Seine Überlegungen sind offensichtlich beendet und ich höre die Erklärung, warum er mich so spät informiert.

„Der Zeitpunkt der Information ist für deine Vorbereitung zu spät, oder kannst du ein entsprechendes Outfit ohne Umstände einpacken? Das Ganze gilt nur für den Fall, du nimmst diesen Vorschlag an. Es tut mir leid, aber die Sekretärin hatte meine Einladung verlegt und erst heute wiedergefunden. Außerdem muss ich dir sagen, dass es keine übliche Geburtstagsfeier sein wird. Sie findet auf einem Schiff statt, es schippert von Bremerhaven nach Hamburg. Unter anderem kommen Gäste, die eine einflussreiche Stimme in Politik und Wirtschaft haben. Nicht, dass wir beide von Bedeutung bei diesem Fest wären, aber für mich ist es wichtig, dort zu erscheinen."

Ich gebe immer noch keinen Ton von mir. Auf den Punkt gebracht, überfordert mich das Ganze. Im parallelen Gedankengang spukt mein elegantes Kleid vom vorigen Jahr in meinem Kopf umher. Ich hatte es für einen Empfang gekauft, auf den mich Michael mitnehmen wollte. Dieses Unternehmen fiel ins Wasser und das Kleid blieb ungetragen in der hintersten Ecke des Kleiderschrankes. Ich habe mich nicht nur einmal darüber geärgert, für meine Verhältnisse war sein Preis hoch. Damals dachte ich, es gäbe nie mehr eine Gelegenheit, das Schmuckstück auszuführen.

Jetzt kommt mir ein wunderbarer Zufall entgegen und ich habe eine Verwendung für den ‚Fehlkauf'.

„Was ist, Anne, hast du die Sprache verloren? Bitte gib mir keinen Korb! Ich möchte so gern, dass du bei diesem wichtigen Ereignis an meiner Seite bist."

Mein durchgängiges Schweigen nervt mich selbst.

„Ich falle auch auf die Knie, hörst du es knacken?"

Mit einem herzhaften Lachen erlöse ich Matthias. Meine Entscheidung steht fest.

Am Freitagmittag steige ich nach der Arbeit in mein mit Reiseutensilien und vor allem mit einem wunderschönen Vorzeigekleid bestücktes Auto. Die Fahrt geht Richtung Cuxhaven. Das Wetter macht anfangs noch ein paar Zicken. Es regnet, mein Baby verliert seinen tiefschwarzen Glanz, ich war umsonst in der Waschanlage.

Meine Gedanken sind bei Matthias, den ich in der kurzen Zeit ein wenig in mein Herz geschlossen habe und trotzdem einen gewissen Abstand halten werde. Ich weiß nicht, wie versnobt er ist. Eins steht fest, wir beide kommen aus zwei verschiedenen Welten.

Mir geistert dieser Geburtstagsempfang ständig im Kopf umher. Im Grunde gefällt mir mein einfaches Leben, trotzdem muss ich mich nicht unbedingt mit Eliza Doolittle vergleichen. Aber ein wenig komme ich mir so vor.

Hat Matthias nie eine Frau aus seinen Kreisen kennengelernt, die er in die engere Wahl ziehen konnte? Oder möchte er einmal etwas aus dem Volk ausprobieren? Mein Misstrauen läuft auf Hochtouren. In diesem Fall geht es nicht um Liebe und Schmerz, sondern um gesellschaftliche Kluften. In Zukunft werde ich ihn genauer beobachten, um ein klares Bild zu erhalten, wie dieser Mann tickt.

Inzwischen hat sich die Sonne durchgesetzt und dem Wind den Befehl gegeben, die Wolken wegzufegen. Es klappt nicht hundertprozentig, aber ich bin zufrieden. Ich kann ungehindert von einer Autobahn auf die andere wechseln und gespannt sein, was mich an Neuigkeiten erwartet. Die gerade laufenden Nachrichten werden unterbrochen, das heißt, ich bekomme einen Anruf.

Matthias fragt, wo ich bin und ob alles optimal läuft. Wir bleiben eine Weile in Verbindung, albern herum und er wünscht mir anschließend eine gute Weiterfahrt.

Die gut 400 Kilometer von Dessau nach Cuxhaven sind kein unüberwindbares Hindernis.

Meine Gedanken spazieren in die Vergangenheit, weil es mir immer wieder Freude bereitet, wie bequem die Reisen mit Navi sind. Die Zeiten meiner Kindheit kommen mir in den Sinn. Ich sehe mich hinten im Auto meiner Eltern sitzen und höre ihren Streitereien zu. Papa hat tagelang vor einer Reise dem Atlas die zu fahrende Strecke entlockt und Mama als lebendes Navi, fegte seine mühsamen Vorbereitungen kurzerhand beiseite. Papa hat gemerkt, wenn sie versuchte, die Route zu korrigieren, dann gab es Zoff! Ich kann sie im Moment live spüren, die beiden Alten. Die Liebe zwischen ihnen war während der vielen Jahrzehnte ihrer Ehe tief und innig. Aber streiten konnten sie, dass die Fetzen flogen. Allerdings dauerte das anschließende Schmollen niemals lange und es wurde wieder geturtelt.

Mein Gott, ist das eine Ewigkeit her, ich muss schnell an etwas anderes denken, sonst kommen mir die Tränen. Ich habe sie beide durch einen Verkehrsunfall verloren.

Unweigerlich denke ich an das Zusammenleben mit Frank. Es gibt so viele Gemeinsamkeiten zwischen der Ehe meiner Eltern und unserer. Bei Frank und mir war es wohl der Altersunterschied. Er hat unsere Verbindung als etwas ganz Besonderes angesehen und war jede Minute dankbar. Das hat er mir immer wieder gesagt und ich habe es genossen. Als außergewöhnlich empfinden kann ich unsere Ehe erst jetzt.

Es ist fast geschafft, ich fahre in Cuxhaven ein und stehe zum dritten Mal vor dem Grundstück von Matthias Schneider. Das hätte ich mir damals nicht träumen lassen, als ich die Geliebte von Hans besuchen wollte.

Matthias steht im Eingang und ich steige aus dem Auto. Was wird passieren, begrüßen wir uns, wie ein echtes Liebespaar, oder bleibt es bei einem Handschlag? Auf jeden Fall gehen wir uns zögerlich, aber lächelnd entgegen. Ich denke, ich sollte ihm sagen, dass ich mich freue, ihn wiederzusehen, lasse es aber sein. In Verlegenheit herausplatzende Worte sind nicht die beste Idee. Also nehme ich mir vor, nichts von mir zu geben, soll er anfangen, dann kann ich entsprechend reagieren.

„Liebe Anne, ich bin froh, dich bei mir empfangen zu dürfen. Deiner Ankunftszeit gemäß muss alles perfekt geklappt haben. Sei herzlich willkommen!"

Er nimmt mich in die Arme und das ist für mich das Zeichen, locker zu werden und alles auf mich zukommen zu lassen. Nach einer Weile lässt er mich los und schaut mich an.

„Ich bin glücklich über deinen Entschluss, meine Einladung anzunehmen. Nun hoffe ich, du fühlst dich nicht überfordert. Es ist vielleicht eine Zumutung, in dieser kurzen Zeit von einem wichtigen Fest zu erfahren. Wie ich sagte, es ist keine normale Party."

„Matthias, mir ist bewusst, dass ich nicht in diese Gesellschaft passe", unterbreche ich ihn, „aber glaube mir, aus dem Urwald komme ich auch nicht. Du möchtest wissen, ob ich ein angemessenes Outfit präsentieren kann. Nun, das kann ich nicht beurteilen. Ich werde dir mein Kleid vorstellen und du sagst mir, ob es kritischen Kennerblicken standhält. Darauf kommt es dir doch an!"

„Du bist immer so herrlich direkt, das gefällt mir an dir, allerdings muss ich mich daran gewöhnen."

Matthias schmunzelt und ich habe den Eindruck, dass er es ehrlich meint. In seiner Schönen- und Reichen-Welt sind die Maßstäbe andere, das ist mir bewusst. Es betrifft ebenfalls meine Konversationsart, alles beim Namen zu nennen. Direktheiten von sich zu geben, ist für ihn eine neue Erfahrung. Ich werde mich seinetwegen aber niemals verbiegen.

Im Gegenzug bestehen meinerseits berechtigte Zweifel, ob wir jemals in einer für beide befriedigenden Form zusammenfinden können. Ich habe den Wunsch, diesen interessanten Mann für mich zu gewinnen. Seine Beweggründe, mich näher kennenlernen zu wollen, sind mir noch ein Buch mit den bekannten sieben Siegeln. Es sei denn, er hat sich tatsächlich in mich verliebt. In diesem Fall muss ich nicht weiter nachdenken. Verliebtheit bedeutet Ignoranz jeglicher Logik.

„Komm doch bitte ins Haus. Wir können bei einem Aperitif unser Gespräch weiterführen, dabei lässt es sich besser überlegen. Dein Gepäck holen wir später."

Diese letzte Bemerkung stimmt mich milde. Er lässt es sich nicht nehmen, selbst Hand anzulegen und schiebt es nicht einfach auf seine Haushälterin ab.

Meine Gefühle laufen Spießruten und ich bin mir nicht sicher. Sollte ich meine Utensilien lieber im Auto lassen?

Davonlaufen ist schließlich meine Spezialität.

Heute ist es anders, weil ich Matthias von Anfang an mochte und versuche, meine unmögliche Spontanität unter Kontrolle zu halten.

Wieder bin ich von dieser geschmackvollen Art, Antikes mit Modernem zu verbinden, begeistert. Es zieht sich durch das ganze Haus. Elena lebt in meiner Fantasie noch immer in diesen Räumen. Sie scheint Teil des gesamten Ambientes zu sein. Es macht mich traurig, sie nicht kennengelernt zu haben. Die beiden liebsten Männer in ihrem Leben berühren mich in einer intensiven Weise. Ich denke an Hans, der nicht weiß, dass ich erneut im Norden herumgeistere. Es würde ihn freuen, wenn er die Entwicklung unserer Beziehung verfolgen könnte. Aber etwas hält mich davon ab, ihn zu informieren.

Matthias führt mich in den Salon. Ich kenne niemanden in meinem Freundeskreis, der einen Salon in seiner Wohnung anbieten könnte, also doch Elisa Doolittle!

„Was hättest du gern zu trinken, ich kenne deinen Geschmack noch nicht, aber mein Wissen wird sich postwendend ändern."
Matthias schaut mich von der Seite fragend an, hält den Kopf etwas geneigt.

Also Anne, bitte eine umgehende Antwort, flüstert mir mein Unterbewusstsein zu.

Aber so schnell fällt mir nichts Passendes ein. „Einen Martini bitte", antworte ich einfach.

In Wahrheit bin ich schon lange vom Martini weg. Frank und ich haben ihn eine Zeit lang bis zum Umfallen getrunken. Ich mag ihn nicht mehr, warum sage ich so einen Schwachsinn?

„Mit oder ohne Eis?", höre ich Matthias fragen und ich bitte um Eis. Wenigstens das macht die Sache erträglich. Vielleicht kann ich beim nächsten Mal umschwenken, ansonsten bin ich gezwungen, ständig Martini zum Aperitif zu nehmen.

Was soll das Anne, seit wann sagst du nicht unverblümt deine Meinung?

Matthias kommt mit den Getränken an den Tisch. Sein Lächeln ist gelöst und glücklich, ich muss ihn anschauen und aufpassen, dass ich mich nicht in seinen angenehmen Gesichtszügen verliere. Das Getränk, welches sich Matthias genehmigt, ist meiner Meinung nach ‚Whiskey on the Rocks'. Wir prosten uns zu und ich nippe an dem ungeliebten Martini. Er hat nicht einmal mehr Erinnerungswert. Frank lehnte ihn in der letzten Zeit kategorisch ab.

Nun gut, wir lernen uns noch näher kennen und ich kann zu einer passenden Gelegenheit beichten, dass ich dieses Getränk nicht mag.

„Ich habe mir erlaubt, den heutigen Abend nach meinen Vorstellungen zu gestalten und schlage vor, wir speisen in meinem Lieblingsrestaurant, was hältst du davon?"

Ich sage ihm, dass ich mit allem einverstanden bin und gehe gleichzeitig in Gedanken meine mitgebrachte Garderobe durch. Warum fühle ich mich plötzlich unsicher in der Nähe dieses

Mannes? In seinem Umfeld spüre ich, dass er aus einer anderen Welt kommt. Deswegen muss ich aber nicht mein eigenes Ich massakrieren.

Sei einfach du selbst und versuche, dich um Himmelswillen nicht zu verbiegen. Entweder er kann damit leben, dass du nicht die Schönen- und Reichenallüren zum Besten gibst, sondern einfach und geradeheraus bist, oder er wird sich von dir abwenden. Wo liegt das Problem? Ich sollte mir keine Gedanken über dieses Thema machen. Der Umkehrschluss liegt somit nahe, dass er es erfrischend findet, mit einem Menschen zusammen zu sein, der nicht ständig in Small-Talk-Flausen daherredet.

Nun bin ich noch nicht zu einem Ergebnis gelangt, was ich an diesem Abend für ein Outfit tragen werde. Vorsichtshalber hatte ich beim Packen der Sachen mit Sorgfalt den Hauch von Vornehmheit im Auge.

Ich entscheide mich für eine elegante schwarze Hose und eine weiße, zu allen Gelegenheiten passende Bluse.

„Was ist Anne, du bist nachdenklich, ich vermisse deine sonstige Gesprächigkeit."

Ich schaue Matthias lächelnd an.

„Meine Gedanken waren bei dem Erscheinungsbild, was ich dir heute Abend bieten könnte."

Mein Blick ist neugierig auf ihn gerichtet, aber seine Reaktion benötigt noch ein wenig Zeit.

„Es wird bescheiden ausfallen, aber ich denke, manchmal ist weniger mehr!" *Warum rechtfertige ich mich?*

Er lacht, weil ich wieder eine für ihn ungewohnte Wahrheit ohne Umwege ausgesprochen habe. So erklärt er mir jedenfalls seine Reaktion.

Seinen Vorschlag, das Gepäck zu holen und eine erfrischende Dusche zu nehmen, realisiere ich gern.

Nachdem wir uns zur verabredeten Zeit wieder im Salon treffen, weiß ich nicht, ob sein nettes Kompliment der Spiegel seiner ehrlichen Gedanken ist. Es macht zumindest den Eindruck, als spräche er die Wahrheit.

Später sitzen wir in seinem Luxusschlitten und fahren in besagtes Restaurant. Die Gespräche laufen in gewohnter Intensität ab. Dabei verliere ich die letzten Bedenken. Ich versuche, mich an das Thema ‚Hans' heranzutasten. Matthias antwortet genervt: „Anne, das hatten wir schon, du lässt wohl nie locker."

„Empfinde diesen alten Mann nicht als Eindringling in deine Welt. Er ist einsam und allein und die alten Zeiten sind ein für alle Mal vorüber. Es würde ihn glücklich machen, dich als jugendlichen Freund betrachten zu können. Oder gib ihm zu verstehen, dass du ihn akzeptierst. Ich glaube, das würde ihn zufriedenstellen."

Matthias hat plötzlich einen friedlichen, fast freundlichen Gesichtsausdruck. „Gut, ich werde die Friedensfahne hissen, deinetwegen."

Am nächsten Morgen sitzen wir gemütlich beim Frühstück. Ich fühle mich bei Matthias ähnlich wie bei Hans. Auch er hat einen „guten Hausgeist". Es gibt keine innere Bindung zwischen den beiden, wie es zwischen Hans und Hilde offensichtlich ist, aber ich spüre bei Matthias die Achtung der Frau gegenüber, die seinen wichtigsten Lebensbereich in Ordnung hält und ihn mit allem versorgt, was für ein angenehmes Zuhause notwendig ist. Für ihn ist Lieselotte keine Bedienstete, die er nach Lust und Laune herumkommandiert. Diese Einstellung imponiert mir.

Seinen Erzählungen nach ist Lieselotte schon viele Jahre hier als Haushälterin tätig. Elena hat sie vor langer Zeit eingestellt. Allerdings ist sie nicht Mitbewohnerin, sondern lebt ganz in der Nähe zur Miete.

„Wir werden am heutigen Vormittag nichts Gravierendes unternehmen. Es ist besser, wir konzentrieren uns auf den abendlichen Empfang. Du wolltest mir dein Kleid vorstellen, das machen wir, wenn wir uns zum Aufbruch rüsten."

„Okay, wenn du so viel Vertrauen in meinen Geschmack setzt, danke ich dir vorerst, allerdings hätte ich im anderen Fall noch die Möglichkeit, ein neues Outfit zu erstehen. Nachher ist es zu spät. Du musst bedenken, dass meine Garderobe nicht auf Schickimicki-Events ausgerichtet ist, sondern nur für normale Erdenbürger zusammengestellt wurde."

Matthias lacht, er kann sich meine Skrupel nicht vorstellen.

Und dann ist es so weit. Ich stehe vor ihm mit dem besagten Kleid. Da ich ansonsten nur Hosen trage, komme ich mir doch tatsächlich vor, wie Elisa Doolittle. Matthias schaut mich von oben bis unten an, ich kann in seiner Miene keinerlei Regung entdecken.

„Was ist nun, soll ich lieber hierbleiben, oder nimmst du mich in diesem Outfit mit?", platze ich heraus.

Er grinst vor sich hin und genießt sichtlich meine Unsicherheit.

„Komm schon Matthias, raus mit der Sprache, sag deine Meinung!"

„Also die Schuhe sind top, chic und sexy."

Wieder Grinsen und Schweigen. Dann kommt er plötzlich auf mich zu und nimmt mich in den Arm.

„Es ist alles perfekt, du hast ein Händchen, deiner erotischen Ausstrahlung noch den i-Punkt zu verpassen", flüstert er mir ins Ohr.

Im ersten Moment ist mir nicht klar, wie ich reagieren soll. Ich habe den Eindruck, Matthias wird von Gefühlen überrumpelt, die für uns beide neu und ungewohnt sind. Ehe ich weiter nachdenken kann, küsst er mich. Ich hingegen weiß nicht, ob ich für diese Entwicklung schon bereit bin. Die Verbindung mit Matthias macht mich zufrieden, sie ist jedoch weit ab von Emotionen. Immerhin bewegen mich keine Gedanken, meinen Koffer zu packen und abzuhauen, wie ich es bei Sebastian getan habe. Das ist in meinen Augen ein Hoffnungsschimmer, endgültig meine Fehlgriffe in puncto ‚Männer' abschließen zu können.

Inzwischen sind wir auf dem Weg nach Bremerhaven. Um nicht bei jeder Alkoholversuchung ‚nein' sagen zu müssen, hat Matthias ein Taxi bestellt. Wir sitzen auf der Rückbank und Matthias hält meine Hand, als wären wir ein Liebespaar. Ich denke an die Feier und mir kommen Bedenken, bin ich doch solcherlei Gesellschaft nicht gewöhnt. Dennoch weiß ich, ich begegne Menschen, die Ängste, Sorgen, Erfolge, Misserfolge bewältigen, wie meine Freunde und ich. Eventuell in anderen Dimensionen? Also was soll es.

Auf dem Schiff angekommen, merke ich schnell, dass ich die Situation meistern werde. Matthias stellt mich einigen seiner Juristen-Kollegen, wichtigen Klienten und deren Gattinnen vor, wir halten den üblichen Small Talk. Dem Geburtstagsjubilar schütteln wir herzlich die Hand und lassen die bekannten Gratulationsfloskeln los. Dieser Teil eines solchen Abends ist überall gleich.

Ich bin erleichtert. Matthias ist locker und strahlt mich an, er scheint mit meinem Benehmen zufrieden zu sein. Im Laufe des Abends gehen wir mehr oder weniger in der Masse unter.

Das Schiff versetzt mich in Erstaunen. Hier muss ich ohne Frage den gravierenden Unterschied der Gesellschaftsschichten feststellen. Als Charterschiff hat es eine beträchtliche Größe und ist mit verführerischem Luxus ausgestattet.

Matthias lässt mich nicht aus den Augen. Ich gebe ihm zu bedenken, dass es nicht vorteilhaft für ihn ist, wenn er seine Geschäftsfreunde vernachlässigt. Er winkt nur ab.

Auf dem Lounge-Deck ist ein riesengroßes Buffet aufgebaut. Die tollsten Köstlichkeiten werden als wahre Kunstwerke präsentiert. Jeder kann sich ungezwungen an Stehtischen oder diversen Sitzgelegenheiten die Leckerbissen zu Gemüte führen. Am späteren Abend sorgt eine Sound- und Lichtanlage für meine absolute Begeisterung. Aber der Höhepunkt dieser Veranstaltung ist die Möglichkeit, auf den Open-Air Decks unter freiem Himmel zu tanzen.

Der DJ trifft meinen Musikgeschmack und ich schwebe mit Matthias durch die sternenklare Nacht.

Die menschlichen Bedürfnisse haben den Vorrang und ich bitte Matthias, mich kurz zu entschuldigen.

Auf dem Weg zur Toilette traue ich meinen Augen nicht. Ich muss zweimal hinschauen, um zu kapieren, wen ich sehe. Mir kommt Sebastian mit seinem unverkennbaren Grinsen entgegen.

„Mein Gott, wie kommst du hierher?", ist meine dümmliche Frage.

Wir haben uns vor langer Zeit das letzte Mal gesehen. Seine sporadisch an mich gerichteten WhatsApp-Nachrichten sind meinerseits unbeantwortet geblieben. In der letzten Zeit hat er die einseitige Kommunikation eingestellt. Für mich war diese unliebsame Liaison für alle Zeiten beendet. Die Zwischenfälle in meinem Haus gehen mit Sicherheit auf sein Konto. Sie haben mir den Schlaf geraubt und nun taucht er auch noch persönlich auf.

„Ich habe dir gesagt, ich kann deinen Weg verfolgen und weiß immer, wo du bist. Glaube mir, wenn du es auch nicht wahrhaben willst, du gehörst zu mir und zu keinem anderen gottverdammten Kerl!"

Mein Herz fängt an zu flattern, ich denke an den Rosenstrauß mit dem Spruch ‚Für immer und ewig!'.

In seinen Augen lodert diese Wut auf, die mir in unserer gemeinsamen Zeit schon Angst gemacht hat.

Ich dränge mich an ihm vorbei, ohne ihn einer Antwort zu würdigen.

Auf dem Rückweg ist er verschwunden und ich atme auf. Es ist mir ein Rätsel, wie er die Security ausgetrickst hat, um das Schiff zu betreten. Ein Schauer läuft mir über den Rücken.

Bis ich wieder in der Obhut von Matthias lande, überlege ich, ob Reden oder Schweigen die bessere Wahl ist.

Ich entscheide mich für letzteres. Der Abend hat für mich mit diesem Zwischenfall seinen Zauber verloren.

Mir kommen Bedenken. Sollte ich Matthias doch von diesem Vorfall berichten? Wie soll ich dieses unliebsame Erlebnis erklären?

Meine Augen suchen ununterbrochen nach Sebastian, trotz aufmerksamer Beobachtung des Treibens kann ich ihn nicht mehr entdecken.

Was hat er vor?

Im Grunde bin ich froh, als Matthias verkündet, dass er ein Taxi zur Heimreise nach Cuxhaven bestellt. Das Schiff bleibt im Hamburger Hafen liegen, die Party wird sich noch ein paar Stunden hinziehen. Wir verabschieden uns von dem mir inzwischen bekannten Personenkreis. Die meisten sind erstaunt, dass wir die Feier schon verlassen wollen. In manchen Gesichtern sehe ich verständnisvolles Lächeln. Ich kann mich nicht richtig auf die Plänkeleien konzentrieren, weil ich ständig befürchten muss, dass der Auftritt von Sebastian nur der Anfang seines eigentlichen Planes war.

Wir steigen in das Taxi, meine Augen forschen auch außerhalb des Schiffes die Gegend ab. Matthias wird auf mein seltsames Gehabe aufmerksam.

„Hast du Probleme, du bist die letzten zwei Stunden nicht mehr locker, gefällt dir etwas nicht?", fragt er.

Und wieder traue ich mich nicht, ihm zu sagen, dass ich bedroht werde. Ich habe die Hoffnung, Sebastian hat nur heiße Luft abgelassen. Es ließe sich nicht in wenigen Worten erklären. *Wirklich nicht?*

Ich brauche nur zu sagen, dass mich ein Stalker belästigt.

Diese Aussage würde viele Erklärungsnöte hinter sich herziehen, zu denen im Moment keine Zeit und eine schlechte Gelegenheit wäre. Also schüttele ich den Kopf und murmele vor mich hin: „Nein, ich habe keine Probleme."

Oje und wie ich die habe, stellt sich schon kurz nach unserer Abfahrt heraus. Der Taxifahrer entscheidet sich für die kürzere Strecke, nicht über die Autobahn. Ich frage ihn, warum er das tut. Die Antwort befriedigt mich nicht, obwohl er sagt, es sind weniger Kilometer und die Zeit ist in der Nacht gleich.

„Was ist das für ein Idiot, der hinter uns fährt? Er betätigt dauernd die Lichthupe, soll er vorbeifahren!", meckert der Mann am Steuer.

Mein Herz rast inzwischen unkontrolliert vor sich hin. Ich bin die Einzige, die diese Situation retten könnte.

Mir wird schlecht.

Matthias ist besorgt um mich, nimmt mich in den Arm und ich sage immer noch nicht, dass ich ahne, wer uns verfolgt. Es ist, als könnte ich kein einziges Wort formen und aussprechen. Alle normalen Reaktionen scheinen ausgeschaltet zu sein.

Ehe wir uns versehen, drängelt sich der Verrückte an uns heran, so nah, dass schreckliche Schleifgeräusche zu hören sind. Er lässt sich wieder zurückfallen, das Gleiche noch einmal.

Ich glaube, mein Herz wird aus seiner Verankerung gerissen, wirre Gedanken rasen in Sekundenschnelle durch meinen Kopf. Mir wird klar, dass ich die Situation und vor allem diesen kranken Sebastian komplett unterschätzt habe.

Noch eine Erschütterung und grausame Geräusche.

Der Taxifahrer kämpft, um die Spur zu halten, verliert aber nun endgültig die Kontrolle über das Fahrzeug und wir landen mit Karacho auf der Seite liegend in einem tiefen Straßengraben.

Sekundenlang passiert nichts, es herrscht Totenstille. Ich werde durch das Stöhnen des Fahrers aufgeschreckt und langsam gewinnt mein gesunder Menschenverstand wieder die Oberhand. Matthias blutet am Kopf, ich befinde mich durch die Seitenlage des Wagens auf ihm. Mir scheint nichts passiert zu sein. Ich habe außer der seltsamen Verrenkung meines Körpers keine Beschwerden. Plötzlich klopft es an das oben befindliche Fenster. Ein fremder Mann versucht die Tür zu öffnen, was ihm nach einem sichtbaren Kraftakt gelingt. Er hilft mir, herauszuklettern und spricht mich aufgeregt an: „Der Verursacher hat das Weite gesucht."

„Also Fahrerflucht vom Feinsten." Ich bin verzweifelt.

„Viel kann ich zu dem Auto nicht sagen, es war ein dunkelblauer oder schwarzer BMW. Das Kennzeichen fing mit „FF" an, mehr konnte ich nicht erkennen. Aber zuerst geht es um Sie und die beiden Männer."

Ich bekomme keine Luft mehr, mein Kopf dröhnt, ich bin nahe dran, in Ohnmacht zu fallen.

Mit den wenigen Informationen des Zeugen weiß ich genau, wer diesen Unfall herbeigeführt hat.

Der Fremde und ich versuchen, den Fahrer aus dem Auto zu helfen, aber wir scheitern. Er scheint schwere Verletzungen zu haben. Matthias gibt mir ein Zeichen, dass ihm nichts fehlt, die Wunde am Kopf ist nur ein Kratzer. Er ruft die Polizei und den Krankentransport. Dann klettert er ebenfalls aus dem demolierten Wagen.

Der Rettungswagen und die Polizei sind in wenigen Minuten zur Stelle. Der Seiten-Airbag des Fahrers hatte sich aus irgendeinem Grund nicht geöffnet, dadurch erlitt der arme Mann schwere Prellungen im Brustbereich, wahrscheinlich gebrochene Rippen. Er wird fachkundig aus dem Auto gehoben. Während ihn die Sanitäter und der Arzt versorgen, kann er das Stöhnen nur mühsam unterdrücken, er ringt nach Luft. Nach der Ersten Hilfe scheint er Linderung zu spüren und kann ins Krankenhaus abtransportiert werden.

Matthias nimmt mich an die Hand.

„Ich bin froh, dass es einen Zeugen gibt. Es vereinfacht die Sache für uns. Dieser Angriff kann nur eine Verwechslung sein, denn der flüchtige Fahrer hat ohne Frage das Ganze mit Absicht inszeniert."

Ich schweige schon wieder!

Wenn wir in Ruhe zu Hause sind, werde ich Matthias beichten müssen, dass diese ungeheuerliche Angelegenheit zu verhindern, vollends in meiner Hand gelegen hätte. Ich habe die Chance nicht wahrgenommen und das Leben anderer Menschen riskiert. Die kranken Fantasien Sebastians hätten mich längst warnen müssen, dass er irgendwann komplett ausrasten würde. Ich habe es nicht für möglich gehalten und deshalb geschwiegen. Inzwischen ist mir klar, dass Matthias mir mein permanentes Schweigen nicht verzeihen wird. Für ihn ist es ein Vertrauensbruch und ich kann ihn verstehen, wenn er entsprechend reagiert.

Ich genieße es noch einmal, von ihm in den Arm genommen zu werden. Wir fahren im Polizeiauto nach Cuxhaven. Sie müssen ohnehin in diese Richtung. Matthias versucht mich zu beruhigen, weil mir inzwischen die Tränen wie ein Wasserfall über das Gesicht laufen. Er ahnt noch nicht den wahren Grund meiner Verzweiflung.

In seinem Haus angekommen, schlägt er vor: „Wir werden zur Beruhigung noch einen Drink nehmen."

Ich möchte endlich die Karten auf den Tisch legen. Mein weiteres Schweigen wäre nicht mehr nachvollziehbar und macht eine Versöhnung für alle Zeit aussichtslos. Das weiß ich und doch ist es mir nicht möglich zu reden. Ich muss den bitteren Kelch bis zur Neige austrinken und weiß, was mich erwartet.

Wir sitzen im Salon vor unseren Getränken, ich nehme einen kräftigen Zug, vielleicht hilft mir der Alkohol, die Zunge zu lösen. Matthias spürt, dass ein Problem auf meiner Seele lastet. Er schaut mich lächelnd an und ich sage ihm, dass es von meiner Seite etwas Gravierendes zu klären gibt. Noch ist es Neugierde, was ich in seinem Blick lesen kann.

„Matthias, ich muss dir eine böse Geschichte erzählen, bitte höre mir zu. Damit du alles richtig verstehen kannst, muss ich weit ausholen, es wird also eine Weile in Anspruch nehmen."

Er setzt einen verständnisvollen Blick auf und meint, wir hätten alle Zeit, die ich benötige.

Indem ich von vorn beginne, nehme ich mir selbst nach und nach die Skrupel, die Dinge beim Namen zu nennen. Ich spreche über den Tag, an dem ich Sebastian kennengelernt habe. Ich sage, dass ich von Anfang an kein gutes Gefühl hatte und trotzdem einem weiteren Treffen zugestimmt habe. Ich lasse die vielen Male nicht unerwähnt, die ich bei Dates, die nicht optimal liefen, weggelaufen bin. Er schaut mich ungläubig an, weil ihm nicht klar ist, was meine Rede mit uns oder mit dem heutigen Abend zu tun hat.

„Darf ich deinen Redefluss für einen kurzen Moment unterbrechen und dich bitten, mir kurz eine Erklärung abzugeben, damit ich den Zusammenhang zu heute Abend herstellen kann?"

„Du wirst erst alles verstehen, wenn du die ganze Geschichte gehört hast."

Ich fahre in meiner Erzählung fort, bis ich an den heutigen Abend gelange.

„Wie ich dir erzählt habe, ist Sebastian in puncto Technik mit allen Wassern gewaschen. Er drohte mir zu Zeiten unseres Zusammenseins bereits, dass er mich aufspüren kann, wo immer ich auch bin. Den Beweis hat er heute geliefert. Als ich auf dem Weg zur Toilette war, stand er plötzlich vor mir und hat mir gedroht. Während unserer gemeinsamen Zeit ging sein Kontrollzwang entschieden zu weit. Aus diesen Gründen sah ich mich gezwungen, die Verbindung zu beenden. Ich hätte dir den Zwischenfall erzählen müssen, aber es kam mir nicht über die Lippen."

Ich schaue Matthias an, es ist keine Reaktion zu erkennen.

„Heute lief bis zu dem Augenblick, als er auftauchte, alles perfekt. Ich war zum ersten Mal seit langer Zeit glücklich und zufrieden. Das Gefühl wollte ich mir nicht durch einen krankhaften Menschen zerstören lassen. Vor allem solltest du nicht mit unliebsamen Dingen aus meiner Vergangenheit konfrontiert werden. Jetzt weiß ich, dass mein Schweigen falsch war und beinahe Menschenleben gekostet hätte. Bis zum heutigen Abend habe ich angenommen, Sebastian ist einer von den lästigen, aber nicht kriminellen Stalkern. Das Ausmaß seines kranken Geistes war mir nicht bewusst. Ich habe niemals geglaubt, dass er so weit gehen würde."

„Bist du dir sicher, dass er es war, der uns von der Straße gedrängt hat?" Matthias sieht mich fragend an.

„Ja, das bin ich. Der Zeuge hat sein Auto beschrieben."

„Gib mir bitte dein Smartphone!"

Matthias streckt seine Hand aus.

Ich reiche ihm mein liebstes Spielzeug, er nimmt es, stellt es aus und entfernt die SIM-Karte.

„Du kannst mich doch nicht einfach ohne Handy hängen lassen." Ich bin entsetzt über seine Handlung.

„Ich werde morgen sofort dafür sorgen, dass du eine neue Nummer erhältst. Das Telefon stellst du auf Fabrikeinstellung zurück, sodass es unschuldig, wie ein Baby wieder in diese böse Welt entlassen werden kann."

Ich schaue ihn ungläubig an.

„Dein Freund hat dir eine heimliche App untergejubelt, mit der er dich überall orten kann, wo immer du dich befindest. Dass er sich allerdings so dämlich anstellt und vorher bei dir outet, um kurz darauf einen hinterhältigen Autounfall zu inszenieren, stempelt ihn nicht gerade als normal denkenden Erdenbürger ab. Obendrein merkt er nicht, wie ein Autofahrer hinter ihm zum Zeugen wird. Wie viel Blödheit gehört zu einer solchen Handlungskette?"

Matthias legt das Smartphone auf den Tisch, sein Blick verfolgt meine Reaktion, er will mir noch etwas sagen.

„Du musst übrigens auch deine externe SSD-Karte aus dem Handy nehmen, am besten, ich mache das gleich. Hast du diese Daten auf dem Laptop gesichert?"

Ich nicke, mir ist jetzt alles egal.

Matthias schaut mich streng an und seine Worte, die folgen, sind für mich deutlich.

„Zum Abschluss muss ich dir sagen, wie enttäuscht ich bin. Ich nahm an, wir hätten ein Vertrauensverhältnis und könnten uns solche Dinge mitteilen. Du hast das Leben von drei Menschen mit deinem Schweigen riskiert, das kann ich nicht hinnehmen."

„Ich habe verstanden, ich packe meinen Koffer und reise morgen früh ab."

Es gibt von seiner Seite keinen Einwand. Ich werde zum ersten Mal ausreißen, ohne es selbst zu wollen.

„Mein Weg führt mich vorher zur Polizei, um eine Aussage zu machen. Ich muss denen schließlich klarmachen, dass mir der Täter bekannt ist. Der Zeuge hat drei Dinge des flüchtigen Wagens beschrieben. Es war ein BMW, schwarz oder dunkelblau und das Kennzeichen FF. Das sind unübersehbare Übereinstimmungen mit Sebastians Auto. Ich habe keinen Zweifel, dass er derjenige war, der uns in den Graben gedrängt hat. Sein unverhofftes Auftauchen auf dem Schiff kommt hinzu, das bekräftigt den Verdacht."

Matthias nickt. „Natürlich musst du diesen Verdacht der Polizei vor deiner Heimreise melden, es ist deine Pflicht."

Am nächsten Morgen stehe ich früh auf. Mein Smartphone liegt auf dem Tisch neben meinem Frühstücksgedeck. Was er nicht weiß, ich habe immer einen Plan B. Das heißt, mich begleitet still und heimlich ein altes, aber funktionstüchtiges Handy, von dem aus ich Gespräche führen und SMS senden kann, wenn die Not groß ist. Niemand weiß von diesem Gerät, die Nummer kennt außer meinen Kindern kein Mensch. Ich habe eine Nachricht verfasst, dass ich auf meinem Smartphone im Moment nicht zu erreichen bin.

„Hallo Erik, hoffentlich geht es dir und deiner Familie gut. Was macht die kleine Lotta? Nicht böse sein, dass es noch nicht geklappt hat, euch zu besuchen. Wenn ich mit meiner Recherche durch bin, komme ich auf jeden Fall für ein Wochenende nach Düsseldorf. Es gibt viel zu erzählen. Telefonisch kannst du mich im Moment nur über mein altes Handy erreichen. Ich habe mein Smartphone verloren und sperren lassen."

Es ist ein wenig gelogen, aber in dem Fall ist eine Notlüge erlaubt. Zur Sicherheit schalte ich mein geheimes Gerät aus, damit es sich nicht melden kann, solange ich bei Matthias bin. Auf der Rückreise werde ich es wieder aktivieren.

Ich stehe in der Küchentür. Matthias deutet mit einer Handbewegung an, mich zu setzen.

„Du musst auf jeden Fall noch frühstücken, ich fände es unhöflich, dich ohne Stärkung aus dem Haus zu lassen."

Der Tisch ist liebevoll gedeckt, aber ich bin in meiner Ablehnung gefangen. Das sage ich ihm, weil auch ich verletzt bin. Ich will zur Polizei und anschließend nur noch nach Hause.

„Dein Smartphone kannst du wieder nutzen, es ist bereit."

„Danke für deine Mühe Matthias, aber es ist nicht nötig, ich komme ohne deine Hilfe zurecht. Wenn es sich so verhält, wie du annimmst, wird die Polizei das Gerät haben wollen, also bewahre es gut auf. Du hättest darauf nichts ändern dürfen, außer die SIM-Karte zu entfernen."

Ich würde ihm gerne sagen, dass ich traurig bin und es mir leidtut, alles vermasselt zu haben. Aber auch jetzt finde ich nicht den Weg, ihm diese Worte mitzuteilen. Sie existieren nur in meinem Kopf und finden nicht den Weg über meine Lippen.

Der Abschied ist kurz und knapp, ich drehe mich nicht noch einmal um.

15

Mein Leben wird weitergehen, wie vor der Zeit mit Matthias. Zwischen uns bestand noch keine enge Verbindung. Ich sah daher keine Veranlassung, ihm den unliebsamen Teil meiner Vergangenheit zu präsentieren. In dem Moment, als die Situation für ihn und den Taxifahrer relevant wurde, hatte ich schon zu lange geschwiegen. Es war zu spät! Jetzt ist es erst recht zu spät, Matthias hat mir konsequent die Tür gewiesen.

Bei der Polizei hatte ich ebenfalls Schwierigkeiten. Der Beamte warf mir vor, nicht bereits am Unfallort meinen Verdacht geäußert zu haben. Die eingeleitete Fahndung hätte die Beamten postwendend zum Täter geführt.

Diesmal bleibe ich keine Information schuldig, die Polizei hat seine Adresse und kann diesen Psychopathen zur Verantwortung ziehen.

Trotz der erdrückenden Indizien bleibt es vorerst ein Verdacht. Auf jeden Fall wird es eine Gerichtsverhandlung geben und ich werde Matthias wiedersehen. Bleibt für mich die Frage, wie ich über seine harte Reaktion denke. Auch ich kann konsequent sein, wenn ich einen Entschluss gefasst habe.

Langsam pendele ich mich auf ein weiteres Problem ein. Ich war im Norden, ohne Hans Bescheid zu geben. Warum bin ich nicht für einen Tag zu ihm gefahren? Das bewegt mich, weil ich weiß, wie er sich darüber gefreut hätte. Die letzten Ereignisse haben mich aus der Bahn geworfen. Der Gedanke an Hans wurde automatisch in den Hintergrund gedrängt. Ich muss ihm noch zu verstehen geben, dass ich ihm verziehen habe, Hermanns Geheimnis nicht mit mir geteilt zu haben.

Nun habe ich die Möglichkeit, im Tagebuch von Hermann weiterzulesen. Hier werde ich den Grund erfahren, warum gerade ich das Buch erhalten habe. Hält sich Hans mit Schrecken vor Augen, dass er mir nichts verraten hat? Das ganze Thema ist eine harte Probe für unsere Freundschaft. Zwischen uns steht das Versprechen, was er seinem todkranken Freund gegeben hat.

Ich nehme den Telefonhörer in die Hand, um ein Versöhnungsgespräch mit Hans zu führen. Jedoch hält mich meine innere Stimme davon ab. Ich sollte Hermanns Lebensbeichte erst zu Ende lesen, um mir ein allumfassendes Urteil bilden zu können.

Also mixe ich mir einen Drink, nehme gemütlich meine Couch in Besitz und fahre mit meiner Lektüre fort. Halten die folgenden Seiten die Auflösung eines Geheimnisses für mich bereit?

In meiner Fantasie spielen sich die letzten Ereignisse noch einmal ab.

Vor meinen Augen erscheint das französische Mädchen Monique. Sie liebt den deutschen Gefangenen Hermann, ist schwanger und lebt aus diesem Grund in einer fremden und unfreundlichen Welt.

Ich schlage das Buch auf und lese die von Hermann aufgeschriebene Geschichte weiter:

...Ich musste wohl oder übel mit meinem Patron wieder zurück nach Oresmaux auf den Hof fahren. Monique hat bitterlich geweint, auch ich war nahe dran, Tränen zu vergießen. Monique nicht helfen zu können, war für mich ein unerträglicher Gedanke. Nicht einmal während meiner schlimmsten Kriegserlebnisse habe ich eine solche Ohnmacht verspürt.

Die Alte empfing ihren Schwiegersohn und mich bei unserer Rückkehr und verunstaltete mit ihrer schrillen geifernden Stimme den wunderschönen Klang der französischen Sprache, wie sie es so oft praktizierte. Ich glaube, mein Patron war über den Punkt hinweg, überhaupt noch zuzuhören. Ohne ein Wort zu erwidern, ging er an ihr vorbei, als stünde sie nicht im Weg. Ihm lag noch die Traurigkeit von Monique in den Knochen. Jedoch war er genauso machtlos wie ich und konnte nichts dagegen tun.

Ein paar Wochen später wurde die kleine Nathalie geboren. Ich weiß nicht mehr, wie wir es vor Marie-Claire verheimlichen konnten, aber wir fuhren zu dritt nach Amiens, Colette, André und ich. Etienne und die Schwiegermutter blieben auf dem Hof. Marie-Claire hat es nie erfahren, dass Monique Mutter geworden war und das zu unserer aller, aber vor allem zu meinem Glück.

Die Zeit verging, ich wurde endlich offiziell entlassen.

Es gab nicht sofort die Möglichkeit, zu Monique und unserer kleinen Nathalie zu ziehen. Tante Nadine stellte sich quer, obwohl sie dringend einen Laufburschen gebrauchen konnte. Inzwischen war mein Französisch perfekt, es war nicht sofort zu hören, wo ich herkam.

Die Dachkammer, in der meine beiden Mädchen hausten, war menschenunwürdig. Der Wind pfiff durch die Ritzen der Dachziegel, es war bitterkalt im Winter. Das Baby war ein zartes, kränkliches Geschöpf. Eines Tages hatte es hohes Fieber und Monique kämpfte mit allen Mitteln um das Kind. Die kleine Nathalie hat diesen Kampf verloren, sie überlebte die schwere Lungenentzündung nicht. Meine Wut, Nadine gegenüber war grenzenlos. Sie hätte die beiden zu sich nehmen müssen, aber so weit ging ihr Mitgefühl nicht.

Ich wollte nun trotz der Gefahr, Schwierigkeiten zu bekommen, zu Monique nach Amiens. Nadine ließ mich nur widerwillig zu Monique in das kalte Loch ziehen. Am Anfang nahm ich alle Arbeiten an, die für die komplett zerstörte Stadt dringend nötig waren. Hilfe wurde überall gebraucht. Nebenbei erledigte ich auch einige Wege für Nadine. Meine Hilfsbereitschaft hatte nur ein Ziel, Monique sollte nicht unter dem Missverhältnis zwischen der Tante und mir leiden.

Nadine stellte fest, dass ich zu gebrauchen wäre. Ihre Schneiderei entwickelte sich immer weiter zu einer Boutique. Mein bescheidenes Mädchen Monique hatte daran einen großen Anteil. Ihr Händchen für modische Kleidung und ihr Geschick, die Ideen perfekt umzusetzen, sorgten für einen nicht unbedeutenden Stammkunden-Zulauf. Ich war inzwischen der Organisator von Stoffen, Accessoires und sonstigen Beiwerken, die das Nähen von modischer Kleidung erst möglich machten. Manchmal ergatterte ich eine Modezeitschrift aus Paris. Auf dem Gebiet der Organisation entwickelte ich mich nach und nach zum absoluten Profi.

Abends zeichnete Monique die Kleider auf, die sie sich in ihrer Fantasie zurechtlegte. Wir sprachen über Farben und Muster. Monique konnte mit ihren Zeichnungen unmissverständlich ausdrücken, was sie wollte. Es war bewundernswert, wie mein Mädchen den richtigen Trend erkannte. Nach dem Tod des Babys stürzte sie sich noch intensiver in die Arbeit.

Eines Tages hatte ich den Einfall, Nadine unter Druck zu setzen. Ich sprach mit Monique: „Was meinst du, wir sollten deiner Tante die Pistole auf die Brust setzen, uns als Teilhaber des Geschäftes zu ernennen. Im anderen Fall versuchen wir woanders unser Glück. Sie würde alle Kundschaft verlieren, wenn wir gingen und uns eine andere Arbeit suchten. Monique hatte Bedenken und fand meine Idee nicht gut. Mit der Zeit konnte ich sie überzeugen, ihre Tante vor die Entscheidung zu stellen, uns eine gesicherte Zukunft zu bieten oder das Geschäft ohne uns zu betreiben.

Die Reaktion war vorerst komplette Ablehnung und Empörung. Kleinlaut wurde sie bei unserer Verkündung, sofort alles stehen und liegenzulassen. Sie war zu sehr Geschäftsfrau, um nicht zu erkennen, dass sie ohne uns eine weitere Existenz vergessen konnte. Ich setzte einen Vertrag auf, der uns zu ihren Teilhabern und später zu ihren Erben machte. Wir ließen die Vereinbarung notariell beglaubigen. So konnten wir zufrieden in die Zukunft blicken und mit einem Schlag gehörten alle Sorgen der Vergangenheit an.

Es entwickelte sich alles nach unseren Wünschen. Das Leben in der Dachkammer war vorbei. Kinder haben wir keine mehr bekommen, die Traurigkeit steckte noch in unseren Gemütern. Ich habe Monique oft in den Nächten weinen hören. Sie konnte die kleine Nathalie nie vergessen.

Unsere am Anfang unscheinbare Nähstube entwickelte sich im Laufe der vielen Jahre zu einem der führenden Modesalons Amiens. Später, in den Siebzigern, hatten wir uns so gefestigt, dass wir direkt sagen konnten, reich zu sein.

Nadine hatte inzwischen für immer diese Welt verlassen.

Natürlich saß Monique zu dieser Zeit nicht mehr hinter der Nähmaschine. Wir boten Service für diverse Änderungen an, aber die

Kleider und auch alles andere kamen direkt aus Paris. Monique stellte geschultes Personal ein und ich sorgte nach wie vor für die Organisation. Es waren erfolgreiche Jahre. Wir fuhren oft geschäftlich nach Paris, bisweilen leisteten wir uns auch private Besuche in die Hauptstadt.

1992 haben wir beide uns entschlossen, den Rest des Lebens zu genießen und mehr Zeit für uns zu investieren. Kurzerhand verkauften wir das Haus mitsamt dem traumhaft laufenden Modesalon. Es brachte ein schönes Sümmchen ein und ist unter anderem der Grund, weshalb ich mir am Ende meiner Tage dieses ansprechende Seniorenheim als mein Zuhause leisten kann.

Monique und ich genossen dieses Leben und wir waren froher Dinge. Jetzt konnten wir alles unternehmen, wozu uns in unserem arbeitsreichen Leben niemals genügend Zeit zur Verfügung stand. Wir schlenderten abends durch Amiens, freuten uns über die rasante Entwicklung, die diese uns am Herzen liegende Stadt genommen hatte. Wir fuhren in andere Länder und schauten uns die Welt an.

Manchmal besuchten wir Moniques Bruder Etienne, der den Hof in Oresmaux übernommen und eine beträchtliche Kinderschar in die Welt gesetzt hatte.

Papa André lebte noch, Colette hatte schon lange für immer die Augen geschlossen.

Im Sommer gingen wir oft abends in eines der vielen Restaurants am Quai Belu. Obwohl ein reges Treiben herrschte und das Suchen nach einem freien Tisch sich als schwierig erwies, bestand Monique darauf, an diesem Ort zu speisen. Am liebsten ging sie in das „Le Quai". Es befand sich am Ende dieser Restaurant-Ansammlung. Bis hierher kamen weniger Menschen, vorwiegend die Touristen aus aller Herren Länder blieben meist in den vorderen Lokalitäten sitzen. Die Tische zogen sich über die Straße bis an die Somme hin, Autos fuhren dort schon lange nicht mehr.

Hatten wir das Glück, direkt am Fluss einen Tisch zu ergattern, war Monique überglücklich. Ihre immer noch wunderschönen Augen strahlten mich an und sie war außer sich vor Freude. Sie hatte sich diese kindliche Art zu freuen bewahrt, das liebte ich besonders an ihr.

Monique konnte die kleinen Dinge des Lebens von Herzen genießen. Später habe ich dem Ober heimlich ein Extra-Trinkgeld zugesteckt, damit ich zum nächsten Restaurantbesuch wieder in die glücklichen Augen von Monique sehen konnte.

Obwohl sie das Angebot genau kannte, hielt sie die Speisekarte in der Hand und entschied sich meistens für das Menü „Jules Verne". Dahinter verbargen sich traditionelle Regional-Gerichte und das damit verbundene Angebot hieß entweder Entre et Plat, also Vorspeise und Hauptgericht oder Plat et Dessert.

Jedes Mal sagte sie mir schmunzelnd: „Weißt du, ich nehme die Variante mit dem Dessert, das ist romantisch und hat einen erotischen Hauch. Es ist wie eine Belohnung, wenn ich ein schönes Kleid entworfen habe."

Sie wendete ihre Gedanken nie vollständig von ihrem Lebenswerk ab. Kleine Bemerkungen in diesem Sinne hörte ich gelegentlich von ihr. Während sie dergleichen Worte sprach, entdeckte ich einen verträumten Blick in ihren Augen und ich konnte es gut verstehen. Ich sah in ihr vom Alter gezeichnetes Gesicht und stellte fest, dass ich jede Falte und jede Unebenheit liebte, die sich im Laufe der Jahre eingeschlichen hatten. Wir haben unsere Zuneigung die lange Zeit des Zusammenseins nicht um den kleinsten Hauch verloren.

An schönen Tagen unternahmen wir manchmal Kahnfahrten durch die Hortillonages, das sind die „Schwimmenden Gärten" von Amiens. Monique saß, mit dem Gesicht der Sonne zugewandt, lächelnd im Boot. Sie genoss es, wenn ich den Kahn die kleinen Wasserstraßen entlang bewegte.

Ein besonderer Ort war für Monique die Kathedrale von Amiens. Ich hatte noch nicht erwähnt, dass sie religiös erzogen wurde und ihrem Glauben bis zum Schluss treu blieb. Für mich waren in dieser Beziehung keinerlei Ambitionen relevant. Wir ließen unsere Meinungen gegenseitig gelten und es entstand nie eine Diskrepanz aus diesem Grund zwischen uns.

Ich würde gern noch einmal diese wunderschöne Stadt mit ihrem unvergleichlichen Wahrzeichen, der Kathedrale Notre Dame, besuchen.

Aus dem Fernsehen weiß ich, dass jetzt in der Sommerzeit und zu Weihnachten eine Ton- und Lichtshow mit unglaublichen Farbspielen an der Südseite der Kathedrale stattfindet. Die Figuren werden, wenn es dunkel ist, mit Lichteffekten in den Farben der alten Zeiten angestrahlt. Dieses Schauspiel sieht schon im Fernsehen fantastisch aus. Wie herrlich wäre es, wenn ich dort stünde und es bewundern könnte. Ich muss mich mit den Bildern im Fernsehen begnügen.

Mein Gesundheitszustand erlaubt schon lange nicht mehr solcherlei Ausflüge, dieser Wunsch wird für alle Zeiten unerfüllt bleiben.

Das Leben hat mir vor zehn Jahren einen Haken verpasst, indem es mir meine Monique ohne Vorwarnung wegnahm. Sie hatte nicht das unverschämte Durchhaltevermögen, welches ich an den Tag lege. Ich wollte es lange Zeit nicht wahrhaben, allein zu sein. Wenn ich durch die Straßen meiner geliebten Stadt Amiens lief und mir bewusst wurde, wie einsam ich in meiner kleinen Welt ohne Monique war, konnte ich die Traurigkeit nicht ertragen.

In mir kam der Entschluss zum Tragen, wieder nach Deutschland zu gehen und mich in dieses Seniorenheim einzuquartieren.

Liebe Anne, ich weiß, du wunderst dich, warum ein wildfremder Mann dir seine Lebensgeschichte erzählt. Es hat nur einen Grund: Ich bin nicht der, für den ich mich fast mein ganzes Leben lang ausgegeben habe. Um das zu erklären, muss ich noch einmal ganz an den Anfang meiner Erzählung gehen und dort anknüpfen, wo die Lüge sich einzuschleichen begann.

Du erinnerst dich, ich war mit meinem Freund Werner Gorda im Internierungslager in Kanada. Bis dahin lief meine Erzählung korrekt. Werner wollte nie wieder nach Hause, weil er der Meinung war, dass seine Frau ihm ein fremdes Kind unterjubeln wollte.

Es gab kein Zurück! Ich weiß am besten, dass die Liebe von Werner nicht die erforderliche Tiefe besaß, sonst hätte er mit Sicherheit eine Kampfhaltung eingenommen und den Wahrheitsgehalt seiner unhaltbaren Behauptung überprüft. Sein gewalttätiger Vater spielte eine maßgebliche Rolle bei seiner Entscheidung. Evelin und Werner wohnten im Haus seiner Eltern, der Vater hätte nie einer Scheidung zugestimmt. Die schmerzliche Kehrseite hast du mir, liebe Anne, klargemacht. Werner hätte sich melden müssen und kundtun, dass er lebt, aber nicht vorhatte, nach Hause zu kommen. Evelin hat ihn geliebt und das aus vollem Herzen, sie hat ihn nie betrogen. Sie hat nicht einmal an einen anderen Mann gedacht, als sie wusste, dass Werner nie wiederkommen würde.

Schweren Herzens muss ich dir ein Geständnis machen.

Es gab im Internierungslager 1946 eine schreckliche Epidemie. Keiner wusste, wie dieser unbekannten Krankheit begegnet werden könnte. Die Männer kippten um, wie die Fliegen. Nur wenige haben überlebt. Es waren die, deren Immunsystem hundertprozentig funktionierte.

Einer von uns beiden hat es nicht geschafft!

Und es war nicht Werner Gorda, der sterben musste.

In Wahrheit bin ich dein Schwiegervater und habe überlebt.

Es ist mir mit einigen Tricks gelungen, die Identität meines Freundes anzunehmen. Das erleichterte in meinen Augen vieles für die Rückkehr nach Europa. Die Gegebenheiten waren perfekt, der wahre Hermann hatte keine Verwandte und ich konnte für den Fall, eventuell doch wieder nach Deutschland zurückzuwollen, unter falschem Namen leben. Mit dieser Lüge werde ich in die Tiefen des Meeres versinken, denn Feigheit und Davonlaufen vor der Wahrheit war schon immer eine beliebte Übung für mich.

Anne, du hast mit mir diskutiert und geredet. Ich wollte dir oft sagen, dass du mit deiner Suche nach Werner Gorda aufhören kannst, denn er sitzt vor dir.

Ich war die ganze Zeit zu feige.

Nun erfährst du es erst, wenn ich längst auf dem Meeresgrund liege und den Fischen zuschaue.

Auch wenn ich in Wahrheit der Mann bin, den du verzweifelt suchst, ich werde trotzdem als Hermann Lindner meine letzten Tage weiterleben und unter diesem Namen sterben. Ich habe das Gefühl, als hätte ich das erste Leben nie gelebt. Dabei gebe ich nicht meiner damaligen Jugend die Schuld, nein, ich habe mit vollem Bewusstsein ein neues Leben begonnen. Es fühlt sich für mich falsch an, wenn ich heute sage, ich sei Werner Gorda.

Ich muss das Buch zuklappen, mir dreht sich alles im Magen um, in meinem Kopf schwirrt ein Bienenschwarm umher und findet keinen Ausgang. Im Moment bin ich nicht fähig, weiterzulesen. Ich werfe das Buch auf den Couchtisch, meine Augen füllen sich mit Tränen. Der Feigling Hermann, alias Werner, hat sich geoutet. Ich habe mein Ziel erreicht und sollte zufrieden sein. Für mich gehört dieser Abend nicht zu den tollen Erlebnissen meines Lebens, ich gehe in mein Bett und werde versuchen, mich durch Schlaf etwas zu beruhigen. Vielleicht sieht morgen die Welt nicht mehr so düster aus. Aber ich wälze mich von einer Seite auf die andere, bis ich wieder aufstehe und weiterlese.

Mein wirkliches Leben fing auf diesem Bauernhof in Frankreich an. Es war die böse und die wunderbare Zeit in Amiens. Du glaubst nicht, wie hasserfüllt die französischen Menschen den deutschen Gefangenen gegenübertraten. Monique und ihre Eltern haben immer zu mir gehalten, aber helfen konnten sie mir in Wahrheit nicht. Deshalb musste ich nach dem ersten Besuch in der Nähstube wieder zurück auf den Bauernhof. Ich konnte meiner geliebten Monique in ihrer schwersten Zeit nicht zur Seite stehen. In Oresmaux gab es eine gehässige Feindin und das war Marie-Claire. Sie ließ sich Gott sei Dank hinters Licht führen. Betrachte ich die ganze Entwicklung unserer anfangs aussichtslosen Zeit, kann ich im Endergebnis mit den positiven Seiten glücklich sein.

Moniques außergewöhnliches Talent, mit Stoffen umzugehen, war der Beginn des späteren Erfolges unserer Boutique. Ich denke an das wunderschöne Leben mit Monique. Unsere ergänzende Arbeit, die nach und nach unser Modegeschäft zu einem der führenden Einrichtungen dieser Branche machte, haben wir als Ausgleich der vielen Ungerechtigkeiten unseres Lebens empfunden.

Die Traurigkeit, die uns widerfuhr, ertrugen wir mit Geduld. Der Tod unserer kleinen Nathalie war bis zum Schluss Anlass für viele Tränen. Es soll Beziehungen geben, die durch solche Schicksalsschläge in die Brüche gehen. Das war für uns niemals ein Thema. Wir haben aneinander Halt gefunden. Für uns galt nur das Leben miteinander. Diese Einstellung hat uns stark gemacht. Ich habe gelernt, nach der französischen Lebensart zu denken und zu handeln. Die Deutschen haben davon keinen Schimmer. Sie sind viel zu verkrampft, um für die wirklichen Schönheiten des Lebens ein Gespür zu entwickeln.

Zudem wurde mir durch dich, Anne, erst bewusst, welchen Kummer ich mit meiner feigen Entscheidung hinterlassen hatte. Ich habe Evelin im Unklaren über mein Leben oder meinen Tod gelassen. Das lastet auf meinem Gewissen. Ich habe nicht einmal an mein Kind gedacht. Für mich sah es zu der damaligen Zeit anders aus. Evelin hätte abschließen können. Das war durch meine Sturheit und Feigheit nicht möglich.

Einmal war ich in eurer Nähe. Als Monique mich vor zehn Jahren für immer verließ und ich mir nutzlos und schrecklich allein vorkam, wollte ich in eine Zeit eintauchen, die es nicht einmal mehr in meiner Fantasie gab. Dieser Versuch, die Vergangenheit aufleben zu lassen, war ein Fehler, ich konnte mich weder wirklich erinnern, noch hat sich etwas in mir geregt. Vor meinem alten Heimathaus traf ich ein Paar. Die Frau schien ein ganzes Teil jünger zu sein. Ihn schätzte ich Ende Fünfzig. Mein suchender Blick veranlasste den Mann, mich zu fragen, ob er helfen kann. Auf die Schnelle fiel mir nur eine Ausrede ein. Heute weiß ich, dass er mein Sohn war und du warst seine Begleiterin. An diese Begegnung kannst du dich sicher nicht erinnern.

Ich fuhr unverrichteter Dinge davon.

Ich kann dich jetzt bitten, mir zu verzeihen, du wirst es nicht tun. Du bist wütend, weil du mir nicht ins Gesicht schreien kannst, was du von mir hältst. Weißt du noch, dass du es einmal getan hast? In mir machte sich eine Heidenangst breit, du könntest mich durchschaut und wiedererkannt haben. Während meiner Erzählung hatte ich mich gehen lassen und du hast mich sofort gefragt, warum ich, der doch Hermann war, so involviert in das Schicksal von Werner sein könnte.

Trotz allem möchte ich dir beichten, dass ich nichts in meinem Leben bereue. So schwer es für Evelin und Frank gewesen sein mag, mein Leben ist richtig verlaufen, ich hätte nichts anderes tun wollen.

Es gibt nur einen Punkt, in dem ich dir recht gebe. Es tut mir leid, nicht mit offenen Karten gespielt zu haben. Damit ist Evelin ein Leben lang die Möglichkeit einer zufriedenen Zeit und des Vergessens verwehrt geblieben. Ich müsste mich heute nicht als entsetzlichen Feigling bezeichnen, den mir mein Gewissen immer wieder vor Augen führt.

Ich bin ein Ignorant und ein Egoist.

Du kennst jetzt meinen Werdegang, für die anderen beiden ist es zu spät. Du sagst, es wäre gut so.

Die Wahrheit hätte für Evelin und Frank zu diesem Zeitpunkt noch mehr Kummer gebracht. Für mich bleibt die Tatsache, dass ich diese Welt verlassen muss, ohne vorher Ordnung geschafft zu haben. Jetzt quält mich mein unfaires Schweigen, aber es geschieht mir recht.

Um eines möchte ich dich bitten. Ich habe Hans massiv unter Druck gesetzt, dir nichts zu sagen. Er wusste die Wahrheit und ich habe ihn in unendliche Gewissenskonflikte gezogen. Er hat mir als Freund geschworen, mit dir nicht darüber zu reden, bevor du diese Beichte gelesen hast. Auch er muss unter meiner Feigheit leiden und riskiert damit deine Freundschaft.

Vielleicht bist du ihm schon böse und ihr habt euch entzweit. Bitte, lass es nicht so weit kommen, dass er in Unfrieden gehen muss, er hat es nicht verdient.

Verzeih ihm.

Ich verabschiede mich nun für immer von dir. Die letzte Begegnung nicht mit der Wahrheit erlebt zu haben, macht mich traurig. Das Risiko war zu groß, in Unfrieden sterben zu müssen.

Dein Schwiegervater Werner

16

Ich sitze lange unbeweglich in meinem Sessel und kann es immer noch nicht glauben. Ich habe die ganze Zeit meinem Schwiegervater die Freundschaft angeboten. Er, der so viel Leid über meine Familie brachte, inszenierte weiter sein böses Spiel. Mein erster Eindruck in der Seniorenresidenz in Hamburg hat mich nicht getäuscht. Sein Gesicht kam mir bekannt vor. Ich habe es einfach wieder vergessen. Jetzt versuche ich die Situation nachzuvollziehen, als er 2003 mit Frank vor unserem Haus sprach und von einem Herrn Binder schwafelte. Es macht mich wahnsinnig, dass Frank nicht neben mir sitzt und wir uns diese scheinbar unwichtige Begegnung noch einmal vor Augen führen können. Wir waren so nah am Ziel.

Hermann wusste, dass ich ausgerastet wäre, wenn er auch nur ansatzweise den Mut gehabt hätte, mit der Wahrheit herauszurücken. Ich komme mir vor, wie ein wunderliches Mütterchen, schüttele dauernd mit meinem Kopf, weil es mir nicht gelingen will, mit der eben erfahrenen Wahrheit klarzukommen. Warum hat er diese unglaubliche Feigheit an den Tag gelegt? Ich kann seine Entscheidung verstehen und selbst die Umorientierung auf seinem weiteren Weg nach dem Krieg. Aber niemals werde ich den Gedanken begreifen, dass er die Menschen aus der ‚Vergangenheit' Zeit ihres Lebens im Unklaren gelassen hat. Ich bin mir sicher, dass meine beiden ewig Trauernden nach der Überwindung des Schocks ein zufriedenes Dasein geführt hätten. Was soll ich von einem Menschen halten, der es nicht fertigbrachte, die Karten auf den Tisch zu legen, als die Zeit dazu reif war? Das Ganze ist ein totales Desaster und Hermann, oder wer auch immer er sein mag, kann froh sein, meine Reaktion nicht mehr zu erleben. Es ist nicht nur feige, sondern vor allem unverantwortlich und egoistisch.

Das hätte Hans auch sehen müssen. Nein, er lässt sich in diesen menschlichen Sumpf hineinziehen, weil er meint, als Freund zu handeln.

Gut, ich werde mich mit ihm versöhnen, seine Entscheidung zeugt von falsch verstandener Kameradschaft und vielleicht liegt ein altersbedingter Mangel an Urteilsvermögen vor.

Ich weiß nicht, ob ich Hans heute noch anrufen soll. Ein Blick auf die Uhr macht diesen Gedanken überflüssig, er ist ohnehin im Bett. Auf jeden Fall werde ich mit ihm ein ernstes Wort reden müssen, der Schluss dieser Beichte übertrifft alles, was ich erwartet hätte.

Alle Gedanken sind in eine neue Richtung gelenkt, meine Gefühle laufen ins Leere. Die Bemühungen, den Mann zu finden, der jahrelang schmerzlich vermisst wurde, haben plötzlich eine unerwartete Wendung erfahren.

Einen Erfolg meiner Suche kann ich nicht leugnen.

Jedoch erfasst mich nach wie vor Traurigkeit, wenn ich an Frank denke. Er war mit Leib und Seele bei den Recherchen und führte mir ständig vor Augen, dass sein Vater noch leben muss, er wüsste es einfach.

Die sinnvollste Ablenkung ist, mich in meine Arbeit zu stürzen. Mein Job droht ohnehin zur Nebensache zu werden.

Der nächste Abend gehört dem Versöhnungsgespräch mit Hans. Ich komme von der Arbeit und bin sofort dabei, mein inzwischen lieb gewonnenes Ritual in Angriff zu nehmen, mir einen Cappuccino zu bereiten. Schon der Gedanke daran bedeutet für mich der Inbegriff von Entspannung und Gemütlichkeit, die ich im Moment dringend benötige. Eine geraume Zeit halte ich das Mobilteil des Telefons in der Hand, ohne die Kurzwahltaste für Hans zu drücken. Wie soll ich anfangen, bin ich überhaupt von meiner Aktion überzeugt? Es befindet sich noch Spannung und Widerwillen in meinem Kopf.

Tu es einfach, Anne, die ersten Worte sind die schwersten, danach geht es von ganz allein voran.

Also drücke ich auf den Knopf und lausche auf das Freizeichen. Ich höre den Ton, aber für meine Begriffe dauert es zu lange. Sofort schlagen meine Gedanken um, ich mache mir Sorgen und alle vorhergehenden Skrupel sind wie weggefegt. Nach einer langen Geduldsprobe höre ich Hildes Stimme.

„Hier bei Köbbe."

Ich melde mich, und ihre Stimme klingt erlöst.

„Anne, dass Sie anrufen, hat Ihnen der Himmel zugeflüstert, Herr Köbbe liegt im Krankenhaus. Er wartet sehnlichst auf eine Nachricht von Ihnen, ich glaube, Ihr Schweigen ist ihm nicht bekommen. Ständig spricht er von einer Schuld, die er Ihnen gegenüber hat. Ich verstehe kein Wort und aufklären will er mich nicht. Er darf nicht noch einen Fehler machen, sagte er, sonst kündigen Sie ihm die Freundschaft und das würde er nicht überleben."

„Beruhigen Sie sich, Hilde, ich habe vor, ihm zu verzeihen, wenn ich seine Handlung auch nicht gutheiße. Es ist eine lange Geschichte, die ich Ihnen erzählen werde, aber nicht heute, das würde mein Zeitlimit zu sehr strapazieren. Bitte geben Sie mir die Telefonnummer vom Krankenhaus, ich will Herrn Köbbe informieren, dass ich bereit bin, mit ihm zu reden. Vielleicht hilft diese Nachricht bei seiner Genesung."

„Das wird es auf jeden Fall. Er hat sich schrecklich aufgeregt, da er glaubt, es sei alles seine Schuld."

Hilde geht durch den Salon, ihre Schritte hallen energisch auf dem Parkett wider, es raschelt Papier und sie fragt, ob ich einen Stift zum Schreiben hätte. Sie diktiert mir die Telefonnummer.

Wir tauschen noch ein paar Artigkeiten aus und ich lege auf.

Sofort tippe ich die Ziffern ein und warte auf die Stimme meines alten Freundes. Er ist sofort am Apparat. Ich melde mich und es kommt ein kurzer Freudenschrei. Er sagt meinen Namen in einem Tonfall, als wäre ich von den Toten auferstanden.

„Anne, Sie glauben nicht, wie viele Gedanken ich mir mache. Es ist wundervoll, Ihre Stimme zu hören. Sind Sie mir noch böse? Ich weiß, dass ich unmöglich gehandelt habe, aber wie sollte ich mich verhalten? Hermann war ein alter, kranker Mann. Ich musste ihm diesen Freundschaftsdienst erweisen. Er hätte mir sonst nie verziehen. Da ich nicht anders konnte, habe ich mich getröstet, dass Sie doch die Wahrheit in dieser schriftlichen Beichte erfahren werden. Hermann wollte auf keinen Fall Ihre Reaktion erleben und das kann ich verstehen. Bei dem Geständnis, Ihr Schwiegervater zu sein, konnte er Ihnen auf keinen Fall in die Augen schauen. Er stand kurz vor dem Abgang und hatte keine Lust auf böse Worte. Deshalb kam er auf die Idee, Ihnen sein Leben auf diese Weise zu Füßen zu legen. Bei der Vorstellung, für Sie zu schreiben, spielte die Hoffnung eine Rolle, dass Sie die Mühe, sein Leben zu erzählen, als Entschuldigung annehmen. Das musste ich ihm allerdings ausreden. Soweit kenne ich Ihren Stolz, Sie werden Hermann, alias Werner nie verzeihen."

„Sie sehen die Dinge im richtigen Licht, Hans. Aber es geht mir nicht um die Tatsache, dass er die Fliege gemacht hat, ein neues Leben in weiter Ferne und obendrein noch unter falschem Namen begonnen hat. Ich frage mich, warum dieser Mensch nicht den Mut besaß, klipp und klar denjenigen reinen Wein einzuschenken, die ihr ganzes Leben auf ihn gewartet haben. Es wäre für alle Beteiligten ein Ende mit Schrecken gewesen und so war es ein Schrecken ohne Ende. Ich denke, diesen Spruch kennen Sie, er ist abgedroschen, aber sagt genau das aus, was zum Problem wurde."

Hans schweigt eine geraume Weile.

„Anne, wir können noch lange darüber diskutieren, eine Wiedergutmachung ist ausgeschlossen. Das Drama ist nicht mehr rückgängig zu machen. Sie haben den Schwiegervater gefunden und er hat Ihnen seine Lebensgeschichte präsentiert. Das war seine Art, mit der Wahrheit umzugehen. Es zeigt doch, dass er sich vor Schwierigkeiten gefürchtet hat. Geben Sie sich einen Ruck und betrachten die Angelegenheit einmal von seiner Seite."

Hans schweigt und ich benötige etwas Zeit, um zu antworten.

„Sie haben recht, der Verursacher ist für alle Zeiten unerreichbar, also verlieren sich sämtliche Worte in dieser Richtung im Nichts. Ich habe mich beruhigt, weil niemand erneut darunter leiden soll. Von meiner Meinung gehe ich allerdings nicht ab. Diese Verhaltensweise ist die unerhörteste Gemeinheit, die mir je untergekommen ist. Ich bin in Wahrheit nicht persönlich betroffen, es ging mir von Anfang an um die Aufklärung zum Leben des Werner Gorda. Mein Ziel habe ich erreicht und somit betrachte ich dieses Thema als abgeschlossen."

Ich höre im Hintergrund eine Tür klappen, eine laute Frauenstimme begrüßt Hans.

„Reden Sie ruhig weiter, es ist die Schwester, die mich für den Rest des Tages unter ihre Fittiche nimmt."

„Mich bewegt, seit wann Sie die Wahrheit kennen. Wussten Sie es von Anfang an, dass Hermann Werner war?"

„Anne, ich erfuhr es erst, als Sie allein nach Cuxhaven fuhren. Werner und ich waren 1945 auf dem gleichen Boot, aber zu verschiedenen Zeiten. Er hat zu mir Kontakt aufgenommen, als er nach Deutschland als alter Mann zurückkam. Das war 2003. Er wollte absichtlich aus der Crewliste des Marine-Archivs jemanden kontaktieren, der ihn nicht persönlich kannte. Als alte Männer waren wir eine Weile befreundet. Die Freundschaft verlief im Sand, das Alter macht unbeweglich, man reist nicht mehr allein. Sie haben mit Ihrer Aktion die alten Männer wieder zusammengebracht.

Ich muss Sie kurz beiseitelegen, die junge Frau hält mir ein Foltergerät vor die Nase, sie will mir eine Spritze verpassen."

Ich höre, dass sich die beiden unterhalten, kann aber die Worte nicht verstehen, dann wieder die fröhliche Stimme der Schwester und die Tür klappt.

„So, da bin ich wieder. Darf ich Ihnen noch eine andere Frage stellen, Anne?"

„Immer zu, seit wann sind Sie zögerlich, wenn es um Ihren Wissensstand geht?"

Ich weiß, was er fragen will, ihn lassen die zarten Liebesanfänge von Matthias und mir keine Ruhe. Er ist ein guter Beobachter und hofft, dass sich zwischen uns eine Beziehung entwickeln könnte.

Prompt kommt die Frage: „Wie geht es Matthias?"

„Hans, Sie werden enttäuscht sein, aber ich weiß es nicht."

Schweigen am anderen Ende der Leitung.

Nach einer Weile siegt die Neugier.

„Wie darf ich das jetzt verstehen? Sind Sie beide nicht zusammen? Ich hatte gehofft, es entwickelt sich zwischen Ihnen mehr, als eine normale Bekanntschaft. Schade, wenn mein Wunsch nicht in Erfüllung geht."

„Wissen Sie, wir hatten zwei nette Treffen", antworte ich zögerlich.

Mir fällt es schwer, die richtigen Worte zu finden.

„Leider ist eine dumme Sache dazwischengekommen und Matthias hat mir einen Korb verpasst. Ich habe mich nicht korrekt verhalten und etwas riskiert, was er nicht entschuldigen kann. Es ist eine längere Geschichte, die ich Ihnen gern erzähle. Sie sollten erst gesund werden, um problematische Begebenheiten verarbeiten zu können."

Ich wechsle schnell das Thema.

„Was sagen die Ärzte zu Ihrer Genesung, geht es voran? Ich möchte Sie besuchen, aber leider kann ich im Moment wegen meines Jobs nicht verreisen. Trotzdem muss ich in den nächsten Wochen an einem noch unbekannten Termin noch einmal nach Cuxhaven fahren, weil eine Gerichtsverhandlung wegen des erwähnten Problems stattfinden wird."

„Um Gottes willen, was ist geschehen, Sie können mich jetzt nicht mit dem Bröckchen einer bösen Nachricht sitzen lassen. Ist Ihnen etwas passiert? Muss ich mir Sorgen machen?"

Jetzt habe ich doch die Katze zu weit aus dem Sack herausschauen lassen.

„Also gut, ich werde versuchen, Ihnen diese unangenehme Begebenheit kurz zu erzählen."

Ich berichte ihm von der Geburtstagsparty auf dem Charterschiff und erzähle das Auftauchen und die drohenden Worte von Sebastian. Ich höre Hans stöhnen, sein Atem geht schnell.

„Ich wusste es, Sie regen sich auf, aber das dürfen Sie nicht."

„Reden Sie weiter, ich muss das wissen." Seine Stimme klingt gepresst.

Der Ärger über mich nagt an meinem Gewissen. Aber nun muss ich ihm den unliebsamen Vorfall zu Ende erzählen.

„Ich habe Matthias viel zu spät über diesen Psychopathen informiert. Das hat er mir schwer übel genommen", sage ich zum Abschluss.

„Das ist ja schrecklich, was Sie mir erzählen, Anne. Wie hat der Kerl Sie denn gefunden?"

„Einfach ausgedrückt, er hat in der Zeit, in der wir zusammen waren, mein Smartphone manipuliert. Dadurch konnte er mich überall verfolgen. Solche Dinge sind heute mit der neuen Technik möglich. Deshalb hat Matthias sofort das Gerät entschärft."

„Was soll jetzt aus dieser unliebsamen Angelegenheit werden?" Die Stimme des alten Mannes klingt ratlos. Ich zucke mit den Schultern, obwohl er mich nicht sehen kann.

„Es wird eine Gerichtsverhandlung geben, bei der Sebastian erklären muss, warum er das Taxi so massiv bedrängt hat, dass wir im Straßengraben gelandet sind. Vor allem kommt er in Zugzwang wegen der Fahrerflucht. Seinen Kopf aus dieser Schlinge zu ziehen, wird für ihn kein leichtes Stück Arbeit werden. Aber vielleicht hat er einen gewieften Anwalt. Ich weiß allerdings nicht, ob die ganze Angelegenheit dann für mich abgeschlossen ist. Sollte er freigesprochen werden, könnte mich noch ein Nachspiel überraschen. Nach diesem Vorfall und den früheren Erlebnissen mit ihm fürchte ich Sebastians Rachegelüste."

Ich denke an die Zeit mit diesem Psychopathen. Im Nachhinein packt mich die Angst. Das Ausmaß seines kranken Charakters wird mir erst jetzt im vollen Umfang bewusst. Da Hans nichts zu sagen hat, fahre ich mit meiner Rede fort.

„Die Reaktion von Matthias beunruhigt mich obendrein. Sie lässt darauf schließen, dass er von seiner einmal gefassten Meinung nicht abweicht. Demzufolge werden wir beide nicht wieder zusammenfinden. Das macht mich traurig, allerdings frage ich mich, ob er nicht zu streng über mich urteilt. Meine Überlegungen, ihm vorerst nichts zu erzählen, hatten nur den einzigen Grund, unser wunderschönes Erlebnis auf dem Schiff nicht zu einem unliebsamen Ereignis werden zu lassen. An mögliche Konsequenzen habe ich nicht gedacht, es war der Wunsch, diese Bedrohung Sebastians schnell zu vergessen."

„Ich möchte Ihnen helfen, Anne! Sie wissen aber auch, dass ich mich nicht zu Matthias' Freunden zählen kann."

„Ich hatte die gleichen Gedanken und weiß, dass Sie es gut mit mir meinen. Wir beide kennen die Ohnmacht, die Sie Matthias gegenüber nicht überwinden werden. Es wird nie Vertrauen zwischen Ihnen beiden entstehen. Sie können kein gutes Wort für mich einlegen."

Ich höre schweres Atmen am anderen Ende der Leitung, das erschreckt mich, also steuere ich auf das Gesprächsende zu.

„Wir werden uns für heute voneinander verabschieden. Sie brauchen viel Ruhe. Ich wünsche Ihnen gute Besserung. Hoffentlich müssen Sie nicht mehr lange im Krankenhaus bleiben. Ich melde mich, wenn ich Zeit für meine privaten Belange erübrigen kann."

„Leben Sie wohl, ich habe mich über Ihren Anruf gefreut. Vor allem hoffe ich, dass Sie bei mir vorbeikommen, wenn Sie wieder im Norden Ihre Zeit verbringen. Ich weiß aber auch, dass es noch einige Kilometer zu fahren sind, wenn Sie in Cuxhaven sein werden."

„Ich glaube nicht, dass ich Ihnen diesen Wunsch erfüllen kann, die Strecke ist zeitintensiv. Jedoch werde ich versuchen, in den nächsten Wochen eine Gelegenheit zu finden, Ihnen einen Besuch abzustatten."

An den kommenden Tagen habe ich wenig Zeit, mich meinen Befindlichkeiten zu widmen. Wir haben wieder ein kompliziertes Projekt bei der Arbeit. Es nimmt meine ganze Konzentration in Anspruch, sodass ich viel Privatzeit opfern muss. Es ist mir recht, von den Dingen meines ‚neuen Lebens' Abstand nehmen zu können.

Meine Aktivitäten zur Suche nach dem Schwiegervater und mein Leben sind ineinander verwoben. Ich habe Menschen kennengelernt, die mir ohne diese Aktion nie begegnet wären.

Mir geht Matthias nicht aus dem Kopf, meine Gefühle kann ich nicht richtig einordnen. Zumindest denke ich oft an ihn. Und doch kommt es mir nicht in den Sinn, ihn sprechen zu wollen. Während ich die Zeit mit ihm Revue passieren lasse, weiß ich, egal ist er mir nicht.

Heute war ein anstrengender Tag, die Probleme bei der Arbeit lassen mich nicht los. Also werde ich mir heute Abend Ruhe gönnen und entgegen meiner sonstigen Gewohnheit früh ins Bett steigen. Langweilig finde ich diese Option schon, aber es tut gut, sich ausgiebig von den Mühen des Tages auszuruhen. Mir gehen ohnehin die verschiedenen Lösungswege unseres Projektes durch den Kopf.

Während ich noch mit mir kämpfe, den Tag unspektakulär ausklingen zu lassen, meldet sich mein Telefon mit seiner unmöglichen Melodie, die ich schon lange ändern wollte.

Mein Herz fängt an zu flattern, als ich auf dem Display den Namen von Matthias sehe. Also kann er mir nicht so egal sein, wie ich es mir immer einbilde. Findet er auch keine Ruhe?

Ich nehme den Hörer ab und melde mich bewusst gelangweilt. „Und hier ist Matthias", höre ich am anderen Ende der Leitung.

„Ich freue mich, dass du mich anrufst", antworte ich. Er schweigt.

Glaubt er etwa, ich beginne mit dem Gespräch?

„Ich möchte gern wissen, wie es dir geht, Anne. Manchmal kommt mir der Gedanke, überreagiert zu haben. Ich kann jedoch nach langer Überlegung nicht nachvollziehen, dass du kein Vertrauen zu mir hattest. Das bewegt mich ununterbrochen. Es macht mich traurig, diese Feststellung treffen zu müssen. Nun wollte ich von dir noch einmal hören, warum du in dieser Weise gehandelt hast. Vielleicht gibt es einen Weg und wir können diese Sache vergessen? Ich würde froh sein, wenn du in Zukunft dieses mangelnde Vertrauen nicht mehr an den Tag legst."

Langsam steigt der Ärger in mir hoch. Ich wollte mich gerade darüber freuen, von ihm wieder angerufen zu werden.

Warum reitet er erneut darauf herum? Er hat mir die Tür gewiesen und damit unserer beginnenden Beziehung den Rücken gekehrt. Hat er nur angerufen, um mir erneut einen Vortrag zu halten? Ich komme mir vor, wie ein kleines dummes Mädchen, welches beim Stibitzen erwischt wurde.

Um meinen Unwillen über seine penetrante Wiederholung kund zu tun, werde ich patzig, sage ihm, dass ich es nicht nötig hätte, mir ständig die gleichen Vorwürfe anzuhören und lege einfach auf. Damit habe ich die Beziehung Matthias und Anne endgültig beendet.

Natürlich weiß ich, dass meine Ansprache überzogen war. So kann ich das Missverhältnis zwischen uns nicht in die richtigen Bahnen lenken. Aber so bin ich, ich kann nicht anders. Das ist frei nach Goethe, es entspricht meinem Naturell und ich will es nicht ändern.

Neben meiner Arbeit warte ich jeden Tag auf die Aufforderung, in Cuxhaven vor Gericht erscheinen zu müssen. Ich hoffe, im Moment vor Sebastian sicher zu sein. Er stellt vor der Verhandlung keine Gefahr dar. Es sei denn, er geht aufs Ganze. Die Zeit mit Matthias war wunderschön, ich hatte das Gefühl, bei ihm angekommen zu sein. Nun lebe ich in den Tag hinein, mit einem ständig gleichen Rhythmus. Gelegentlich telefoniere ich mit Hans. Er freut sich, dass ich ihn nicht vergesse und seine erste Frage gilt stets Matthias.

Auch von dieser Seite muss ich mir Worte der Maßregelung anhören, aber bei ihm stelle ich die Goldwaage beiseite.

Ein unverzeihliches Versäumnis ist mir durch die Aufregung der letzten Tage unterlaufen. Ich habe mich nicht um den Genesungszustand des Taxifahrers gekümmert. Dass Matthias diese unbedingte Pflicht erfüllt, kann ich nicht verlangen. Herr Beier muss meinetwegen leiden, das macht mich unruhig.

Das Krankenhaus, in dem er liegt, ist mir vom Namen her bekannt, also hindert mich nichts daran, eine Information einzuholen. Warum ist dieser Gedanke nicht schon längst in meinem Kopf angekommen? Ich rufe die Internetseite der Klinik auf und tippe die Nummer in mein Telefon. Es klingelt eine geraume Weile, ehe sich die Zentrale meldet. Nachdem ich den Namen des Patienten genannt habe, kommt am anderen Ende bereitwillig die Auskunft, auf welcher Station er liegt und ich werde verbunden. Die diensthabende Schwester geht an das Bett des Taxifahrers. Mein Mund ist trocken und ich verspüre Angst. Herr Beier meldet sich, ich erkläre ihm, wer ich bin. Er freut sich über mein Mitgefühl, weiß aber noch nicht, dass er meinetwegen in der Klinik gelandet ist.

„Mir geht es schon sehr viel besser. Der Verrückte ist komplett ausgerastet, aber hier hat man mich wieder recht und schlecht zusammengeflickt. Der Arzt sagt, ich kann bald entlassen werden."

Meine Feigheit, ihm zu sagen, dass ich der auslösende Faktor dieser unmöglichen Situation war, kämpft mit dem Verstand. Die Wahrheit muss raus, denn spätestens bei der Verhandlung werden ihm die Zusammenhänge klar und dann ist es vorbei mit allen Freundlichkeiten. Schweren Herzens entscheide ich mich, ihm heute zu beichten und erzähle die Geschichte.

Nachdem ich meinen Bericht beendet habe, lässt sein Schweigen in mir die Befürchtung aufkommen, dass er meine Handlungsweise kritisieren wird. Zu meiner Erleichterung fängt er langsam an zu sprechen und gibt mir zu verstehen, dass mit derartigen Mitteln niemand ein Problem lösen kann. Es ist egal, welcher Beweggrund vorliegt.

„Wie krank muss ein Mensch sein, wenn er mit einem anderen einen Disput ausfechten will, es auf kriminelle Weise zu tun? Als Krönung nimmt er auch noch in Kauf, anderen Menschen zu schaden?"

„Herr Beier, ich bin einerseits froh, dass Sie die Dinge in dieser Weise sehen, aber ich fühle mich trotzdem schuldig."

„Nun, Sie werden doch den Verlauf nicht vorausgesehen haben, oder?"

Ich antworte resigniert.

„Nein, auf keinen Fall, aber ich hätte es vielleicht verhindern können."

„Und wie sollten Sie eine solche kranke Aktion geahnt haben? Es gibt nun einmal Typen, deren Handlungen wir als normale Menschen nicht nachvollziehen können."

„Ich bin Ihnen dankbar, dass Sie mir nicht auch noch das Leben schwer machen. Schuldig fühle ich mich, das ist Fakt. Ich hätte damit rechnen müssen, dass etwas passieren könnte. Ich habe die Zeichen nicht erkannt. Ich bin froh, dass Sie die Dinge in meinem Sinn sehen."

„Macht Ihnen jemand einen Vorwurf?"

„Mein Bekannter geht davon aus, das mangelnde Vertrauen, welches ich ihm entgegenbringe, war der Grund dieses Vorfalls.

Wenn er die Zusammenhänge gekannt hätte, wäre dieser Unfall nicht passiert."

„Das sehe ich anders, die Denkweise eines Psychopathen lässt sich von einem normal denkenden Menschen nicht durchschauen. Es wäre höchstens für mich als Fahrer eine Option gewesen, die Bedrohung zu kennen und somit der Gefahr entsprechend entgegenzutreten. Sicher bin ich mir aber mit der Theorie nicht. Was hätte ich tun können, wenn mich ein Irrer in den Straßengraben drängt?"

Mich baut die Meinung des Herrn Beier auf. Es hätte mich anders treffen können, wenn ich einem verbitterten Besserwisser als möglichen Widersacher gegenübertreten müsste. Die jetzige Entwicklung erweckt in mir die Hoffnung, in ihm eine Stütze zu haben.

Die Auffassung des Taxifahrers ist ein kleiner Lichtblick in dieser verfahrenen Situation. Es wird mir helfen, selbstbewusster aufzutreten, wenn ich Matthias gegenübertrete. Ich bin heilfroh über meinen Entschluss, Herrn Beier reinen Wein eingeschenkt zu haben. Am liebsten würde ich den Mann in die Arme nehmen.

Am Telefon geht das schlecht.

Er sagt mir verständnisvolle Worte, die Mitgefühl für meine verzwickte Lage ausdrücken.

„Ich hoffe, in der nächsten Woche entlassen zu werden, das bedeutet, dass ich die Verhandlung nicht versäume. Ich habe den Antrag auf Nebenklage gestellt. Das Gericht hat meinen Rechtsanwalt als Nebenklagevertreter bestellt."

„Das ist optimal, einen offiziellen Fachmann zur Seite zu haben. Mein Bekannter ist auch Jurist, aber er ist in dem Fall lediglich Zeuge."

„Dann weiß er sicher eine Lösung, wenn es nicht zu unserer Zufriedenheit ablaufen sollte. Die Fakten sprechen für uns. Was kann da noch passieren?"

„Wir sollten uns nicht sicher sein, die Rechtsprechung geht manchmal seltsame Wege.

Leben Sie wohl, ich wünsche Ihnen gute Genesung und eine baldige Entlassung. Für mich wäre es wichtig, Sie bei der Verhandlung anwesend zu wissen."

„Ich gebe mir die größte Mühe. Bis zu unserem Wiedersehen wünsche ich Ihnen gute Nerven, denken Sie positiv."

Wir legen beide auf. Ich bin froher Dinge, weil ich einen Menschen zu jener Verhandlung an meiner Seite weiß, der mich nicht über meine Schwächen aufklärt, sondern mit mir gemeinsam kämpfen wird.

Jetzt habe ich den Wunsch, meine Gedanken und Gefühle mit Hans zu teilen. Es ist wunderschön, einen Freund zu haben. Aber gleich werde ich wieder traurig, weil das keine Freundschaft für mein ganzes Leben sein kann.

Ich wähle die Nummer im Krankenhaus, das Telefon klingelt, es nimmt keiner ab. Also versuche ich es auf der Station. Die Schwester informiert mich, dass Hans bereits entlassen ist. Sie beruhigt mich sofort, dass es Hans inzwischen gut geht. Ich bedanke mich für die freundliche Auskunft, lege auf und rufe sofort bei Hans zu Hause an. Er ist nach dem ersten Rufton am Apparat. Die Freude ist groß, als ich mich melde.

„Gott sei Dank geht es Ihnen wieder gut!"

„Liebe Anne, es macht mich glücklich, dass wir uns, wie gewohnt unterhalten können und Sie mir nicht mehr böse sind."

In kurzen Worten erzähle ich ihm von meinem Gespräch mit dem Taxifahrer. Hans ist über dessen Reaktion erfreut. Also ist auch er guter Dinge, dass ich von Herrn Beier keine Vorwürfe erwarten muss. Es hat ihn beschäftigt, mich in Schwierigkeiten zu sehen.

„Ich wünschte, Sie könnten mich besuchen und bei mir einen kleinen Urlaub verbringen. Vielleicht können Sie ein paar Tage Flensburg mit der Gerichts-Aktion verknüpfen? Sie würden dem alten Mann eine Riesenfreude bereiten."

„Ich versuche, etwas Zeit für Sie herauszuschinden. Es sollte möglich sein, da wir unser großes Projekt bei der Arbeit inzwischen abgeschlossen haben. Das bedeutet für mich, dass ich besser planen und freinehmen kann. Überstunden habe ich genug. Wann ich bei Ihnen erscheinen kann, hängt vom Termin der Gerichtsverhandlung ab. Ich verspreche Ihnen, für Sie Zeit zu haben. Wir können gern etwas unternehmen, wenn ich bei Ihnen bin. Machen Sie sich schon darüber Gedanken, was Ihnen in dieser Richtung am Herzen liegt. Vielleicht möchten Sie noch einmal diesen oder jenen Ort besuchen."

„Sie haben immer fürsorgliche Ideen, ich bin Ihnen dankbar für die Freundlichkeit, die Sie einem alten Zausel entgegenbringen. Einen Ort kann ich sofort nennen. Sie können sich an den Brief von Elena erinnern?"

„Ja Hans, er ist mir noch im Gedächtnis, es ging um eine Bank am Meer."

„Genau um diesen Ort geht es. Er war viele Jahre mein Ziel, wenn ich traurig war oder Probleme hatte. Oft suchte ich ihn mit Elena auf, wenn sie bei mir war und wir eine glückliche Nacht verbracht hatten. Elena war eine Frühaufsteherin und liebte es, zu dieser Zeit im Meer zu schwimmen. Wir haben manchen Sonnenaufgang dort erlebt."

Im Hintergrund knarrt die wuchtige Tür des Wohnzimmers. Ich höre die Stimme von Hilde, aber ich kann nicht verstehen, was sie sagt. Ein paar Sekunden ist es still, dann setzt Hans seine Erzählung ohne weitere Erklärung fort.

„Um diese Bank zu erreichen, musste ich allerdings mit dem Auto fahren. Das war in jüngeren Jahren kein Problem. Es wird eines, wenn die alten Knochen solche Ausflüge nicht mehr erlauben. Ich möchte noch einmal dort sitzen und auf das Meer schauen dürfen, das wünsche ich mir. Idealerweise säße meine Freundin Anne an meiner Seite. Ich weiß nicht, wie lange es her ist, aber ich habe diesen Platz viele Jahre nicht mehr besucht."

„Der Wunsch wird Ihnen erfüllt, wir werden beide dort sitzen und auf das Meer schauen."

Hans bedankt sich noch einmal überschwänglich.

Unser Gespräch zieht sich in der gewohnten Art weiter in die Länge. Hans versucht, mich krampfhaft am Telefon zu halten. Ich kann es verstehen, es gibt nicht viele Höhepunkte im Leben eines alten Mannes. Heute scheint er besonders einsam zu sein. Also werde ich noch eine Weile ausharren und dem alten Zausel zuhören.

Ich schaue jeden Tag voller Furcht in den Briefkasten, sobald ich nach Hause komme. Meine Gedanken sind bei der Benachrichtigung vom Gericht. Den Erhalt des Schreibens muss ich bestätigen. Trotz meiner Angst vor diesem Ereignis wäre es besser, wenn ich den Termin der Verhandlung endlich in meinen Kalender eintragen könnte.

Das Problem ‚Matthias' beunruhigt mich zusätzlich. Durch unsere Diskrepanz ist es nicht möglich, gemeinsam vor Gericht zu agieren. Er sieht meine Mitarbeit nicht als notwendig an und wird demzufolge bei Bedarf als Alleinkämpfer auftreten. Das ist gut so. Er ist der Fachmann und ich sollte mir keine weiteren Sorgen machen.

Nach einer für mich lang empfundenen Zeit trudelt die gerichtliche Aufforderung ein. Mir wird der Weg zur Poststelle abgenommen. Es ist Samstag und somit kann ich den Erhalt bestätigen und das Einschreiben entgegennehmen. Ich sitze am Tisch und starre den Brief an.

Warum inszeniere ich einen solchen Aufstand wegen einer simplen Termininformation? Es gibt gewisse Dinge im Leben, durch die ich mich durchkämpfen muss. Also öffne ich das Schreiben. Es ist ein langer Text, mit einigen Paragrafen und Erklärungen. Mittig und auf einer Zeile für sich steht das Datum:

Montag, 02.09.2013

Also gut, ich trage die Information in meinen Kalender ein und versuche ruhig zu bleiben. Zu diesem Zeitpunkt sind alle Kollegen meines Teams anwesend, es ist ein guter Termin. Ich kann

Hans glücklich machen und gleichzeitig dieser unliebsamen Angelegenheit mutig ins Auge schauen.

Immer wieder bewegt mich die Unstimmigkeit mit Matthias. Es berührt mich, wenn er mir gegenüber Feindschaft an den Tag legt. Wäre alles okay zwischen uns, würde ich viel leichter in diese blöde Verhandlung gehen. Es ist nicht der richtige Zeitpunkt, mich zu ignorieren. Nun gut, ich muss es akzeptieren, obwohl ich das Verhalten von Matthias überzogen finde. Unschuldig bin ich nicht, denn ich habe seinen Versöhnungsversuch vermasselt.

Die Zeit vergeht wie im Flug. Ich habe Hans versprochen, am 30. August zu ihm zu kommen, es ist ein Freitag. Der Samstag ist für unseren Ausflug zur Bank am Meer geplant. Hans fällt vielleicht noch ein anderer Wunsch ein.

Und siehe, auch ein alter Mann ist für eine Überraschung gut, denn er sagt mir am Telefon: „Anne, finden Sie doch in Cuxhaven ein schönes Hotel und buchen dort zwei Zimmer für uns beide."

Ich komme aus dem Staunen nicht heraus. Hans hat sich über den Ablauf meines Aufenthaltes in Cuxhaven einen Plan überlegt.

„Wir könnten den Sonntag dort verbringen und ich würde Sie, so gut ich kann, trösten. Egal, wann wir ankommen, ich würde liebend gern mit Ihnen Currywurst in dieser wunderbaren Gaststätte an der „Alten Liebe" essen. Es ist für mich der Inbegriff vom unkomplizierten Leben. Sie glauben nicht, wie gern ich an dieses Erlebnis zurückdenke und daran, dass ich zum ersten Mal in meinem langen Leben Currywurst gegessen habe."

Das alles ist wie Balsam auf meiner Seele. Ich bin sofort bereit, mit dem alten Mann dieses Abenteuer anzusteuern. Und wieder begeistert mich die Lust des Hans Köbbe, seinem Dasein einen gewissen Kick zu verleihen.

„Ich werde sofort nach unserem Gespräch ein entsprechendes Hotel suchen. Ihre Idee, mich nach Cuxhaven begleiten zu wollen, ist der Auslöser für mich, diese unliebsame Geschichte lockerer zu sehen. Sie sind wie ein väterlicher Beistand für mich. Dafür danke ich Ihnen von ganzem Herzen."

„Habe ich alter Zausel noch eine sinnvolle Aufgabe zu meistern, Ihre Worte machen mich glücklich."

Wir schwärmen uns eine Weile gegenseitig etwas vor und beenden das Gespräch. Mich erfasst eine Zufriedenheit, die den Stein von meinem Herzen ein ganzes Stück beiseite rollt. Nun mag Matthias mich strafen wollen, ich habe eine väterliche Seelenstütze. Das macht mich stark!

Ich schaue mir im Internet die Hotels in Cuxhaven an und kann mich nicht richtig entscheiden. Es müssen zu viele Dinge stimmen, denn Hans soll es gefallen. Letztlich kann ich eine passende Bleibe für uns finden.

17

Seit der Suche nach meinem Schwiegervater, fahre ich ständig gen Norden. Hamburg hat sich durch den Tod Hermanns erledigt. Oder sollte ich lieber Werner sagen? Mein Gemüt akzeptiert die Tatsache nicht, dass Hermann mein Schwiegervater war. Diese ungeheuerliche Geschichte wird mich noch lange verfolgen.

Nun geht es wegen einer anderen Angelegenheit in diese Richtung. Der Gedanke an die Verhandlung lässt mich schaudern. Andererseits freue ich mich auf Hans und unsere Gespräche. Selbst Hilde ist mir inzwischen vertraut. Sie wird wieder die tollen Leckereien auf den Tisch bringen. Es liegt eine gewisse Dankbarkeit in unseren Zusammentreffen. Die beiden Alten können ihrem eintönigen Alltag für eine kurze Zeit entfliehen. Ich hingegen empfinde den Zauber einer längst vergangenen Welt, wenn ich einige Tage bei ihnen sein darf.

Also auf nach Flensburg! Das unangenehme Gefühl bleibt trotz der Freude, ich kann es nicht aus meinem Kopf verbannen.

Im Stillen hatte ich gehofft, Matthias vorher noch einmal zu sprechen.

Ich sitze in meinem Auto auf dem Weg zu Hans, in meinem Kopf wirbeln alle momentanen Probleme durcheinander. Es ist traurig, in Matthias einen Menschen kennengelernt zu haben, der nicht fähig ist, in Notsituationen zu seiner Partnerin zu stehen. Die derzeitige Entwicklung ist keine gute Voraussetzung für eine gemeinsame Zukunft.

Ich habe den Schlussstrich unter unsere Bekanntschaft gezogen, aber meine innere Stimme flüstert mir manchmal zu, dass es schade wäre. Bisher war die Beziehung nicht mit intensiven Emotionen behaftet und noch war ich nicht in seinem Bann gefangen. Meine Gedanken sind aber ständig bei ihm.

Den gleichen herzlichen Empfang, wie beim ersten Besuch, erlebe ich in Flensburg. Heute kommt die Vertrautheit hinzu. Ich fühle mich geborgen und das werde ich genießen. Das märchenhafte Zimmer steht wieder für mich bereit, außerdem lasse ich mich von Hilde kulinarisch und von Hans geistig verwöhnen.

Nach einem entspannten Frühstück steigen Hans und ich am nächsten Morgen in mein Auto. Wir fahren zu jener Bank, die viele Erinnerungen in ihm hervorruft.

Der Kampf durch den Sand ist für ihn eine mühselige Übung, aber er ist begeistert.

„Sehen Sie doch, Anne, es ist noch dieselbe Bank."

Das Holz ist unbearbeitet und verwittert, aber stabil. Die salzhaltige Luft hat sie in den vielen Jahren konserviert. Sie steht da, als gelte das Gesetz der Vergänglichkeit nicht für sie und lädt uns ein, auf ihr Platz zu nehmen. Wir blicken auf das Meer. Hans erzählt mir Geschichten aus seinem Leben. Als hätte diese Bank die Erlebnisse seiner jungen Jahre gespeichert, die in diesem Augenblick freigegeben werden. Ich höre zu und erfahre interessante Episoden. Es macht mir Spaß, an der Zeitreise meines alten Freundes teilzuhaben. Wie bei allen Erzählungen von Hans, die ich bisher gehört habe, lausche ich und empfinde in keiner Weise Langeweile. Seine Gegenwart tut mir unendlich gut. Durch ihn lerne ich, die schnell vergehende Zeit besser zu nutzen. Vor allem weiß ich seit unserer Bekanntschaft, dass es dem Menschen auch im hohen Alter gegeben ist, das Leben in seiner Vielfalt zu genießen. Keine oberflächlichen Allgemeinplätze sind relevant. Hans versteht es, jeden Tag in vollen Zügen zu erleben. Auch die Angst vor dem endgültigen Ende zeigt nicht mehr ihr schreckliches Gesicht. Wir müssen die Begebenheiten, die uns geboten werden, annehmen können, ohne ständig an die Endlichkeit des Daseins zu denken. Diese Kunst hat er auszuleben gelernt.

Hoffentlich erinnere ich mich daran, wenn ich eines Tages eine alte Frau sein werde, falls ich ein solches Glück erfahre. Keiner kennt den Tag, an dem er dieser Welt Ade sagen muss.

Das sollte der Grund sein, das Leben mit allen seinen Darbietungen anzunehmen, ohne ständig alles zu hinterfragen. Über diese Dinge diskutieren wir. Hans schaut mich glücklich an. „Ich bin dankbar, einen viel jüngeren Menschen gerade jetzt kennengelernt zu haben. Sie tragen trotzdem die gleichen Emotionen, wie ich in Ihrem Gemüt."

Wie zu erwarten, komme ich nicht darum herum, wieder über Matthias berichten zu müssen. Es sind nur Wiederholungen, neue Erkenntnisse gibt es nicht.

„Matthias schweigt", informiere ich Hans noch einmal.

Wir bleiben eine gefühlte Ewigkeit auf dieser Bank sitzen und hören dem Rauschen des Meeres zu. Beide sind wir in unsere Gedanken versunken.

Hans nimmt das Gespräch wieder auf.

„Anne, Sie haben mir noch nicht darüber berichtet, in welchem Hotel wir morgen landen werden. Erzählen Sie mir etwas von diesem Ort, schließlich lassen Sie mich am Tag allein und ich muss sehen, wie ich die Zeit am angenehmsten verbringen kann."

Ich zeige ihm Fotos auf meinem Handy, die das Hotel ins Internet gestellt hat.

„Sie sind winzig, Ihre Bilder", sagt er und schmunzelt. „Wir haben zu Hause die Gelegenheit, auf meinem Laptop noch einmal die Foto-Galerie des Hotels aufzurufen, oder besser noch, auf Ihrem Computer.

„Da können Sie mir gleich ein paar Nachhilfestunden verpassen. Ich weiß zwar mit E-Mail-Verkehr so einigermaßen Bescheid, aber an anderen Fertigkeiten hapert es gewaltig. Wir könnten ein wenig üben und uns E-Mails schreiben, aber ich telefoniere lieber mit Ihnen."

„Ich zeige Ihnen gern alles, was Sie wissen möchten, das ist kein Problem."

Hans schaut wieder verträumt auf das Meer.

„Ich sehe Elena im Meer schwimmen. Sie winkt mir zu und bewegt sich immer weiter hinaus."

Ich beobachte Hans von der Seite, sein Blick ist auf das Wasser gerichtet.

„Jetzt ist sie hinter dem Horizont verschwunden. Das bedeutet, ich soll ihr folgen."

„Geben sie mir ihre Hand, wir werden jetzt diesen Ort verlassen."

Wie im Trancezustand steht er auf und lässt sich mühsam durch den Sand zum Auto führen.

„Anne, ich hatte eine Vision. Elena ruft nach mir."

Langsam kommt der alte Mann in die Realität zurück.

Am nächsten Tag geht es nach Cuxhaven. Ich hatte diese Stadt zu einem meiner Lieblingsorte erkoren. Nach den Zwistigkeiten mit Matthias bin ich im Zweifel, ob dieses Gefühl noch seine Berechtigung hat.

Im Moment halten mich allerdings andere Emotionen gefangen. Ich denke an die morgige Verhandlung und ein unangenehmes Gefühl steigt mir vom Magen bis in die Kehle. Ich schüttele den Kopf, denn ich habe noch Zeit, der heutige Tag gehört Hans und mir. Ich kann meinem alten Freund auf den Geist gehen und ihm meine Gedanken und meine Bedenken erzählen. Er wird es verstehen und ein offenes Ohr für meine Sorgen haben.

Wir sind am Hotel angekommen. Hans steigt mit Anstrengung aus dem Auto. Von hier aus können wir auf die gesamte Anlage schauen und ich empfinde den Anblick als angenehm. Auch von meiner rechten Seite kommt ein Kommentar.

„Anne, ich weiß, dass ich mich blind auf Sie verlassen kann. Es sieht so toll aus, als sei dieses Haus eine wunderbare Wohlfühloase."

„Ich an Ihrer Stelle würde mein Urteil erst nach Besichtigung der Zimmer fällen", gebe ich zur Antwort.

„Ach, dort brauche ich nur ein bequemes Bett und vielleicht noch einen kuschligen Sessel."

Hans ist trotz seiner exklusiven Gewohnheiten praktisch und bescheiden, das gefällt mir.

Die Rezeption ist bequem zu erreichen, wir können mit unseren Koffern ohne lästige Stufen durch die Empfangshalle rollen. Ein junger Bursche kommt auf Hans zu und bietet ihm an, sich um sein Gepäck zu kümmern. Immerhin, der Service stimmt, auch ohne vornehme Note. Es muss nicht unbedingt eine Livree sein, soviel hat mein alter Freund durch mich gelernt. Ich entdecke eine gewisse Zufriedenheit mit den einfachen Dingen bei ihm. Und nachher geht es weiter mit dem spartanischen Leben, indem wir Currywurst essen werden.

Als hätte er meine Gedanken gelesen, sagt Hans: „Ich würde mich gern ein wenig ausruhen, aber meine Freude auf die Currywurst danach ist riesengroß."

Ich muss laut lachen, er schaut mich verständnislos an. Ich erkläre ihm, dass ich die gleiche Eingebung hatte. Es ist köstlich, wie er Freude dabei empfindet.

Die Sonne scheint, in der Luft liegt ein unverkennbarer Duft des Spätsommers. Dieser Tag lädt zu einem ausgedehnten Spaziergang ein. Eine Stunde wird der alte Herr sicher schlafen.

„Ich schreibe Ihnen noch einmal meine Handynummer auf, damit ich weiß, wann Sie für die Currywurst bereit sind.

Sie können mich anrufen, wenn der Schönheitsschlaf beendet ist", necke ich ihn und drücke ihm den Zettel in die Hand.

Er lächelt.

„Sie haben gesagt, Männer brauchen das nicht, die seien von Natur aus schön."

Nach einer Pause fügt er hinzu: „Bei mir ist es eher eine Vorübung für die unmittelbare Zukunft."

Ich schaue ihn böse an.

„Davon will ich nichts wissen, sehen wir es bei Ihnen als ein liebgewonnenes Hobby an."

Er zwinkert mir zu und trollt sich auf sein Zimmer.

Das Currywurstessen ist ein pures Vergnügen. Wir sind beide aufgekratzt, erzählen lauter Unsinn und Hans sagt, er hätte in seinem unverschämt langen Leben nie so viel Spaß gehabt, wie mit mir.

„Dieses Kompliment kann ich fast im vollen Umfang zurückgeben, das unverschämt lange Leben muss ich ausklammern", erwidere ich lachend und stehe zu meinen Worten. In diesen fröhlichen Stunden mit dem alten Mann vergesse ich den Frust, der mich am nächsten Tag erwartet. Ich will noch nicht daran denken, aber diese schöne Zeit mit meinem liebgewonnenen Freund geht viel zu schnell vorüber.

Ich werde Matthias die kalte Schulter zeigen. Ich kann mich ebenso reserviert verhalten.

Die Nacht bringt mir unruhigen Schlaf, ich wälze mich von einer Seite auf die andere. Die Gedanken an die Gerichtsverhandlung gehen mir nicht aus dem Kopf. Ich habe bisher alle Probleme gemeistert, auch die unangenehmen Dinge. Irgendwann fallen mir die Augen zu. Plötzlich stehe ich im Gerichtssaal, vollkommen nackt und in Flammen. Der Richter sagt immer wieder die gleichen Worte: „Du bist schuld und musst büßen."

Der Schreck lässt mich schweißgebadet hochfahren. Ich sitze kerzengerade im Bett und registriere erleichtert, dass ich mich in einem Hotelzimmer befinde.

Diese entsetzliche Nacht ist vorüber und ich bin froh, den Tag zu beginnen. Das Frühstück ist heute nicht das, was es für mich in der Regel bedeutet. Egal, was ich in meinen Mund schiebe, alles wird zu einer Riesenmasse, die ich nur mit Mühe hinunterschlucken kann. Ich gebe auf und versuche, mit leerem Magen diese Tortur zu überstehen.

Hans sitzt mir unglücklich gegenüber, ihm fehlen tröstende Worte, was sonst nicht seine Art ist.

Er nimmt mich noch einmal in den Arm und ich gehe, ohne mich umzuschauen, einen der unangenehmsten Wege in meinem Leben.

Auf dem Gericht stelle ich erleichtert fest, dass Herr Beier aus dem Krankenhaus entlassen wurde und heute zum Verhandlungstermin erscheint. Wir begrüßen uns herzlich. Er muss zwei Gehhilfen benutzen, meint aber, es sei nicht der Rede wert.

„So dürfen Sie es hier nicht darstellen", ermahne ich ihn. „Das ist mir bewusst." Er lächelt mich an.

Matthias ist nicht weit entfernt und würdigt uns keines Blickes. Plötzlich kommt er auf uns zu. Wir begrüßen uns höflich. Ich sehe keinerlei Regung in seinem Gesicht. Mir wird klar, dass ich endgültig die Finger von diesem Mann lassen muss. Gefühlskälte oder Unsicherheit, welche Variante soll ich ihm zuordnen?

Matthias wendet sich an Herrn Beier.

„Sie haben als Opfer das Recht auf Nebenklage. Lassen Sie sich durch einen Rechtsanwalt vertreten?"

Herr Beier nickt.

„Er hat Sie wegen Ihres Anspruchs auf Schmerzensgeld beraten? Ich frage nur, weil ich selbst Jurist bin. Da ich in diesem Fall als Zeuge auftrete, kann ich Ihnen nicht helfen."

Herr Beier schaut Matthias fragend an.

„Mein Rechtsanwalt hat einen Antrag auf Nebenklage gestellt. Ich nehme das allerdings nicht selbst in Angriff, er wird sich als Nebenklagevertreter für meine Interessen einsetzen."

„Dann sind Sie ja bestens beraten."

Matthias verabschiedet sich höflich von Herrn Beier, nickt mir nur kurz zu und geht seiner Wege.

Ich stehe da wie ein überflüssiges Möbelstück.

Langsam akzeptiere ich, mir keine Sorgen machen zu müssen, wenn der Doktor ‚Allwissend' das Zepter schwingt.

Am anderen Ende des Eingangsbereiches steht Sebastian mit seinem Verteidiger. Sein bohrender Blick ist auf mich gerichtet, sein Mund wütend zusammengekniffen. Ich zwinge mich, der Herausforderung standzuhalten und wende mich nicht ab.

Durch den Lautsprecher kommt die Aufforderung, den Gerichtssaal zu betreten, die Hauptverhandlung beginnt. Es ist eine öffentliche Verhandlung. Ich sehe junge Leute, die vermutlich wegen ihres Studiums an dem Ablauf eines solchen Verfahrens interessiert sind.

Der Vorsitzende Richter eröffnet die Hauptverhandlung und stellt die Anwesenheit der Prozessbeteiligten fest. Die Zeugen werden aufgefordert, den Saal zu verlassen. Herr Beier bleibt als Nebenkläger die gesamte Verhandlung im Gerichtssaal anwesend.

Der Autofahrer, der den Verlauf des Geschehens beobachtet hat, Matthias und ich erheben uns, um auf dem Flur auf unseren Einsatz als Zeugen zu warten. Die Zeit zieht sich zäh wie Gummi dahin. Ich könnte auf meinem Tablet ein Buch lesen. Mein Geist ist aber voller Unruhe, mir fehlt einfach die nötige Konzentration. Immer wieder gehen mir die Worte durch den Sinn, die ich aussagen möchte.

Die Tür zum Gerichtssaal öffnet sich. „Matthias Schneider zur Verhandlung."

Also wieder ewige Wartezeit, die Folter hat noch kein Ende.

Ich zermartre mir mein Hirn, nur jetzt nicht durchdrehen, es geht alles einmal vorüber.

Wie unklug der Streit zwischen Matthias und mir ist, kommt in diesem Moment deutlich zum Tragen, ich hätte mich gerne mit ihm kurzgeschlossen. Aber ich muss mich mit den Gegebenheiten abfinden und mich vordergründig auf die Verhandlung konzentrieren.

Endlich werde ich in den Zeugenstand gerufen. Ein Zittern durchfährt meinen Körper, mir tritt der Schweiß auf die Stirn. Ich werde aufgefordert, meine Personalien zu nennen und der Richter fragt mich, ob persönliche Beziehungen zum Beschuldigten bestehen. Er weist auf meine Aussagepflicht hin.

Nach der Belehrung möchte der Richter den Zusammenhang zwischen der Tat und meinem Verhältnis zum Angeklagten wissen. Mein Herz klopft bis in den Hals, ich stammle die ersten Worte, die automatisch über meine Lippen kommen. Der Versuch, ruhiger zu werden, gelingt nach und nach.

Es ist eine neue Erfahrung, mein persönliches Leben vor fremden Menschen auszubreiten und trotzdem die Ruhe zu bewahren.

Matthias wird jetzt die Nase rümpfen, ich habe nicht den Mut und auch nicht die nötige Konzentration, ihn zu beobachten. Meine Gedanken sind auf den Inhalt meiner Aussage gerichtet. Während der Ausführungen kommt mir eine Idee. Sebastians aktive Mitwirkung an Rallye-Veranstaltungen muss ich unbedingt erwähnen.

Diese Aussage klingt wie Hohn, es geht ein Raunen durch den Saal. Einem Profi wird niemand abnehmen, im normalen Straßenverkehr die Gewalt über sein Auto zu verlieren. Am Ende bin ich erleichtert und fange die wütenden Blicke meines Widersachers auf. Ich weiß, was er mir sagen will und ein kalter Schauer läuft über meinen Rücken.

Sebastian wird nach dem Wahrheitsgrad dieser Aussage gefragt. Seine Antwort lautet unkonkret: „Ja, manchmal in der Vergangenheit, aber schon lange nicht mehr."

Ich beobachte ihn und kann ungebremste Wut in seinen Augen lesen. Dieser Blick hat mir in der Vergangenheit oft Angst eingejagt. Ich werde aus dem Zeugenstand entlassen und kann als Zuhörer Platz nehmen.

Der Tatzeuge des Unfalls wird aufgerufen. Nach dem Anfangsprozedere berichtet er über seine Beobachtungen. Kurz und knapp bringt er zum Ausdruck, dass der Wagen des Verursachers das Taxi mehrmals rammte, den Wagen in den Straßengraben drängte und mit überhöhter Geschwindigkeit verschwand.

„Das geschah alles innerhalb weniger Sekunden, aber ich konnte einen dunklen BMW erkennen. Das Kennzeichen fing mit

,FF' für Frankfurt an der Oder an", ergänzt der Zeuge seine Aussage.

Ich sehe bei diesen Worten zu Sebastian und seinem Anwalt. Es breitet sich eine gewisse Unruhe bei den beiden aus. Was hatten sie erwartet? Es sind bekannte Fakten. Matthias hat ein ironisches Lächeln parat, aber wir sollten nicht zu früh triumphieren.

Der Staatsanwalt liest die Anklage vor. Er hat harte Maßstäbe, die ich in jedem Fall begrüße, es war versuchter Mord. 18 Monate Gefängnis und zehntausend Euro Strafe, so lauten seine Forderungen. Der Rechtsanwalt von Herrn Beier beantragt als Nebenklagevertreter fünftausend Euro Schmerzensgeld für den Taxifahrer.

Der Verteidiger kommt mit seinem Schlussvortrag zu Wort. Es sei außerordentlich ,traurig', wie sein Mandant mit sich und seinen motorischen und geistigen Störungen gekämpft und die Gewalt über das Auto verloren habe.

Es klingt unglaubwürdig, denn ein Rallyefahrer wird wohl in der Lage sein, sich einer solchen Situation zu stellen. Und warum verfolgt der Angeklagte Frau Gorda hier oben im Norden? Es gibt viele Ansatzpunkte, die das Konzept dieses Menschen und auch das seines Verteidigers komplett durcheinanderbringen. Selbst der raffinierteste Jurist könnte ihm nicht aus der Patsche helfen.

Die Verhandlung läuft in unserem Sinn. Das befreit mich von einer Last. Das Schlimmste dürfte für mich vorbei sein.

Dem Verteidiger fällt nichts Besseres ein, als Freispruch aufgrund widriger Umstände und vorübergehender körperlicher Schwäche, zu beantragen. Er weist nachdrücklich darauf hin, dass der Angeklagte zu keinem Zeitpunkt mit Absicht gehandelt habe.

Dreister geht es wohl nicht, unter den Anwesenden entsteht Unruhe, die der Richter mahnt, zu unterlassen.

Er fordert den Angeklagten zu einem Schlusswort auf, falls er noch eine Erklärung abzugeben habe.

Sebastian sitzt mit zusammengekniffenem Mund und funkelnden Augen neben seinem Verteidiger.

Jetzt hat er die Möglichkeit, noch einmal Stellung zu nehmen. Er hält an der absurden Geschichte fest, die Gewalt über seinen Wagen verloren zu haben. Dadurch sei er mehrere Male an das Taxi geraten. Als es im Graben landete, hätte ihn Angst gepackt. Er sei nicht mehr Herr seiner Sinne gewesen, als er eine Panikattacke erlitt und wegfuhr.

Ich staune über seine Aussage, denn Panikattacken kennt er nur aus meinen Erzählungen, er selbst hat noch nie zuvor eine solche Situation erlebt. Aber er hat mir aufmerksam zugehört, als ich ihm von meinen Angstzuständen erzählte. Er kann es glaubwürdig wiedergeben, alle Achtung.

Wusste ich es doch. Er denkt sich einen nicht zu beweisenden Unsinn aus. Ich kann nur hoffen, dass diese Masche durchschaut wird.

Das Gericht zieht sich mit dem üblichen Prozedere zurück. Ich kann es nicht beurteilen, wie die Entscheidung ausfallen wird. Unruhig rutsche ich auf dem Stuhl hin und her, meine Hände suchen ständig nach einer Beschäftigung und mein Herz klopft bis in den Hals. Der Richter muss sich nicht an den Antrag des Staatsanwaltes und auch nicht an die Forderung der Verteidigung halten. Ich hoffe auf den gesunden Menschenverstand, dann endet diese Geschichte gerecht.

Ich habe schon oft über Fehlurteile gehört oder auch gelesen. Meine Gedanken kreisen um die Geschehnisse, die nach dieser Verhandlung passieren können.

Das unangenehme Gefühl in der Magengegend meldet sich erneut. Die Erlebnisse mit Sebastian lassen ein böses Nachspiel erahnen, wenn er davonkommt.

Das hohe Gericht hat sein Urteil in geheimer Sitzung gefällt, es herrscht Spannung im Saal und das Fußvolk wird wieder aufgefordert, sich von den Plätzen zu erheben.

Der Angeklagte wird für schuldig befunden. Er muss die vom Staatsanwalt beantragte Geldstrafe leisten und wird, für mich unfassbar, auf Bewährung entlassen. Ein Raunen geht durch den Saal. Zweifel am Urteil macht im Moment wenig Sinn, der Fall ist beendet. Sebastians Blick liegt noch wütend auf mir. Ich entdecke ein hämisches Aufflackern in seinen Augen. Für mich ist es ein böses Zeichen.

Meine Fantasie läuft Amok. Sie zeigt mir Möglichkeiten auf, die sich Sebastian ausdenken könnte. Aber dennoch wird ihm der richterliche Beschluss zu denken geben. Wird der Stalker, Choleriker oder wie ich ihn noch bezeichnen könnte, seine Rachegelüste weiterverfolgt? Dann wird es ihm egal sein, welche Konsequenzen für ihn entstehen, Hauptsache er kann mich strafen.

Herr Beier ist inzwischen wieder an meiner Seite, ich habe sein Kommen nicht bemerkt.

„Darf ich Sie zum Essen einladen?" Ich schaue verwirrt in die Richtung von Herrn Beier, der mich fragend anschaut.

„Vielen Dank, es ist nett von Ihnen, ein anderes Mal gerne, aber ich bin mit einem alten Freund verabredet. Ich kann ihn schlecht warten lassen."

Es ist nicht wirklich eine Ausrede. Ich habe keine Lust, mit Herrn Beier in einem Lokal Small Talk zu betreiben, bleibe mit meiner Absage aber bei der Wahrheit, denn Hans wartet sehnsüchtig auf mich.

Der Taxifahrer macht einen enttäuschten Eindruck. Ich sehe ihn plötzlich nicht nur als einen Menschen, den ich zufällig kennengelernt habe, sondern versuche den Grund seiner Einladung zu erforschen. Sehe ich Interesse oder nur Höflichkeit in seinen Augen? Ich kann es nicht herausfinden, die ganze Situation ist im Moment für mich verwirrend, mir geistert der wütende Blick von Sebastian durch den Kopf.

Da ist auch noch Matthias, den ich mit einem mir fremden Mann am anderen Ende des Ganges entdecke. Er wendet sich ab. Wie soll ich dieses Benehmen einschätzen? Aber ich hatte ja bereits die Schlussfolgerung gezogen, die Finger von ihm zu lassen.

Der Abschied von Herrn Beier wird mit Sicherheit für immer sein, er schaut traurig drein und ich verlasse eilig das Gerichtsgebäude. Es ist alles erledigt, ich habe hier nichts mehr zu suchen.

Der Gedanke, dass Sebastian ein freier Mann ist, verwirrt mich und macht mir Angst. Den Ausgang der Verhandlung muss ich sofort Hans erzählen. Er soll auch von meinen Bedenken erfahren, dass Sebastian Rache planen könnte. Hans wird ohnehin heute Abend kein anderes Thema in unserer Unterhaltung zulassen. Ihm liegt in jedem Fall mein Wohlergehen am Herzen. Auch das seltsame Verhalten von Matthias wird in unserem Gespräch von Bedeutung sein. In diesem Fall ist die Meinung des alten Mannes vollkommen auf meiner Seite.

Ich weiß ohnehin, dass die Feindseligkeit zwischen Hans und Matthias nur existiert, weil Matthias seine verflixte Eifersucht nicht zähmen kann. Damals hat er von seiner Großmutter Besitz ergriffen und jede Minute, die sie mit Hans verbrachte, bedeutete für ihn Verlust.

Und wie soll ich diesen Charakterzug auf mich beziehen, ist er etwa eifersüchtig wegen meines Verhältnisses zu Sebastian? Nein, das ist an den Haaren herbeigezogen. Erstens ist es lange vor seiner Zeit geschehen und zweitens kann er nicht im Ernst einen Stalker als Konkurrenz ansehen.

Ich steige in mein Auto und fahre zum Hotel.

Wie erwartet, sitzt Hans in der Empfangshalle und liest die Tageszeitung. Sein Blick wandert über den Rand des Blattes. Er entdeckt mich sofort, denn er sitzt der automatischen Drehtür gegenüber. Die Zeitung sinkt auf seinen Schoß und ein freudestrahlendes Lächeln macht sich auf seinem Gesicht breit.

„Anne, Sie sind schon da, das ist wunderbar. Ich habe mit mehr Langeweile gerechnet."

Vor mir sitzt ein kleiner Junge, der seine Mama endlich wieder hat. Er macht mir sofort einen Vorschlag, wie wir die uns verbleibende Zeit des Tages verbringen können.

„Es ist wunderschönes Wetter. Ich würde gern an der ‚Alten Liebe' promenieren, wir können ein Eis essen gehen. Zum Abendessen habe ich schon einen Tisch hier im Hotel bestellt."

Hans schaut mich fragend an, ob ich seinen Vorschlag akzeptiere. Ich lächle und nicke. Für uns ist das Restaurant ideal, um ein ausgiebiges Gespräch zu führen. Es ist ein Vergnügen, mit ihm zusammen zu sein und ich nehme an, er hat ähnliche Gedanken. Manchmal gesteht er mir seine Traurigkeit, in diesem sagenhaften Alter zu sein. Ich erinnere mich an ein Gespräch, welches in diese Richtung lief.

Ich sagte damals zu ihm: „Ja, ich weiß, Sie würden mich anbaggern, wenn wir altersmäßig ein wenig näher beieinander lägen. Aber ich wäre auch dann nicht bereit, denn auf Sie war nie Verlass und das würde auch niemals der Fall sein. Danke, ich bin diesen Erkenntnisweg schon einmal gegangen, Frau verbrennt sich nicht zweimal an solchen Kerlen die Finger."

„Ist ja gut, Anne, ich habe Ihre Philosophie verstanden. In diesem Leben wird es keine intime Verbindung zwischen uns geben, wir müssen uns auf das nächste Leben orientieren, da bin ich vielleicht ein Maikäfer und Sie eine Giraffe, somit hat sich auch diese Möglichkeit erledigt."

Er schmunzelt vor sich hin, unsere Spinnereien machen ihm sichtlich Freude.

Nun sollte ich seinen Wunsch erfüllen und mit ihm zur ‚Alten Liebe' fahren. Der Tag hat hinreichend Aufregung gebracht, mir tut Ablenkung und Entspannung gut. Ich schlage vor, sofort zu fahren, wenn Hans nichts dagegen einzuwenden hat. Er steht auf und angelt nach seinem Stock. „Ich bin bereit."

Ich habe viele Dinge auf dem Herzen, die ich mit ihm bereden möchte, ob allerdings ausgerechnet der Ort seiner Erinnerungen an Elena für die Diskussion meiner Probleme optimal ist, wage ich zu bezweifeln. Ich kann mich bis zum Abend gedulden. Jedoch kommt sofort von ihm die Bemerkung, dass wir den heutigen Tag mit seinem wichtigsten Ereignis unbedingt näher unter die ‚Lupe' nehmen müssen und sagt weiter:

„Idealerweise tun wir es erst in aller Ruhe am Abend. Ich würde die gemütliche Atmosphäre des Restaurants auf jeden Fall dem Trubel des Alltags vorziehen."

Im Anschluss meint er lächelnd, jetzt wissen zu wollen, wie es ausgegangen sei. Ich sage es ihm kurz und bündig: „Zehntausend Euro Strafgeld, fünftausend Euro Schmerzensgeld an den Taxifahrer und 18 Monate auf Bewährung." Hans schaut mich ungläubig an: „Auf Bewährung? Was ist das für ein Versager, dieser Richter? Nun gut, ich werde heute Abend meine Ausführung zu diesem Fehlurteil machen, jetzt essen wir ein tolles Eis mit allen Kalorien der Welt."

Wie ich die lockere Art dieses alten Mannes bewundere. Trotz aller leicht dahin gesagter Worte, vergisst er nie den Ernst des Themas, welches gerade ansteht.

An unserem Ziel angelangt, bin ich wieder von der Suche nach einem Parkplatz vollkommen genervt. Obwohl der Ansturm der Menschenmassen sich in Grenzen hält, ist es unmöglich, das Auto in der Nähe unseres Lieblingsrestaurants abzustellen. Ich möchte Hans keine gewaltige Strecke zumuten, das ist der Grundgedanke meiner Suche. Nachdem ich drei Runden um das Karree gedreht habe, fährt endlich ein anderes Auto aus einer Parklücke. Selbst Hans gibt einen erlösten Seufzer von sich und ich fahre erleichtert auf den freigewordenen Platz.

„Das sind die Momente, in denen Autofahren in Stress ausartet".

„Zu meiner Zeit gab es wesentlich weniger Autos als heute. Das hat ohne Frage mehr Spaß gemacht."

„Nun ist ja alles gut!", erwidere ich erleichtert.

Ich werde heute tatsächlich keine Kalorien zählen. Diesen Tag geschafft zu haben, ist es wert, über die Stränge zu schlagen.

Der Eisbecher, den mir die Kellnerin vorsetzt, ist riesig.

Ich erzähle Hans die Einzelheiten der Gerichtsverhandlung, er ist mit dem Ablauf nicht zufrieden und bedauert, nicht dabei gewesen zu sein. Aber gleichzeitig meint er, dass er sowieso nichts hätte ausrichten können.

Trotz unseres Vorsatzes, das Thema erst am Abend zu diskutieren, lässt es Hans keine Ruhe.

„Ich habe die Befürchtung, für Sie ist das Kapitel mit dem Stalker noch nicht zu Ende. Er wird sich rächen wollen, dabei ist es ihm egal, welche Konsequenzen er selbst tragen muss."

„Hans, Sie machen mir Angst. Meine Gedanken waren die gleichen, ich habe sie aber verworfen. Er ist in der Endkonsequenz ein Feigling und traut sich nicht, noch einmal eine solche oder ähnliche Tat zu begehen."

„Oh, wenn Sie sich da nicht irren, solche Typen gehen aufs Ganze, wenn sie gereizt werden. Und gereizt ist dieser Mann, das können Sie mit Sicherheit annehmen."

Hans legt seine Hand auf meine. „Anne, Sie müssen auf sich aufpassen und alle Vorsichtsmaßnahmen treffen, glauben Sie einem alten Mann."

Wir diskutieren noch eine ganze Weile. Ich habe meine Riesenportion Eis regelrecht verschlungen. Mir ist zumute, als hätte ich den ganzen Frust des Tages hinuntergeschluckt. Jetzt geht es mir seelisch wesentlich besser, aber mein Magen findet diese Methode nicht prickelnd. Hans lacht mich aus, weil ich ihm zu verstehen gebe, dass mein Wohlbefinden sich langsam in Qualen verwandelt.

„Ich habe Sie beobachtet, es war heftig, wie Sie die kalte Masse vertilgt haben." Er amüsiert sich köstlich bei seinen Worten.

Hans bezahlt die Rechnung und schlägt einen kleinen Spaziergang vor.

Wir flanieren auf dem Steg bis zu einem kleinen Kahn. Er bietet Fahrten zu den Seehundbänken an, wie es auch die großen Schiffe tun. Für uns ist dieser Ausflug heute keine Option. Es geht wieder zum Hotel und wir verabreden uns zum Abendessen in eineinhalb Stunden. Darüber bin ich froh, denn die Geschichte mit dem Eis hat zur Folge, dass ich unbedingt eine Weile allein sein muss. Unsere Restaurantbesuche laufen stets nach dem gleichen Muster ab. Die Gespräche sind für mich eine Bereicherung, auch wenn es so manche Wiederholung gibt, die alte Menschen gerne praktizieren. Heute ist es anders, der Ernst der Situation hält uns gefangen. Ich sollte mit diesem Stalker und seinen Einfällen nicht spaßen, beteuert Hans immer wieder. Solche Menschen sind nicht berechenbar, ihre Reaktionen können in alle Richtungen zielen und niemand weiß, was sie sich einfallen lassen. Geben sie Ruhe oder gehen sie aufs Ganze?

Ich erzähle Hans von den wütenden Blicken, die ich während der Verhandlung von Sebastian aufgefangen habe und er meint, es wäre kein gutes Zeichen.

„Anne, ich bin äußerst beunruhigt, wenn Sie allein nach Hause fahren. Wir sollten insbesondere dieses Hotel zu einer Zeit verlassen, zu der er nicht mit unserer Abreise rechnet. Ich kann mir vorstellen, dass er Sie nicht aus den Augen lässt. Er weiß nicht, dass wir beide zusammengehören. Vielleicht können wir diese Tatsache nutzen. Allerdings fällt mir nichts ein, wie das gehen könnte."

„Das ist ein guter Gedanke. Ich bringe Sie morgen früh nach Flensburg. In Ihrer Straße ist es übersichtlich, man sieht sofort, wer dort parkt. Mein Auto steht bei Ihnen nicht am Straßenrand, das erschwert seine Recherche. Wichtig bei dieser Taktik ist, dass er uns von hier nicht wegfahren sieht."

„Aber was unternehmen wir, wenn Ihr Widersacher uns trotz aller Vorsichtsmaßnahmen entdeckt und verfolgt? Ich werde zur Sicherheit einen Freund von mir beauftragen, die Straße zu beobachten. Er wohnt drei Häuser entfernt von mir und ist gut zu Fuß. Wir teilen ihm alles Wissenswerte über das Auto dieses Menschen mit und mein Freund kann die Augen offenhalten.

Sein Haus steht günstig, er muss nicht nach draußen, um alles im Auge zu behalten."

Ich schmunzle über den Eifer, den Hans an den Tag legt. Im Moment kommt es mir übertrieben vor, aber vielleicht hat er recht mit seiner Vorsicht. Sebastian müsste vollkommen austicken, wenn er diesem Muster entsprechen würde. Aber man sollte nie Dinge jeglicher Art ausschließen, die Gefahr bedeuten könnten. Eine unnormale Verhaltensweise und den Hang zur Gewalt hat Sebastian schließlich bewiesen.

Von meinem Hotelzimmer aus kann ich auf den Parkplatz schauen, ich werde öfter einen Blick auf das Gelände werfen, um eventuell Sebastians Auto dort zu entdecken. Es wird zu dieser Jahreszeit schon etwas früher dunkel, aber die Beleuchtung ist optimal und dadurch kann ich nach unserem ausgedehnten Restaurantbesuch den ganzen Platz absuchen. Sollte er allerdings mit einem anderen Auto unterwegs sein, würde die Vorsicht nichts nützen.

Ich überlege, ob Sebastians Auto überhaupt in Ordnung sein kann. Fahrbereit ist es, denn er ist ja schließlich damit geflüchtet. Die rechte Seite muss komplett zerbeult sein. Er war mit mir einmal bei seinem besten Kumpel, der eine Karosseriewerkstatt betreibt. Es besteht also die Möglichkeit, dass es wieder wie neu aussieht.

Heute hat Hans lange durchgehalten. Es lässt ihm keine Ruhe, weil er mich in Gefahr sieht. Ich bedanke mich bei ihm für sein Verständnis und sein Mitgefühl.

Als ich das Zimmer betrete, schalte ich kein Licht an. Ich schaue aus dem Fenster und traue meinen Augen nicht.

Sebastians Auto steht neben meinem.

Das ist ein Zeichen, welches zur Vorsicht auffordert. Ich gehe sofort zu Hans zurück und klopfe energisch an die Tür. Er öffnet mir und ich bin froh, dass er noch keine Anstalten getroffen hat, ins Bett zu gehen. Meine Nachricht erschüttert ihn und er meint, wir müssen einen Schlachtplan ausarbeiten.

„Anne, warum rufen wir nicht die Polizei? Sie wären den Kerl im Handumdrehen los."

„Ich weiß, dass ich jetzt vollkommen falsch denke, aber eine solche Aktion feuert die Wut von diesem Menschen noch mehr an. Er bekäme lediglich eine Verwarnung. Es muss viel mehr passieren, um ihn hinter Gitter zu bringen. Das macht mir enorme Angst."

Gemeinsam gehen wir zurück in mein Zimmer. Ohne das Licht anzuschalten, beobachten wir den Parkplatz. Wir können beide nicht herausfinden, ob jemand hinter dem Steuer sitzt.

Genauso wenig wissen wir, ob Sebastian ebenfalls Gast in diesem Hotel ist. Ich bin von der neuen Situation genervt und Hans sieht meine Lage als kritisch an, unser Vorgespräch hat sich bewahrheitet.

„Anne, sagen Sie mir den Nachnamen von dem Kerl. Ich fahre jetzt hinunter zur Rezeption und frage, ob er eingecheckt hat."

Ich schaue Hans ungläubig an und kann seinen Gesichtsausdruck in der Dunkelheit nicht erkennen.

„Wer sagt Ihnen, dass er ehrlich war? Wenn er unter falschen Namen eingecheckt hat, merkt das kein Mensch. Es wurde bei der Ankunft kein Ausweis verlangt. Er wird ihn nicht angegeben haben, wenn er wirklich hier wohnt. Aber Sie sollten zur Sicherheit den Namen wissen, er heißt ‚Sandemann'."

Ich habe meine Zweifel, ob Hans zu seinem Ziel kommt.

„Lassen Sie mich machen, ich habe eine Idee. Wichtig ist, ob überhaupt ein Mann in den letzten Stunden ein Zimmer gebucht hat. Der nette Empfangsmensch von gestern Abend hat jetzt wieder Dienst, ich habe mich mit ihm köstlich unterhalten, wir sind beinahe Freunde. Ich denke, alles zu erfahren, was ich wissen möchte."

Trotz der prekären Situation bin ich erleichtert.

„Ohne Sie wäre ich aufgeschmissen. Einen Trumpf haben wir, wenn Sebastian nicht weiß, dass wir beide zusammengehören, könnten wir es als Vorteil nutzen und unbemerkt abhauen."

Also lasse ich Hans zur Rezeption fahren, um mit seinem neuen Freund zu schwatzen. Ganz nebenbei wird er die nötigen Informationen aus dem jungen Mann herausholen. Diplomatie ist sein Ding, das weiß ich aus unseren Gesprächen. Ich packe inzwischen meinen Koffer, um jederzeit mit Hans das Ziel Flensburg ansteuern zu können. So ein Abenteuer macht mir Spaß, wenn auch der Anlass alles andere als lustig ist.

Nach einer halben Stunde klopft es an der Tür. Sofort sind meine Gedanken bei Sebastian, ich traue ihm eine solche Geschmacklosigkeit zu. Mein Herz fängt an zu flattern. Gott sei Dank höre ich die leise Stimme von Hans. Ich öffne umgehend, um keine weitere Gefahr zu provozieren.

Hans grinst mich übermütig an.

„Es ist alles im grünen Bereich."

Ich überlege, was er mit ‚grünem Bereich' meint. Doch schon informiert er mich, dass in den letzten Stunden niemand eingecheckt hat.

„Das Auto von Ihrem Verfolger steht unberechtigterweise auf dem Parkplatz des Hotels. Ich musste den jungen Mann noch davon überzeugen, nicht die Polizei zu rufen. Das hätte unseren Widersacher noch mehr gegen Sie aufgebracht. Wir müssen in dieser Richtung jeden Ärger vermeiden. Er zahlt es Ihnen sonst dreifach zurück. Aber er wird vom Platz verwiesen, das heißt, wir können unsere Koffer im Auto verstauen, ohne von ihm beobachtet zu werden. Der nette junge Mann von der Rezeption wollte sich die Autonummer von mir geben lassen. Allerdings konnte ich nur mit ‚FF' dienen, es ist sicher das einzige Auto mit dieser Ortskennung vor dem Hotel. Ich kann mein Gepäck schnell reisefertig machen, wir können meinetwegen zu jeder Zeit aufbrechen. Wie lange werden Ihre Vorbereitungen dauern, Anne?"

Ich grinse Hans an und sage, dass mein Koffer bereits hinter der Tür auf mich wartet, ich muss nur noch die Kulturtasche einpacken.

Wir stehen beide am Fenster, ohne das Licht anzuschalten und sehen, dass der Empfangschef energisch auf Sebastians Auto zugeht. Es regt sich tatsächlich etwas im Inneren des Wagens. Der Mann beugt sich zum Autofenster herunter und wir sehen ihn mit Händen und Armen reden. Kurz darauf braust das Auto vom Parkplatz.

„Ich weiß nicht, wie Sie darüber denken, Anne, aber wir sollten morgen in aller Frühe diesen Ort verlassen und unterwegs frühstücken, etwas Besseres fällt mir nicht ein."

„Das ist eine gute Idee. Ich bringe jetzt die beiden Koffer zum Auto. Sebastian kann das nicht beobachten, der Parkplatz ist Gott sei Dank von der Straße aus nicht zu sehen."

Hans schüttelt mit dem Kopf.

„Dass ich in meinen uralten Tagen noch ein solches Abenteuer erlebe, ist für mich ungeheuerlich. Ich hoffe, es entwickelt sich alles zu unseren Gunsten. Während Sie die Koffer verstauen, werde ich die Rechnung bezahlen, dann haben wir morgen früh keinen Grund in Zeitverzug zu geraten."

Unterwegs zu frühstücken, ist ein genialer Einfall. Sollte uns Sebastian verfolgen, könnte er einen Fehler begehen und wir würden ihn entdecken. Ich werde alle meine kriminalistischen Fähigkeiten mobilisieren, außerdem ist auch Hans ein guter Beobachter.

Trotzdem macht mir die Entwicklung Sorgen. Sebastian hat gerade heute erst einen Warnschuss erhalten. Das Urteil ist in meinen Augen zu milde ausgefallen. Das zeigt sich auch an der Reaktion dieses Mannes. Er will seine Rache, es ist ihm egal, was er zerstört und es ist ihm auch egal, welche Konsequenzen er am Ende tragen muss. Ich bin sein Ziel, das sollte ich nicht vergessen.

Hans und ich haben unseren Plan durchgezogen. Wir sind am Ende unserer gemeinsamen Reise. Ich werde noch einen Abend bei ihm und Hilde bleiben und morgen früh nach Hause fahren. Ich verspreche den beiden, ihnen so bald wie möglich wieder einen Besuch abzustatten. In der Zwischenzeit werden wir das Telefon zur Hand nehmen.

Es gab keinerlei Behinderungen. Das Auto von Sebastian wurde vom Freund meines liebgewonnenen Begleiters nicht gesichtet. Sebastian hat unseren Plan nicht durchschaut. Hans spricht noch einmal meine eigenen Sorgen aus und ermahnt mich, vorsichtig zu sein. Er macht sich Gedanken, genau wie ich, aber das Leben geht weiter. Ich muss wieder meiner Arbeit nachgehen und meinen Alltag aufnehmen.

Der alte Mann und ich haben noch einen gemeinsamen Abend. Hilde zaubert ein köstliches Menü auf den Tisch. Ich bin inzwischen bei den beiden so gut wie zu Hause. Ich darf nicht daran denken, aber ich weiß mit schrecklicher Gewissheit, dass es nicht mehr viele Begegnungen dieser Art geben wird. Die Entfernung ist zu groß, um schnell einen Besuch abzustatten. Und Hans hat nicht das ewige Leben, wenn es im Moment auch danach aussieht, es kann schnell vorbei sein.

Jetzt bin ich auf dem Heimweg. Meine Überlegungen kreisen um die unmittelbare Vergangenheit. Wie es weitergeht, weiß ich nicht. Sebastian wird einen Plan verfolgen, auf jeden Fall will er mir einen Denkzettel verpassen. Im Moment fehlt mir die Fantasie, um von seinem Vorhaben eine Ahnung zu haben. Ich hätte ihn niemals so brutal eingeschätzt, dass er aufs Ganze geht und alle Vorsichtsmaßnahmen beiseiteschiebt. Egal, was er als Rache in seinem Kopf zusammengebraut hat. Jetzt, da er im Fokus der Gerichtsbarkeit steht, wird alles gegen ihn verwendet. Inzwischen kann er allerdings böse Dinge anrichten.

Diese Vorstellung schiebe ich beiseite, wenn sie sich in meinem Gemüt breitmachen möchte. Hans hat mich gefragt, ob es eine Freundin gäbe, die vorübergehend bei mir wohnen könnte. Es ist seltsam, ich habe Freundinnen genug, aber keine in unmittelbarer Nähe. Meine Kinder wohnen in Düsseldorf. Es liegen 500

Kilometer zwischen Dessau und ihnen. Also kann ich diese Ideen streichen.

Ich stelle endlich meine Musik an, um der ewigen Grübelei zu entgehen. Es wird wieder eine lange Fahrt und ich sollte auf andere Gedanken umschwenken.

Doch es kommt das nächste Problem, welches in meinem Kopf umherspukt. Matthias ist für mich noch nicht abgehakt, obwohl er es offensichtlich anders sieht. Mein Schweigen über dieses kurze und böse Gespräch mit Sebastian auf dem Schiff hat die Misere zwischen Matthias und mir hervorgerufen. Es gibt kein Verzeihen, insofern auch keine Versöhnung. Mein Fehltritt steht fest wie eine deutsche Eiche. Ich muss daraus meine Konsequenzen ziehen, sein Verhalten würde in schwierigen Situationen immer in die Richtung tendieren. Die Art und Weise, mit anderen Menschen umzugehen, zeugt von einer gewissen emotionalen Kälte, die ich mir nicht antun möchte.

Die verflixten Grübeleien bringen mich keinen Schritt weiter. Ich bin in einem Teufelskreis gefangen und kann nur hoffen, den Weg herauszufinden. Jetzt fahre ich nach Hause, das stimmt mich zufrieden. Nach Lösungen meiner anderen Probleme werde ich später Ausschau halten.

Zu Hause angelangt, höre ich eine männliche Stimme aus meinem Wohnzimmer. Das bringt mich aus der Fassung. Mutig reiße ich die Tür auf. "Ist da jemand?"

Der Fernseher läuft, ich halte die Luft an. Habe ich ihn laufen lassen? Das kann ich nicht glauben. In der letzten Zeit habe ich das Gerät nicht in Betrieb genommen. In meinem Kopf entwickeln sich entsetzliche Vorstellungen. Den Koffer lasse ich an der Eingangstür stehen und laufe in alle Zimmer. Es sind keinerlei weitere Anzeichen für den nahe liegenden Verdacht zu erkennen. Meinen Wohnungsschlüssel habe ich nie aus der Hand gegeben, was für einen kriminellen Menschen keine Hürde ist. Mir fällt es schwer, die nötige Ruhe zu bewahren.

Sollte Sebastian nach dem Verweis vom Parkplatz des Hotels auf die Idee gekommen sein, hier aufzukreuzen? Den Versuch, mich aus der Fassung bringen zu wollen, traue ich ihm zu. Als wir zusammen waren, gab es für ihn auf jeden Fall die Möglichkeit, meinen Schlüssel zu kopieren. Jetzt nützen keinerlei Überlegungen, zu welcher Gelegenheit er die Chance genutzt haben könnte. Ich habe es nicht bemerkt. Bleibt aber auch die Variante, dass ich schlicht und einfach vergessen habe, den Fernseher auszuschalten. Das erscheint mir ein willkommener Trost.

Ich versuche, meine aufkommende Angst zu unterdrücken, packe meinen Koffer aus und kann es nicht genießen, zu Hause zu sein. Meine erste Reaktion, Hans anrufen zu wollen, lasse ich schnell fallen. Er regt sich unnötig auf, ich kann von ihm keine Hilfe erwarten. Also werde ich meine Unruhe nicht auf ihn übertragen.

Um mich herum herrscht eine angsterregende Stille. Dieses Gefühl aus meinem Bauch heraus hat mit den realen Gegebenheiten nichts zu tun. Ich bin weit von meinem Wohlbehagen entfernt, welches mich sonst bei einer Heimkehr erfasst. Vielleicht sollte ich ein paar Worte mit meiner Freundin Jessica reden. Sie wird sich zwar Gedanken machen, aber ihre beruhigende Art würde meine Ängstlichkeit zerstreuen.

Meine Ohren sind bereit, den kleinsten Laut im Haus zu registrieren. Die Anspannung, die meinen gesamten Körper beherrscht, liegt wie ein Stein auf meiner Brust. Selbst das Luftholen fällt mir schwer.

Ich greife zum Telefon und drücke die Kurzwahltaste für meine beste Freundin Jessica. Das Freizeichen will nicht enden, Jessica ist nicht zu Hause, ich bleibe mit meinem Problem allein.

Nach und nach beruhige ich mich. Ist es vielleicht doch möglich, dass ich den Fernseher habe laufen lassen? Meine nächste Aktion ist ein intensiver Kontrollgang durch das Haus. Ich kann keine Auffälligkeit entdecken. Alle Räume befinden sich in dem Zustand, in dem ich sie verlassen habe. Nichts deutet auf die Anwesenheit einer Person hin. Die Terrassentür ist verschlossen. Hier sehe ich noch einen Schwachpunkt. Ein böser Mensch kann die Jalousie nach oben schieben, weil sie nicht gesichert ist. Das sollte ich endlich ändern, ich habe es schon lange vor.

Mir gehen den ganzen Abend diese blöden Gedanken durch den Kopf, dass sich Sebastian eine Bösartigkeit ausdenkt.

Ich muss morgen wieder zur Arbeit, deshalb sollte ich mich in mein Bett trollen und alle Bedenken beiseite fegen. Der Versuch misslingt kräftig.

Ich stehe am nächsten Morgen auf, ohne nennenswert geschlafen zu haben. Ist es das, was Sebastian erreichen will?

Psychoterror ist schließlich auch ein Mittel, andere Menschen in den Wahnsinn zu treiben.

Inzwischen ist eine Reihe von Tagen vergangen. Es gibt keinen weiteren Hinweis, dass jemand in meinem Haus gewesen ist. Ich habe mich beruhigt und kann in gewohnter Weise meinen Alltag planen und gestalten.

Heute Abend gehe ich mit meinen Kolleginnen aus. Wir wollen privat beieinandersitzen, essen, Wein trinken und uns gegenseitig vorlügen, wie gut es uns geht. Ich habe zu solchen Gelegenheiten den Verdacht, dass die Damen ihre Probleme nicht nur verschweigen, sondern sie verherrlichen, bis sie selbst daran glauben. Eine heile Welt ist für sie das Zeichen für ein intaktes Leben. Es ist vollkommen in Ordnung, denn Probleme sind allenfalls etwas für die Ohren von Freunden. Kollegen gehören nicht zu dieser Gattung und jede von uns verschönert manches, was in Wahrheit im Argen liegt. Auch ich schweige über Dinge, die in meinem Leben nicht perfekt ablaufen.

Es macht mir Spaß, gelegentlich mit den Frauen zu plaudern, ihnen manches Geheimnis trotz aller Vorsicht zu entlocken. Die Geschwätzigkeit mancher Damen lässt sich nach einem oder zwei Gläsern Wein nicht mehr bändigen.

Da ich allein lebe, gibt es keinen Gatten, der mich mit einem Angeber-Auto abholen könnte. Ich setze mich selbst ans Steuer und bin daher entsetzlich nüchtern.

Wieder zu Hause angekommen, hole ich den gemütlichen Teil des Abends nach und gönne mir ein Glas französischen Rotwein. Meine Gedanken sind während solcher Stunden oft bei der Lebensgeschichte von Hermann. Es wäre treffender, Werner zu sagen.

Manche Passagen aus seinem Diarium lese ich zum wiederholten Mal. Der Wunsch, diese Stadt Amiens kennenzulernen, nimmt konkrete Formen in meinem Kopf an. Ich sollte einen Urlaub dorthin planen. Möglich wäre, dass ich noch einiges erfahren und manches weiterverfolgen kann, wovon dieser Doppelmensch ‚Hermann-Werner' erzählt hat. Bei solchen Überlegungen bedaure ich, dass Hans so alt ist. Er wäre der richtige Freund, mit dem ich diese Reise antreten könnte.

Jetzt ist ein solcher Moment, an dem mich solche Träume verfolgen. Heute ist ein milder Abend, ich kann mich auf die Terrasse setzen und meinen Alkoholpegel anheben.

Lange halte ich es nicht aus. Es wird zunehmend kühler und ich bin müde. Ich räume die Weinflasche und mein Glas vom Tisch und gehe ins Wohnzimmer.

Hinter mir höre ich ein undefinierbares Geräusch, ich spüre einen Stich im Rücken ... mir schwinden die Sinne.

18

Stimmengewirr dringt an mein Ohr, es klingt wie sprechende Glocken, gleichzeitig hell und düster. Bin ich in einer falschen Welt? Warum kann ich meine Augen nicht öffnen? Trotz aller Mühe will es mir nicht gelingen. Es ist egal, ich möchte schlafen und die seltsamen Töne nicht mehr hören. Ich bin nicht fähig, mich zu bewegen. Träume ich einen bösen Traum? Die Stimmen sprechen mit mir, oder? Ich will doch nur schlafen! Den Bruchteil einer Sekunde gelingt es mir, die Augen zu öffnen. Ich sehe nicht, was um mich herum passiert. Alles ist verschwommen, ein grelles Licht lässt mich die Augen sofort wieder schließen. Ich höre eine Stimme.

„Sie wacht auf!"

Nein, ich möchte nicht aufwachen. Die Stimme kommt mir bekannt vor. Wer ist das? Ich versuche, die Augen einen Spaltbreit zu öffnen, es blendet. Ich will sie mit der Hand abdecken, die Schläuche am Handgelenk stören. Bin ich im Krankenhaus? Langsam kommt die Erinnerung. Was ist in meinem Haus passiert, bin ich überfallen worden?

Es ist Matthias, der mit mir spricht. Ich kann es nicht glauben. Ein Mann im weißen Kittel taucht auf, es scheint ein Arzt zu sein. Er sagt, dass es noch etwas dauert, bis die Patientin vollständig aufwacht. Spricht er von mir? Ich merke, wie mich die Müdigkeit immer wieder übermannt. Doch dann werden die Stimmen deutlicher und ich versuche erneut, die Augen zu öffnen.

Der Mann an meinem Bett ist tatsächlich Matthias. Wie kommt er hierher? Er nimmt meine Hand und ich versuche zu lächeln. Es gelingt nicht wirklich. Ich kann nicht sprechen. Kein einziges Wort kommt über meine Lippen. Ich gebe auf und schließe erneut die Augen. Jemand macht sich an den Schläuchen zu schaffen, die überall herumhängen. Eine Frauenstimme kommentiert Hantierungen, ein Apparat neben mir gibt Pieptöne von sich.

„Es wird alles gut", sagt Matthias.

Ich weiß nicht, was er damit sagen will, natürlich wird alles gut.

Ich kann mich nicht erinnern, was passiert ist. Es gab ein Geräusch, als ich von der Terrasse ins Wohnzimmer ging, ich war erschrocken. Was war das für ein Gefühl im Rücken, ein stechender Schmerz durchfuhr meinen Körper. Eine Hand hielt meinen Arm fest, dann weiß ich nichts mehr. Wer brachte mich hierher? Die Frage, wer mich überfallen hat, brauche ich nicht zu stellen.

„Anne, kannst du mich hören?"

Matthias schaut mich an, jetzt kann ich deutlicher sehen, aber nicht sprechen und schon gar nicht den Kopf bewegen. Ich klappe meine Augen auf und zu, um zu signalisieren, dass ich ihn verstehe.

Ein Arzt kommt ins Zimmer. Er diskutiert mit Matthias und fordert ihn auf, draußen zu warten. Matthias steht unter Protest auf und verlässt den Raum.

„Sie hatten eine gehörige Portion Glück. Ihnen ist eine tiefe Wunde im Nierenbereich zugefügt worden. Sie sind überfallen und mit einem Messer verletzt worden. Der Täter wollte offensichtlich mehrere Male zustechen, es ist ihm Gott sei Dank nicht gelungen. Er wurde gestört. Die eine Verletzung hätte gereicht, Ihren Körper das Blut in großen Mengen zu entziehen. Sie wären verblutet. Ihr Lebensretter, von dem Sie sich den Hergang des Mordanschlages erzählen lassen können, hat das verhindert. Der Täter holte schon erneut aus, musste aber vor dem wiederholten Hieb fliehen."

Der Arzt schaut auf seine Uhr, die ein hektisches Piepen von sich gibt. Er stellt den Alarm aus und wendet sich wieder zu mir.

„Wir konnten durch eine komplizierte Operation Ihr Leben retten. Sie müssen sich jetzt erholen und brav das Bett hüten. Der junge Mann eben an Ihrem Bett ist Ihr Schutzengel."

Er klappt seine Unterlagen zu und schaut mich lächelnd an.

„Ich werde Ihren Freund wieder hereinschicken, er hat aber nicht länger als fünf Minuten. Mehr Zeit kann ich ihm nicht gewähren, Sie benötigen viel Ruhe."

Er tätschelt mir die Hand und rauscht aus dem Zimmer. Kurze Zeit darauf erscheint Matthias in der Tür. Er sieht erleichtert aus. Es steht nicht mehr schlecht um mich, sagt er, die Ärzte haben gute Arbeit geleistet.

Ich versuche erneut zu sprechen und es geht auch langsam besser. Matthias versteht mich allerdings nicht, die Laute kommen nur abgehackt heraus. Geduld ist angesagt, die ich im Moment nicht habe. Es liegen viele Fragen in meinem Kopf bereit. Noch gelingt es mir nicht, sie zu formulieren. Matthias ist feinfühlig genug, um meinen Kampf zu verstehen. Er fängt leise an, zu sprechen.

„Du wirst dich wundern, mich hier zu sehen, ich erkläre dir alles später. Deine Fragen müssen noch ein wenig warten. Das Wichtigste versuche ich sofort zu beantworten: Wieso bist du hier?"

Ich schaue ihn dankbar an und quetsche ein mühsames ‚JA' heraus. Es gelingt mir sogar ein Lächeln.

Matthias schaut mich ernst an und setzt seinen Bericht fort. „Du hast deine Rettung im Grunde Hans zu verdanken. Er rief mich noch am Tage deiner Abfahrt von Flensburg an. Ich habe gemerkt, wie schwer es ihm fiel, mit mir ein Gespräch zu führen. Aber deine Sicherheit lag ihm am Herzen. Er erzählte mir, dass dieser Mensch euch bis ins Hotel in Cuxhaven verfolgt hat und vom Parkplatz verwiesen wurde. Ich habe noch ein paar Tage darüber nachgedacht und hatte dieses Gesicht voller Hass während der Gerichtsverhandlung vor Augen. Ich konnte es zwar nicht wissen, aber mein Entschluss nach Dessau zu fahren, kam zum richtigen Zeitpunkt. Es ließ mir keine Ruhe mehr, die Erzählung von Hans ging mir nicht aus dem Kopf.

Du hast mir irgendwann deine Adresse gegeben, die ich abgespeichert habe. Es kam mir auf einmal wahnsinnig wichtig vor, sofort loszufahren. Manchmal sollte man auf sein Bauchgefühl hören, ich habe es im letzten Moment getan. Als ich ankam und auf der Parallelstraße zu deinem Grundstück mein Auto parkte, war alles noch ruhig und ohne Vorkommnisse. Allerdings ist mir entgangen, was am Vordereingang deines Hauses ablief. Bis zum späten Abend tat sich nichts, dann erschienst du auf der Terrasse mit einem Glas Wein. Ich entdeckte eine Lücke in der Hecke, durch die ich den hinteren Teil des Hauses unter Kontrolle hatte."

Ich beobachte Matthias. Seine Mimik, seine Gesten und vor allem seine Augen zeigen in dieser Situation Gefühle, die ich noch nie bei ihm wahrgenommen habe. Sollte ich meine Meinung, er sei unnahbar und emotionslos, zurücknehmen? Wie auch immer, ich registriere die neue Erfahrung von Herzen gern.

„Anne, hörst du mir zu?"

Ich nicke, soweit es möglich ist.

„Es gab lange Zeit nichts Auffälliges und ich fragte mich, warum ich dich und dein Haus wie ein Spanner beobachte. Mir kam sogar der Gedanke, das Ganze abzubrechen und ins Hotel zu fahren. Du wolltest augenscheinlich den Abend beenden und gingst in dein Wohnzimmer. Die Jalousien waren noch oben. Durch das gedämpfte Licht im Zimmer konnte ich plötzlich eine männliche Gestalt hinter dir entdecken. Er hielt deinen Arm in einer Weise fest, die mir sagte, dass etwas schiefläuft. Ich drückte mich durch die Lücke in der Hecke und stürzte in Richtung Terrassentür. In dem Moment sah ich, dass der Kerl ein Messer in der Hand hatte und zustach. Ich riss die Tür auf, aber es war zu spät! Du lagst am Boden und er konnte durch den Vordereingang fliehen. Ich habe den Notdienst gerufen und versucht, so gut es ging, die Blutung zu stillen. Es kam Gott sei Dank schnell Hilfe. Die Ärzte haben sofort operiert und die positive Wende dieser Horrorgeschichte erleben wir beide gerade."

Matthias grinst mich an.

In der Tür erscheint eine Schwester, die Matthias erinnert, dass die fünf Minuten vorüber sind. Er streichelt meine Wange und geht.

In meinem Kopf kreisen die Gedanken um diesen Mann, der mich einesteils verunsichert und andererseits mit seiner erwiesenen Sorge beweist, dass ich ihm nicht egal bin. Er ist doch nicht ganz so desinteressiert, wie ich geglaubt habe?

Ich bin entsetzlich müde und drifte zufrieden in das Reich der Träume.

Am nächsten Tag fühle ich mich schon viel besser. Matthias kommt vormittags und freut sich über meine sichtliche Erholung.

„Ich möchte gern mit Hans sprechen."

Bei meiner Bitte schaue ich Matthias in die Augen. Es gibt keine negative Reaktion seinerseits. Mir kommt der Gedanke in den Sinn, dass mein böses Erlebnis die beiden Männer näher zusammengebracht hat. Die Sorge um mein Leben hat das Kriegsbeil begraben. Es wurde ohnehin nur vonseiten Matthias' geschwungen. Die beiden haben mir das Leben gerettet, jeder auf seine Weise und zu einem richtigen Zeitpunkt. Der Frieden zwischen diesen Kampfhähnen ist mir wichtig. Kann ich jetzt sagen: Ende gut, alles gut? Ich muss noch auf die Beine kommen und fertig ist das Märchen. Ich habe schon wieder alberne Gedanken, es geht mir demzufolge tatsächlich besser.

Matthias hält mir sein Handy hin, seiner Reaktion nach schon eine ganze Weile.

„Ich bekomme langsam einen steifen Arm. Du bist mit deinen Gedanken nicht bei der Sache. Willst du nun mit Hans sprechen, oder nicht?"

Sein Schmunzeln sagt mir, dass er es nicht so meint, wie die Worte es vermuten lassen. Ich greife nach dem Teil und sehe, dass Matthias den alten Herrn in seine Kontakte aufgenommen hat. Das ist neu, ich lasse zu dieser Tatsache keine flapsige Bemerkung los.

Es dauert eine geraume Weile, ehe Hilde sich meldet. Warum geht Hans nicht ans Telefon? Ein gewaltiger Schreck fährt durch meinen Körper. Aber Hilde meint, Hans raucht seine Zigarre im Garten. Es ist wunderschönes Herbstwetter, das er genießen möchte.

„Ich rufe in einer Viertelstunde noch einmal an."

„Nein, nein, ich werde ihm das Telefon bringen. Warten Sie einen kleinen Moment."

„Natürlich, laufen Sie jetzt nicht so schnell, ich habe Zeit."

Kurz darauf höre ich Hans.

„Anne, ich bin so froh, dass ich Sie wieder sprechen kann. Wie geht es Ihnen?"

„Machen Sie sich keine Sorgen, mir geht es inzwischen gut, ich hatte zwei wunderbare Lebensretter. Die Operateure haben mich unters Messer gelegt und wenn ich den Aussagen meines Arztes glauben kann, ist alles perfekt gelaufen. Das war allerdings nur möglich, weil Sie Matthias informiert haben und er konnte durch seine Anwesenheit sofort in das Geschehen eingreifen.

Nur durch die Wachsamkeit zweier wunderbarer Männer liege ich jetzt hier in einem normalen Bett. Es hätte im anderen Fall ein Schließfach im Keller dieses Krankenhauses sein können. Kurz gesagt, ich verdanke Ihnen beiden also mein restliches Leben."

„Anne, ich habe getan, was mein Herz mir gesagt hat. Das Gleiche wird auch für Matthias gelten."

„Ja, das wird wohl so sein. Ich möchte mir nicht ausmalen, was geworden wäre, wenn Sie beide nicht gehandelt hätten", erwidere ich.

„Haben Sie eine Ahnung, wann Sie das Krankenhaus verlassen können?"

„Nein, es ist noch zu früh, die Ärzte können den Genesungsprozess nicht einschätzen. Es dauert noch eine kleine Weile."

Matthias hört uns geduldig zu. Nach dem Gespräch gebe ich ihm sein Smartphone zurück und frage nach dem weiteren Verfahrensverlauf.

Sebastian muss sich erneut verantworten und es wird zu einer Gefängnisstrafe kommen. Matthias hat die Polizei über die erneute Straftat informiert. Diesmal findet die Verhandlung in Dessau statt. Er verspricht mir, mich möglichst aus allem herauszuhalten. Aber eine Aussage werde ich machen müssen. Matthias steht mit meiner Vergangenheit auf Kriegsfuß. Er kann vieles nicht verstehen, weil ich wesentlich impulsiver in meinen Handlungen und Reaktionen bin als er. Der Eine versteht den Anderen nicht. Ob das eine gute Voraussetzung für ein gemeinsames Leben ist, bezweifele ich stark.

Vielleicht lernen wir, aufeinander zuzugehen? Vielleicht ist es aber auch von Anfang an zum Scheitern verurteilt? Sollte letzteres der Fall sein, wäre ich schon ein wenig traurig.

Ich bin nach dem Tod meines Mannes überzeugt, nicht unbedingt eine Partnerschaft mit Tuchfühlung führen zu müssen. Ich kann mir nicht mehr vorstellen, mit einem Mann ständig zusammen zu sein. Jeder sollte in seiner Welt bleiben. Die schönen Dinge des Lebens gemeinsam auskosten, Probleme miteinander lösen, das empfinde ich als ideale Konstellation. Matthias sieht es anders, er möchte eine Bindung mit allem Drum und Dran. Diese gegensätzlichen Auffassungen beschäftigen mich ständig.

Wir könnten uns einigen, vorerst einen Kompromiss einzugehen. Vielleicht kann ich Schritt für Schritt meine Skrupel überwinden. Aber auch Matthias muss mir entgegenkommen. Ich kann nicht damit leben, wenn er lange Zeit den Beleidigten spielt, wie er es deutlich demonstriert hat. Wir müssen verzeihen können oder wir gehen das Risiko ein, dass das vorher aufgebaute Vertrauen plötzlich keine Gültigkeit mehr besitzt.

Mein Entschluss, Matthias nicht zu informieren, nachdem ich von Sebastian auf dem Schiff bedroht wurde, ist nicht mehr zu korrigieren. Matthias' Reaktion hingegen war meiner Meinung nach fehl am Platz. Sicher gibt es im Leben nicht viele Situationen dieser Art. Wir hätten das Problem durch Gespräche aus der Welt schaffen können. Es hat mich schwer getroffen, von ihm aus der Tür gewiesen zu werden. Im Nachhinein war ich bockig, demzufolge war meine Reaktion am Telefon auch daneben. Ich werde abwarten, ob unsere Beziehung eine positive Entwicklung nimmt. Seine Lebensretter-Aktion ist auf jeden Fall der Beweis, dass ich ihm etwas bedeute. Ich bin ihm dafür nicht nur dankbar, sondern auch tief gerührt. Durch das böse Erlebnis ist er nun auch bereit, Hans in einem anderen Licht zu sehen. Er geht auf ihn zu und das macht mich zuversichtlich. Ich bin das Verbindungsglied zwischen Hans und Matthias und hoffe, dass ihr gutes Verhältnis von Dauer ist und nicht nur für die momentane Situation gilt. Schließlich kann ich mir nicht ständig von den beiden das Leben retten lassen.

„Gedanken lesen ist eine Gabe, die ich in diesem Moment gern beherrschen würde."

Matthias schaut mich fragend an.

Ich ergreife die Gelegenheit und erzähle ihm von dem, was in meinem Kopf vorgeht.

„Wir könnten uns einigen, miteinander zu reden, wenn eine Situation aus dem Ruder zu laufen droht oder wenn einer von uns beiden mit diesem oder jenen nicht einverstanden ist."

„Anne, du weißt inzwischen, dass ich nicht so locker aus mir herausgehen kann wie du. Es ist für mich eine neue Erfahrung, alles anzusprechen."

„Wir können jedes Problem diskutieren und bei unterschiedlichen Meinungen müssen wir versuchen, einen Konsens zu finden. Sicher führt es nicht immer zu einem gemeinsamen Ergebnis, aber es schafft die Möglichkeit, aufeinander zuzugehen, oder eine gewisse Akzeptanz zu finden."

„An deine offene Art muss ich mich gewöhnen, aber ich finde sie überlegenswert. Gib mir bitte Zeit, mich damit auseinanderzusetzen", entgegnet Matthias.

Nun bin ich dran, zu staunen. Er ist bereit, sein Verhalten zu überdenken, Probleme totzuschweigen. Das macht mir Mut. Ich kann mich also auf eine positive Entwicklung freuen.

Der Arzt kommt ins Zimmer.

„Ich bin zufrieden, dass es unserer Patientin von Stunde zu Stunde besser geht." An Matthias gewendet, bittet er ihn zu gehen, weil einige Untersuchungen durchgeführt werden müssen. Dazu wäre die uneingeschränkte Aufmerksamkeit der Patientin erforderlich.

Matthias beugt sich über mich, drückt mir einen Kuss auf die Stirn und verabschiedet sich. Ich bin erstaunt über eine solche Geste, bisher hat er selten derartige Emotionen gezeigt.

19

Der Alltag hat mich mit all seinen Facetten wieder eingeholt. Allerdings nur auf privater Ebene, ich bin noch eine ganze Weile arbeitsunfähig. Nicht nur mein körperliches Wohlergehen ist in Mitleidenschaft gezogen, auch meine Psyche hat Schaden genommen. Mir wurde gesagt, dass ich an Klaustrophobie leide. Damit kämpfe ich, seit ich meine Eltern durch einen Verkehrsunfall verloren habe. Die Anfälle wiederholen sich durch traumatische Erlebnisse. Es gab lange keinen Anlass und ich hoffte, diesen Zustand nie wieder zu erleben.

Ohne Schutzengel hätte der Mordanschlag eine böse Wende genommen. Im schlimmsten Fall wäre es das Ende gewesen. Meine ansonsten unbeschwerte Art, mit dem Leben umzugehen, hat sich verändert.

Seit ich begonnen habe, meinen Schwiegervater zu suchen, sind Dinge in mein Leben getreten, die viele Emotionen in mir auslösen. Ich habe zwei neue Freunde gefunden, von denen einer aus Feigheit ein falsches Spiel spielte und der mir erst nach seinem Tod eine schon lange fällige Wahrheit präsentierte. Seine egoistische Handlungsweise hat das Leben zweier Menschen zerstört. Bis heute ist mir nicht klar, ob ich Hermann verdammen oder versuchen soll, ihn zu verstehen. Auf jeden Fall sollte ich ihm verzeihen, auch wenn es sich herausgestellt hat, dass er plötzlich Werner, mein Schwiegervater war.

Um den Freund Hans bange ich, weil ich ihn bald verlieren werde. Er fühlt sich trotz seines hohen Alters noch agil und unternehmungslustig. Manche Menschen werden steinalt. Ich drücke die Daumen, dass er es schafft, mir noch lange erhalten zu bleiben.

Hans war ehrlich genug, mich erkennen zu lassen, dass es besser ist, sich niemals an einen Kerl zu verlieren, der mit den gleichen Genen, wie er selbst ausgestattet ist.

Ich kann nicht entscheiden, ob Hans Elena wirklich geliebt hat oder ob ihm vielleicht nur die Erinnerung etwas vorgaukelt. Dieser Typ Mann ist ohne Frage als Freund ein toller Begleiter, als Partner ist er keinen Pfifferling wert.

Durch unsere Erzählungen hat Hans sich an Elena erinnert und so konnte ich deren Enkel Matthias kennenlernen.

Zwischen einem ständig nach neuen Abenteuern suchenden Hans und dem korrekten Matthias gibt es keine charakterlichen Gemeinsamkeiten. Auf Matthias ist Verlass, wenn er sich entschieden hat, bleibt er treu an der Seite der Frau seines Herzens. Meine Erfahrungen mit ihm lassen keinen anderen Schluss zu.

Dem damals jungen Enkel Elenas ging es nicht nur darum, seine geliebte Großmutter nicht mit einem anderen zu teilen. Er ahnte, dass der Frauenheld Hans die Seele Elenas als Spielball benutzte.

Jetzt stehen sich die beiden Männer erneut gegenüber. In der Mitte steht Anne, die die Partnerin von Matthias werden könnte. Wieder geht es bei den beiden um eine Frau. Aber Hans spielt nicht mehr die Liebhaberrolle, es geht inzwischen um Freundschaft. Davon versteht er eine Menge. Ich habe es ausgiebig erfahren. Matthias traut diesem Windhund, wie er Hans einmal bezeichnet hat, nicht zu, etwas Positives für das Leben anderer Menschen zu leisten. Ich hingegen bin der festen Überzeugung, einen wahren Freund in dem alten Zausel gefunden zu haben. Die negative Seite seines Charakters tangiert mich nicht. Es gibt zwischen uns auf dem Kampfgebiet zwischen Mann und Frau keine Berührungspunkte. Demnach ist mir einerlei, was dieser Casanova in seinem aktiven Liebesleben getrieben hat, es ist Geschichte.

Wahrscheinlich ist diese Tatsache Matthias inzwischen auch klar und er kann Hans als das sehen, was er ist, ein treuer Freund. Mein todesnaher Kampf war der Anlass, dass die beiden aufeinander zugegangen sind und das Kriegsbeil begraben haben. Der momentane Frieden steht allerdings auf wackligen

Beinen. Ich hoffe, die gegenseitige Akzeptanz aufrechterhalten zu können. Es liegt mir viel daran, diese Aufgabe zu schaffen.

Matthias ist guter Dinge, dass die Gerichtsentscheidung gegen Sebastian nicht lange auf sich warten lässt. Er wird zu einer Gefängnisstrafe verurteilt und ich kann endlich zur Ruhe kommen. Wie gern würde ich lieber heute als morgen dieses Thema für alle Zeiten erledigt wissen.

Ich habe Matthias mein Gästezimmer zur Verfügung gestellt. Sein Vorschlag, ein Hotel zu nehmen, war in meinen Augen albern, schließlich habe ich auch in seinem Haus übernachtet. „Bis ich dich rausgeschmissen habe" entschuldigt er sich für seine Reaktion. Ich mache ihm klar, dass Schluss sein muss mit dieser Selbstkritik.

„Mir würde es viel besser gefallen, du lernst über Worte Probleme zu lösen", sage ich.

Die Abende verlaufen zwischen uns beiden perfekt, in meinen Augen zu perfekt. Wir diskutieren bis in die Nacht. Ich muss feststellen, dass er nicht in dem Maße verbohrt ist, wie es für mich bisher den Anschein hatte. Manchmal werden schüchterne Zärtlichkeiten ausgetauscht, ich versuche mich in meiner gewohnt impulsiven Art zurückzuhalten.

Ob ich mich lange anpassen kann, weiß ich nicht. Mir kommen die Sturm- und Drangzeiten mit Michael nach langer Zeit wieder einmal in den Sinn und ich muss mich erneut ermahnen, dass es nur körperliches Verlangen war. Es hatte mit Liebe und Zuneigung nicht das Geringste zu tun.

Das sachte aneinander Herantasten, wie ich es mit Matthias erlebe, hat einen gewissen Reiz und ich muss nicht hinterfragen, ob seine Gefühle ehrlich gemeint sind. Ein ganz klein wenig erinnert mich unsere jetzige Situation an das Kennenlernen mit Frank. Von meinen Emotionen her begann unsere Liebe damals ähnlich. Die Gefühle für ihn sind ständig gewachsen und Zärtlichkeiten waren am Anfang auch nur ganz behutsam angesagt.

Jetzt bin ich einige Jahre älter und ich erwarte nach der langen Zeit unseres Kennens etwas mehr. Dadurch wird mein impulsiver Charakter tüchtig auf die Probe gestellt. Geduld ist die Mutter der Porzellankiste, pflegte meine Mutter bei nicht vorwärts gehenden Situationen zu sagen. Ich werde abwarten, um nichts zu zerstören.

Aus seinem vorsichtigen Verhalten schließe ich auf ein traumatisches Erlebnis in der Kindheit, als Elena noch nicht seine wichtigste Bezugsperson war. Ich könnte Hans einmal fragen. Er wird mit Sicherheit mit Elena über Matthias gesprochen haben, aber eine innere Stimme hält mich von allzu großer Neugier ab. Ich warte darauf, dass Matthias selbst den Wunsch verspürt, mir sein Leben und seine Probleme zu offenbaren.

Der Gedanke an Hans macht mich unruhig. Wir haben schon ein paar Tage nicht miteinander telefoniert. Also wähle ich umgehend seine Nummer und muss lange warten. Es macht mich unruhig und als der Apparat abgenommen wird, ist Hilde am Telefon.

Es kommt kein freudiger Aufschrei, nachdem ich meinen Namen genannt habe, sondern ein leises Schluchzen.

„Ich wollte Sie schon lange informieren, Anne, aber immer fehlt mir der Mut. Herr Köbbe musste wieder ins Krankenhaus, sein Herz macht nicht mehr mit. Die Aufregung der letzten Wochen war nicht dienlich für seine Gesundheit, er hat die Ereignisse verinnerlicht und somit seinen ohnehin geschwächten Körper in Aufregung gebracht. Die Ärzte meinen, es könnte diesmal schiefgehen. Glauben Sie mir, ich bin am Ende meiner Kräfte, wenn ihm etwas passiert, weiß ich nicht, wie es weitergehen soll."

„Bleiben Sie bitte ruhig, liebe Hilde, ich bin noch eine ganze Weile krankgeschrieben. Sobald es mir besser geht, komme ich zu Ihnen. Vor allem muss die Gerichtsverhandlung mit dem erwünschten Ergebnis stattgefunden haben."

Wie es sich am nächsten Tag herausstellt, habe ich keine Zeit mehr. Hilde ruft mich mittags völlig aufgelöst an und berichtet, dass Hans eingeschlafen ist.

Sie weint bitterlich während ihrer Hiobsbotschaft, ich kann ihre Worte kaum verstehen. Ich bin erschrocken und gleichzeitig glaube ich kein Wort. Hans und ich sprachen oft von seinem Ende. Er betonte immer wieder, dass es völlig normal ist, wenn es passiert. Und doch durchfährt mich ein Zittern, als mir bewusst wird, dass diese unabwendbare Situation nun eingetreten ist.

Am liebsten möchte ich laut schreien! Die Tatsache, einen wichtigen Menschen zu verlieren, werde ich nie lernen, zu akzeptieren. In solchen Situationen übermannt den Zurückgebliebenen eine bittere Ohnmacht. Ich denke wieder an Frank. Damals habe ich ein Jahr lang geweint. Die Tränen sind versiegt, aber die Traurigkeit spüre ich heute noch.

Ich erzähle Matthias sofort die traurige Nachricht. Einen niedergedrückten Eindruck macht er nicht. Mit meinen intensiven Emotionen kann er nicht viel anfangen. Bei ihm schaut lediglich der Organisator hervor.

„Wie geht es nun weiter, hat Hans Vorkehrungen getroffen? Wer wird die Beerdigung veranlassen?"

„Er sprach einmal davon, ein Institut beauftragt und alles geregelt zu haben. Außerdem hat er Hilde, die schon eh und je für ihn da ist. Sie wird darauf achten, dass sein letzter Gang in seinem Sinn abläuft."

„Na, dann hat ja alles seine Ordnung."

Einen Augenblick ärgere ich mich über Matthias' Reaktion. Aber was habe ich anderes erwartet?

Und schon wechselt er mit Leichtigkeit das Thema.

„Die Gerichtsverhandlung wird uns eine Weile in Schach halten. Ich möchte dich so wenig, wie möglich einbeziehen. Natürlich musst du aussagen. Die Voraussetzungen sind andere, als wir sie von der ersten Verhandlung her kennen. Du wirst als

Nebenklägerin auftreten und ich bin dein Nebenklagevertreter. Das Problem ist das Gleiche, nur mit noch schwereren Folgen. Dein ehemaliger Liebhaber hat jetzt einen versuchten Mord zu verantworten, das wird ihm einige Jahre Gefängnis einbringen."

„Warum nennst du ihn so, es macht mich traurig, auch wenn es den Tatsachen entspricht. Ich hätte mich nie in eine Affäre mit diesem Mann einlassen dürfen, aber den Fehler kann ich aus meinem Leben nicht mehr streichen."

„Entschuldige, meine Worte waren unbedacht. Ich wollte dich nicht kränken."

Mir steigen Tränen in die Augen, meine Gedanken kehren an die Zeit mit Sebastian zurück. Wie oft war ich über seine Handlungen entsetzt. Hätte ich auf mein Bauchgefühl gehört, wäre die jetzige Situation nicht entstanden.

„Anne sei nicht traurig, ich bin bei dir und wir beide werden die Schwierigkeiten meistern, du wirst sehen."

Ich sollte diese Diskussion vergessen und erleichtert sein, einen Menschen wie Matthias neben mir zu wissen. Aber er muss mir nicht ständig meinen größten Fehler unter die Nase reiben. Er kann mich aufgrund seiner beruflichen Erfahrung tatkräftig unterstützen und sogar vertreten. Meine seelische Verfassung ist durch ihn in einem gewissen Gleichgewicht. Ich fühle mich sicher und nicht allein in diesem unangenehmen Kampf. Sebastian sitzt in Untersuchungshaft, ich muss keine Angst ausstehen, noch einmal von ihm überrascht zu werden. Das nimmt mir eine schwere Last von der Seele.

Die Gerichtsverhandlung geht ihrem Ende zu. Es gab noch einige Dinge zu klären, die der Verteidiger ins Feld geführt hatte. Sebastian muss aller Wahrscheinlichkeit nach für zehn Jahre in den Knast. Immerhin hat er beabsichtigt, dass ich seinen Angriff nicht überlebe, dafür sind zehn Jahre angemessen.

Hilde ruft mich an und nennt mir den Termin der Urnenbeisetzung. Sie findet in 14 Tagen statt. Erleichterung erfasst meine

Seele. Bisher hatte ich Sorge, dass sich Gerichtsverhandlung und die Beisetzung von Hans überschneiden.

Matthias bittet mich, nicht allein nach Flensburg zu fahren, er würde gern mein Taxifahrer sein. Dazu ist er bereit, sobald die Verhandlung abgeschlossen ist.

Es kommt alles, wie geplant. Sebastian muss für zehn Jahre dem freien Leben entsagen und Matthias fährt mich zum angegebenen Zeitpunkt zu Hilde.

Auf der Fahrt nach Flensburg haben wir viele Schweigeminuten, was sonst nicht unserer Gewohnheit entspricht. Jeder hängt seinen Gedanken hinterher und die wenigen Worte, die gesprochen werden, drehen sich um das Thema Hans. Auch wenn Matthias diesem alten Mann erst seit Kurzem meinetwegen verziehen hat, bleibt für ihn der bittere Geschmack der Vergangenheit.

Das innige Verhältnis, welches zwischen Elena und Matthias bestand, ist für mich nach den Erzählungen von Hans erklärlich. Matthias hat seiner Großmutter einen außergewöhnlichen Platz in seinem Herzen für alle Zeiten reserviert.

Wir sind vor dem Haus von Hans angekommen, Matthias schaut mich an.

„Würdest du mit mir im Hotel übernachten?"

Schweigen herrscht zwischen uns, ich warte auf weitere Worte von Matthias.

„Ich habe ein Doppelzimmer gebucht, in der Hoffnung, wir fänden einen Anfang. Sieh es bitte nur als Wunsch meinerseits an. Ich kann genauso gut allein dort die Nacht verbringen. Frage einfach dein Herz."

Er schaut mir intensiv in die Augen, beugt sich zu mir herüber und küsst mich in einer Weise, die mir einen wohligen Schauer über den Rücken laufen lässt.

„Gut", antworte ich. „Ich werde mit dir im Hotel übernachten."

Er strahlt mich an und streichelt meine Wange.

„Ich fahre ins Hotel und checke ein. Anschließend warte ich auf eine Nachricht von meiner Anne. Nimm dir die Zeit, die du benötigst. Ich denke, Hilde muss getröstet werden, das kannst du nicht kurzerhand erledigen."

„Sie wird traurig sein, wenn ich nicht bei ihr bleibe, also musst du Geduld haben. Es kann spät werden."

„Das ist mir bewusst."

Wir verabschieden uns, jetzt beuge ich mich zu ihm herüber und wir küssen uns erneut, diesmal wesentlich intensiver. Mein Gepäck bleibt in seinem Auto, damit ist die Entscheidung gefallen.

Ich stehe vor einer Situation, in der ich seit ewigen Zeiten nicht mehr war. Plötzlich habe ich einen Partner, der auf mich wartet. Meine Abwehr gegen eine solche Konstellation ist aufgeweicht. Ich denke inzwischen doch, es könnte mir guttun, jemanden an meiner Seite zu wissen.

Ich steige aus und gehe das erste Mal schweren Herzens den bekannten Weg zum Haus. Dort erwarten mich keine erfreuten Gesichter und keine strahlenden Augen von Hans, die mir immer entgegengeschaut haben. Ich drücke traurig die Klingel und mein Herz klopft, weil ich die alte Frau nicht trösten kann.

Hilde öffnet die Tür, ihr Gesicht ist vom Weinen geschwollen und aschgrau. Ich nehme sie in die Arme und spüre ihre Verzweiflung. Der Versuch, sie zu trösten, hilft nichts. Meine Gegenwart verstärkt ihren Kummer um ein Vielfaches. Sie gibt den Ereignissen und mir die Schuld am Tod des geliebten Menschen.

Ich sehe es anders, Hans hat durch die Erlebnisse der letzten Monate Freude empfunden. Er hat in der Zeit, in der wir uns kannten, noch einmal das Leben genossen. Ich weiß, er sah es genauso, aber Hilde kann mit dieser Philosophie nicht umgehen. Wie soll ich dieser alten Frau eine solche Denkweise begreiflich machen? Mit ihrem guten Essen, dem täglichen Einerlei ohne Höhepunkte und allem, was Hans nicht aus seinem gewohnten Trott gebracht hätte, wäre sein Herz keiner Belastungsprobe ausgesetzt worden. Aber wo bleibt bei dieser Lebensweise der Spaßfaktor?

Ich bin sicher, so wie es ablief, war es optimal für Hans. Kein Mensch hat das ewige Leben.

„Wo ist Ihr Gepäck?", höre ich Hilde fragen.

„Ich werde nicht bei Ihnen übernachten, aber ich bleibe, solange Sie mögen."

Hilde schaut mich ungläubig an und ich erkläre ihr, dass ich mit Matthias in Flensburg bin und im Hotel wohne.

Sie unterbricht ihre Trauer für einen kleinen Moment. Ein Schmunzeln legt sich auf ihr Gesicht.

„Dafür habe ich volles Verständnis. Ich bin froh, dass Sie trotzdem den Abend mit mir verbringen. Ich möchte Ihnen ein wenig von Hans und mir erzählen."

Hilde hat sich allem Anschein nach vorgenommen, näher auf ihre Beziehung mit Hans einzugehen. Ich komme aus dem Staunen nicht heraus, Hilde erzählt mir Dinge, die ich nicht für möglich gehalten hätte.

In längst vergangenen Zeiten reizte Hans die Jugend der neuen und attraktiven Haushälterin. Es kam, wie es kommen musste. Hans konnte nicht an sich halten. Dumm war, dass es Folgen hatte. Genau genommen, bin ich nicht überrascht zu erfahren, dass die beiden ein gemeinsames Kind haben. Konsequenzen zog Hans damals keinesfalls. Hilde blieb mit dem Kind bei ihm und jeder glaubte, sie hätte sich dieses Andenken irgendwo aufgegabelt.

Hans meinte eines Tages, dem inzwischen erwachsenen Mädchen die Wahrheit sagen zu müssen. Diese kam bei der Tochter nicht gut an. Sie hatte jahrelang den Lebenswandel von Hans und die damit verbundenen Seelenqualen ihrer Mutter miterlebt. Das Mädchen glaubte bis zu diesem Zeitpunkt, dass Hilde lediglich verliebt in diesen Schwerenöter sei. Und nun war Hans sogar ihr Vater. Völlig verstört, packte sie ihren Koffer und verließ noch in derselben Nacht das Haus. Bis zu diesem Zeitpunkt war Hans für sie nur ein netter Onkel.

Hans hat stets alle finanziellen Pflichten dem Kind gegenüber erfüllt, die Seele blieb auf der Strecke. Er sah keine moralische Pflicht darin, die Mutter zu heiraten. Es kam nicht infrage, denn das wäre das Ende eines freien Lebens für ihn gewesen. Nun war sie verschwunden und die beiden Alten suchten lange nach ihrer Tochter. Selbst eine Anzeige bei der Polizei blieb erfolglos. Dort war man der Meinung, das Mädchen sei erwachsen. Es käme oft vor, dass Jugendliche ihr Zuhause ohne Angabe von Gründen verlassen. Andrea blieb unauffindbar. Finanziell war das junge Mädchen nicht mittellos. Hans hatte ihr zum Abschluss des Abiturs ein Konto mit einem beträchtlichen Vermögen eingerichtet. Nach Andreas Verschwinden wurde einmalig eine große Summe abgehoben, danach gab es keine Bewegung mehr auf dem Konto.

Hilde arbeitete weiter für den Mann ihrer Träume. Sie hat alle Kapriolen des Lebemannes miterlebt und geduldig hingenommen, für sie blieb er die große Liebe. In den letzten Jahren seines Lebens trat bei Hans eine altersbedingte Ruhe ein und Hilde hatte ihn für sich allein. Das erfüllte sie mit Genugtuung und sie sah es als Entschädigung für die jahrelange Nichtachtung.

Ich stelle mir dieses entsetzliche Dasein vor. Ständig zuschauen zu müssen, wenn neue Eroberungen angesagt waren. Allerdings hat es auch keine Andere geschafft, Hans an die Kette zu legen. Ich kann Frauen wie Hilde im Grunde genommen nicht verstehen. Sie bleiben bei dem Mann, der sie nicht beachtet, leiden ohne Ende und finden es in Ordnung. Hauptsache, der Traumprinz ist in ihrer Nähe.

Jetzt sitzt diese ihr Leben lang verletzte Frau vor mir, schüttet ihr Herz aus und ich kann ihr keine guten Ratschläge geben. Das Desaster hat zwar ein Ende, aber es gibt für sie keine Hoffnung, dass sie in ihrem Leben noch Freude empfinden wird. Hinzu kommt die Tatsache, dass Hilde ihr Kind durch diese Geschichte verloren hat.

Ich nehme die Aufgabe auf mich und biete ihr an, die Tochter zu suchen.

„Wissen Sie, Hans hat oft zu mir gesagt, dass unser Kind eines Tages zurückkehrt. Sie wird älter und irgendwann versteht sie und verzeiht. Ich dagegen wusste in dem Moment, als sie uns verlassen hat, ich werde sie nie wiedersehen. Es bleibt ein Geheimnis, wo sie hingegangen ist. Das macht mich unendlich traurig. Dieses Kind war stets ein Trost für mich. Als sie noch klein war, habe ich die glücklichste Zeit meines Daseins erlebt. Seit sie fort ist, hat mein Leben seinen Sinn verloren."

Wieder laufen Tränen über Hildes Gesicht. Welch ein Drama! Ich kann nicht anders, als zu überlegen, wie ich dieser alten Frau helfen könnte.

„Anne, ich habe einen Brief für Sie. Hans hat ihn vor ein paar Tagen geschrieben. Er wusste, was ihn erwartet. Ein alter Mensch kann einschätzen, wann seine Kräfte nicht mehr ausreichen, das Leben fortzusetzen. Er hat es als Selbstverständlichkeit hingenommen, abtreten zu müssen."

Hilde steht schwerfällig aus ihrem Sessel auf und verlässt mich, um den Brief zu holen.

Meine Gedanken drehen sich im Kreis, ich habe die beiden alten Männer Hans und Hermann verloren. Es war ein Kapitel voller Leben und Aufregungen, das hätte ich am Anfang meines Entschlusses, meinen Schwiegervater zu suchen, nicht erwartet. Nun stehe ich vor mehreren Ergebnissen, meine Lebenserfahrung hat sich um einiges erweitert. Mit Hans hat das Ganze angefangen und mit Hans hört diese Geschichte auf.

Ich denke, jetzt sollte ich mein eigenes Leben in den Griff bekommen. Wenn ich Glück habe, wird es mit Matthias und mir ein Happy End geben.

Eines habe ich auf jeden Fall erreicht, die Zeiten, in denen ausschließlich die Erotik im Vordergrund stand, sind vorbei. Das macht mich zufrieden. Dieses Thema gehört ohne Frage zum Leben, sollte aber nicht alle anderen Dinge überschatten.

Hilde kommt mit dem Brief, er ist verschlossen, also kennt sie den Inhalt nicht. Wie soll ich mich jetzt verhalten? Steht etwas in diesem Schreiben, was Hilde nicht wissen darf? Ich werde ihm ein Schnippchen schlagen und diese Nachricht mit Hilde teilen. Genau das sage ich ihr und sie schaut mich ungläubig an.

„Anne, das können Sie nicht tun, es ist ein Briefgeheimnis!"

„Nein, Hilde, es ist mein Brief und meine Entscheidung, mit wem ich den Inhalt teile. Und ich werde ihn jetzt laut vorlesen. Ich habe Hans wirklich aufrichtig gemocht, aber seine Weibergeschichten kann und muss ich nicht akzeptieren. Sie haben Ihr Leben lang darunter gelitten und ich enthalte Ihnen seine letzte Nachricht nicht vor."

Ich schaue Hilde herausfordernd an. Wenn es auch nichts mehr bringt, aber sie muss wenigstens jetzt verstehen, dass nicht alles nach dem Willen von einem Kerl ablaufen kann.

Hilde setzt sich wieder in ihren Sessel, schaut mich fragend an.

„Vielleicht erfahre ich durch dieses Schreiben Dinge, auf die ich keinen Wert lege, weil sie mich noch mehr verletzen."

Insgeheim gebe ich ihr recht. Vor allem weiß ich, dass Elena in der letzten Zeit bei Hans eine glorreiche Auferstehung gefeiert hat. Diese Tatsache habe ich nicht bedacht. Auch wenn Hilde den Stand der Dinge kennt und weiß, dass sie von Hans nie geliebt wurde, solche Wahrheiten will sie nicht unbedingt in seinem Abschiedsbrief an mich hören.

Nun habe ich verlauten lassen, den Inhalt des Briefes mit Hilde zu teilen. Es geht nicht mehr rückgängig zu machen. Ich kann nur hoffen, dass Hilde in dieser letzten Niederschrift von Hans keine negative Meinung über sich erfahren wird.

„Halt!" Hilde schießt abrupt aus ihrem Sessel hoch und verkündet mit einem schelmischen Lächeln: „Ich mixe uns einen Drink, bevor Sie mit irgendwelchen unverdaulichen Wahrheiten auf mich einreden."

In mir keimt die Hoffnung auf, schnell den Brief lesen zu können, um sicherzugehen, dass Hilde nicht verletzt wird. Sie lächelt weiter vor sich hin.

„Ich kann alles besser ertragen, wenn ich nicht ganz nüchtern bin. Ich muss Ihnen gestehen, dass der Alkohol mir so manchen Trost gespendet hat. Nach außen hin war ich natürlich immer empört, wenn darauf angespielt wurde. Ich habe gelernt, mich selbst und natürlich auch meine Mitmenschen zu betrügen. Hans wäre entsetzt, wenn er mich jetzt hören könnte."

Hilde dreht sich nach ihren Worten um und geht aus dem Zimmer.

Ich hatte den Umschlag schon geöffnet, jetzt nehme ich die Gelegenheit wahr und greife nervös nach dem Inhalt. Auf die Schnelle kann ich nichts entdecken, was zum Verhängnis werden könnte. Wenn er sie in dem Schreiben negativ erwähnt hat, sind es Anspielungen, die ich hoffentlich überspringen kann.

Ich weiß, dass Hilde in ihren Service-Gewohnheiten ein flinkes Mädchen ist, daher ist meine Zeit begrenzt. Ich fliege nur flüchtig über die Zeilen, verstaue den Brief wieder im Umschlag und lege ihn an die gleiche Stelle auf den Tisch, an der er sich vorher befand.

Es ist genau in dem Moment, als die Tür aufgeht und Hilde mit zwei Riesengläsern hereinkommt, in denen sich verführerische Longdrinks befinden.

„Ich habe einen Caipirinha nach meinem Rezept gemixt, wenn er Ihnen nicht schmeckt, gibt es noch einige andere Varianten in meinem Repertoire."

Sie schmunzelt vor sich hin. Noch weiß sie nicht, dass sie komplett meinen Nerv trifft. Ich bin sofort dabei, ihr meine Begeisterung kundzutun.

„Ihre Kreation sieht köstlich aus und ich werde sie mit allen Sinnen genießen", gebe ich zur Antwort.

Wir prosten uns zu. Beim ersten Schluck wird mir klar, dass Hilde schon vom Alkohol abhängig sein muss. Der Drink schmeckt fabelhaft, hat aber auch einige Prozente mehr, als in einem Longdrink üblich sind.

Hilde schaut mich mit einem unsicheren Blick an.

Ich greife nach dem Brief.

„So, nun kommt die Stunde der Wahrheit, ich frage Sie zur Sicherheit, ob Sie mir zuhören möchten?"

„Ich sollte vielleicht die Ohren verschließen", antwortet sie.

Ich schüttele mit dem Kopf, lächle, hole das Schreiben umständlich aus seiner Umhüllung und falte die Seiten auseinander.

Hilde nimmt einen Schluck des köstlichen Getränkes und gibt mir zu verstehen, ich soll kein Gewese machen und anfangen.

„Ich möchte wenigstens zum Abschluss hören, dass ich dem Hans nicht vollkommen egal war."

Selbst nach seinem Tod glaubt diese alte Frau, jemals eine Rolle im Leben dieses Taugenichts gespielt zu haben.

Ich hoffe, sie wird nicht enttäuscht.

Ich schaue zu Hilde und frage sie, ob sie bereit sei.

Sie ist bereit.

Also fange ich mit einem mulmigen Gefühl an zu lesen.

Meine liebe Anne!

Ich bin überzeugt, dass mein Leben seinem Ende zugeht. Die Befürchtung, dass wir uns nie wiedersehen werden, ist groß, deshalb möchte ich ein paar abschließende Worte auf diesem Weg an Sie richten. Ich sehe es als einen Wink des Himmels an, Ihnen begegnet zu sein. Wenn Sie auch nicht mich, sondern einen anderen alten Kerl gesucht haben, so bin ich doppelt dankbar, dass wir miteinander in Verbindung geblieben sind.

Hermann, besser gesagt Werner, war Ihr Ziel. Wir beide haben uns durch diese Suche angefreundet. Ich kann alles in meinem Leben bedauern oder als unmöglich darstellen, die Bekanntschaft mit Ihnen war für mich großartig! Sie haben mein altes Dasein um einen Riesenanteil bereichert, ich durfte durch Sie noch einmal spüren, was aktives Leben bedeutet. Das ist in meinem Alter eine gewaltige Erfahrung, ich bin Ihnen unendlich dankbar.

Jetzt macht mein dummes Herz nicht mehr mit und es sagt, es würde seine Grenze erreicht haben. Gut, ich akzeptiere diese Meinung, es ist auch Zeit zu gehen. Das Limit eines menschlichen Lebens habe ich erreicht.

Und nun zu meinen Lebenssünden, sie sind vielschichtig. Allerdings ist die größte Sünde mein unkonventionelles Leben. Ich habe viele Menschen vor den Kopf gestoßen, genauer gesagt, viele Frauen. Glauben Sie jetzt bitte nicht, ich würde bereuen. Wenn es eine Möglichkeit für mich gäbe, neu anzufangen, würde ich die gleichen Fehler wieder begehen.

Sie sind die Frau, die anderen das Wissen voraushat, dass Männer wie ich nicht anders können. Sie haben selbst einen Mann erlebt, der in der gleichen Weise tickt. Sie waren stark genug, die richtigen Konsequenzen zu ziehen. Diesen Schritt machen die meisten Frauen nicht, sie hoffen, bis es zu spät ist.

Wir beide haben viele Gespräche geführt, in denen mir klar wurde, dass heute manches anders verläuft, denn die jungen, modernen Frauen wehren sich gegen die Machotypen.

Ich danke Ihnen von Herzen für die vielen informativen Stunden, die Sie für mich erübrigen konnten. Ihre direkte Art, die Dinge ins rechte Licht zu rücken, Ihre Wut gegenüber Ungerechtigkeit und Lüge zeigten mir, in welch positive Richtung sich die heutigen Frauen entwickelt haben. Nicht zuletzt war Ihr Stolz für mich eine neue, erfrischende Erfahrung. Manchmal habe ich es bedauert, ein alter Zausel zu sein, aber dennoch bin ich froh. Mit Ihnen erfuhr ich noch einmal das volle Leben. Das ist nicht vielen alten Menschen vergönnt.

Den Kummer und Ärger, welchen Sie durch Hermann erleben mussten, konnte ich Ihnen nicht ersparen, obwohl ich es von der Sache her in der Hand hatte. Das Leben setzt mitunter Prioritäten, die uns selbst nicht gefallen. Es tut mir leid, Sie in diesem Punkt enttäuscht zu haben. Ich habe nicht immer in Ihrem Sinn gehandelt und trotzdem ist am Ende Ihr großes Herz den Weg des Verzeihens gegangen.

Drücken Sie Hilde noch einmal von mir. Ich weiß, dass Sie Ihnen alles erzählen wird. Ich habe immer versucht, gerecht zu bleiben und den

Fehler der einen Nacht mit seinem wunderbaren Ergebnis wieder gutzumachen. Es ist ein kleines Wesen entstanden und somit kann es nicht falsch gewesen sein.

Die letzte, logische Konsequenz, mich an Hilde zu binden, konnte ich ihr nicht zumuten, denn ihr Kummer wäre noch um ein Vielfaches intensiver geworden. Ihr Entschluss, trotz allem bei mir als mein Hausengel zu bleiben, hatte für sie ein Leben voller Qualen zur Folge. Sie verzichtete sogar auf ihr Kind, obwohl sie Andrea unendlich liebte. Aber das Mädchen nahm ihrer Mutter übel, mich nicht zum Teufel gejagt zu haben. Andrea verstand es nicht, dass eine Frau einen Mann in dem Maße vergöttern kann. Vielleicht gibt es nach meinem Tod eine Versöhnung, es ist mein letzter Wunsch.

Natürlich denke ich oft an das kleine Mädchen, das unser Haus für einige Jahre lebendig gemacht hat. Auch ich habe unser Kind abgöttisch geliebt. Die Offenbarung, ich sei ihr Vater, war für sie der Grund, ihrem bisherigen Leben sofort den Rücken zu kehren.

Wir haben sie nie wiedergesehen. Hilde ist in diesem Moment ein anderer Mensch geworden. Die bedingungslose Liebe, die sie mir bis zu diesem Zeitpunkt entgegengebracht hatte, war mit einem Schlag vorbei. Sie war nur noch meine Haushälterin. Ich habe sie oft heimlich weinen hören. Dabei wurde mir bewusst, was ich für ein mieser Kerl bin. Aber was sollte ich tun? Selbst, wenn ich gewollt hätte, es wäre zu spät gewesen.

Wir schwiegen über dieses Vorkommnis und entfremdeten uns immer mehr. Die Ungewissheit, was aus Andrea geworden ist, beschäftigte uns seit ihrem Weggang. Ich werde es nicht mehr erfahren. Hilde hat die Chance, unser Kind wieder in die Arme schließen zu können. Meine stille Hoffnung ist, dass Sie, Anne, ihr ein klitzekleines bisschen bei der Suche helfen werden?

Finanziell sind die beiden abgesichert. Ich habe Hilde meinen gesamten Besitz überschrieben. Ich denke, das ist das Mindeste, was ich noch tun kann. Anne, leben Sie wohl! Ich wünsche Ihnen ein langes, zufriedenes und glückliches Leben.

Hoffentlich werden Sie es mit Matthias verbringen. Ich finde es schade, dass ich nicht in die Zukunft schauen kann.

Au revoir pour toujours!

Ihr Hans

Ich bin fasziniert, dass Hans die schnörkellose Wahrheit zu Papier gebracht hat.

Hilde kämpft mit Tränen. Sie hätte niemals erwartet, dass Hans Gedanken an sie und das gemeinsame Kind verschwenden würde. Ich bin zufrieden, dass keine weiteren Ausführungen über seine Weibergeschichten in diesen an mich gerichteten Zeilen zu finden sind.

Es ist schon sehr spät, Matthias wird unruhig werden, aber das kann ich jetzt nicht ändern. In diesem Zustand kann ich die alte Frau nicht allein lassen.

Wir diskutieren und Hilde interessiert sich vorrangig dafür, ob ich die Bitte von Hans erfülle und beim Suchen ihrer Tochter helfen werde. Selbstverständlich werde ich das tun, da gibt es für mich keine Frage. Vielleicht sollte ich den Job wechseln und in Zukunft auf Menschensuche gehen.

Abgesehen davon, es macht mir Spaß, vor allem, wenn sich der Erfolg einstellt. Das bringt in der Tat Zufriedenheit.

Hilde erklärt mir den organisatorischen Ablauf der Urnenbeisetzung. Hans hatte keine Ambitionen für das Meer. Er äußerte den Wunsch, auf dem Friedhof von Flensburg seine letzte Ruhe zu finden.

Ich versuche, mich von der alten Dame zu verabschieden. Langsam werde ich unruhig, weil ich weiß, dass Matthias auf mich wartet. Sie versteht mich sofort und ich schicke ihm eine WhatsApp mit der Bitte, abgeholt zu werden.

Der Abschied ist mit vielen Tränen verbunden. Ich verspreche Hilde nochmals, ihre Tochter zu suchen. Andrea wieder in die Arme zu schließen, ist jetzt der Lebensinhalt der alten Frau.

Matthias steht kurze Zeit nach meiner Nachricht vor dem Grundstück. Hier bin ich in der letzten Zeit einige Male eingeladen worden, um nette Stunden zu verbringen. Ein Kapitel meines Lebens ist abgeschlossen und ich kann es in die Rubrik ,schöne Erinnerungen' einordnen.

Ich steige zu Matthias in seinen Mercedes, er nimmt mich in die Arme und wir sind zärtlich miteinander. Worte sind nicht nötig. Auf der Fahrt zum Hotel legt Matthias meine Hand auf sein Knie und seine darüber. So fährt er bis auf den Parkplatz des Hotels. Ich schaue ihn schmunzelnd von der Seite an.

Auf dem Zimmer angelangt, steht ein Kühler mit einer Flasche Champagner auf dem Tisch. Ein Strauß dunkelroter Rosen erinnert mich an unser Treffen in Dessau. Matthias füllt die bereitgestellten Gläser und zündet eine auf dem Tisch stehende Kerze an.

„Meine liebe Anne, ich möchte mit dir auf einen vielversprechenden Neuanfang anstoßen."

Ich bin überwältigt von unseren endlich befreiten Emotionen. Wir trinken einen Schluck und verlieren uns anschließend in einem endlosen Kuss.

Es kommt, wie es kommen muss. Langsam bewegen wir uns in Richtung Bett. Ohne voneinander zu lassen, befreien wir uns von unseren Kleidungsstücken. Matthias streichelt und küsst mich. Mit viel Zärtlichkeit nähern sich seine Hände meinen erogenen Zonen. Ich bin erregt und drifte in einen tranceähnlichen Zustand. Ich habe den Wunsch, dass seine Hände nie aufhören mögen, mich in dieser Weise zu berühren.

Den Rest der Nacht sind unsere Körper in erotischer Übereinstimmung ständig bei- und ineinander. Wir kommen erst kurz vor Morgengrauen zum Schlafen.

Ich kann endgültig den Frust meiner Erlebnisse mit Michael hinter mir lassen. Es gibt keine quälenden Gedanken mehr über eine Beziehung, die nie meine Wünsche erfüllt hat. Auch Traurigkeit hat keinen Platz, weil Matthias und ich uns genügen, keiner von beiden hechelt etwas vermeintlich Besserem hinterher. Wenn ich auch den Absprung bei Michael geschafft hatte, es war viel zu spät, um keinen Schaden an meiner Seele davonzutragen. Durch Matthias habe ich die Gewissheit, nicht mehr zurückschauen zu müssen. Das Erlebnis mit Hans und Hermann wurde durch meinen Kummer ins Leben gerufen. Wäre ich mit Michael glücklich gewesen, hätte ich die Suche nach einem vermissten Marinesoldaten immer weiter aufgeschoben und eines Tages wäre es zu spät gewesen.

Wie man so schön sagt, die negativen Erlebnisse des Lebens sind für die Weiterentwicklung und Erkenntnisfindung eines Menschen von Bedeutung. Hans hat mir oft genug erklärt, dass Männer wie er und Michael für eine Beziehung nicht taugen.

Anne, du hast es immer gewusst, nun leg diese Geschichte endlich beiseite und genieße die Gegenwart, deine Gedanken sind müßig!

Matthias und ich sitzen uns am nächsten Morgen beim Frühstück lächelnd gegenüber. Ich sehe diesem wunderbaren, wenn auch manchmal etwas verbissenen Mann, in die Augen und kann darin Glück und ehrliche Gefühle lesen. Die Sache mit der Verbissenheit werde ich so peu á peu ändern.

20

Ein letztes Treffen mit Hans, aber er weiß es nicht. Diese Art von Begegnung ist entsetzlich einseitig. Deshalb redet man auch von der Begleitung auf dem letzten Weg, eine Begegnung ist es nicht.

Für mich ist der Gedanke Horror, tief in der Erde die Asche eines Menschen in einer Urne zu wissen. Ich habe mit ihm geredet, gelacht und geweint. Auf einmal ist er nur noch Staub in einem hübschen Gefäß. Die andere Variante ist auch nicht besser. Man liegt im Sarg, wird unter die Erde gebracht und bleibt, bis nichts mehr darauf hinweist, dass ein Mensch an dieser Stelle seine letzte Ruhe gefunden hat.

Die Bestätigung, dass niemand von diesen Prozeduren etwas merkt, nehme ich zweifelnd hin. Wer kann es aus Erfahrung erzählen? Das ist ein Thema, dem ich mich überhaupt nie stellen wollte. Vielleicht hat es mich gerade deshalb so unendlich getroffen, weil Frank mich ohne Abschied verlassen hat.

Auf seiner Beerdigung habe ich geglaubt, das Leben kann ohne ihn nicht weitergehen. Seine Urne liegt auch unter der Erde. Ich kann die schönsten Blumen auf sein Grab stellen, es wird nie wieder eine glückliche Zeit mit ihm geben. Später, wenn ich alt sein werde, gewöhne ich mich vielleicht an das Ende eines jeden Lebens und nehme es geduldig hin.

Die Meeresvariante, die Hermann gewählt hat, ist in meinen Augen und meiner Vorstellung etwas angenehmer. Es ist und bleibt alles außerordentlich makaber. Keiner kann diesem Teufelskreis entfliehen.

Hans wollte auf diesem Friedhof in Flensburg seine letzte Ruhe finden. Für ihn bestand nie die emotionale Bindung zum Wasser, außer auf seiner Bank am Meer. Er war einfach nur Marineoffizier ohne besondere Erlebnisse in seiner aktiven Zeit.

Nun steht ein kleines Häuflein Menschen an dieser Grube und hört einem Pfarrer zu, dessen Rede von Gott im Himmel, dessen unendlicher Güte und der Demut der Menschen handelt. Die Worte passen nicht zu meinem alten Freund.

Matthias und ich haben Hilde in unsere Mitte genommen. Sie benötigt nicht nur seelischen, sondern auch körperlichen Beistand, sie sackt regelrecht in sich zusammen.

Ich schaue in der Gegend umher und entdecke in etwas weiterer Entfernung eine Frau zwischen den Bäumen. Sie ist ungefähr im Alter von Hilde, allerdings wesentlich flotter gekleidet. Ihr Äußeres macht einen gepflegten und geschmackvollen Eindruck. Für ihre fortgeschrittenen Jahre ist sie hübsch, soweit ich das aus dieser Entfernung beurteilen kann. Unsere Blicke begegnen sich und wie es scheint, können wir nicht voneinander lassen. Jede von uns beiden versucht, die andere in das Leben von Hans einzuordnen. Meine Überlegungen lassen nur einen Schluss zu: Es ist eine der vielen Ladys, die Hans vernascht hat. Sie hat es dagegen mit einer Vermutung, wer ich bin, schwerer. Aufgrund meines Alters könnte sie mich als Enkelin einordnen und diese Konstellation wäre sicher eine Überraschung für sie.

Hilde hat einen schwachen Moment und ich muss meinen Blick von der Frau abwenden. Als ich wieder in die Richtung schauen kann, ist sie verschwunden.

Und ich habe geglaubt, Hans hätte mir alle seine Sünden gebeichtet. Wie es aussieht, erfahre ich so einiges erst nach seinem Tod, eventuell auch nie.

Noch vor nicht allzu langer Zeit hätte ich behauptet, dass das Liebesleben der Menschen im Alter keine Rolle mehr spielt. Jetzt weiß ich, diese Annahme ist weit gefehlt. Es bleibt ein Leben lang Stress, wenn Liebe und damit Eifersucht und Misstrauen im Spiel sind. Hans ist nie eine ernsthafte Bindung eingegangen, aber seine Ladys haben auf jeden Fall unendliche Qualen erduldet.

Hilde klappt nun endgültig zusammen. Matthias und ich haben Mühe, die korpulente Frau aufrecht zu halten. Der Träger lässt die Urne mit der üblichen Trauermusik herab. Das darauffolgende Ritual ist kurz, nur wenige Menschen begleiten Hans auf seinem letzten Weg. Hilde bittet mich, alle Anwesenden zum Leichenschmaus in das Restaurant in der Nähe des Friedhofes, einzuladen.

Die geheimnisvolle Frau zwischen den Bäumen bleibt verschwunden. Diese Situation hat mich neugierig gemacht, jedoch werde ich die dazugehörige Geschichte auf keinen Fall ergründen wollen.

Ich muss nun mein eigenes Leben wieder in normale Bahnen lenken. Das heißt, ich bin gewillt, die Beziehung mit Matthias zu vertiefen. Die von ihm gezeigte Härte wegen meines Schweigens auf dem Schiff, möchte ich aus unserem Leben heraushalten, obwohl mich seine Konsequenz heute noch erschreckt. Da Hans keine Möglichkeit mehr hat, mir bei diesem Problem zur Seite zu stehen, und eine Konfrontation der beiden Männer nie mehr erfolgen kann, gehen meine Gedanken in eine traurige Richtung. Ich muss in Zukunft auf die liebgewonnenen Gespräche und die knallharten Diskussionen mit Hans verzichten.

Matthias wird die Denk- und Handlungsweise solcher Männer wie Hans nie verstehen. Er will es auch nicht. Ich sehe einen positiven Aspekt darin, diese Einstellung seines Charakters ist nötig, um überhaupt eine Partnerschaft in Betracht ziehen zu können. Sein Wunsch, mit nur einer Frau sein Leben aufzubauen, ist für ihn und für mich der einzig richtige Weg.

Am Ende dieses traurigen Tages fahren Matthias und ich mit Hilde noch einmal zum Grab. Ihre Tränen sind versiegt, aber in den Augen kann ich Angst und Unsicherheit lesen. Sie weiß nicht, wie es weitergehen soll.

Ich hatte durch das Versprechen, den Vater meines Mannes zu suchen, einen Freund gefunden und ihn viel zu rasch wieder verloren. Sein Andenken bleibt für immer in meiner Erinnerung. Die nächste Suchaktion wartet auf mich. Ich hoffe, die Tochter von Hilde und Hans zu finden und damit die alte Frau glücklich zu machen.

Ich sitze am Schreibtisch und ergänze in Hermanns (oder sollte ich doch Werner sagen?) Niederschrift den Abschluss meiner Recherche nach dem Schwiegervater.

Franks Bild steht vor mir, seine Augen folgen meinen Bewegungen. Ich höre seine Stimme: „Was schreibst du?"

„Mein Versprechen habe ich eingelöst, jetzt können auch unsere Kinder den Lebensweg ihres Großvaters nachvollziehen und sich ein eigenes Urteil bilden."

Ich lehne mich zurück und frage ihn, ob er die Wahrheit über seinen Vater wissen möchte, auch wenn sie weh tut.

Er nickt.

Schweren Herzens erzähle ich von der Lebenslüge seines Vaters, aber auch von der wunderbaren Freundschaft mit dem alten Hans.

„Leider hat auch er mich für immer verlassen", sage ich traurig. Ich erzähle ihm auch von Matthias.

„Du hast immer gesagt, wenn du mich eines Tages verlassen musst, soll ich nicht allein bleiben. Ich wollte davon nichts wissen, aber es ist doch so gekommen."

Das Bild ist für mich lebendig, ich streiche über Franks Augen und verabschiede mich. Sicher nicht für lange, denn ich werde ihm immer mein Seelenleben offenbaren.

Quellenverzeichnis

Die Geschichte unmittelbar nach dem Zweiten Weltkrieg hat teilweise einen authentischen Hintergrund. Dazu wurden folgende Unterlagen, Bücher und Web-Seiten zur Recherche herangezogen:

- www.u-boot-zentrale.com/1945
- Historisches Marinearchiv, Crewlisten zweiter Weltkrieg
- Brief des Kameraden Gustav Buhlmann (Gerhard Buhlke) an Evelin Gorda
- Bericht des Kommandanten Oberstleutnant zur See Hans Gessner von U-1008 zu dem letzten Einsatz von U-579 und 1008.
- Gefangen in Kanada, Judith Kestler
- Kanadas vergessene Kriegsgefangenen-Lager, Peter Iden
- Die "stählernen Särge": Rettung aus einem versenkten U-Boot, Bericht von Horst Klatt
- Duell mit dem nassen Tod, Erik Maasch

Nachwort und Dank

Lange Zeit beschäftigte mich eine Geschichte aus den letzten Kriegstagen, die in der Familie für Aufregung sorgte. Ein verwandter Marinesoldat kehrte am Ende des Zweiten Weltkrieges nicht in seine Heimat zurück. War es sein Plan, den Angehörigen für immer den Rücken zu kehren oder riss ihn das untergehende Boot mit auf den Meeresgrund?

Nach diesem schrecklichen Ereignis verliert sich jegliche Spur des vermissten Soldaten.

In dem Zusammenhang erzählte mein Onkel über seine Gefangenschaft auf einem französischen Bauernhof und ich entschloss mich, seine Erlebnisse in meinem Buch festzuhalten. Der alte Mann kann leider meinen Dank für seine Schilderungen nicht mehr entgegennehmen.

Auf einer Reise nach Amiens im Jahr 2010 besuchte ich den inzwischen 95 Jahre alten Bauern und seine Frau. Diese beiden Menschen berührten mich mit ihrer Herzlichkeit, wie ich sie aus den Erzählungen meines Onkels kannte.

Ein Dank an alle, die mir mit Anregungen und Hinweisen zur Seite standen. Vor allem möchte ich meiner Lektorin Silke Mahrt danken. Von ihr erhielt ich hilfreiche Tipps zum Streichen, Umstellen, Hinzufügen und sie sprach mir immer wieder Mut zu. Für weitere Hilfe danke ich Aileen Gorges, Horst Schmäck und Torine Mattutat.

Vergessen möchte ich nicht meine Testleser: Sabine Ernst, Kathrin Benedikt und Gerlinde Fuchs, sie alle haben versucht, dem Fehlerteufel den Garaus zu machen.

Meine Freunde Gudrun und Bodo Pindur stellten das Coverfoto zur Verfügung und standen mir bei jedem Hilferuf mit Rat und Tat zur Seite.

Inhalt

339